Aus Freude am Lesen

D1397627

btb

Buch

Ägypten 1993: Im Gefolge einer Serie fundamentalistischer
Attentate, die seit Jahren das Land erschüttert, versucht eine
Gruppe islamistischer Terroristen einen blutigen Anschlag
auf den Tempel von Luxor zu verüben. Unter ihnen: der
junge Deutsche Jochen Sawatzky, der zum Islam konvertiert
ist und sich dem bewaffneten Kampf gegen die Ungläubigen
angeschlossen hat. Doch als die Attentäter den Nil überqueren, geraten sie in einen Hinterhalt von Polizei und Militär.
Nur wenige überleben, darunter Sawatzky. Mit dem Fall
betraut wird Claus Cismar, der Deutsche Botschafter in Ägypten. In intensiven Gesprächen mit Sawatzky versucht er,
hinter die Motive seiner Tat zu gelangen. Sein Ziel ist, die
Auslieferung des Attentäters nach Deutschland zu erreichen.
Und zu begreifen, wie Menschen »funktionieren«, die wie
Sawatzky bereit sind, für ihren Glauben und ihre Ideale alles
zu opfern: das Leben unschuldiger Menschen ebenso wie
ihr eigenes.

»Was mich fasziniert, ist der Gedanke, dass etwas Geistiges
eine derartige Kraft haben kann, dass man dafür sein Leben
opfert – und gegebenenfalls auch dafür tötet.«
Christoph Peters

»Man muss dieser Sicht der Dinge auf den islamischen
Terrorismus nicht zustimmen, um anzuerkennen, dass die Art
und Weise, wie Peters uns in diese religiöse Innerlichkeit
mitnimmt, schwindelerregend, großartig und überhaupt nur
dank einzigartigen erzählerischen Könnens möglich ist.«
Die Zeit

Autor

Christoph Peters wurde 1966 in Kalkar geboren. Er hat an
der Staatlichen Akademie der Bildenden Künste in Karlsruhe
Malerei studiert. Für sein Romandebüt »Stadt Land Fluß«
(1999) erhielt er u. a. den »Aspekte«-Literaturpreis. Sein
Roman »Das Tuch aus Nacht« wurde 2003 mit dem d.-lit.-
Preis ausgezeichnet. Christoph Peters lebt heute in Berlin.

Christoph Peters

Ein Zimmer
im Haus des Krieges

Roman

btb

FSC

Mix

Produktgruppe aus vorbildlich
bewirtschafteten Wäldern und
anderen kontrollierten Herkünften

Zert.-Nr. GFA-COC-1223
www.fsc.org
© 1996 Forest Stewardship Council

Verlagsgruppe Random House FSC-DEU-100
Das für dieses Buch verwendete FSC-zertifizierte Papier *Munken Print*
liefert Arctic Paper Munkedals AB, Schweden.

1. Auflage
Genehmigte Taschenbuchausgabe August 2008
Copyright © 2006 by btb Verlag in der Verlagsgruppe Random House
GmbH, München
Umschlaggestaltung: Design Team München
Umschlagmotiv: Pete Turner / Getty Images
Satz: Uhl + Massopust, Aalen
Druck und Einband: CPI – Clausen & Bosse, Leck
NB · Herstellung: BB
Printed in Germany
ISBN 978-3-442-73768-0

www.btb-verlag.de

Für Veronika. In Liebe.

»Um in den politischen Wissenschaften die Freiheit des Geistes zu bewahren, an die wir in der Mathematik gewöhnt sind, habe ich darauf geachtet, die menschlichen Verhältnisse nicht ins Lächerliche zu ziehen, sie weder zu bedauern noch zu verurteilen, sondern sie zu verstehen.«

SPINOZA

»Selbst mit weit geöffneten Augen sehe ich nicht das Geringste.«

TAKESHI KITANO

Erster Teil

Zwischen Gebeten der Traum: Arua hat mich angeschaut. Ein langer Blick für den Bruchteil einer Sekunde. Weder Ermutigung noch Abscheu. Zwei schwarze Löcher, in denen alles verschwand. Dann schloß sie die Augen und drehte sich weg. Das Haar fiel offen über die Schultern. Sie hätte es verhüllen müssen. Trauer, von der ich wach geworden bin. Das falsche Gefühl. Zumindest nicht Angst. Um mich herum war es finster. Die Glut in der Feuerstelle gab kein Licht an den Raum. Ich richtete mich auf. El Choli stand scharf umrissen im Eingang der Höhle. Sein Maschinengewehr teilte Himmel und Landschaft. Draußen schien die Nacht ungewohnt hell. Mond beleuchtete die Bergrücken, harte Schatten von Vorsprüngen auf den Hängen. Unter der Decke hing kalter Rauch. Er steckte in Kleidern, Laken, füllte bitter den Mund. Achmed phantasierte. Jamal rang mit einem Alp. Die Luft war schwer von Ausdünstungen.

Ich stand auf, tastete nach dem Teppich, schlich zum Eingang. El Choli fuhr erschrocken zusammen. Wortlos ging ich an ihm vorbei. Sein Mißtrauen folgte mir. Einen Moment lang dachte ich, er würde durchdrehen, schreien, schießen. Nichts geschah. Die Sterne leuchteten grell, ihre Anordnung ließ keine Gesetzmäßigkeit erkennen. Ich kniete

11

nieder, legte die Hände auf den Sand, blies den Staub von den Flächen und reinigte mich. Dann breitete ich den Teppich aus und wandte mich nach Mekka.

Sprich: Er ist Gott, der Eine. / Gott, der Undurchdringliche. / Er zeugt nicht und ward nicht gezeugt / und da ist keiner, der Ihm gleicht.

Aruas Traumgesicht löste sich nicht auf. Ich wurde nicht still. Um mich herum arbeitete der Fels, Brocken stürzten ab, Kies rutschte nach.

Ich saß, ich sitze hier, versuche Kraft zu sammeln, die Gedanken zu ordnen. Sie schweifen, jagen Bilder einer Vergangenheit, die kaum noch meine ist: Mutter, fett und allein, Nüsse kauend beim Fernsehen; frühmorgens im grauen Hosenanzug, rechts die Kaffeetasse, links das Käsebrot; froh über ihre Unkündbarkeit als Finanzbeamtin im mittleren Dienst; eine Art Liebe. Der Blick von der Anhöhe auf das Rheintal, Dunst über dem Wasser, Haschischrauch im Mund, die Flasche in der Hand, Grillen, laut wie ein Güterzug. Im Rock-Café: Warten auf den Mann, der einen Zopf tragen und sich »Falko« nennen wird. Noch ehe er sich vorstellt, weiß ich, welchen Geschmack Verrat hat. Aruas schlanke Gestalt vor der Pizzeria. Ich möchte sie nach ihrem Namen fragen und wage es nicht.

Samirs Wecker klingelt. Fünf Uhr. Der Tag, auf den wir hingelebt haben, beginnt mit einem häßlichen, elektrisch erzeugten Ton, seiner siebenfachen Wiederholung, gefolgt von Echos, die sich überschneiden. Wenn alles nach Plan läuft, werden wir in acht Stunden beim Tempel sein. Gedämpfte Stimmen. Obwohl die nächsten Häuser weit entfernt liegen, wird nur das Nötigste gesprochen. El Choli beruhigt sich. Hinter ihm huschen Kegel von Taschenlampen über die Wände. Samir tritt neben ihn, prüft den Horizont.

Noch herrscht Nacht. In wenigen Minuten wird das Dunkel aufbrechen. El Choli flüstert ihm etwas zu, deutet in meine Richtung. Er hält es für einen Fehler, mich mitzunehmen. Einer nach dem anderen kommen die Brüder heraus, gehen zu der Sandfläche, reiben sich den Schmutz des Schlafes vom Leib. Ich wechsle einige Sätze auf deutsch mit Karim. Er erzählt von seiner Schwester. Sie kellnert in einer Studentenkneipe. Seit dem Tod des Vaters trägt er die Verantwortung für sie und wird ihr nicht gerecht.

Schon daß El Choli manchmal nicht versteht, worüber wir sprechen, erbost ihn. Samir winkt mich heran: »Vor dem Kampf ist es wichtig, Ruhe zu finden«, sagt er. »Alle Ruhe liegt in Gott«, antworte ich. Erst jetzt spüre ich die Kälte der Wüste vor Tagesanbruch. Auf meiner Haut ein Film aus trockenem Schweiß, pulverisiertem Stein.

Es beginnt zu dämmern. Hinter den Bergen jenseits des Wadis verbreitet sich ein heller Streifen: die Zeit des Morgengebets. Vielleicht wird es unser letztes sein. Wir stellen uns in einer Reihe hinter Samir auf, der Heiligen Moschee zugewandt, Seite an Seite mit Abraham, Ismael, Jesus, Mohammed, mit allen, die gläubig waren und sind, vor und nach uns.

Bei der Morgenröte! / Und bei den zehn Nächten! / Und beim Geraden und Ungeraden! / Und bei der Nacht, wenn sie vergeht! / Ist das kein Beweis für den, der Verstand hat? / Hast du nicht gesehen, wie dein Herr mit den 'Ād verfuhr, / mit Iram, ihrer säulenreichen Stadt, / der nichts im Land glich? / Und mit den Thamūd, die den Fels aushöhlten im Tal? / Und mit Pharao samt seinen Prachtzelten? / Die allerorten frevelten / und Verderben stifteten? / Dein Herr ließ die Geißel der Strafe auf sie niederfahren…

Während meine Stirn den Boden berührt, erlischt die

sichtbare Welt. Die unsichtbare wird von Bildern verhüllt: Unsere – Mutters – Wohnung vollgestopft mit Teddybären; geblümte Schleifen raffen die Gardinen zusammen. Hochwasser; der Pfarrer bringt die Kommunion per Boot; wo er vorbeifährt, bekreuzigen sich die Leute. Meinen Arm in den Rücken gedreht, stößt mich der Zivilfahnder in den Wagen.

»Friede und Gottes Barmherzigkeit sei mit Euch.« Ich wende mich nach rechts, nach links, stehe auf, falte den Teppich zusammen. Ein Vogel gleitet über uns hinweg dem Nil zu. Der graue Streifen Licht hat sich in Gelb verwandelt, das weiter oben die Schwärze durchdringt. Die Kante der Sonne scheint orange über den Hügeln, bringt die Wüste zum Glühen. »Pack dein Zeug, Jochen«, brüllt El Choli. »Ich heiße Abdallah!« antworte ich. »Hört auf herumzuschreien«, zischt Mohammed. Ich gehe zu meinem Platz in der Höhle, rolle die Decke auf, räume Pullover, Konserven, Bücher, das Briefbündel aus dem Rucksack, lege alles auf einen Stapel, dazu die schriftliche Verfügung. Aruas winzigen, von Lippenstift beschmierten Qur'ān stecke ich in die Hosentasche.

Shukri hat den Gaskocher angezündet und Wasser aufgesetzt. Der Gestank von neun Männern, die am Vortag durch Gluthitze marschiert sind, ungewaschen eingeschlafen, stört ihn nicht. Er ist mit sechs Geschwistern aufgewachsen. Seine Familie haust in einem einzigen Raum aus Lehmziegeln. Kein eigenes Zimmer, abschließbar, mit Stereoanlage, Gitarre, justierbarem Schreibtischstuhl für eine orthopädisch korrekte Haltung beim Lernen. Ich öffne eine Dose Foul, schütte sie in den zweiten Topf, halte Shukri meinen Becher hin. Er gießt süßen Tee ein.

Die Sonne steht jetzt voll über den Bergen. Nach wie vor

wird wenig gesprochen. Jeder hängt seinen Gedanken nach, bereitet sich vor, auf was man sich nicht vorbereiten kann.

Die unsinnige Frage, was andernfalls gewesen wäre: Es ist nicht der Fall.

Der Tee wärmt, schärft die Aufmerksamkeit. Klarheit und Konzentration als physische Reaktionen. Außerdem: Schlafmangel, Leere im Bauch.

Es wird viele Tote geben. So Gott will. Deutsche, Amerikaner. Ich hasse sie nicht. Nicht mehr. Sie haben keine Bedeutung. Jedem Menschen ist sein Ende bestimmt. Wenn er ausgelöscht wird, verblaßt kein Stern. Am Tag des Gerichts legt seine Haut Zeugnis über ihn ab. Dann wird er in Gärten geführt oder zum Abgrund. *Und was läßt dich wissen, was der Abgrund ist? / Loderndes Feuer.* Ich bin ein Werkzeug. Die Schalen mit Gottes Zorn sind voll. Seine letzte Gemeinschaft hat sich abgekehrt, ist in die Zeit der Unwissenheit zurückgefallen, bis auf wenige. Der Rest befindet sich im Krieg. Wir haben ihn nicht gewählt, er wurde uns aufgezwungen. Wir verteidigen das Haus des Islam, das der Präsident und seine Clique verkaufen, für Dollarmillionen. Sie verkaufen, was ihnen nicht gehört, was sie gestohlen haben, mit Hilfe von Waffen aus Amerika und Europa, wie die Bande Al Saud, die den Ungläubigen die Heiligen Stätten überlassen hat als Aufmarschgebiet für den jüngsten Kreuzzug im Namen des Ölgötzen. Vielleicht werden wir sterben. Wen kümmern ein paar Tage mehr oder weniger? Lächerlich, sich daran zu klammern.

Shukri kommt mit dem Topf. Die Bohnen schwimmen in Fett. Zunächst geht er zu Samir. Samir erwartet das nicht, im Gegenteil: Er wäre lieber der letzte. Mehr als Wissen und Erfahrung zeichnet ihn Bescheidenheit aus. Shukri besteht darauf, ihn als ersten zu bedienen. Er ist in der Furcht vor

Höhergestellten aufgewachsen, gewohnt, daß Macht Privilegien bedeutet. Ich nehme eine halbe Kelle statt zwei. Mein Magen hat sich auch nach neun Monaten nicht auf das ägyptische Frühstück umgestellt. Jamal bringt eine Tüte dünnes Fladenbrot. Wir bilden einen offenen Kreis, essen schweigend. Ich hocke zwischen Karim und Achmed. El Choli hält größtmöglichen Abstand zu mir. Sein Maschinengewehr liegt griffbereit neben ihm und zeigt auf mich. Das kann Zufall sein. Er wird es zurücklassen. Wir haben gestritten, ob der Abstieg bewaffnet oder unbewaffnet erfolgen soll. Meine Argumente gegen Waffen haben die anderen überzeugt, bis auf El Choli. Die Niederlage ist Teil seiner Erbitterung, nicht ihre Ursache. Er hat mich von Anfang an verachtet, obwohl ich ihm gegenüber freundlich gewesen bin, seit wir uns kennengelernt haben, vor drei Monaten, nahe Assyût. Alle außer ihm sind mir mit Respekt begegnet, gerade weil ich nicht im Islam geboren wurde, weil ich danach gesucht habe, allein. Durch Gottes Rechtleitung wurde meine Suche beendet. Das ist eine besondere Gnade, sagt Karim. Die ich nicht verdiene.

Der Himmel hat jetzt die bleiche Farbe des Tages. Staub verwischt die Konturen der entfernteren Bergketten. Salah wirkt angespannt. Ihm fällt der Brei vom Brot in den Napf zurück. Er greift an sein stoppeliges Kinn, fährt sich übers Haar, als wollte er Fliegen verscheuchen, die es hier nicht gibt. Samir spürt seine Nervosität, legt ihm die Hand auf den Arm. In Salahs Augen leuchtet Dankbarkeit, dann hastet sein Blick über unsere Gesichter, besorgt, daß jemand seine Angst bemerkt. »Gott ist größer«, sagt er, »Er wird uns schützen. Ich bin sicher, wir werden siegen, wie der Prophet in der Schlacht von Badr gesiegt hat.«

Er muß reden, um zu hören, was er denkt, sonst glaubt

er es nicht. »So Gott will«, sagt Samir. »So Gott will«, murmeln Mohammed und El Choli. Salah verstummt. Er ist jung. Zwanzig. Die ersten neunzehn Jahre hat er als Liebling seiner Mutter im feinen Zamalek verbracht, während der Vater am Golf Spezialeinheiten ausbildete und viel Geld verdiente. Karim schaut mich an, hebt ratlos die Schultern. Salahs Schwäche stellt ein Risiko dar. Karim sagt das nicht. Er sucht einen harmlosen Witz, um ihn zum Lachen zu bringen, hält inne. Es ist nicht der Zeitpunkt für Witze. Statt dessen rezitiert er: »*Und haltet die auf Gottes Weg Gefallenen nicht für tot. Nein! Sie leben bei ihrem Herrn und werden versorgt.*«

Salah nickt: »Gepriesen sei Gott.«

Das Licht blendet. Ich setze die Sonnenbrille auf. Meine blaue Iris reagiert empfindlicher als die dunkelbraunen der Brüder. Samir ißt noch. Er kaut jeden Bissen mit Bedacht, kratzt den Teller aus, ohne aufzuschauen, während wir einer nach dem anderen unseren Blick auf ihn richten. Acht Paar Augen sammeln sich erwartungsvoll auf einem Gesicht, das keinerlei Regung zeigt. Nachdem er sich die Finger abgeleckt hat, bringt er sein Geschirr in die Höhle. Keine seiner Bewegungen ist fahrig oder unnütz. Ich habe nie ein überflüssiges Wort aus seinem Mund gehört. In allem folgt er dem Beispiel des Propheten. Als er den Bart abgenommen hat, um nicht Gefahr zu laufen, in letzter Minute von übermotivierten Polizisten eingesperrt zu werden, bat er Gott um Vergebung.

Er kehrt aus dem Dunkel zurück, steht da, sehnig, mit scharfkantigem Profil, schaut über das Tal wie ein Feldherr, der weiß, daß die Truppen bedingungslos folgen. Er braucht keine Rede zu halten. Sein Anblick vertreibt jeden Zweifel. »*Im Namen Gottes des Erbarmers, des Barmherzi-*

gen«, sagt er und schultert den Rucksack. Damit beginnt der Abstieg. Mohammed als erster, gefolgt von Samir.

Es braucht nicht viele Dinge für den Weg. Hauptsächlich Wasser, etwas Brot. Mohammed hat Karten, einen Kompaß. Achmed trägt das Satellitentelephon, Samir und Jamal Ferngläser. Das meiste bleibt zurück. Es wäre Ballast, der die Bewegungsfreiheit einschränken würde. Für den Fall, daß uns die Flucht gelingt, wir eine weitere Nacht hier verbringen müssen, werden wir froh sein, wenn es noch da ist.

Geübte Handgriffe, austauschbare Erinnerungen. Gleichgültigkeit. Ich habe mir abgewöhnt, auf große Gefühle zu warten. Glaube ist keine Sache des Gefühls. Gott antwortet, wann es Ihm gefällt. Nicht einmal die Hinwendung läßt sich erzwingen. Man kann sich bemühen. Wenn Er will, daß es vergeblich ist, wird es vergeblich sein. Die Worte bleiben eine Bewegung der Lippen, während das Herz sich selbst umkreist, nicht einmal Seinem Schweigen begegnet. Auch die Enttäuschung habe ich mir abgewöhnt. Manchmal sickert sie heimlich ein, ein Tropfen Gift. Jetzt, wo ich kurz davor bin, alles zu opfern. Ich habe mir etwas erhofft von diesem Moment. Es war in einem finsteren Winkel eingesperrt, so daß ich es während der Vorbereitungen fast vergessen hatte. Hoffnung auf etwas Unvergleichliches, das mich vollständig ausgefüllt hätte. Eine Ahnung davon. Es ist selbstsüchtig gewesen. Hochmut, der das Opfer entwertet. *Ob ihr verbergt, was in euren Herzen ist, oder es kundtut, Gott weiß darum.*

Zunächst müssen wir durch eine Wand. Mohammed und El Choli haben Ringe verankert, durch die ein Seil führt. Ringe und Seil waren meine Idee. Mutter hat sie zusammen mit einem Paar Bergstiefeln aus Deutschland geschickt, in der Annahme, ich würde Wandertouren zu antiken Stätten unternehmen.

Das Gehen ist mühsam, weniger anstrengend als der Gewaltmarsch gestern. Noch hält sich die Gefahr in Grenzen. Es sei denn, einer hätte sich verkauft. Das traue ich niemandem zu. Alle außer Salah, Karim und mir haben bewiesen, daß sie bereit sind, sich foltern zu lassen, zu sterben. Warum hätte einer abtrünnig werden sollen? Salah hat lediglich Angst. Für Karim würde ich meine Hand verwetten. Soweit ich weiß, kennen sonst nur drei Leute unseren Aufenthaltsort und einen vagen Zeitplan. Wenn wir verraten worden wären, hätte die Armee uns schon gestern angegriffen. Unsere Vernichtung im Vorfeld wäre propagandistisch besser auszuschlachten gewesen: Seht her, die Regierung kennt Pläne und Schlupfwinkel der Terroristen, keine Verschwörung bleibt verborgen, fürchtet euch nicht, herzukommen und das Erbe zu bestaunen, das Ägypten der Welt geschenkt hat. Seid Gäste im Land der Pharaonen! Laßt reichlich Devisen hier!

Die Piste, die zur Straße nach Luxor führt, befindet sich fünfundzwanzig Kilometer entfernt in östlicher Richtung. Es gibt keine befestigten Wege hinunter, nicht einmal Hirtenpfade. Man muß auf jeden Schritt achten. El Choli, Samir und Mohammed tragen Armeestiefel, die anderen Turnschuhe. Salahs sind von Nike, ein Mitbringsel des Vaters aus Abu Dhabi, für das er sich ständig entschuldigt. Wenn einer ausrutschen, sich den Fuß verstauchen würde, dürften die anderen keine Rücksicht nehmen. Er bliebe liegen mit dem, was er bei sich hat. So wurde es vereinbart. Die Wahrscheinlichkeit, daß ihn jemand findet oder daß er es allein bis zur nächsten Siedlung schafft, ist gering. Selbst wenn er hinkend oder kriechend vorwärtskäme, würde er die Orientierung verlieren, den Mut. Die Berge sind kaum voneinander zu unterscheiden. Dies Tal scheint eine Kopie des vorigen. Lagen zwei oder vier Stunden zwischen dem weißen Skelett des Dromedars und dem der Ziege, das von Fellresten überzogen war? Dünen wandern, entpuppen sich als Luftspiegelungen, sobald man sich nähert. Das Licht ist so grell, daß man sich unmöglich bestimmte Formationen einprägen kann. In der Hitze schmilzt das Hirn und verliert die Merkfähigkeit, wenn man kein Beduine ist, seit Jahrhunderten der Wüste angepaßt, mit Skalen und Begriffen für tausend Spielarten von Braungrau, Beigegrau, Rotgrau. Das Zeitgefühl zerbricht. Wir folgen den Steinhaufen, die Mohammed und El Choli während der vergangenen Monate errichtet haben, als sie das Gebiet erkundeten, immer neue Routen probierten, um die Schwierigkeiten der einen gegen die Umwege einer anderen abzuwägen. Mohammed ist studierter Geograph. Das Zeichnen von Karten im offenen Gelände hat er nicht an der Universität gelernt, sondern in Afghanistan. Er gehörte zur selben Einheit wie El Choli und Samir. Auch dort ist Samir zum Schluß Kommandeur gewesen, obwohl er aus einem fremden Land stammte. Sie finden sich in jeder Gegend zurecht, sind an allen Waffen ausgebildet, bis in den letzten Muskel trainiert. Oft mußten sie sich wochenlang durch Wildnis schlagen, ihre Ausrüstung auf den Rücken gepackt. Sie haben sich von dem ernährt, was das Land hergab, was die Leute in entlegenen Dörfern ihnen schenkten. Doch ihre Angriffe waren so effektiv, daß die zweitstärkste Streitmacht der Welt nach zehn Jahren Verlusten gedemütigt abzog. Wir haben viel von ihnen gelernt. Ohne ihre Kenntnisse und Kontakte wäre dieser Plan nicht zustande gekommen. Gelingt er, wird die Welt erschüttert.

Die Hubschrauberpatrouillen, die neuerdings von der Armee geflogen werden, sind in den nächsten Stunden die Hauptgefahr. Der Pilot würde uns bemerken, trotz der sandfarbenen Kleidung. Er würde uns einkreisen, Verstärkung rufen. Sollten wir versuchen zu fliehen, würde der Soldat an den Bordgeschützen uns niedermähen. Sonst nicht. Wir könnten ebensogut Touristen sein. Unser Tod würde diplomatische Verwicklungen nach sich ziehen, weitere Reiseveranstalter abschrecken. Ich habe ein gültiges Visum, Jamal einen englischen Paß. Er ist in London aufgewachsen. Karim lebt seit fünfzehn Jahren in Deutschland. Wir sind unbewaffnet, bis auf Messer. Die anderen hätten wir als Führer engagiert. Daß sie keine staatliche Lizenz haben, ist ein Bagatellverstoß.

Eine Eidechse rennt davon, verschwindet zwischen Felsen, hinterläßt eine weiche Spur, die bald verweht sein wird. Schwaden von Achmeds Schweißgeruch wehen mich an. Er riecht stärker als die anderen. Ich verlangsame mein Tempo, um ein paar Meter Luft zwischen uns zu bringen. »Jochen-Abdallah, schließ auf«, ruft El Choli, der zum Schluß geht, »wenn du nicht mehr kannst, bleib hier und behindere uns nicht.« Samir dreht sich um, schüttelt den Kopf. Er gibt die Befehle. El Choli braucht mich nicht zu kümmern. »Abdu, bleib ruhig«, sagt Karim hinter mir, »Streit ist das letzte, was uns hilft.« El Choli brüllt: »Was hast du gesagt?« überholt Jamal und Shukri, reißt Karim am Ärmel: »Ich will wissen, was du gesagt hast!« »Daß wir Brüder sind.« »Lüg mich nicht an.« »Wir sind Brüder.« »Er stammt von Ungläubigen. Du hast im Frieden mit den Ungläubigen gelebt, statt gegen sie zu kämpfen.« Karim lächelt, läßt sich zu keiner Unbedachtheit hinreißen. Die anderen sind stehengeblieben. Samir tritt zwischen uns, nimmt El Cholis Hand von Karims Arm: »Warum vergeudet ihr Kraft für nichts?« fragt er. »Der Deutsche ist zu schwach, er läßt eine Lücke.« »Bist du müde, Abdallah?« »Nein.« Ich kann unmöglich sagen: Achmed stinkt. »Sicher nicht?« »Nein.« »Paß auf, daß dein Abstand nicht zu groß wird.« Ich nicke. »Geh an deinen Platz, El Choli.« »Es ist ein Fehler, ihnen zu trauen.« »Sie wurden geprüft und haben keinen Anlaß gegeben, an ihrem Glauben zu zweifeln.« »Du verstehst diese Sprache so wenig wie ich. Sie können uns eine Falle stellen, ohne daß wir es merken.« »Sie schützen uns, falls die Armee auftaucht. Geh.«

Samir duldet keinen Widerspruch. Seine Augen sind Schlitze. El Choli fügt sich.

Ich bin aus dem Tritt, mein Atem hat seinen Rhythmus verloren. Mir zittern die Hände, meine Knie geben nach, nicht vor Erschöpfung. Wie sollen wir erfolgreich sein, wenn wir einander mißtrauen? Ich fürchte El Cholis Wut mehr als die Waffen der Feinde. Das darf ich nicht denken. Wie verhindert man falsche Gedanken? Sie sind Einflüsterungen. Er hat gefangenen Russen mit dem Messer die Kehle durchgeschnitten und ihnen dabei ins Gesicht geschaut. Das weiß ich von Mohammed. *Und tötet sie, wo immer ihr auf sie stoßt, und vertreibt sie, von wo sie euch vertrieben haben; denn Verführung ist schlimmer als Töten.*

Samir bemüht sich, gerecht zu sein, doch El Choli kennt er seit einer Ewigkeit. Sechs Winter lang haben sie Körper an Körper geschlafen, um nicht zu erfrieren. Sie haben einander aus aussichtslosen Situationen befreit, den Tod in Schach gehalten, während ich kiffend und Bier trinkend vor dem Fernseher saß und zum ersten Mal das Wort »Mudschahedin« hörte, verwundert nachsprach. Auf den Bildern zogen Männer aus einer fernen Vergangenheit durch gelbe Schluchten, über verschneite Pässe, hockten zusammengepfercht auf klapprigen Pick-ups, feuerten Boden-Luft-Raketen von der Schulter ab, dann explodierte eine MiG im Sinkflug vor makellosem Blau. Sie postierten sich auf ausgebrannten Panzern, jagten Gewehrsalven in den Himmel. Die bärtigen Gesichter waren hart und klar, sie strahlten Entschlossenheit und Gleichmut aus. Obwohl sie vom CIA unterstützt wurden wie lateinamerikanische Faschisten, kämpften sie auf der richtigen Seite. Welche das war, wußte ich nicht, nur so viel: Sie lag nicht rechts und nicht links, weder im Westen noch im Osten. Die Kraft, aus der sie schöpften, stammte aus einer anderen Quelle, in der entsprang etwas, ich hatte keine Ahnung, was, für das es sich lohnte zu leben, zu sterben, zu töten. Wenn nötig mit bloßen Händen. Darum habe ich sie beneidet. Darauf fußt El Cholis Stolz. Ein Mann, der nicht im Krieg war, ist in seinen Augen ohne Wert. Niemand kann vorhersagen, welches Maß an Schrecken sein Herz aushält, ob es zerspringt. Wie soll man auf ihn zählen? Ich frage mich, auf wessen Seite Mohammed steht. Sie achten einander. Freunde sind sie nicht geworden. Wenn er über El Choli redet, mischt sich Abscheu mit Bewunderung. Was überwiegt, wechselt je nach Stimmungslage. Manchmal überfällt ihn Entsetzen, das sich tagelang festbeißt, dann meidet er seine Nähe. Anders als das von El Choli, ist sein Gedächtnis kein Schredder.

Der Impuls, ›Halt! Stop!‹ zu rufen, im zwingenden Ton eines Anführers, und: ›Wir müssen den Streit beilegen, sonst werden wir keinen Erfolg haben.‹ Es würde das Ende der Operation bedeuten. Sie wäre an mir gescheitert. Ich laufe stumm weiter, versuche, mich auf nichts als den nächsten Schritt zu konzentrieren, doch da ist El Cholis Blick, in dem geschrieben stand, daß er mir den Tod wünscht. Erst meine Leiche wird er mit Respekt behandeln.

Ich hätte die Auseinandersetzung im Camp führen, allmählich sein Vertrauen gewinnen müssen, statt zu hoffen, daß seine Verachtung sich von selbst auflöst. Meine Versuche, mit ihm zu reden, hat er barsch zurückgewiesen, so daß ich aufgab. Vielleicht war es seine Art, mich zu prüfen. Ich bin durchgefallen. Wenn es darauf ankommt, werde ich für ihn einstehen, ihm den Rücken decken, an seiner Stelle sterben. ›Vor dem Feind ist er der Beste‹, sagt Mohammed, ›ein Tier.‹

Lärm im Kopf. Stimmen wie aus Lautsprechern, automatengeneriert.

Es ist nicht leicht, auf Gott zu vertrauen, angesichts der Leere ringsum. Wo sonst soll man es lernen? Im Gewirr der Städte zeigt Er sich nie. Gott meidet die Besitzer gemauerter Häuser, eingerichtet mit käuflichen Illusionen. In den Wüsten offenbart Er sich, fernab des Handels, der Vergnügungen, fernab der Liebe. Die Ihm begegnet sind, hatten Angst vor Seinem Ruf und Angst vor Seinem Schweigen. *Sprich: Ich nehme meine Zuflucht beim Herrn der Menschen, / dem König der Menschen, / dem Gott der Menschen, / vor dem Bösen des Wispernden, der hinein- und hinausschleicht, / der in der Brust der Menschen wispert; / vor Dschinn und Menschen.*

Wind pfeift durch ein Tor aus Fels. Das Rascheln der Dornbüsche. Die Blätter sind vertrocknet, ihre Farbe unterscheidet sich kaum von der des Bodens, erst ihre Schatten machen sie sichtbar. Um die Brust ein Klammergriff, der die Atmung lähmt. Ich habe mich entschlossen, mein Leben zu opfern. So Gott will. Die Tempel sind bewacht wie nie. Der Staatsapparat setzt speziell für den Objektschutz trainierte Soldaten ein, die Befehl haben, ohne Vorwarnung zu schießen. Achtzig Prozent weniger Besucher, seit unsere Angriffe verstärkt wurden. Wenn die Touristen lange genug fortbleiben, bricht die Wirtschaft zusammen, dann wird sich das Volk erheben und die Regierung hinwegfegen, dann wird die Herrschaft Gottes wiederhergestellt. Wir haben das Überraschungsmoment auf unserer Seite und drei Männer, die die Sowjets geschlagen haben.

Wie ein Filter färbt der Tod die Landschaft.

Arua wird nicht stolz sein, wenn sie erfährt, daß ich gefallen bin. Sie wird laut fluchen und still weinen. Hätte sie es gewollt, wäre unsere Geschichte anders verlaufen. Die Trauer des Traums hallt nach. Wir hätten ein friedliches Leben geführt, mit Kindern, Erwerbstätigkeiten, hier oder in Deutschland. Im Zeitraffer des Abschieds erscheint das Vergangene schöner, als es war. Als es unter anderen Umständen gewesen wäre. So hätte es weitergehen können – hätte es nicht. Ich habe keinen Beruf gelernt, für eine Ausbildung bin ich zu alt. Hilfsarbeit, mehr oder weniger vierzig Stunden pro Woche: Supermarktregale füllen, Gemüse hacken, Bauschutt schleppen. Gelegentliche Überprüfungen durch die Polizei wegen zurückliegender Straftaten. Zunehmende Verfettung, damit einhergehend: Annäherung an die politischen Ansichten der Besitzstandswahrer, gefolgt von Klagen über die Jugend: Das wären die eigenen Söhne und Töchter. Zum Schluß Bitterkeit, weil die Zukunft hinter einem gelegen hätte. Wie das passiert wäre? Ich würde mich nicht erinnern. Wer seine Wunschvorstellungen dem Kampf auf Gottes Weg vorzieht, endet als Kleinbürger. »Jedes Haus ist ein Unglück für seinen Eigentümer«, hat der Prophet gesagt. Es bleibt der Glaube an ein neues Auto, das einen schneller bringt, wohin man nicht will; die Hoffnung auf das Land der Verheißung im Urlaub; irgendwann zerbricht die Liebe an ihrer eigenen Belanglosigkeit. Ich bilde mir nicht ein, daß Arua und ich eine Ausnahme dargestellt hätten.

Salah schaut nicht einfach auf seine Füße, er läßt den Kopf hängen. Wenn Gott seinen Geist nicht stark gemacht hat, kann keiner ihm helfen. Er soll sich von uns trennen, sobald das erste Dorf in Sichtweite ist, soll sagen, daß er sich verlaufen hat, und nach Hause fahren. Seine Eltern sind reich, er kann studieren, heiraten, die Bewegung mit deren Geld unterstützen. Sobald der Wechsel vollzogen ist, wird sie es ihm danken. Samir hätte seine Schwäche sehen müssen. Warum hat er ihn ausgewählt? Sonst trügt ihn sein Urteil nie. Ich sollte mit ihm reden, unter vier Augen. Es müßte abseits geschehen, flüsternd. Dann denken die anderen, ich hätte ein Problem.

Knirschende Schritte auf Sand. Hosenbeine, die aneinanderreiben. Ein Flugzeug bewegt sich als silberner Punkt Richtung Süden. Im Westen kreisen Aasfresser. Jamal spuckt aus. Karim dreht sich um, fragt: »Alles klar?« »Gepriesen sei Gott.«

Mir bleibt eine kurze Spanne. Bei dem Gedanken brach mir früher der Schweiß aus. Echter Schweiß über eine eingebildete Bedrohung. Der Tod war ein Gespenst unter der Schädeldecke. Jetzt ist er in greifbarer Nähe. Das besagt nichts. Er untersteht Gottes Befehl. Nichts geschieht gegen Seinen Willen. *Sprich: Der Tod, vor dem ihr flieht, wird euch sicher ereilen, dann werdet ihr zu Dem zurückgebracht, Der das Verborgene kennt und das Offenbare, und Er wird euch verkünden, was ihr zu tun pflegtet.*

Meine letzten Stunden verbringe ich stolpernd, mit

schmerzenden Füßen trotz der guten Schuhe. Ich habe mehr Durst, als ich trinken kann, Sodbrennen von der Anstrengung, den fetten Bohnen. Ich denke an eine Frau, die nicht mitgegangen ist, nicht einmal im Traum, fürchte El Cholis Haß, wünsche Salah fort. Statt meine Gedanken zu sammeln, auf den Einsatz zu konzentrieren, einen Vers im Rhythmus der Schritte zu beten, bis er alle Fasern des Körpers durchdringt, wird mein Geist vom Durcheinander der Ungläubigen beherrscht. *Sprich: Was meint ihr, wenn Gott mich und die, die mit mir sind, vernichten wollte oder wenn Er uns Barmherzigkeit erweisen wollte...* Wie geht es weiter? Ein vollständiger Vers wäre besser als ein halber, ein halber besser als nichts. Die Beine verweigern sich dem Rhythmus der Worte.

Das Tal wird eine weite Ebene. Rechts und links schroffe Felswände. In der Ferne watet eine Karawane durch blauschwarzes Wasser. Samir bleibt stehen, setzt das Fernglas an, sucht den Horizont ab, geht weiter. Die verendeten Tiere, an denen wir vorbeilaufen, scheinen Zeichen – sie sind keine. Bustouristen, die durch die Wüste fahren, sehen halbverweste Schakale, Kadaver von Kälbern und fürchten sich nicht, obwohl sie Grund dazu hätten. Sie schlafen in klimatisierten Zimmern, träumen von Tut Anch Amun, Korallenfischen, von der magischen Kraft ihrer Kreditkarten. Wir werden ihnen den Schlaf rauben. Kommende Nacht werden sie zitternd zu Bett gehen, nicht wagen, das Licht zu löschen. Morgen früh werden sie darauf bestehen, daß man sie ausfliegt.

Wir erreichen einen aufgeschichteten Steinhaufen, höher als die vorherigen, im Schatten eines mächtigen Überhangs. Samir schaut auf die Uhr, hält an, legt den Rucksack ab: »Wir sind in der Zeit, sogar schneller, ruht euch aus«, sagt er und setzt sich mit einladender Geste. Wir räumen Geröll beiseite. Hier hat die Sonne den Boden noch nicht aufgeheizt. Achmed klappt den Koffer mit dem Telephon auf, peilt den Satelliten an, wählt eine Nummer, die nur er kennt, um den Brüdern, die uns zum Versteck am Fluß fahren werden, den verabredeten Satz zu übermitteln: »Wir haben die Ziegen zum Brunnen geführt, es ist ausreichend Wasser vorhanden.« Statt gleich aufzulegen, hört er eine Weile stumm zu, murmelt etwas, das ich nicht verstehe. Seine Miene wird ernst, er sagt: »Versucht es weiter. Ich melde mich in einer Stunde.« Trotz der Anspannung in den Gesichtern, verpackt er zunächst das Telephon, aus Furcht vor dem Wüstenstaub, der in jede Ritze dringt: »Rashid ist verschwunden«, sagt er, und ich spüre, wie mein Puls sich beschleunigt. »Seit wann?« fragt Samir. »Gestern abend war er noch da.« »Polizei?« »Khaled weiß es nicht.« »Hat er die Wohnung überprüft?« »Weder aufgebrochen noch Spuren einer Durchsuchung.« »Also keine Razzia.« »Gepriesen sei Gott.« »Rashid wird schweigen«, sagt Shukri, »egal, was sie ihm antun, er schweigt.« »Du kennst ihn am besten.« »Seit wir Kinder waren…« Samir überlegt. Er fragt El Choli: »Was denkst du?« »Wir können auf ihn verzichten.« »Und du?« Mohammed wiegt den Kopf hin und her: »Wenn Rashid redet, wird es eng.« »Er redet nicht«, versichert Shukri. Was bleibt ihm auch übrig? Rashid ist sein Freund. Er hat ihn für die Sache Gottes gewonnen: »Eher würde er Vater und Mutter verkaufen.« Ich bin nicht sicher, ob Shukri weiß oder hofft, daß Rashid sein Vertrauen nicht Lügen straft. »Ich teile deine Meinung«, sagt Samir, »und El Choli hat recht: Es geht ohne ihn.«

Keiner wagt, die Möglichkeit in Betracht zu ziehen, er

könnte übergelaufen sein. Keiner außer mir. Ein Anfall von Panik. Nicht wegen des Endes, sondern weil die Operation dann mißlingt. Wir würden umsonst sterben, ohne den Krieg entscheidend vorangetrieben zu haben. Das Marionettenregime Mubarak würde triumphieren. Die anderen haben keine Ahnung von der Mechanik des Verrats. Sie sind nie zersplittert, nicht aus Scherben zusammengesetzt. Sie wissen nicht, daß Treulosigkeit als Haarriß beginnt, unbeachtet, an einer dunklen Stelle. Dann verbreitert sie sich, wird ein Spalt, in dem die Luft fault. Das geschieht unmerklich, weil man es nicht wahrhaben will. Eines Tages bricht das Herz in zwei Teile, die sich nicht wieder zusammenfügen lassen. Übrig bleibt das Gas, an dem man erstickt. Sie kennen seinen Geruch nicht. Sie sind nicht in der Ideologie des Zweifels aufgewachsen. Der Gedanke, daß Gott eine menschliche Erfindung sein könnte, liegt jenseits ihrer Vorstellungskraft. Die Gleichgültigkeit, die daraus folgt, begreifen sie nicht – daß es keine Rolle spielt, was einer tut.

Salah ist blaß, beißt sich die Fingernägel. Meine Augen brennen vom Salz. Ich trinke langsam, in kleinen Schlukken, gegen das Verlangen, alles auf einmal hinunterzuschütten, mir die zweite Flasche über den Kopf zu gießen. Das würde den Kreislauf kollabieren lassen. So war es während der ersten Tage im Camp. Die, die schon Wochen dort verbracht hatten, lachten bloß. Die Gier bleibt. Mein Mund ist so trocken, daß der Speichel kaum reicht, das Brot weichzukauen. Samir winkt Salah zu sich. Er weiß, daß er einen Fehler gemacht hat, mindestens einen, je nachdem, was mit Rashid ist, und versucht, die Folgen einzugrenzen. Ich werde nicht mit ihm reden. El Choli stiert finster in sich hinein. Karim sieht mich an, verzieht den Mund. Er denkt das gleiche wie ich. Unsere Einheit ist zerfallen. Jetzt, mit der Möglichkeit im Hinterkopf, daß etwas schiefgelaufen ist, lösen sich die Verbindungen. Jeder steht allein da. Keiner hat ausreichend Distanz, um Verantwortung für das Ganze zu übernehmen. Auch Samir nicht. Er ist mit seinen Fehlern beschäftigt.

Während der Planungsphase haben die Afghanen bestimmt. Ihre Überlegenheit in allen operativen Angelegenheiten war unstrittig. Der Sheikh vertraute ihnen, stellte das Geld bereit, beschaffte an Ausrüstung, was immer sie forderten. Niemand wagte zu fragen, ob ihre Strategien für den Krieg hier geeignet sind. Sie hatten Erfahrung als Guerillas in unwegsamem Gelände, haben Versorgungswege abgeschnitten, Hinterhalte gelegt, Truppentransporte auseinandergerissen, am Ende eine hochgerüstete Armee vertrieben. Aber es ist ihnen nie gelungen, eine größere Ortschaft einzunehmen, geschweige denn zu halten. Doch wir kämpfen in Städten gegen einheimische Soldaten, denen das Gebiet ebenso vertraut ist wie uns, nicht gegen eine ortsunkundige Besatzungsmacht, bestehend aus demoralisierten Jüngelchen, die möglichst schnell nach Hause wollen.

Ich schließe die Augen. Die Netzhaut bleibt erleuchtet, warmes, gelbliches Flimmern. Erst als ich mein Gesicht in die Hände grabe, wird es dunkel. Ich höre Bruchstücke von geflüsterten Sätzen: »Vielleicht ist...« »Es könnte sein...« »Was geschieht, wenn...« »...aus Rashid herauspressen?« Dazwischen Shukris Beteuerungen: »Rashid schweigt.« Spekulationen, die zu nichts führen. Wir müssen den nächsten Anruf abwarten.

Wenn Khaled keine neuen Nachrichten hat, werden wir den Treffpunkt aus sicherer Entfernung beobachten, feststellen, ob etwas ungewöhnlich erscheint, beraten, einen Beschluß fassen. Er wird vorwärts gerichtet sein. Unsere Wasservorräte würden nicht reichen, um zur Höhle zurückzukehren, eine weitere Nacht dort zu bleiben, uns wohin auch immer durchzuschlagen.

Mohammed und Jamal sitzen abseits. Sie haben sich entschieden, keine Gedanken zu verschwenden, diskutieren die Frage, ob der Khalif von allen Gläubigen gewählt oder von den Bewährtesten bestimmt werden soll. Sie klingen, als gehörten sie bereits der verfassungsgebenden Versammlung des künftigen Staates an: »Demokratie ist eine verbotene Neuerung, sie stammt von den Ungläubigen«, sagt Jamal. »Aber wer soll die aussuchen, die den Khalifen benennen?« fragt Mohammed. »Der Prophet, Gott segne ihn und schenke ihm Heil, hat keine Wahlen abhalten lassen.«

Ich staune, wieviel Zukunft sie sich geben, sage leise: »Das werden andere entscheiden.« Sie hören es nicht. In meiner Stimme ist keine Unsicherheit.

Das irdische Leben ist nur ein Spiel und ein Scherz. Wahrlich, die Wohnstatt im Jenseits ist besser für die Gottesfürchtigen. Wollt ihr denn nicht begreifen?

Salah ist der einzige, der noch etwas erwartet, das den Aufenthalt in dieser Welt lohnt. Er hat wenig erlebt in seinen zwanzig Jahren, die Liebe der Eltern und nächtliche Männergespräche, zu denen er nichts beitragen konnte. Jetzt schwankt er zwischen Hoffen und Angst. Wir anderen wissen: Der Tod ist die Heimkehr von einer beschwerlichen Reise durch unwirtliches Land.

Staubverkrustete Haut, das Hemd mit Salzkränzen, schmerzende Füße. Der Satz: ›Ich stehe nie wieder auf.‹ Unter anderen Umständen würde ich sagen: eine wunderbare Landschaft. Nur zu Fuß, an der Grenze der eigenen Kraft, erfährt man sie.

»Mutmaßung ist die Mutter der Schwäche«, sagt Samir und erhebt sich: »Die Entscheidungen werden getroffen, wenn sie anstehen.« Er fordert Salah auf, direkt hinter ihm zu laufen. Die Hälfte des Weges liegt noch vor uns. Der erste Schritt ist der schwerste. Samir beginnt, den Qur'ān zu rezitieren. Er kennt ihn ganz auswendig, weiß, daß die Worte Salah beruhigen, ihm die Furcht nehmen werden, besser als alles, was er oder sonst einer ihm sagen könnte. Jeder von uns hat das erfahren: zu Anfang den Schrecken. Man will das Buch zuschlagen, wegwerfen. Das ist keine Schande. Selbst dem Propheten erging es so, als ihm befohlen wurde: *Lies! Im Namen deines Herrn, der erschaffen hat. / Den Menschen aus einem Gerinnsel erschaffen hat.* Und ihm stand doch der Engel zur Seite. Man will flüchten, sich an einem geheimen Ort verbergen, für alle Zeit unauffindbar sein. Aber das Buch ist stärker. Es hält einen fest, bricht den Widerstand. Dann zwingt es dem, der Ohren hat zu hören, Verstand, um zu begreifen, seine eigene Bewegung auf, bis er sich unterwirft und ruhig wird. So ist es gewesen. Ich konnte es lange nicht glauben, damals vor sechs Jahren an dem brütendheißen Nachmittag Ende August. Ich lag halb angezogen auf dem Bett, hatte mich nicht gewaschen – nicht einmal die Hände –, bevor ich das Buch nahm, obwohl ich wußte, daß die Reinigung vorgeschrieben ist, wenn man es nur berührt. Ich habe auf meiner Unvoreingenommenheit beharrt, und doch ist passiert, wovon die Gläubigen rund um den Erdball berichten. Zugleich beteuern sie, daß ihnen die Worte fehlen. Ich dachte, günstige Umstände fallen zusammen, eine eingebildete Vorahnung, unmerklich im Unterbewußten gereift, die sich selbst erfüllt, um nicht enttäuscht zu werden. Ich redete mir ein: Es ist nur eine Übersetzung, sie kann keine Wirkung haben. Trotzdem: Zum ersten Mal, seit mein Gedächtnis etwas vermerkt, herrschte Ruhe. Und sie kehrte wieder, immer wenn ich las. Bis heute.

Vom Rand des Hochplateaus aus kann man jetzt die Straße sehen. Ein schmales graues Band, das sich einige Kilometer durch Geröll schlängelt, verschwindet. Unser Treffpunkt ist ein halbes Dutzend blauer Fässer, vom Rost zerfressen. Sie liegen da wie Relikte einer untergegangen Zivilisation. *Wehe dem Lästerer, dem Verleumder, / der Vermögen zusammenrafft, es zählt und zählt. / Er glaubt, das Vermögen hätte ihn unsterblich gemacht / Nein! Er wird gewiß in das Mahlwerk gestürzt.* Nachdem das Öl verbraucht war, zerfiel die Herrschaft des Westens, gegründet auf Gier und Zerstreuung. Übrig blieben digitale Zahlenkolonnen. Sie subtrahierten und dividierten sich gegenseitig, bis eine letzte Null blinkte. Dafür gab es Müllberge zu kaufen, die der Chamsin allmählich unter Sand begrub. Die Menschen vergingen aus Angst vor dem Nichts, an das sie so gerne geglaubt hatten.

Der Abstieg durch ein schmales Wadi wird noch einmal eine halbe Stunde dauern. Weit und breit kein Auto und keine Spur von Polizei oder Armee. Wir sind zu früh. Samir bleibt stehen, nickt Achmed zu, damit er Khaled anruft. Gespanntes Schweigen, in dem das Wehen des Windes Lärm wird. Salah tritt von einem Fuß auf den anderen.

Shukri fühlt sich schuldig, obwohl ihm keiner einen Vorwurf macht. Karim sagt auf deutsch: »Scheiße.« Es dauert ungewöhnlich lange, bis Achmed den Satelliten gefunden hat, dann murmelt er vor sich hin, und ich weiß nicht, spricht er mit Khaled oder mehr zu sich selbst, er kratzt sich am Hinterkopf, sagt: »Ich melde mich wieder«, seufzt. Sonst nichts. »Was Neues?« fragt Samir. »Rashid ist unauffindbar. Es gibt keinen Hinweis, daß sie ihn verhaftet haben. Khaled vermutet einen Unfall. Hani ist alle möglichen Strecken abgefahren, ohne Ergebnis. Sie sind sehr vorsichtig gewesen.« Samir denkt nach. Solange er denkt, sagt keiner ein Wort. Er fragt noch einmal: »Sie haben nichts bemerkt, das auf Polizei schließen läßt?« »Nichts.« »Ohne Pause wären wir vierzig Minuten früher unten als geplant. Wenn jemand umkehren will… Von hier aus schafft er es allein.« Samir schaut jedem einzelnen lange ins Gesicht, Salah etwas länger. Ich frage mich, ob er tatsächlich einen von uns so ohne weiteres fortließe. Es wäre Fahnenflucht. Auf Deserteure wartet überall auf der Welt die gleiche Strafe. »Dann nutzen wir den Vorsprung. Sag ihnen, sie sollen losfahren.«

Achmed wählt erneut: »Wir werden in einer halben Stunde an der vereinbarten Stelle sein. So Gott will.«

Ich bin erleichtert, trotz der Beklommenheit. Sie ist der Schatten einer Wolke. Dahinter der ungetrübte Himmel aus Licht. Dorthin sind wir unterwegs.

Das letzte Stück ist stark abschüssig, schwierig selbst für die Afghanen mit ihrer Hochgebirgserfahrung. Jeder Schritt verlangt Aufmerksamkeit. Wir rutschen mehr als wir gehen. Die Abstände werden größer, auch El Choli hat Mühe, den Anschluß zu halten. Sand- und Steinlawinen lösen sich, reißen Geröll mit, verschwinden in ihrem eigenen

35

Staub, der weiter unten verweht. Jamal knickt um, fängt mit Mühe einen Sturz ab, läuft hinkend weiter, versucht, über den Schmerz zu lachen. Meine Schuhe geben den Knöcheln Halt. Das Profil greift, wo der Fels eben ist, das ist er fast nie, auf dem Schotter nützt es nichts. »Vorsicht!« ruft Mohammed, als dicke Kiesel an ihm vorbeispringen. Bei jedem Atemzug brennt die Luft in den Bronchien. Der Körper beginnt von innen zu glühen. Nirgends ein Überhang, der für eine Minute Schutz vor der Sonne böte. Die Zunge klebt am Gaumen wie gedörrt, obwohl ich eben erst getrunken habe. Ab wieviel Grad schmilzt Fleisch? Verflüssigt es sich? Im Westen, von wo die Wagen kommen, ist die Straße durch einen scharfen Grat verdeckt, im Osten, wohin wir fahren, biegt sie in ein Seitental. Armeefahrzeuge würden wir zu spät entdecken, ganz gleich aus welcher Richtung sie anrückten. Anhand des Steinschlags, der Staubfahnen wüßten die Soldaten, daß hier Menschen unterwegs sind: die, die gesucht werden. Wir. Sie könnten in Ruhe Stellung beziehen. Sobald sich unser Blickfeld öffnete, wären wir in Reichweite, ohne Deckung. Zielscheiben für Schießübungen mit scharfer Munition. Haben El Choli und Mohammed das nicht bedacht? Es muß ihnen aufgefallen sein. Oder haben sie vergessen, daß wir uns nicht in einer unbewohnten afghanischen Gebirgsregion befinden, sondern fünfzehn Kilometer Luftlinie vom Nil entfernt, in unmittelbarer Nähe zu den Lieblingsplätzen des Kulturtourismus, die wie ein Hochsicherheitstrakt geschützt werden. Wahrscheinlich wollte El Choli deshalb bewaffnet gehen. Von hier aus betrachtet, hatte er recht. Mein Eingeständnis hilft jetzt nicht mehr.

Der nächste Abschnitt stürzt noch steiler ab. Wir brauchen unsere Hände, hangeln uns durch die Wand, unter uns dreißig Meter Raum für freien Fall. Der Grund bröckelt, sobald man den Fuß aufsetzt. Schulwissen, Erdkunde: Wüstenklima, besonders die extremen Temperaturschwankungen zwischen Tag und Nacht bewirken starke Verwitterung. Es kommt zu Abschuppung und Kernsprüngen des Gesteins, das in Schutt zerfällt. Was Achmed getragen hat, kann unter mir wegbrechen, was mich trägt, unter Karim. Samir wird von faustgroßen Brocken am Oberschenkel getroffen, schützt seinen Kopf. Wir erreichen einen schmalen Vorsprung, der sich drei-, vierhundert Meter fast waagerecht den Abgrund entlangschiebt – in die falsche Richtung. Er endet auf einem flacher abfallenden Geröllfeld. Es bildet den Grund des Wadis, wo vor Jahrzehntausenden, als es hier Regenzeiten gab, das Wasser aus den Bergen hinuntergebrodelt ist, alles mitgerissen hat, was sich in den Weg stellte. Wenig später trieben Gräser aus, wurden satte Weiden für riesige Herden Wildtiere. Jetzt wachsen nicht einmal Dornbüsche. Aus südlicher Richtung trägt der Wind das Donnern einer Explosion herüber, seinen Widerhall. Wir halten an, horchen. Ein Moment des Durchatmens. Ich wische Schweißtropfen von der Stirn, ehe sie verdunstet sind. Weitere Detonationen, polternder Fels. »Bauarbeiten«, sagt Shukri, »oder Ausgrabungen.« Er stammt aus der Gegend, kennt sich aus. Keiner setzt sich. Er käme nicht wieder auf die Beine. Das Wadi mündet in eine riesige Sandfläche, die den Fluß verschlucken würde, gäbe es ihn. Sie steigt zu einer Düne an, hinter deren Kuppe die Fässer liegen müßten. Wir gehen wieder in Reihe. Ein Krähenschwarm fliegt niedrig und kreischend vorbei, unmittelbar gefolgt von seinem Schatten. Bei jedem Schritt versinkt der Fuß bis zum Knöchel, die übersäuerten Muskeln schmerzen. Der Gedanke, einfach zur Seite zu kippen und liegenzubleiben. Mohammed verlangsamt das Tempo, bleibt stehen, dreht sich zu Samir. Sie besprechen sich kurz. Samir wird der Späher sein, signalisiert, den Zeigefinger an den Lippen, daß wir uns nicht vom Fleck rühren sollen. So war es vereinbart, so wird es gemacht. Noch fünfzig Meter. Samir duckt sich, kriecht, erst auf allen vieren, schließlich flach auf dem Bauch, wie im Training unter Stacheldraht: die kantig-fließenden Bewegungen einer Echse in Menschengestalt. Mein Herz pumpt so heftig, daß ich es hören kann. Einen Atemzug lang Warten auf den ersten Schuß einer Maschinengewehrsalve, der nicht fällt. Samir verharrt ein letztes Mal. Dann richtet er sich auf, hat freie Sicht, schaut sich zu uns um, ruft: »Gepriesen sei Gott.« Die Anspannung löst sich, wir rennen trotz der Erschöpfung, als läge das Meer vor uns, warm, türkis leuchtend, und wir würden uns die Kleider vom Leib reißen, kopfüber hineinspringen. Glück als Kopie der Werbung, eingetrichtert seit Kindertagen. Atlantik gleich Frische gleich »Fa«. Spätfolge der Deformation des Westmenschen, selbst nachdem er sich bekehrt hat. Nur Mohammed und El Choli gehen ruhig weiter. Sie wissen, das Zwischenziel ist lediglich Ausgangspunkt der nächsten Etappe, kein Grund zum Jubeln. Wer jubelt, verschwendet Kraft, die er noch braucht.

Im Innern der Fässer dösen ausgemergelte Hunde. Sie beachten uns nicht. Wovon ernähren sie sich? Hier hält nie ein Reisebus. Kein Tourist wirft sein halbgegessenes Sandwich weg. Vor lauter Erleichterung tritt Salah gegen ein abgerissenes Stück Blech, das aus dem Sand ragt, dumpf scheppert. »Laß das, Idiot«, faucht El Choli, und Salah zuckt zusammen wie ein Junge, den sie beim Stehlen erwischt haben. Samir legt ihm die Hand auf die Schulter.

Einer der Hunde stellt sein Ohr auf. Da sonst nichts geschieht, klappt er es wieder ein, bleibt ungerührt liegen. Unsere Wagen müßten jeden Moment eintreffen. Wir stehen da: neun Männer völlig erschöpft in sengender Sonne bei kobaltblauem Schrott. Im Rücken schroffe Wüstenberge, vor uns eine Straße, die von irgendwoher nirgendwohin führt, davor flachere Halden korrodierten Gesteins. Wir holen Luft, trinken das letzte Wasser, versuchen, die Erschöpfung nach der kurzen Euphorie nicht überhand nehmen zu lassen: Im nächsten Moment kann das Leben zu Ende sein oder der Kampf weitergehen. Zwischen sandockergrauer Erde und gleißend verstaubtem Himmel Aruas Lächeln, bevor sie gesagt hat: »Das geht mir zu weit, etwas stimmt nicht, der Islam ist eine Religion des Friedens.« Meine Antwort, ebenfalls lächelnd: »Du mußt wissen, was du tust, und ich tue, was ich muß.« Sie hat mit den Achseln gezuckt: »So ist es dann wohl.« »Es heißt: *Und auf Gottes Weg soll kämpfen, wer das irdische Leben für das Jenseits verkauft. Und wer auf Gottes Weg kämpft, gleich, ob er fällt oder siegt, wahrlich dem geben Wir gewaltigen Lohn.*« »Du reißt es aus dem Zusammenhang«, sagte sie, wissend, daß der Zusammenhang mir recht gab. Ich verscheuche ihr Bild mit einer Handbewegung, als wäre sie ein lästiges Insekt. Die Empfindung läßt sich nicht wegwischen. Sie stört. Die Zeit der Sentimentalitäten ist vorbei. *Doch sobald ihnen der Kampf vorgeschrieben wird, fürchtet ein Teil von ihnen die Menschen, wie sie Gott fürchten sollten, sogar noch mehr, und sie sagen: Unser Herr, was hast Du uns den Kampf vorgeschrieben? Willst Du nicht eine Weile Aufschub gewähren? Sprich: Der Nutzen der Welt ist winzig, und das Jenseits ist besser für die Gottesfürchtigen.*

Geräusche von Motoren, ohne daß man die dazugehörigen Fahrzeuge sehen kann. Sie nähern sich, schwenken ab, kehren um, den Richtungswechseln der Serpentinen, den Einbuchtungen des Gebirges folgend. Schwer zu sagen, wie weit sie entfernt sind. Eine Schlucht verstärkt den Schall, eine andere dämpft, das nächste Tal verschluckt ihn ganz. Samir entscheidet: »Wir ziehen uns zurück. Wer auch immer kommt, es ist besser, wir haben ihn gesehen, bevor er uns sieht.« Diesmal laufen auch Mohammed und El Choli. Wenn es Truppen sind, wenn Rashid uns verraten hat, werden sie sofort das Feuer eröffnen. Spätestens am Fuß des Steilhangs ist es vorbei. Ich bin schuld, daß wir unbewaffnet sind. Wir hätten keine Chance zu fliehen. Sie wollen uns lieber tot als lebendig, weil sie wissen, daß sie keine Informationen aus uns herauspressen können, weder mit Gewalt noch mit falschen Versprechungen. Die, die in der Vergangenheit kollaboriert haben, sind ebenso gehenkt worden wie die, die standhaft waren. Jeder von uns ist sich darüber im klaren, warum sollte einer seine Seele verkaufen?

Wir entdecken sie gleichzeitig, zwei Wagen statt drei: Khaleds zwanzig Jahre alter brombeerfarbener Fiat und Hanis zerbeulter Peugeot-Kombi, den man in Deutschland nicht einmal mehr ausschlachten würde. Es hätte fabrikneue Subarus gegeben. Sie wären zu auffällig gewesen. Über die rollenden Wracks wundert sich niemand. Khaled und Hani steigen aus. Sie tragen Galabeija und Turban, begrüßen uns mit Wangenküssen. Samir fragt noch einmal: »Habt ihr eine Idee, was passiert sein könnte?« Hani schüttelt den Kopf, Khaled antwortet mit einem Schwall: Daß er Rashid heute morgen versucht habe anzurufen, genau wie sie es abgemacht hätten. Er nennt die Sätze, die sie hatten tauschen wollen: ›Wie geht es deinem Bruder?‹ – ›Er befindet sich auf dem Weg der Besserung.‹ – ›Ich wollte ihn gegen halb zwölf besuchen‹, hätten sie gelautet, wenn alles planmäßig verlaufen wäre, zur Bestätigung der Uhrzeit, als Signal zum Aufbruch. Doch Rashid habe nicht abgehoben, auch beim fünften Versuch nicht. Daraufhin habe er Hani angerufen, lediglich gesagt, daß es Schwierigkeiten gebe, weder welche noch wo. Die Sache am Telephon zu besprechen, sei zu riskant gewesen, deshalb habe er vorgeschlagen, sich bei ihm zu treffen. Sie hätten auch dort nicht im Haus geredet, sondern auf Hanis Feld, um sicher zu sein, daß niemand mithören könne. Hani habe anschließend die ganze Stadt abgesucht, während er zu Rashids Wohnung gefahren sei. Er habe erst unauffällig die Lage auf der Straße sondiert, nach einer Viertelstunde sei er die Treppe hinaufgeschlichen, habe sein Ohr an die Tür gelegt und gelauscht. Kein Laut sei nach draußen gedrungen. Er habe mehrfach geklopft, zum Schluß mit der Faust, keine Reaktion, nichts, sich dann entschlossen zu öffnen, wissend, daß er im nächsten Moment von Kugeln hätte durchsiebt werden können. In der Wohnung sei alles wie immer gewesen, kein Schrank durchwühlt, keine Spur einer Auseinandersetzung. Rashid hätte sich bestimmt seiner Festnahme widersetzt, sie hätten einen hohen Preis für sein Leben gezahlt.

Khaleds Stimme schwankt zwischen Erleichterung, Besorgnis und Feierlichkeit.

Nach den Stunden, in denen wir unterwegs vor uns hin gebrütet haben, Schritt für Schritt, jeder für sich, hat sein Wortschwall etwas Befreiendes, auch wenn das, was er sagt, kein Grund zur Beruhigung ist.

»War Rashid gestern abend alleine draußen?« fragt Samir. »Ist es möglich, daß sie ihn irgendwo überrascht haben, ohne daß es jemand gemerkt hat?« »Möglich ist es«, antwortet Hani. »Wenn er etwas preisgegeben hätte, wären Soldaten hier.« »Wir sind eine dreiviertel Stunde zu früh.« »Trotzdem.« »Gibt es eine Ausweichroute?« »Das ist die einzige Straße. Weiter unten können wir eine andere Abzweigung nehmen.« »Shukri hat recht. Wenn Rashid zu schwach gewesen wäre, hätte die Armee uns erwartet. Wahrscheinlich gibt es eine simple Erklärung. Wir müssen sie nicht kennen. Salah, El Choli, Achmed und ich fahren mit Khaled.«

Der Rest steigt bei Hani ein. Jamal nimmt den Beifahrersitz, Shukri hockt sich auf die Ladefläche. Ich sitze zwischen Karim und Mohammed, bin froh, als Hani endlich den Wagen startet, obwohl der Motor nicht gut klingt. Ich verstehe nichts von Automotoren. Ein paar Kilometer wird er noch durchhalten.

Meine Finger kribbeln. Ich grabe beide Hände in die Hosentaschen, stoße auf Aruas Qur'ān, erschrecke. Es war ein Fehler, ihn mitzunehmen. Ich hatte mir eingebildet, daß das Buch sich unterwegs von jeder Vergangenheit lösen würde, genau wie ich, daß die Macht seiner Worte stärker wäre als die der Erinnerung. Einen Qur'ān fortzuwerfen, ist schwere Sünde. Sie ruft Gottes Zorn wach. Wer immer das Buch in der Höhle gefunden hätte, ein Soldat, der Leiter des Sonderkommandos oder in zwanzig Jahren ein Hirtenjunge auf der Suche nach Schatten, er hätte es mit Respekt behandelt. Wenn nicht, wäre er dafür zur Verantwortung gezogen worden, nicht ich.

Angst ist das falsche Wort. – Gern würde ich mit Mohammed reden, aber ich weiß nicht, womit ich anfangen soll. Ich wünschte, daß er erzählt, eine Geschichte aus

Afghanistan. Es macht nichts, wenn ich sie bereits kenne: Wie sie den Konvoi in die Falle gelockt haben, zehn Mudschahedin gegen fünfzig Russen, von denen keiner überlebt hat; von der Schlacht um den Stützpunkt der Araber, wie der Sheikh sich nach mehreren durchwachten Nächten mitten im schwersten Geschützfeuer zum Schlafen in eine Höhle zurückzog, mit der gelassenen Zuversicht dessen, der auf Gott vertraut: Als er erwachte, waren die Feinde besiegt. Oder einfach, wie sie im Schneetreiben auf freiem Feld, man sah kaum die Hand vor Augen, ranziges Schafsfett gegessen, wie sie zusammen gebetet haben vor den weißen Gipfeln des Hindukusch, über denen sich Wolken türmten. Die Art, wie er spricht, läßt einen wissen, daß jeder Satz wahr ist: keine Spur Übertreibung, kein falsches Pathos. Mohammed findet sich nicht heldenhaft. Er ist ein Mann, der Gottes Befehl gehorcht, das mindeste, was ein Muslim tun kann. Wenn er wüßte, wie beruhigend seine Stimme wirkt, würde er einfach irgend etwas sagen. Ich verstünde ihn nicht, so laut rattert der Motor. Er müßte brüllen. Ich habe Mohammed nie brüllen gehört, nicht einmal, als Salah versehentlich ein Schuß losging, der ihm zwischen den Knien das Gewand zerriß.

Durch die geöffneten Fenster bläst der Fahrtwind heiße Luft. Rechts und links ist der Teer weggebrochen. In der Fahrbahnmitte wechseln Schlaglöcher und Hubbel. Die Federung des Wagens wurde anderweitig gebraucht und ausgebaut. Wir hüpfen auf zerschlissenen Kunstlederbänken, aus denen der Schaumstoff quillt, müssen aufpassen, daß wir nicht mit dem Kopf gegen das unverkleidete Verdeck stoßen. Ich frage Karim: »Was denkst du?« – Mohammed stört es nicht, wenn wir deutsch sprechen. Sie haben in Afghanistan auch arabisch und nicht paschtu miteinander geredet. – »Ich weiß es nicht«, sagt Karim und lächelt, »ich bin auf alles gefaßt.« »Glaubst du, daß sie Rashid erwischt haben?« »Vielleicht.« »Oder daß er übergelaufen ist?« »Die Anschuldigung ist zu schwer, um sie zu erheben, wenn man keinen Beweis hat.« »Schließt du es aus?« »Nur Gott kennt sein Herz.« Ich schaue an seinem Gesicht vorbei aus dem Fenster, vergesse für einen Moment, weshalb ich in diesem Wagen sitze und durch die Wüste fahre, staune über die Schönheit der Leere und darüber, wieviel Schrott entlang der Straße herumliegt. »Weißt du, was lustig ist? Daß ich in Ägypten geboren bin und heute zum ersten Mal diese Sachen sehe, aber nicht als Tourist, sondern als Kämpfer.« »Besser, sie wären nie gebaut worden, dann würden die Ungläubigen zu Hause bleiben und sich gegenseitig kaufen.« »Das ist über tausend Jahre alt.« »Bis zu fünftausend.« »Niemals. Wir leben im Jahr 1414 nach der Hidschra. Erst der Islam hat die Herrschaft der Polytheisten beendet!« Weshalb soll ich mit ihm streiten? Er würde sich weiter in seine Theorie versteigen, sich darauf berufen, daß er Ägypter sei, die Geschichte seines Landes besser kenne als ich: »Ist egal.« »Wir vollenden das Werk des Propheten. Wenn eine Säule fällt, stürzt der ganze Tempel zusammen.« »Vermutlich.« »Die Bilder werden um die Welt gehen.« »Ja.« »Dann herrscht hier Ruhe.« »So Gott will.«

Ich weiß nicht, weshalb es mir lieber wäre, die Steine blieben aufeinander. Eine falsche Rücksicht, die keiner der Brüder versteht. Die Tempel sind Zeugen des Götzendienstes, für den ist im Haus des Islam kein Platz. Wenn sie verschwinden, bleiben die Ungläubigen für immer fort, nicht nur, bis sie sich vom ersten Schock erholt haben.

Ein kurzer Blick auf eine Gruppe Palmen im Osten, das

erste Grün seit Tagen, unwirklich wie eine Fata Morgana. Es ist Unsinn, sich mit staubigen Händen Staub aus den Augenwinkeln zu reiben. Verstreute Häuser, in den Mauern einzelne Fenster mit geschlossenen Blenden. Zur Nacht werden sie geöffnet. Die Kuppel der kleinen Moschee mündet in eine goldene Spitze, die dem Himmel einen gekippten Halbmond entgegenstreckt. Allmählich weicht der Schmerz in den Beinen einer angenehmen Erschöpfung. Sie darf nicht um sich greifen. Der Versuch, die Spannung zu halten. Mohammed hat die Augen geschlossen. Ich weiß, daß er nicht schläft. Nicht nur zu halten, sondern zu erhöhen: Der eigentliche Einsatz steht erst bevor. Karims Lippen bewegen sich stumm. Er betet. Wir überholen hupend einen unbeladenen Eselskarren, den ein zerlumpter Junge lenkt. Eines Tages werden Leute wie Samir und Mohammed seine Vorbilder sein. Er wird vergessen haben, wer Michael Jackson war oder Maradona.

Vor einer flachen Lehmhütte hockt eine schwarz verhüllte Frau neben einer gescheckten Ziege, die Heu aus ihrer behandschuhten Hand frißt.

Arua hätte sich niemals so gekleidet. Sie hat nicht einmal das Kopftuch akzeptiert.

Hier gedeiht gar nichts. Eine Ortschaft preßt sich in den Hang. Keine Menschen auf den Straßen.

Was denkt man, wenn man hier lebt, sein Geld mit gefälschten Pharaonen verdient, mit Figuren, die verboten sind, weil sie die Engel vertreiben, wenn man schon seine Kinder arbeiten statt lernen läßt, damit es für Zwiebeln, Bohnen, Salz und Zucker reicht? Man hört auf zu denken, beginnt zu vegetieren. Gespräche sind nichts weiter als Klagen über die Umstände, ohne daß Konsequenzen gezogen würden. Resignation und Ablenkung. Auf den Dächern fehlen die Antennen. Sie haben keinen Strom. Wenn sie Strom hätten, würden sie als erstes Fernseher kaufen, um von Amerika wenigstens träumen zu können. Ohne den Führer, der Gottes Ruf gehört hat, sind sie zu schwach für den Umsturz. Jahrtausendelange Unterdrückung hat ihnen den Glauben an eine Änderung der Verhältnisse ausgetrieben. Die wenigen, denen es gelingt wegzugehen, schicken manchmal Geld. Wenn sie heimkehren, für ein paar Tage, überwiegt die Scham der Zurückgebliebenen über das eigene Elend ihre Freude. Einer der Bewohner war in Mekka, das höchste Ziel für jeden Gläubigen. Davon muß er immerfort erzählen. Er hat die Geschichte seines Hadsch in grellen Farben auf das Haus malen lassen, sich selbst und seine Frau im weißen Pilgergewand neben den Minaretten der Heiligen Moschee, der Kaaba, darüber ein Flugzeug.

Ich werde sterben, ohne dort gewesen zu sein.

Das Martyrium wiegt auf, daß ich den Hadsch versäumt habe. *An dem Tag, an dem die Menschen wie zerstreute Motten sein werden. / Und die Berge wie zerrupfte Wolle, / dann wird der, dessen Waagschale schwer ist / sich des Wohllebens freuen.*

Karim sagt: »Wie arm mein Land ist.« Wenn er während der letzten Jahre Ägypten besucht hat, war er bei Verwandten in Kairo oder in Ras Sidr am Strand, wo sein Onkel eine Villa besitzt. »Und wie schmutzig.« »Aber auch schön.« »Deutschland gefällt mir besser.« »In Deutschland erfriert man.«

Vor einem größeren Gebäude, das mit sinnlos aneinandergereihten Hieroglyphen beschrieben ist, steigt ein Trupp Asiaten aus einem Luxusbus. Die ersten drängen in die schmale Tür. Auf dem Eingangsschild wird »Handmade

Pottery, finest Alabasterworks« versprochen. »Top Quality, nice price.« »Zum Kotzen«, sage ich. »Zum Heulen«, sagt Karim. Weit und breit kein Polizist. Hier zuzuschlagen, wäre ein Kinderspiel. Wir könnten uns unbehelligt wieder zurückziehen und auf die nächste Aktion vorbereiten. Aber die Tempel würden stehenbleiben, und vor allem gäbe es keine Bilder, nicht einmal Amateurvideos. Diesen Krieg entscheiden Bilder, nicht die Zahl der Opfer. Je dramatischer sie sind, desto weniger Leute müssen getötet werden. Sie bleiben dann einfach fort. Sobald der Staat nicht mehr in der Lage ist, Brot und Fuul zu subventionieren, werden sich die hungernden Massen erheben. Bis dahin wird der Sheikh genügend Kämpfer gesammelt haben, um mit dem Volk gegen das Militär vorzugehen.

Endlich die Nilebene. Felder, grün wie am Rhein. Dattelhaine, Pfefferbüsche, Mangobäume. Nach Tagen aus Ocker und Grau explodieren die Farben. Kurz das Bedürfnis, Karim anzustoßen, der wieder mit geschlossenen Augen die Lippen bewegt, und einfach »Schau, da draußen« zu sagen. Es ist schon verflogen. Ich will nicht sprechen. Sattes Gras, Bohnenfelder. Ein Büffel weidet die Böschung ab. Von Hand geschriebene Tafeln, die auf Produkte hinweisen, die man kaufen könnte, als einheimischer Zwischenhändler, Obst, Getreide, oder verkünden, wohin man seine Gruppe führen muß, als Busfahrer, Reiseleiter, wie hoch die Provision wäre. Ein Fellache steht vor einem Haufen Zuckerrohrstangen, hält sein Maultier fest und starrt ins Nichts. Der leichte Druck von Aruas Qurʾān auf dem Oberschenkel.

Es gibt Momente, in denen die Welt aus lesbaren Zeichen besteht, und lange Zeiten, in denen kein Zusammenhang erkennbar ist. Seit ich denke, suche ich nach Hinweisen, denen man entnehmen könnte, was zu tun wäre. Daraus ergäben sich Handlungen, bei denen Innen und Außen eine Einheit bildeten: Der Flug des Pfeils ist ein Gedanke des Schützen, der Schütze Teil und kein Teil des Einen. Alles stünde im Einklang mit Gottes Plan, dem Gesetz des Kosmos. Sein Segen würde darauf ruhen. –

Das war es, was ich für diesen Tag erhofft hatte, und ich habe die Hoffnung beiseite geschoben, weil sie vermessen ist: Die letzten Stunden hätten von der Antwort auf alle Fragen erfüllt sein sollen, und die Tat hätte sich selbst vollbracht. Wir wären die Waffe in der Hand Gottes gewesen, Er hätte sie geführt, Sein Wille wäre unser Wille gewesen. Statt dessen kratzt ein Buch in meiner Hosentasche an einer Vergangenheit, die abgeschlossen ist. Welche Schlüsse lassen sich aus dem Schaben der Rückenkante eines winzigen Qur'ān ziehen, der ein Geschenk der Frau war, die ich geliebt habe, die auf Gottes Weg nicht weitergehen wollte. Was bedeutet es, jetzt, im Augenblick des Innehaltens vor der Schlacht? Vermutlich bedeutet es nichts. Aber solange ich sitze, eingezwängt zwischen Mohammed und Karim, die Beine angewinkelt, läßt es sich nicht fortschieben. Mit jeder Unebenheit der Straße, jeder Kurve, macht es sich bemerkbar, ruft Erinnerungen wach: Die Sprachlosigkeit, mit der ich das Buch aus ihrer Hand genommen habe und sicher war, daß nicht sie es mir schenkte, daß sie nur seine Überbringerin gewesen ist. Monate, glücklich und bang, in denen wir uns beinahe täglich getroffen haben. Einverständnis, Arabischlektionen, unsystematisch, aber begeistert, Pläne für eine gemeinsame Zukunft. Dann Gespräche, die sich zusehends verkanteten. Schließlich ihr Abschiedsblick, traurig, doch nicht bodenlos, wissend, daß ein anderer Mann kommen würde, einer, der besser passen würde als ich, der mit ihr eine gewöhnliche islamische Familie gründen, ausreichend Wohnraum bereitstellen, Goldreife zu ihrer Absicherung kaufen würde, einer, dessen Lachen ansteckend wäre, der die Zustimmung ihres Vaters fände. Vielleicht ist er schon da. –

Ich sollte darin lesen.

Wenn die Wirklichkeit ganz in Gott ist, wird die Stelle, die ich aufschlage, auf die mein Finger zeigt, die richtige für diesen Augenblick sein, eigens für mich herabgesandt.

Wie blättert man zufällig ein Buch auf?

O ihr Menschen, wenn ihr über die Auferstehung im Zweifel seid, bedenkt, daß Wir euch aus Erde erschaffen haben, dann aus einem Samentropfen, dann aus einem Gerinnsel, dann aus einem Klumpen Fleisch, teils geformt, teils ungeformt, um es euch deutlich zu machen...

Gepriesen sei Gott. Alles, was geschrieben steht, ist wahr und schön und kraftvoll.

Ich setze die verfehlte Erwartung an diesen Tag mit einem lächerlichen Spiel fort, behandle das Heilige Buch wie einen Satz Tarockkarten, um abergläubische Kunststückchen zu vollführen, versuche Gott. Einen Großteil der Verse kann ich gar nicht zufällig treffen. Sie stehen zu weit vorn oder zu weit hinten, oben oder unten, und es wäre zu absichtsvoll, dort aufzuschlagen, dort den Finger hinzulegen. Aber genau unter diesen Stellen könnte der Abschnitt sein, über den ich jetzt nachsinnen müßte, um Ruhe zu finden.

Die Gedanken verknoten sich.

Wenn der Knoten sich anders nicht entwirren läßt, hilft ein Schwert.

Weder bin ich hier, weil ich mich in Arua verliebt habe, noch, weil sie sich anders entschieden hat.

Bittet euren Herrn um Vergebung! Er ist ja wahrlich bereit zu vergeben.

Wir biegen scharf ab, fahren über ein offenes Plateau, rechts ein breiter Bewässerungskanal, trotzdem sind weite Teile ein Feld aus Schotter, verdorrtem Unkraut, dazwischen einzelne Bäume mit ausladenden Kronen. Ein entgegenkommender Bus hupt, drängt uns fast von der Fahrbahn. Links zwei riesige sitzende Steinfiguren, scheinbar versehentlich hier abgestellt, halb zerfallen: Die Kolosse von Memnon. Eine Handvoll Touristen spaziert herum, photographiert, hört sich die Erläuterungen eines Diplom-Archäologen an, der froh ist, nicht Taxi fahren zu müssen. Eine schäbige Souvenirbude, an der keiner etwas kauft, noch eine Alabasterfabrik, von der die Hieroglyphen abblättern. Abseits stehen zwei junge Männer in Beduinentracht neben ihren geschmückten Kamelen, auf denen niemand reiten will. Die Offensive der vergangenen Wochen zeigt Wirkung. Es ist Hauptsaison, normalerweise müßten sich die Leute auf die Füße treten. Im Hintergrund gelangweilte Soldaten. Sie lungern im Schatten des Mannschaftswagens, um nicht die letzten Besucher zu verschrecken, schlagen die Zeit tot, ihre Maschinengewehre lässig gegen ein Rad gelehnt.

Wenn Rashid geredet hätte, wenn sie von dem bevorstehenden Angriff wüßten, würden sie sich anders verhalten.

Je weiter wir uns dem Nil nähern, desto üppiger die Vegetation. Palmen spiegeln sich in den schmutzigen Gräben. Wegen des gleichfalls gespiegelten Himmels scheint die Brühe hellblau. In flachen Teichen wächst Papyrus. Auf die getrockneten Fasern müssen später Mädchen Nofretete und Ramses samt Falken und Mistkäfern pinseln, für die Andenkennischen westlicher Wohnzimmer. Ein Esel wartet mit gesenktem Kopf in seinem Geschirr auf die nächsten Schläge. Daraufhin wird er Runde um Runde drehen, bis das Schaufelrad genug Wasser von einer Rinne in die nächste befördert hat. Dichte Wälder aus Bananenstauden, dann Zuckerrohr, mannshohes Schilf. Hier ist der Boden für den Anbau zu sumpfig. Nachen, in denen Netze, Plastikeimer herumliegen, dümpeln im Wasser. Drei Frauen in leuchtenden Gewändern tragen Blechschüsseln voll Wäsche auf dem Kopf. Sie waschen im Fluß. Lehmverputzte Hütten aus Palmwedeln, Bauholzresten, Preßspan. Ein knatterndes Moped, auf dem drei Männer halb sitzen, halb stehen, kommt uns entgegen. Sie winken. »Wahnsinn«, sagt Karim und winkt lachend zurück. Er hat zu lange in Deutschland gelebt, um den Anblick normal zu finden. Wir fahren von der Straße ab, auf einen schmalen, holprigen Weg mitten durchs Schilfmeer, werden hin und her geschüttelt, bis das Hirn weich ist, halten an, um uns herum Dickicht in zahllosen Grüntönen. Außer uns keine Menschen. Hani schaltet den Wagen ab. Es herrscht vollkommene Stille. Erst allmählich höre ich das Rascheln der langen, harten Blätter, sachte aneinanderschabende Binsen. Unmittelbar neben uns fliegt ein Silberreiher auf. Ich zucke zusammen. Mohammed legt ganz kurz seine Hand auf meine. Karim sagt: »Sieht doch gut aus.« »Sieht gut aus«, sage ich. Wir sitzen da, atmen leiser. Wir könnten auch aussteigen, aber keiner rührt sich, bis Samir kommt und sich ins Fenster beugt: »Wir haben es fast. Noch ein paar Schritte zu Fuß.«

›Mein Gott, öffne mir alle Türen. Mein Gott, der Du die Gebete erhörst und denen antwortest, die zu Dir rufen: Ich bitte Dich um Verzeihung. Ich bitte Dich, den Weg zu erhellen. Ich bitte Dich, die Last zu erleichtern, die auf mir ruht.‹ –

Hani bleibt bei den Autos.

Ich weiß nicht viel über die beiden Männer, die das Waffenversteck angelegt haben. Sie gehören zu einer anderen Gruppe, die eng mit Khaleds zusammenarbeitet. Einer von ihnen soll ebenfalls in Afghanistan gekämpft haben, als Leibwächter des Sheikhs, bis eine Verwundung ihn zwang, nach Hause zurückzukehren. Vielleicht sind es bloß Gerüchte. Jeder will Leute aus der Umgebung des Sheikhs treffen. Seine Kraft überträgt sich, behaupten die, die ihm begegnet sind.

Vorgeschrieben ist euch der Kampf, auch wenn ihr ihn verabscheut. Aber vielleicht verabscheut ihr etwas, das gut für euch ist. Und vielleicht liebt ihr etwas, das schlecht für euch ist. Gott weiß, ihr aber wißt nicht.

Durch das Wasser ringsum, den Schatten, wirkt die Luft beinahe kühl. Khaled kennt den Weg. Er ist gestern erst hier gewesen, um die letzten Vorbereitungen zu überwachen. Das Versteck wurde auf seinen Vorschlag hin ausgewählt. Er biegt ein paar Stangen zur Seite, dahinter beginnt ein schmaler Pfad, von außen nicht zu erkennen. Ein Gewirr aus Gräben und Kanälen durchzieht das Gelände. Sie sind auf keiner Karte verzeichnet. Wer sich nicht auskennt, findet sich in einem Labyrinth ohne Mitte. Nördlich des Assuanstaudamms gibt es keine Krokodile, sonst wären sie hier. Dafür riesige Mückenschwärme. Wir schlagen uns selbst ins Gesicht, auf die Handrücken. Ein Paar Gänse schwimmt lautlos vorbei. Ich trete in ein Sumpfloch, dünnflüssiger Schlamm dringt von oben in den Stiefel. Ich habe einen nassen linken Fuß, denke: Die offenen Blasen werden sich entzünden. Denke: So weit kommt es nicht mehr. Der Impuls zu lachen, laut und irre. Weiter vorn fremde Stimmen. Eine Schrecksekunde. Sie klingen freundlich. Khaled und Samir erwidern: »Friede sei mit euch.« Wir gelangen auf eine leicht erhöhte Lichtung, ringsum Bäume, Gebüsch. Am Ufer des Kanals, der ein langgestreckter See ist, liegen Schlauchboote in Tarnfarbe, bestückt mit starken Außenbordern, daneben Blechkähne, leck, in den Rümpfen steht Wasser. Zwei weitere sind zum Abdichten aufgebockt. Eine Fischerhütte, aus farbigen Brettern zusammengezimmert, duckt sich zwischen Äste. Die Tür lehnt lose an der Wand. Ölkanister, Korbstühle, ein zerfetzter Sonnenschirm. Über einer labilen Stangenkonstruktion hängen Netze zur Reparatur. Offenbar arbeiten hier sonst tatsächlich Fischer. Was hat Khaled ihnen gesagt, weshalb sie heute zu Hause bleiben sollen? Unter welchem Vorwand hat er ihnen Geld für den Verdienstausfall gegeben, soviel, daß es für neue Motoren reicht? Wie erklären sie das ihren Frauen? Vor allem: Wer garantiert, daß ihre Angst nicht über die Gier siegt oder die Gier so groß wird, daß sie zur Polizei gehen, um unsere Köpfe zu verkaufen und doppelt zu kassieren? – Es ist nicht meine Sache, die Planungen zu überprüfen. Dafür waren andere zuständig. Sie werden ihre Aufgabe umsichtig erfüllt haben, in ständigem Austausch mit den Führern.

Die beiden Männer heißen 'Abd al-Rahman und Massut. Massut trägt eine schwarze Augenklappe, hinkt. Vermutlich ist er der Afghane. Ich werde nicht nach dem Sheikh fragen, dafür bleibt keine Zeit. »Wir hatten Probleme«, sagt Samir, »Rashid ist verschwunden.« Khaled erzählt alles noch einmal von vorn, noch eine Spur weitschweifiger. El Choli geht als erstes in die Hütte, nimmt ein Maschinengewehr, wiegt es zufrieden, seine Stimmung hebt sich. »Wir waren über Nacht hier«, sagt 'Abd al-Rahman, »alles ist ruhig gewesen, wir haben niemanden gesehen.« »Das heißt nichts«, sagt Khaled, »Rashid wußte nur ungefähr, wohin wir fahren, genau wie Hani.« »Ich glaube nicht, daß wir uns sorgen müssen«, sagt Samir.

Es ist zwanzig nach elf. Um zwölf hatten wir eintreffen wollen. Die Entscheidung, ob es sinnvoller ist zu warten oder gleich mit dem Ausrüsten der Boote anzufangen. Ab jetzt sind wir autonom. »Will sich jemand ausruhen?« fragt Samir und schaut als erstes mich an. Dahinter steckt keine Absicht. Er wird gemerkt haben, daß ich nicht erschöpfter als die anderen bin. »Hat es Vorteile, später aufzubrechen?« »Nein.« »Im Sommer sind über Mittag weniger Leute im Tempel. Jetzt spielt es keine Rolle.« »Dann haben wir Zeit für eine Pause.« Massut gießt Tee mit frischer Minze auf. Sein Gebräu ist widerlich süß, selbst für hiesige Verhältnisse. »Ein Vorgeschmack des Paradieses«, sagt Shukri nach dem ersten Schluck, und seine Augen leuchten. Manchmal rührt mich seine Naivität. Manchmal geht sie mir auf die Nerven. Wir trinken aus Plastikbechern. Jamal verteilt Fladenbrot, das inzwischen eine gummiartige Konsistenz hat. Abseits wachsen wilde Stauden mit langstieligen, leuchtendroten Blüten. Ich streiche mit der Hand einen Stengel entlang, spreche leise den Satz: »Das sind die letzten Blumen, die ich sehen werde«, merke, daß El Choli mich beobachtet, verächtlich den Kopf schüttelt. Er hat recht. Es ist eine jämmerliche Geste. Wer ums Überleben kämpft oder auf Gottes Weg, hat keinen Sinn für Naturromantik. Trotzdem rupfe ich eine Blüte ab, zerreibe sie zwischen den Fingerspitzen, die sich violett färben, führe die Finger an die Nase. Sie verströmen keinen Duft. Sie riechen einfach nach Pflanzensaft, wie zerquetschtes Gras.

Gott enttäuscht die falschen Hoffnungen, damit wir auf Ihn vertrauen, statt Wunschbildern aufzusitzen.

In der Hütte liegen AK-47 Maschinengewehre, Handgranaten und amerikanische Panzerabwehrraketen. Mohammed und El Choli kennen sich damit aus. Es gab sie über Mittelsmänner vom CIA. »Damit erwische ich eine Taube im Flug«, sagt El Choli. »Übertreib nicht«, sagt Mohammed, »Gott liebt die Übertreibenden nicht.« »Also gut: einen Geier.« Er brüllt vor Lachen. Ich weiß jetzt, daß Mohammed ihn auch schon gehaßt hat. Sie werden versuchen, mit den Raketen die tragenden Säulen des Haupttempels zu treffen. Das hat noch nie jemand gemacht. Es ist nicht abschätzbar, was geschieht, ob die Sprengkraft ausreicht. Mit etwas Glück haben sich viele Leute dorthin geflüchtet, wenn er einstürzt. Jamal, Achmed und Shukri stehen bewaffnet bei den Booten, reden durcheinander. Unter Hochspannung reagiert jeder anders. Einer fängt an, wirres Zeug zu erzählen, der nächste fällt in Aktionismus. Ich möchte allein sein, schweigen. Alle treiben mit ihrer Art die anderen zur Verzweiflung, zur Weißglut. Bis jetzt ist keiner ausgerastet, keiner hat herumgeschrieen.

Ich befestige Handgranaten am Gürtel, nehme ein Gewehr, verstaue zusätzliche Magazine. Eine sonderbare Mischung aus Erregung und Furcht. Ich habe noch nie auf Menschen geschossen, immer nur auf Pappkameraden: gezielte Schüsse mit und ohne Fernrohr, Dauerfeuer. Sie blieben stehen, bis nur noch Späne übrig waren. Ich weiß nicht, was ich empfinden werde, wenn der fette Amerikaner, seine schweinsgesichtige Frau, die ich tausendfach zur Hölle gewünscht habe, vor mir im Sand liegen – ihr fünfjähriger Sohn, die kleine Tochter.

Wenn aber die heiligen Monate abgelaufen sind, dann tötet die Götzendiener, wo immer ihr sie findet, und ergreift sie, belagert sie, lauert ihnen aus jedem Hinterhalt auf.

Manchmal ist man gezwungen, Schlechtes zu tun, um dem Guten zum Sieg zu verhelfen.

Salah steht am Wasser und schaut nirgendwohin: ein Junge, der seine Eltern verloren hat und sich bemüht, gefährlich zu wirken, damit die Stärkeren ihn nicht verprügeln. Er hat hart trainiert während der vergangenen Monate, aber er hält sein Gewehr, als wollte er damit angeln und wüßte nicht, wie man das macht. Karim sagt: »Wir jagen die Ungläubigen aus meinem Land, und du hilfst dabei. Das ist eine große Sache.« »Ich tue, was Gott von uns verlangt.« »Gottes besondere Gnade ruht auf dir.« Die Antwort: »So habe ich mich nie gefühlt«, liegt mir auf der Zunge. Ich schlucke sie hinunter. Gern würde ich ihn fragen: »Hast du mehr Angst zu sterben oder zu töten?« – In Deutschland hätten wir dieses Gespräch führen können, hier nicht. Erst recht nicht im Beisein der anderen. Ich sage, um irgend etwas zu sagen: »Ich möchte mich der Gnade würdig erweisen.«

Karim ist mein Freund. Aber hier, in Ägypten, bedeutet das etwas anderes. Von dem Moment an, als wir in Kairo aus dem Flugzeug gestiegen sind, war er der Einheimische und ich der Gast in seiner Obhut. Oft bin ich ihm dafür dankbar gewesen, doch allmählich ist unsere Freundschaft darüber in eine Schieflage geraten. Er sagt: »*Und wenn Wir ihnen vorgeschrieben hätten, sich aufzuopfern und ihre Wohnungen zu verlassen – nur wenige von ihnen hätten es getan. Hätten sie jedoch getan, wozu sie aufgefordert wurden, es wäre besser für sie gewesen und hätte ihren Glauben gestärkt.* Du bist einer der wenigen, Abdallah.«

Er nimmt an, daß ich mich ohne seine Hilfe weder im Islam noch in seinem Land zurechtfände.

Ich ziele auf eines der Boote: »›Heute ist ein guter Tag zum Sterben.‹« »›Das Paradies liegt im Schatten der Schwerter‹, sagt der Prophet – Gott segne ihn und schenke ihm Heil.«

Wir haben den Ablauf unzählige Male besprochen, trotzdem ruft Samir uns noch einmal zusammen: »Wenn wir den Nil erreichen, warten wir, bis der Augenblick für die Überfahrt günstig ist. Die Überfahrt selbst wird nur wenige Minuten dauern, danach muß alles schnell gehen. Luxor ist voll mit Militär. So Gott will, bemerken sie uns erst, nachdem wir angelegt haben. Wir wissen nicht, was passieren wird. Das Wichtigste ist, die Sicherheitskräfte auszuschalten, damit wir das Stück bis zum Tempel schaffen, ehe sie größere Verbände zusammengezogen haben. Wenn einer einem Bruder helfen kann vorwärts zu kommen, soll er ihm helfen, aber bevor wir das Ziel erreicht haben, kümmert sich niemand um einen Verwundeten. Wir legen unser Leben in Gottes Hand. Vielleicht erlaubt er uns den Rückzug. Vielleicht schenkt er uns den Märtyrertod, die höchste Auszeichnung für einen Gläubigen.«

Jedem ist klar, daß unsere Flucht nicht mehr Teil des Plans ist. Es wäre ein Wunder, wenn einer das Tempelgelände lebendig verließe.

Khaled geht als erster ins Boot. Er wird uns durch die Kanäle leiten. Samir ordnet ihm Jamal, El Choli und Shukri zu. Mohammed, Karim und ich nehmen das zweite, er selbst besteigt das letzte zusammen mit Achmed und Salah. Khaled, Mohammed und Achmed steuern. Wir legen die Waffen neben uns, breiten Decken darüber, so daß sie nicht sichtbar, aber griffbereit sind, verstecken Granaten, Panzerfäuste unter Planen. Die Motoren starten fast gleichzeitig. Obwohl sie neu sind, machen sie ohrenbetäubenden Krach. Drei blaue Rauchwolken verwehen. Das Bild des Himmels auf der Wasseroberfläche zerfällt in bewegte Kreise. Eine Moskitosäule rückt wie auf Kommando zur Seite. Bis zu diesem Zeitpunkt wäre hier ein geeigneter Ort gewesen, sich einige Tage zu verbergen, zu sammeln, bestimmte Dinge in Ruhe zu klären, ehe man zusammengeschweißt den Angriff durchgeführt hätte. Kleinere Wasservögel huschen ins Schilf. Wieder das Bedürfnis, mit Mohammed zu reden, wieder fällt mir kein Einstiegssatz ein, wäre es ohnehin zu laut. Die Nasen der Boote heben sich. Wir gleiten sehr schnell durchs Wasser, ziehen eine Spur aus grünweißem Schaum hinter uns her. Khaled schreit auf Samir ein. Wahrscheinlich erläutert er ihm den Weg, oder er erklärt, wie toll das Material ist, das er besorgt hat, beklagt die Schwierigkeiten, es zu beschaffen. Samir nickt. Ich sehe ihn im Profil, kerzengerade, die Hände auf den Oberschenkeln. Gespannt wie der Bogen vor dem Schuß. Normalerweise überträgt sich seine Gewißheit, daß unser Kampf der gerechten Sache dient, heute nicht. Vielleicht wegen seiner Fehler im Vorfeld. Sie haben seine Autorität beschädigt. Er wendet sich Salah zu, winkt ihn heran. Salah neigt sich herüber, bis sich sein Ohr unmittelbar vor Samirs Mund befindet. In den sparsamen Gesten eine Vertrautheit wie zwischen Vater und Sohn, um die ich Salah beneide. Er ist Samirs Adoptivkind. Ich bin ein Untergebener, den er schätzt. Wir biegen ab, verlassen das bewaldete Gebiet, fahren durch dichter werdendes Schilf, verringern die Geschwindigkeit. Die Fahrrinne verengt sich, es sieht aus, als wäre sie zugewachsen, das täuscht. Blendendes Licht, trotz der Sonnenbrille. El Choli und Jamal drücken Rohr zur Seite, es knickt ab, wird unter die Wasseroberfläche getaucht, gibt einen Durchgang frei. Zweifel, ob Khaled den Weg wirklich so sicher kennt, wie er behauptet. Der Lärm des Motors wird Lärm im Kopf. Was wäre, wenn wir uns verfahren würden? Die dumme Hoffnung, daß wir uns verfahren, daß der Kampf, der Tod verschoben würde. Auf morgen, auf unbestimmte Zeit. Aber selbst wenn wir uns zwei Stunden verspäteten, befänden sich noch genug Menschen im Tempel, und er wird einstürzen, vorausgesetzt die Durchschlagskraft der Raketen reicht. Mohammed steuert das Boot so gelassen, als brächten wir unseren täglichen Fang Fisch zum Händler. Er weiß, wie es ist zu töten, kennt die Angst zu sterben, aber er hat sie abgestreift, weil sie zu nichts führt. »Was studiert deine Schwester?« frage ich Karim. »Betriebswirtschaft.« »Das wußte ich nicht.« »Erst hat sie es mit Meteorologie versucht. Warum?« – Warum eigentlich? Ich kenne sie kaum, sie interessiert mich nicht. »Es fiel mir gerade ein.«

Was, wenn Khaled der Verräter ist und uns absichtlich in eine Sackgasse lenkt, wo wir durch ein Spezialkommando liquidiert werden? Hani und er können sich die Geschichte von Rashids Verschwinden ausgedacht haben, uns mit Wissen, im Auftrag des Geheimdienstes in eine Falle locken. Shukri hat Rashid vertraut, er kennt ihn seit über zwanzig Jahren. Ich vertraue Shukri, selbst wenn er manchmal meine Geduld strapaziert. Über Khaled weiß ich kaum etwas. Verfolgungswahn ist ein Symptom beginnender Paranoia. Anhaltender Krach läßt die Gedanken Amok laufen. Folterer arbeiten damit: Nach einer Woche Dauerbeschallung antwortet der Gefangene wahrheitsgemäß auf jede Frage, wenn ihm dafür Stille versprochen wird. Es gibt kein Zurück. Ich will nicht zurück. Ich will, daß es endlich anfängt, damit es bald vorbei sein kann. Dann beginnt das wirkliche Leben: *In einem hohen Garten / in dem sie kein Geschwätz hören / dort ist eine sprudelnde Quelle / es gibt erhöhte Betten / und bereitstehende Becher / und aufgereihte Kissen / und ausgebreitete Teppiche.* Bilder. Vielleicht gleicht es ihnen, das Paradies, das im Schatten der Schwerter liegt. Wahrscheinlich ist es ganz anders. Die Frage beschäftigt mich nicht. Der Übertritt von dieser in die jenseitige Welt ist das Schwierige.

Oberhalb des Schilfs ein schmaler, vom Staub in der Luft weichgezeichneter Riß des Höhenzugs, aus dem wir abgestiegen sind. An manchen Stellen geht er nahtlos ins Blau über. Warmes Licht, in dem man weder friert noch verbrennt, in dem man es aushält dazusein.

Samir winkt. Merkwürdig aufgeregt, wie es nicht seine Art ist. Vielleicht möchte er uns Mut machen. Ich kann nicht für die anderen sprechen, bei mir ist alles in Ordnung. Ich zeige ihm einen nach oben gestreckten Daumen. Er schüttelt hektisch den Kopf, deutet hinter sich, wo das Schilf sich wieder aufgerichtet hat, die Sicht versperrt. Ich kann nichts Ungewöhnliches entdecken: »Seht ihr was?« Mohammed zuckt mit den Achseln, den Blick vorwärts gerichtet. »Er will, daß wir langsamer fahren«, sagt Karim. Samir wird einen Grund dafür haben. Er tut nichts ohne triftigen Grund. Ich brülle nach vorn: »Stop!« Erst beim dritten Mal signalisiert El Choli, daß er mich verstanden hat, stößt Khaled an. Fragende Gesten. Ich kenne die Antwort nicht, deute zu Samir. Khaled drosselt die Geschwindigkeit, so daß wir aufschließen. »Was ist los?« Die Motoren sind jetzt leiser, wir hören es auch: Hinter uns, nicht weit entfernt, andere Boote. Es können Fischer sein. Oder Leute, die für Luxushotels Wildenten jagen, Früchte sammeln. Vielleicht lassen sich damit ein paar Pfund verdienen. Jeder hier ist froh über ein Zubrot. Noch sind sie nicht in unmittelbarer Nähe. »Ich zähle mindestens vier«, sagt El Choli, »zu viele für Zufall.« Er hat sein Gewehr bereits in der Hand. Achmed stößt zu uns, und Samir sagt: »Es gab einen Schußwechsel, da, wo wir herkommen.« Salah nickt. »Er hat keine Minute gedauert.« »Hani…« »Wahrscheinlich Hani.« »Oder 'Abd al-Rahman und Massut.« »Verdammt!« sagt Karim. Jamal flucht englisch. »Eher Hani.« »Was jetzt?« Shukri kneift die Augen zusammen, Tränen laufen seine Wangen hinunter. »Rashid ist zerbrochen«, sagt Samir. In seiner Stimme liegt weder ein Vorwurf noch Verachtung. Er stellt es einfach fest. »Macht die Motoren aus, damit sie uns nicht hören.« Khaled sagt: »Wir können nicht zurück. Aber auf dem Nil sind wir chancenlos.« Die gläserne Klarheit des Schreckens. »Ich wußte es«, sage ich auf deutsch, für mich. »Sprich arabisch!« faucht El Choli. »Entschuldige. Tut mir leid.« »Hubschrauber«, sagt Mohammed. Im Westen das Dröhnen von Rotorblättern. Noch ist es leise. »Wie viele haben wir vom Himmel geholt, Bruder?« sagt El Choli. »Einen.« »Ich.« »Mit einer Stinger, das war etwas anderes.« El Choli wischt den Einwand ärgerlich weg. »Ein Stück weiter oben liegt eine Bananenplantage. Mit Gottes Hilfe schaffen wir es dorthin. Wir können uns verschanzen und haben Deckung gegen Luftangriffe.« Samir ist einverstanden: »Geht es ohne Motoren?« »Wir können es versuchen.« »Wenn wir direkt durch den Sumpf fahren?« »Das wollte ich, aber es kann sein, daß wir stekkenbleiben und zu Fuß weiter müssen.« »Schwimmen?« »Das Wasser ist flach.« »Verlieren wir keine Zeit«, sagt Samir, und an El Choli gerichtet: »Wir feuern nicht, bevor sie uns entdeckt haben, beziehungsweise bevor wir in der Plantage sind.« Khaleds Boot durchbricht die Wand aus Schilf. Shukri versucht, so gut es geht, die Stengel beiseite zu schieben. Das harte Rascheln der Halme. Sie sind messerscharf. Der Motorenlärm nähert sich nur zögernd und nur aus einer Richtung. Sie haben uns noch nicht geortet. Offenbar wissen sie bloß ungefähr, wohin wir wollen. Gepriesen sei Gott. Es gilt. Ich bin Krieger. Ich fürchte mich nicht. Karim und ich nehmen die Paddel, Mohammed hat seine Waffe im Anschlag. Eine Maschinengewehrsalve peitscht die Wasseroberfläche. Sie wird nicht erwidert. Spätestens jetzt herrscht Gewißheit. Was ich befürchtet habe, was sie nicht denken wollten, ist passiert: Einer hat uns verraten, hat seine Seele verkauft oder den Schmerz nicht ausgehalten, als sie ihn zusammengetreten, ihm mit Kneifzangen die Fingernägel gezogen haben. Wir kommen extrem langsam voran. Eine Wahnsinnsidee, es mitten durch den Sumpf zu versuchen – ein weiterer Fehler: In Afghanistan gab es Berge, Wüste, Schnee, manchmal Wald.

Dieses Gelände kennen sie schlecht. Zumal die auffliegenden Vögel unsere Position melden. Mit voller Geschwindigkeit durch die Kanäle hätten wir die Plantage in fünf, maximal zehn Minuten erreicht. Vorrausgesetzt Khaled hat die Entfernung nicht wieder untertrieben. In Kürze werden die Hubschrauber über uns sein. Sie spüren uns auf, ganz gleich, ob wir Lärm machen oder nicht. Hier sind wir völlig schutzlos, ein, zwei Raketen pro Boot im Tiefflug, das war's. Ohne daß wir auch nur einen einzigen Feind getötet haben. El Choli macht eine Panzerfaust einsatzbereit. Wenn er damit Geier trifft, dürfte ein Helikopter kein Problem sein. Gebell. »Sie haben Hunde«, sagt Karim. »Im Wasser nützen die nichts.« »Ich hasse Hunde, schmutzige Tiere.« »Knall sie halt ab.« Wir stoßen zu einer anderen, freien Rinne durch. Offenbar sieht Khaled entgegen Samirs Anordnung ein, daß es vernünftiger ist, mit Motor zu fahren, reißt die Leine, bis er anspringt. Er deutet nach links, gibt Gas, ist schon zwanzig, dreißig Meter entfernt. Ich sehe, daß El Choli ihn anschreit. Khaled brüllt zurück. El Choli greift ihm an die Kehle, hat plötzlich sein Messer in der Hand. Das Boot wird langsamer. »Laß den Motor an«, sage ich zu Mohammed, »so schaffen wir es nicht.« Mohammed greift nach dem Knauf der Startschnur, dreht sich zu Samir, ruft: »Es geht nicht anders.« Samir nickt. Er schließt für einen Moment die Augen, schüttelt den Kopf. Hinter uns das langgezogene Pfeifen einer Granate. Sie explodiert, als sie auf die Oberfläche schlägt, zerfetzt Grünzeug, reißt ein Loch ins Wasser bis zum Grund, schleudert Schlamm, Wurzeln in die Luft. Eine schwarze Wolke, von orangen Flammen zerrissen. Ein zweites Geschoß. Das gleiche Bild. Sie feuern ins Blaue. Noch immer wissen sie nicht, wo wir sind. Wir schließen zu Khaled auf. Erst als

Samirs Boot kommt, nimmt El Choli das Messer von seinem Hals, zischt: »Samir befiehlt. Sonst keiner. Du gehorchst.« Samir sagt: »Laß es gut sein. Vollgas.« Khaled ist bleich wie Kalk, beschleunigt mit zitternden Händen. El Choli rückt wieder die Panzerfaust auf der Schulter zurecht, ist gefechtsbereit, sucht den Himmel ab. Ich kann mir nicht vorstellen, daß ein Schlauchboot den Rückstoß so abfedert, daß ein gezielter Abschuß möglich wird, noch dazu in voller Fahrt. »Warum hast du keine?« frage ich Mohammed. »Bringt nichts.« »Willst du es nicht wenigstens versuchen?« »Vergiß es.« »Kann er das?« »Nein.« »Was dann?« »Wir schaffen es, oder wir schaffen es nicht.« Der Kanal ist eng, das Schilf steht zwei, drei Meter hoch. Man überschaut nur die unmittelbare Umgebung. Von den Rändern meiner Brille her schiebt sich grelles Licht ins Blickfeld, überstrahlt die Konturen. Wie nah muß der Hubschrauber sein, um uns ins Visier zu nehmen? Können sie uns sehen, bevor wir sie sehen? Müssen sie uns überhaupt sehen, oder haben sie Raketen, die vom Wärmestrahl des Zielobjekts gelenkt werden? Reicht dazu ein Bootsmotor? Sie würden die eigenen Leute am Boden treffen. Keiner hat damit gerechnet, daß sie gegen uns ihre halbe Armee aufmarschieren lassen. Wieder Granaten. Ganz nah. Plötzlicher Druck. Fast wirft es mich um. Wasser schwappt herein. Etwas Nasses in meinem Gesicht. Schmier auf dem Handrücken. Kein Blut. Khaled zeigt nach rechts, biegt ab. Wir folgen. Die Plantage. Ein Dschungel aus Bananenstauden, überragt von Dattelpalmen. El Choli springt in den Matsch, die Panzerfaust auf der Schulter, sein MG vor dem Bauch, ist mit wenigen Schritten an Land. Schreit: »Geht in Deckung!« Wirft sich flach hin, mit Blick auf den Graben. Scheucht uns zu Seite. Mohammed zieht nach links

hinüber, damit El Choli zielen kann. Auf ein flaches Stahl-
boot dreihundert Meter hinter uns, voller Soldaten, gefolgt
von einem zweiten. Schüsse. Einschläge auf der Oberfläche
wie von fetten Tropfen bei Sturm. Wir haben es gleich
geschafft. Samir, Salah und Achmed sind noch auf dem
Kanal. Sie schießen zurück. Ich sehe Achmed, der seinen
rechten Arm hochreißt und über Bord kippt, langsam, wie
in Zeitlupe. Das Wasser rötet sich. Der Motor heult auf, sein
Boot wird herumgerissen. Samir und Salah haben noch
zwanzig Meter bis zum Ufer durch braune, knietiefe Brühe.
Salahs Hose färbt sich dunkel, vorn, weiter oben. Er hat
in die Hose gepißt. Aber er deckt Samir: »Verteilt euch!«
»Gott ist größer!«, schreit El Choli, als er seine Rakete
zündet. *Bei den schnaubenden Rennern.* Sie ist ein Feuer-
strahl. *Die Funken schlagen. / Und am Morgen anstürmen.*
El Choli will noch einmal an sein Boot, um eine zweite zu
holen, als es von einer Salve zerfetzt wird. *Und dabei Staub
aufwirbeln.* Während die Rakete fliegt, getragen von Hoffnung: Wenn sie trifft, gewinnen wir wichtige Minuten. *Und
in die Mitte der Feinde brechen.* Ein Feuerball. El Choli
reckt die geballte Faust zum Himmel, stößt einen furcht-
baren Laut aus. Über seinem Ellbogen ist das Hemd zerrissen, fließt Blut. Schemen von Körpern, Menschen, ein
Hund, Eisenteile lösen sich aus explodierendem Schwarz,
verharren einen Augenblick still in der Luft. Ersterbende
Stimmen, verzögert, seltsam fern. Wo das Boot war, breiten
sich Wellen aus. Wir werden siegen. Wir werden sie vernichten. Achmed treibt reglos zwischen Decken, Gummistük-
ken. Sein Gesicht fehlt, statt dessen rohes Fleisch, Kno-
chenteile. Der Rotorlärm schwillt an, wird so laut, daß ich
keine Rufe mehr verstehe. In welche Richtung läuft Samir?
Der Hubschrauber ist sandfarben. Natürlich ist er sandfar-

ben, getarnt für die Wüste. Ich hatte etwas Dunkles erwartet, ein finsteres Tier. Wir rennen. Ich sehe Karim, rechts Mohammed. El Choli ist der letzte. Er geht rückwärts, ohne Eile, Schritt für Schritt, die Feinde im Blick. Schießt um sich. Die Wunde kümmert ihn nicht. Er hat keine zweite Rakete. Durch dicke weiche Blätter. Ein drittes, ein viertes Landungsboot. Sie umkreisen Trümmer, Menschenreste. Gestikulieren heftig. Die Soldaten sind nicht frei. Sie haben etwas zu verlieren. Sie haben Angst. Deshalb schlagen wir sie. *Hast du nicht gesehen, wie dein Herr mit den Leuten des Elephanten verfuhr? / Hat Er nicht ihre List scheitern lassen / und über sie Schwärme von Vögeln gesandt / die sie mit gebrannten Steinen bewarfen / und Er machte sie abgeernteten Halmen gleich.* Der Hubschrauber steht unmittelbar über uns. Ich sehe ihn zwischen Laub, spüre den Wind des Rotors. Seine Außenhaut ist gepanzert. Maschinengewehrmunition richtet nichts aus. Spar deine Patronen! Sperrfeuer aus der Luft. Äste knicken ab. Ich laufe weiter, suche Deckung, presse mich gegen einen Stamm. Karim ist neben mir: »Luftlandetruppen!« schreit er. »Wir holen sie runter!« schreie ich zurück, und: »Laß uns zusammenbleiben!« »So Gott will!« Wir sind mitten im Dickicht. Es schützt uns. Staude für Staude dringen wir tiefer ein. Schüsse aus Richtung des Wassers, wieder Schreie. Wem gehören sie? Ich sehe jemanden rennen. Einen von uns. Wo sind die anderen, wo ist Mohammed? Mohammed weiß, wie man gegen einen Hubschrauberangriff vorgeht. Wie man Fallschirmjäger abwehrt. Sie hocken in den Luken, bereit zum Absprung. Es ist einfach. Beruhige deine Hände. Mit ruhiger Hand reicht ein Schuß pro Mann. Jeder Schuß zählt. Der Hubschrauber verliert weiter an Höhe, verharrt zwanzig, fünfzehn, zehn Meter über dem Boden, direkt oberhalb der Baumkronen, die geschüttelt werden wie von Orkanböen. Manövriert auf der Stelle. Stricke fallen heraus. Der Rücken eines Soldaten in der Luke. Er umklammert das Seil, mit Händen und Füßen. Ich schaue Karim an, Karim schaut mich an: »Meiner!« schreit er, zielt. Sein Schuß ist kaum zu hören, geht daneben. Der Soldat gleitet hinunter, gefolgt von einem zweiten, der ins Genick getroffen wird. Sein Kopf knickt ab, die Halsschlagader platzt, es regnet Blut auf die Palmen, während seine Finger vergessen, wie man Halt findet, ihr Griff sich löst. Ich sehe, ich denke: Wie sanft ein Absturz beginnt. Sein Kamerad stoppt. Der tote Körper senkt sich rücklings, dreht sich, der Helm bricht zuerst durch die Wedel, verschwindet. Auf der anderen Seite schaffen es drei bis zum Boden. Meine Salve geht ins Leere. Ich habe viermal dreißig Schuß. Zehn sind verschenkt. Zwei weitere Soldaten seilen sich auf meiner Seite ab. Sie sind sehr schnell. Zu schnell, um sie anzuvisieren. Sie tragen kugelsichere Westen, Stahlhelme. Es hat keinen Zweck, eine Granate zu werfen. Sie würde zwischen Büschen landen, näher bei uns als bei ihnen. »Wir müssen uns verschanzen«, schreie ich. »Nicht hier! Hier ist nichts!« Plötzlich steht Mohammed neben uns, reißt mich am Arm, brüllt mir ins Ohr: »Seid ihr in Ordnung?« »Gepriesen sei Gott!« »Jamal und Shukri hat es erwischt.« »Tot?« »Im Frieden Gottes.« Der Gedanke übersteigt mein Fassungsvermögen. »Sie sind sowohl vor als auch hinter uns, versuchen wir es rechts!« Er übernimmt die Führung. Eine Welle Dankbarkeit. Fast Glück. Mit ihm ist es leicht. Erneut Kugelhagel aus der Luft, wenige Meter neben uns. Die Umgebung vibriert zwischen Sonnenstrahlen, verhuschten Schatten. Wir laufen, so gut es geht. Die Grenzen der Dinge lösen sich auf. Ein weiterer Hubschrauber. »Sollen wir sie

abknallen?« »Keine Chance, Munitionsverschwendung.«
Doppelbelichtungen durch Braunglas, ungefilterte Flecken
vom Rand der Brille her. Schweißtropfen verwischen das
Bild. Für ein stundenlanges Gefecht sind wir nicht ausge-
rüstet. Vielleicht können wir uns irgendwohin durchschla-
gen. Es muß einen Weg zurück in die Berge geben. Karim
sichert nach hinten. In dieser Richtung scheint niemand
gelandet zu sein. Die Berge sind nicht weit. Keine Ahnung,
wo wir herauskommen. Im Zweifel am Wasser. Vielleicht
finden wir ein Boot. Und im Wasser verlieren die Hunde
unsere Spur. Zur nächsten Straße schaffen wir es bestimmt. Wir kapern ein Auto, nehmen den Fahrer gefangen, bis wir in Sicherheit sind. Das verdammte Zwielicht.
Ich werfe die Brille weg, bin im ersten Moment blind. Die
Hubschrauber entfernen sich. Es wird beinahe still. Das
Geräusch brechender Äste, trockener Bananenblätter, die
wir knicken, zertreten. Dazwischen Salven. Näher und weiter entfernt. El Cholis Stimme: »Gott ist größer!« Mit ihm
könnte die Flucht gelingen. »Wir sind hier!« ruft Mohammed, »komm zu uns!« Er antwortet nicht. Ich würde mir
seinen Respekt erkämpfen. Der Boden wird schlammig.
Sumpfeichen, Schilf lösen die Bananen, die Palmen ab.
»Die Hunde«, schreit Karim und feuert ins Unterholz. Erneut nähert sich ein Hubschrauber. Kreist über uns. Wir
haben kaum noch Schutz. Die Sonne blendet. Die Sonne
wird einen Moment lang schwarz. Wir stehen knietief im
Morast. »Hier geht es nicht weiter!« sagt Mohammed. Er
schreit noch einmal: »El Choli!« Keine Antwort. Eine Granate detoniert, übertönt die Rotoren. Stammt sie von uns
oder vom Feind? Hat sie uns Zeit verschafft oder einen Bruder zerrissen? Umzukehren wäre Selbstmord. Der Sumpf
geht in Flachwasser über. Wer sollte hier ein Boot liegen

haben? Karim atmet durch, mit geschlossenen Augen, lächelt. Die Hitze. Das Flirren des Lichts. Gott. Ich kann nichts erkennen, kneife die Augen zusammen, gebe mir Schatten, die Hand wie einen Schirm an den Brauen. Ein Soldat, ein zweiter, ein dritter. Mohammed schießt schnell: »Auf den Unterleib!« Wir tun, was er sagt. Einer zerbricht in der Mitte, seine Uniform spuckt Gedärm aus, er scheißt durch den Nabel. Ich weiß nicht, wessen Kugeln es waren. Einem zerfetzt es den Oberschenkel. Er stürzt, feuert weiter. Mein Magazin ist leer. Wieder festen Boden unter den Füßen. »Ich muß laden!« Der Griff in die Hosentasche. Da ist Aruas Qur'ān. Auf der anderen Seite, in Kniehöhe. Es rastet ein. Sie rücken nach, werden mehr. Einer wirft sich zwischen Büsche, andere hocken sich hinter Bäume, ihre Waffe an der Wange wie Plastikindianer. »Runter!« schreit Mohammed. Wo Karims linke Hand war, ist ein blutiger Stumpf. Seine Hose, sein Hemd sind dunkel gefleckt. Er liegt da, unter ihm färbt sich die Erde. Brüllt vor Schmerz. Verstummt. Steht wieder auf. Man kann einhändig schießen. Dazu braucht es einen Oberarm aus Stahl, körpereigene Opiate. *Wenn Gottes Hilfe kommt und der Sieg.* Er rennt auf die Linie der Soldaten zu. Mit hochgerecktem linken Arm, aus dem eine Fontäne spritzt. Im Rhythmus des Pulsschlags. Er ist völlig ungeschützt. Ohne Deckung. Vor ihm springt ein Hund, ein deutscher Schäferhund, aus dem Gebüsch, gefolgt von einer Phalanx Soldaten, die sich Stamm für Stamm vorarbeiten. El Choli konnte sie nicht aufhalten. Was ist mit El Choli, den anderen? Wir sind zu wenige. Wir sind auf diese Art Kampf nicht eingestellt. Noch fünfzig Meter zwischen ihnen und uns. Man muß sie mitten ins Gesicht treffen oder in den Unterbauch. Wenigstens Arme oder Beine, um sie außer Gefecht zu setzen. Der

Rest ist kugelsicher. Ich treffe den Hund im Sprung, ehe er Karim anfällt. Mohammed zielt seelenruhig. So konzentriert, als wollte er ein kompliziertes Geländespiel gewinnen. Er verschwendet nicht eine Patrone. Karim ist mein Bruder. Ich liebe ihn. Mein einziger Bruder. Sein Rücken färbt sich rot, färbt sich schwarz. Gewesen. Ein Durchschuß hat ihm die Wirbelsäule zerfetzt. Er läuft weiter. Er wird querschnittsgelähmt sein. Sein MG gibt Schüsse ab. Ein Krampf des Zeigefingers um den Abzug. Sackt zusammen. Fällt hin, der Länge nach. Einige Soldaten fallen auch. Von Mohammed erwischt, von mir. Ich brauche wieder ein neues Magazin. Sie kommen jetzt auch von rechts. Und Hunde. Mohammed stürzt aufs Gesicht. Wo sind meine Magazine? Neben mir durchsiebt es einen Baum. Mohammed zuckt. Ich will ihm helfen, ich kann ihm nicht helfen. Er soll weiterleben. Es gibt so viel, was ich ihn fragen, was ich von ihm lernen will. Seine offenen Eingeweide. Er kehrt in Gott zurück. Ich habe eine Granate in der Hand, ziehe den Sicherungssplint, werfe, flach, nicht im hohen Bogen. Wie langsam sie fliegt. Kann sie nicht schneller fliegen? Dann der Aufschlag, der Knall, Rauch, die umherspritzenden Teile, Vegetation, Tiere, Menschen in Tarnkleidung. Als es mich umreißt. Auf den Rücken preßt. Über mir Blau zwischen Geäst, gefletschte Zähne, schmutziger Geruch. Lautlos im Lärm das schwarze Auge des Hundes. Aruas Augen. Sie überlagern sich mit herannahenden Stiefeln, Hosen. Ocker, Oliv, Grau gefleckt. Ein Befehl. Er beißt mir die Kehle durch. Ich spüre keinen Schmerz. Er beißt nicht. Speichel, Blut mischen sich, rinnen warm meinen Hals herunter. Die Mündung auf der Stirn, die Mündung auf der Brust. Geschriene Anordnungen. »Es ist der Deutsche!« Sie gelten mir. »Der Deutsche.« Sie wissen mehr, als ich dachte. Sie wissen alles. Sie haben uns komplett unterwandert. Einer dreht Mohammed um, tritt ihm ins Gesicht, spuckt. Ich sehe es zwischen der Mauer aus Unterschenkeln. Meine Muskeln verkrampfen sich, wollen den Mann, das Schwein, töten, das ihn so behandelt. Mohammed ibn Ja'far as-Sādiq, den Besten, den ich kennengelernt habe. Zwei Füße halten mich nieder. Der Hubschrauber steht still in der Luft. Mir ist übel. Sein Dröhnen, sein kühlender Wind. Es wird nicht mehr geschossen. Oder doch? Ich würge, ich will kotzen. Säure. Sie verätzt mir den Rachen. Wie groß sind ihre Verluste? El Choli ergibt sich nie im Leben. Der Sheikh wird uns rächen. Wenn nicht heute, dann morgen, übermorgen. Ein vereinzelter Schuß, ein weiterer. Der ekelhafte Hundeatem. Jetzt exekutieren sie die Verwundeten. Damit sie für immer schweigen. Wir sterben nicht umsonst. Seine sabbernden Lefzen. Wir sind die Anklage ihrer Gottvergessenheit. Wir müssen beseitigt werden, verstummen. Feiglinge. Jemand reißt mich an den Haaren. Sie haben sich kaufen lassen für geringen Lohn. Knurren. Der Blick des Offiziers, als er den Köter zur Seite zieht. Statt dessen drückt mir ein Unterarm den Kehlkopf ein. »Du mordest die Diener des Einen, außerhalb dessen nichts existiert«, will ich ihm entgegenschleudern, bringe keinen Ton heraus. Karim. Mohammed. Schieß endlich. Ich habe keine Lust mehr. Der Qur'ān in meiner Tasche, Sein heiliges Wort: *Dein Herr hat dich nicht verlassen, noch zürnt er. / Wahrlich jede Stunde, die kommt, wird besser für dich sein, als die, die ihr vorausging.* Vergebliche Zungenbewegungen, Sauerstoffmangel. Es ist vorbei. Aus einem Stahlhelm rinnt Schweiß, läuft Stirn, Wangen, ein Kinn hinunter, tropft auf mich. Er gehört einem Nubier. »What the fuck you want in Egypt, son of a bitch?« Seine weiß leuchtenden Zähne zwischen den wulstigen Lippen. »This is not your country.« Jeden Moment wird er abdrücken. »Gott ist größer!« »We will kill you!« Arua erfährt es. Arua erfährt es nicht. Es spielt keine Rolle. *Wenn der Himmel sich spaltet / wenn die Sterne zerstreut sind, / und wenn die Meere überströmen / und die Gräber aufgerissen werden / dann weiß jede Seele, was sie getan und was sie unterlassen hat.*

Ich bin nicht tot. Zehn, fünfzehn Elitesoldaten stehen um mich herum. »Das ist der Deutsche.« »Heil Hitler!« Einer steckt mir seine Finger in die Augenhöhle, reißt das Lid auf. Flecke, verwackelte Zweige. Himmel, grell, weiß. Er stellt fest, daß ich lebe. Ich schüttle den Kopf. »Don't move!« lautet die Anweisung, gefolgt von einem stechenden Schmerz, als er mir das Gewehr über dem Herz in die Rippen stößt. »Motherfucker!« Ein anderer öffnet seine Hose, packt das Glied aus, pißt mir ins Gesicht. »Be sure German asshole you will die, too.« Es ist klein, lilafarben, beschnitten. Ich presse den Mund zusammen, halte die Luft an, versuche mich abzuwenden. Vergeblich. Die warme Flüssigkeit. Das Bellen des Hundes, als er fortgebracht wird.

Warum bin ich nicht tot? Ich war bereit zu sterben. Ich wollte mein Leben opfern. Auf Gottes Weg. Der ins Paradies führt.

Sie treten Karim, als wäre er eine auf der Straße verendete Ratte, rollen ihn mit ihren Stiefeln auf die Seite, den Rücken. Auf das, was davon übrig ist. Ein schwarzes Loch. Er hat es geschafft. »Get up! Get up!« Mir schwillt der Hals zu. »Er flennt.« Es sind keine Tränen, es ist Pisse. »Stop crying. You will get reason to.« Ich weine nicht. Er lacht mich aus. Leute mit Bahren, weißen Binden kommen. Sie haben Sanitäter mitgebracht. »Erschießt mich. Der Tod ist ein Geschenk!« »Shut up!« Sie sollen arabisch reden. Wenn Rashid sie informiert hat, werden sie wissen, daß ich arabisch spreche, die Sprache Gottes. Ich werde aufspringen, losrennen, auf ihre Mündungen zu. Sohlen, ein Lauf halten mich nieder. Dann Schläge, so hart, daß die Koordination meiner Gliedmaßen versagt, zu schwach für Ohnmacht. Ein älterer Soldat in sauberer Uniform tritt heran. Er hat nicht gekämpft, nur Befehle erteilt, aus sicherer Entfernung das Leben seiner Untergebenen aufs Spiel gesetzt. »Der ist unverletzt.« Sie zerren mich hoch. Ich bin benommen, meine Knie finden in sich keinen Halt. Ich kotze Magensäure, halbverdautes Brot auf Soldatenstiefel, Soldatenhände. Die mich gegen einen Baum pressen. So fest, daß mir die Wirbel brechen, ihre Splitter in die Eingeweide gedrückt werden. Sie schmieren mir Erbrochenes in die Haare, schleudern meinen Hinterkopf gegen den Stamm. Ohrfeigen. Mit Fingerknöcheln. Es gibt eine Stelle im Innern, an der ich unverwundbar bin, dorthin muß ich mich zurückziehen. Während sie mich abtasten. Meine Taschen durchwühlen. Das Schweizermesser herausholen. Das winzige Buch: »Es ist der Qur'ān, der Freigiebige.« Er schaut das Buch an, er schaut mich an, läßt die Blätter zwischen den Fingern laufen: »Besudelt! Mit Lippenstift!« Er hält es mir vors Gesicht. Als mir sein Oberschenkel in die Hoden fährt, ich zusammenklappen will, gezwungen werde, stehen zu bleiben, gegen den Schmerzreflex, der mir Tränen in die Augen treibt. »Ungläubige Drecksau!« Ich kann nicht antworten. Ich versuche zu atmen. Wo ist der Punkt des Herzens, an dem die Gewißheit wohnt, daß keiner, der glaubt, aus Gottes Barmherzigkeit fällt. Sie binden mir die Hände auf den Rücken, so fest, daß es in die Gelenke schneidet, legen mir Fußfesseln an. Stoßen mich vorwärts. Wie geht man damit? Stolpernd. Durch Dickicht? Im Rükken der Schmerz vom Stahl des Gewehrlaufs. Immer dieselbe Stelle. Ein Punkt, kein Gedanke.

Ein Gedanke wäre schön.

Sie räumen die Verwundeten weg, die Toten. Erst ihre eigenen. Hat außer mir einer von uns überlebt? Samir oder Salah. Er ist jung. In zwanzig Jahren wird man ihn aus der Haft entlassen. Er könnte noch etwas anfangen mit seinem Leben. Sie werden ihn hinrichten, nicht einmal der Arm seines Vaters, des Generals, reicht weit genug, das zu verhindern. Ich will nicht allein vor den Richtern stehen, im Eisenkäfig, eingepfercht wie ein wildes, böses Tier. Samir soll für uns sprechen. Er soll Zeugnis geben, ehe sie uns töten.

Jemand zieht mir einen Sack übers bepißte Gesicht. Der Stoff feuchtet ein. Uringeruch. Ich darf nicht wissen, wohin sie mich bringen. Ich soll Angst haben, um Gnade wimmern. Einer stellt mir ein Bein, damit ich in den Dreck falle. Ich kann den Sturz nicht abfangen, schlage mit der Schulter gegen einen Stamm, den ich nicht sehe. Es ist für Gott.

Gott ist größer.

Schreie, das Stöhnen Verletzter. Blätter rascheln, Äste brechen. Ich bin zwischen vielen Menschen. Eine Stimme, die El Choli gehören könnte. Wie haben sie ihn lebend festgenommen? Er wird mich verdächtigen, der Verräter zu sein, weil ich nicht getroffen wurde, weil ich nicht tot bin. Motorenlärm, das Geräusch aufgewühlten Wassers, Schritte, die durch Morast waten. Wir sind am Ufer. Meine Füße werden naß. Ein Tritt in die Wade, ein Tritt in die Kniekehle. Ich falle der Länge nach in den Kanal. Warum liquidieren sie mich nicht auf der Stelle? Das wäre einfacher, niemand würde danach fragen. Sie könnten behaupten, ich sei im Kampf gefallen. Wer soll es überprüfen? Die Justiz ist korrupt, Erfüllungsorgan einer verkommenen Regierung. Ich werde schweigen, ganz gleich, was sie mir antun. Ich bin naß, aber das Wasser, der Schlamm, die Luft sind warm. Jemand reißt mich hoch, führt mich eine Leiter hinauf: »Geh!«, stößt mich kopfüber auf etwas Stählernes. Scheppern. Blut tränkt den Stoff über meiner Lippe. Eisengeschmack. Ein Motor wird angelassen, kein Außenborder wie an den Schlauchbooten, stärker. Sie haben besseres Gerät, eine perfekt ausgestattete Armee, mit westlicher Waffentechnik gerüstet als Bollwerk gegen den Glauben. Ihr Einsatz ist lange vorbereitet – muß lange vorbereitet worden sein. Mit Hilfe eines der Unsrigen, wer immer es war. Wir werden es erfahren. Er wird der Kronzeuge sein, im Prozeß aussagen. Vielleicht hat er Glück, und der Staatsanwalt hält Wort. Er kommt straffrei davon, wird mit neuer Identität für ein Leben an einem unbekannten Ort ausgestattet, damit die Brüder ihn nicht finden, ihn nicht zur Rechenschaft ziehen.

Vor Gott verbirgt ihn kein Versteck.

Sie nehmen mir die Fesseln ab, ketten mich blind mit Hand- und Fußschellen an Stahlstangen. Wieder Schläge in den Bauch, die Hoden. Mir ist schlecht. Es geht vorbei. So sieht die Zukunft aus, auf absehbare Zeit. Ich mache mir nichts vor. Wir haben keine Illusionen. Deshalb kämpfen wir, haben wir gekämpft. Der Krieg wird weitergehen, andere werden uns nachfolgen. Vielleicht sind sie erfolgreicher als wir. Der Sheikh hat Wege und Möglichkeiten. Er wird vom Höchsten behütet. Nicht einmal die Russen konnten ihn treffen. Sie haben alles versucht, es war vergebens. Er hat gekämpft und geschlafen. Im Vertrauen auf Gott. Gott hat ihn nicht enttäuscht.

Neben mir ächzt jemand. Unwahrscheinlich, daß sie verwundete Soldaten im selben Boot transportieren wie uns. Dann haben andere außer mir überlebt. Das Ächzen ist so schwach, daß ich keine Ahnung habe, wer es sein könnte. Wir waren eine Gemeinschaft, jetzt ist jeder für sich. Allein. Jeder trifft seine Entscheidung: Für den Verrat oder für den Weg des Kampfes.

Ich muß Kraft sammeln. Sie werden mich auf unvorstellbare Arten foltern. Um durchzuhalten brauche ich Gewißheit, jeder Zweifel wird Schwäche. Dann bricht der Wille. Welches Leben habe ich gelebt? Das des Kriegers oder das des Verbrechers? Das des Verbrechers, wenn Gott eine Erfindung wäre. Aber er hat auf mein Gebet geantwortet. Das ist keine Einbildung gewesen.

›Was willst Du werden?‹ hat mein Großvater gefragt. Ich war ein Kind, sieben oder acht, und habe geantwortet: ›Märtyrer.‹ Ich stellte mir Indianer im Dschungel vor, die Giftpfeile in meine Brust schossen, an denen ich qualvoll zugrunde ging. Für Christus, den Heiland. –

Arua. Ihretwegen. Nein, nicht ihretwegen. Sie war Anlaß, nicht der Grund. Liebe zu einer Frau als Beginn für das Ende der Suche, die damit erst begonnen hat. Ich mußte sie in Taten umsetzen – mit Hilfe Gottes, des Barmherzigen, des Erbarmers.

Die Tritte, die Schläge, der Schmerz. Ich kann nichts sehen. Ich habe Angst. Lange hatte ich keine Angst. Da war die Situation eine andere, der Tod in Reichweite.

Wieviel hält einer aus, wann gibt er auf?

Man darf nicht aufgeben, ganz gleich, was passiert. Alles ist erträglich, wenn man sich in den innersten Innenraum zurückzieht. Angst löscht das Vertrauen aus. Wenn das Vertrauen schwindet, verbirgt Er sich, wird unauffindbar.

Wir setzen über den Nil, blaugrün, dem der Staudamm seine Kraft geraubt hat, erbaut von Nasser, dem ersten ungläubigen Präsidenten Ägyptens, dem Mörder Sayyed Qutbs.

Wahrscheinlich exekutieren sie mich in Kairo, der schönsten Stadt der Welt.

Der Lärm des Motors, die Wellenbewegung, angekettet an Stangen, unter einer schwarzen Maske, knappe Befehle, lapidare Fußtritte. Die wiederkehrende Frage: Wer hat überlebt? Wem gehört das Ächzen neben mir?

Der Motor wird gedrosselt, die Fahrt verlangsamt sich, ein Stoß, Schaukeln, unverständliche Kommandos. Wir haben das andere Ufer erreicht. Jemand schließt mich frei, reißt mich am Arm: »Aufstehen!« Er muß mich nicht anbrüllen. Ich habe keine Möglichkeit zur Gegenwehr. Systematische Demütigung. Sie wirkt nicht. Mein Glaube ist stark – gefesselt, bepißt, blind. Ich weiß, warum ich tue, was ich tue. Sie beziehen Gehälter, bei denen ihnen klar ist, daß sie von Ungläubigen bezahlt werden. Außerdem: eine Belobigung vom General persönlich, Orden aus gestanztem Blech, eine Sonderzuweisung für besondere Verdienste. Die Kinder, sie wollen ernährt sein. – Dafür sind die Deutschen scharenweise in die NSDAP eingetreten.

Jede Bewegung sticht. Sie haben mir Rippen gebrochen. Sich ruhig halten und warten, bis die Bruchstellen wieder zusammengewachsen sind. Soldaten haben die Aufgabe, den Gegner kampfunfähig zu machen, jedes Mittel ist recht. Der Offizier ist ihr Gott, ihm schulden sie Rechenschaft, er trägt die Verantwortung.

Jemand schubst mich von hinten. Unsichere Schritte,

ein harter Griff am Oberarm, mein Schienbein stößt gegen eine Eisenkante, vorsätzliche Irreführung, hämisches Lachen. Eins, zwei, – sechs Stufen eine Holztreppe hinauf, der letzte Schritt ins Leere, ich falle aufs Knie, werde hochgerissen, dann Stein unter den Füßen, vermutlich die Promenade, weiträumig gesperrt. Ich schwanke vor Schmerz, vor Erschöpfung. Geschrei. Warum müssen Ägypter immer schreien? Sie schreien, selbst wenn sie Brot kaufen. »Schneller, schneller!« »Wo ist der Arzt?« »Herr Doktor, sehen Sie zu, daß er durchkommt, seine Informationen sind wichtig!« »Ein Lungendurchschuß, kritisch.« Ich erschrecke. Vielleicht verwechsle ich Rippen und Lunge. »Tot nützt er nichts.« »Ihr habt andere.« »Trotzdem.« Eine blutende Wunde in der Brust müßte ich spüren. Um wen geht es, wer wird sterben? Wieder die Mündung im Kreuz. »Vorwärts, Söhne von Hunden!« Neben mir stöhnt jemand auf, dann sagt er: »*Wen Gott irreleitet, der hat keinen Ausweg.*« Ich kenne die Stimme: »Samir?« »Abdallah.« »Gepriesen sei Gott.« »Maul halten!«

Er lebt. Daß er lebt, hilft, auch wenn sie uns trennen, in Einzelzellen sperren. Wir werden keine Möglichkeit haben, miteinander zu reden. Die Wärter werden uns Lügen übereinander erzählen, damit wir die Hoffnung aufgeben und reden.

»Weitergehen!«

Schläge mit dem Lauf in den Nacken, die Nieren. Sie treffen unvorbereitet irgendeine Stelle, kein Muskelreflex kann sie mildern. Ich falle auf eine Rampe, Kinn und Nase treffen auf etwas Hartes. »Rauf da!« Ich robbe vorwärts, einen Stiefel zwischen den Beinen, zucke bei jedem Tritt. Die Rampe endet auf einer waagerechten Fläche aus nacktem Metall, der Laderaum eines LKWs.

Alle Menschen, die ich in diesem Land kennengelernt habe, waren gläubig. Sie wollten, daß ihr Staat anders wird, gottgefällig, im Einklang mit Seinem Gesetz. Warum verkaufen diese hier ihre Seele?

Hände zurren einen Gurt um meine Brust, ketten meine Füße an Eisenringe, die im Boden eingelassen sind. Türen werden geschlossen, von innen verriegelt. Die Schwärze unter dem Sack über meinem Kopf. »Ich will etwas sehen«, murmele ich im Wissen, daß es niemand hört, geschweige denn interessiert. »Schweig, Wichser!« faucht eine bösartige Stimme. Der Wagen startet, übertönt die Atemzüge von Freunden und Feinden.

Sie schmiedeten einen Plan, und Gott schmiedete einen Plan, und Gott ist wahrlich der beste Pläneschmied. Unser Plan ist nicht aufgegangen. Wir müssen etwas falsch gemacht haben. Ganz gleich, was man tut, es schleichen sich Fehler ein. Wer ist verantwortlich, wem soll ich die Schuld geben: Dem Vater, den ich nie gesehen habe, Mutter in ihrem Mutterliebeswahn, dem sündengeilen Pfarrer, den Lehrern, meinem Dealer, einem Richter. Arua, Aruas Familie, El Choli, Samir ... Aruas Blick vor Monaten, heute Nacht ... mir selbst? Mein Anteil bleibt dunkel, er steigt und fällt, je nach Lage. Ich weiß nicht, welche Version meiner Geschichte wahr ist. Ich muß mich für eine entscheiden, sonst werde ich mich in Widersprüche verstricken. Was wollen sie hören? Was wissen sie bereits? Welche Lügen werden sie glauben, welche Bestrafung folgt, wenn sie herausfinden, daß ich gelogen habe? Welche Konsequenzen hat Schweigen?

Trotz allem wäre es keine Möglichkeit gewesen, mit Arua zu leben. Wenn ich eine zweite Chance bekäme, würde ich alles genauso machen. – Ich will ihren, meinen Qur'ān wiederhaben.

Das Rütteln des Wagens auf der unebenen Straße verstärkt den Schmerz. Am besten wäre es, mit dem Atmen aufzuhören. Mein Kopf vibriert, schlägt auf den Boden. Die Handschellen zerschneiden meine Rückenmuskeln, Krämpfe, taubes Kribbeln aufgrund der Bewegungsunfähigkeit, der abgeschnittenen Blutzufuhr. –

Kurz nach dem Abschied von Arua bin ich durch die Untermainanlage gegangen. Es war ein schöner Tag. Winterlicht, blasser als während des Sommers. Reste vertrockneten Laubs. Der Fluß schimmerte silbrig. Ich wollte allein sein. Das alte Paar, das mir entgegen kam, hatte das Ende vor Augen. Aber sie stritten. Zwei brüchige Stimmen aus verkniffenen Mündern, in verblichener Zuneigung. Grau, zittrig, beide. Wenn einer stürbe, würde der andere ihn dennoch vermissen. Ich ging langsamer, hielt an, hörte, wie sie sich gegenseitig für ihr Unglück verantwortlich machten. Die Zeiten waren schlecht, keine Moral, der Sohn undankbar. – »Deine Erziehung.« – »Du warst ja nie da.« Die Schwiegertochter lauerte auf das Erbe, ein falsches Weib. Kein Wunder, daß die Enkel mißrieten. – »Ohne mein Geld hättest du…« – »…Dein Geld, immer nur dein Geld…«

So wollte ich nicht werden: ein bitteres Wrack, das kaum die eigenen Kinder ertragen.

Furchtbare Hitze, die Ausdünstungen von Schweiß, Uringeruch, flüchtige Desinfektionsmittel anstelle von Sauerstoff. Mehr als vierzig Grad, keine Klimaanlage. Das Fieber dringt von außen in den Körper. Ohne jede Regung läuft mir das Wasser in die Kleider. Wo bringen sie uns hin? Es gibt ein neues Gefängnis an einem geheimen Ort, irgendwo mitten in der Wüste. Dort pferchen sie die Gläubigen zusammen wie Kamele auf dem Markt, bis der Schlachter kommt.

Am Ende bleibt die Erinnerung an einige Momente. Schemen mit unscharfen Rändern, gleitenden Übergängen: ein Gesicht ohne Blick ganz nah, Kreise im Wasser, geöffnete Schenkel, aufsteigender Rauch. Es muß sie gegeben haben. Unter welchem Stern standen sie, wann ist er verloschen, warum?

Verworrene Bilder auf einer schwarzen Leinwand. Endgültig gescheitert, bleibt Gott: *Dies, weil Gott allein die Wahrheit ist – und was sie außer Ihm anrufen ist das Falsche – und weil Gott der Erhabene ist, der Große.*

Zu einer anderen Zeit, an einem anderen Ort, wären wir Helden gewesen, geehrt von allen Mitgliedern des Stammes. Aber ich kehre zu keinem Stamm zurück. Ich werde mit Verwundeten, Toten zu einem bestochenen Richter gebracht, der mich verhören wird, in ein Loch sperrt, das verwanzt, voller Schaben ist, mit Dauerbeschallung, ewigem Licht. Die gefallenen Brüder werden heimlich verscharrt, nicht einmal ihre Verwandten erfahren, wo sie liegen.

Mutter wird weinen. Sie wird versuchen, über die Botschaft meine Auslieferung zu erreichen. Als Staatsbeamtin stehen ihr direktere Wege zur Verfügung, jedenfalls hat sie das immer behauptet. Ein Anruf bei der Oberfinanzdirektion genügt, den Direktor kennt sie persönlich.

Ich will nicht nach Deutschland überstellt werden. Ich will nicht zurück in dieses verkommene Land, das Gott vergessen hat, das nur dem Geld und Amerika dient. Sie sollen mich hier hinrichten, islamisch bestatten, inmitten von Brüdern und Schwestern, die vor mir gegangen sind. Was nicht passieren wird. Wann und wo auch immer sie mich töten, ich werde im Frieden sein. Es spielt keine Rolle, was mit der Leiche geschieht.

Zweiter Teil

VS-Geheim – Amtlich geheimgehalten
Citissime nachts
Aus: Kairo
15. 11 1993, 14.16h Ortszeit
An: AA: 301
Auch für: ChBK, BMI

Gz: RK 716
Verfasser: Cismar

Betrifft: Festnahme des deutschen Staatsangehörigen Jochen Sawatzky, geb. <u>6. 3. 1963</u>, der sich seit seinem Übertritt zum Islam »Abdallah« nennt.
  hier: Vorwürfe der Mitgliedschaft in einer terroristischen Vereinigung, Vorbereitung eines Anschlags, Widerstand gegen die Staatsgewalt, verbunden mit vorsätzlicher Tötung von Sicherheitskräften.

– Zur Unterrichtung –

roem. 1 – Zusammenfassung:

ÄGY-Sicherheitsbehörden nehmen bei einem Antiterror-einsatz drei Attentäter fest. Sechs weitere Terroristen, mut-maßlich unterschiedlicher Nationalität, kommen zu Tode. Unter den Festgenommenen befindet sich der deutsche StAng Jochen Sawatzky. Direkter Kontakt der Botschaft mit ihm ist bisher nicht möglich, jedoch durch das hiesige Innenministerium zugesagt. Laut Rücksprache mit dem BKA ist Sawatzky in Deutschland wegen verschiedener Drogendelikte vorbestraft und hat als V-Mann der Krimi-nalpolizei Koblenz in Dealerkreisen gearbeitet, ohne nen-nenswerte Ergebnisse zu liefern. Die entsprechenden Vor-gänge sollten erneut gesichtet und übersandt werden, um eine genauere Einschätzung der Persönlichkeit des festge-nommenen deutschen StAng vornehmen zu können.

roem. 2 – Im einzelnen:

1. Die Botschaft wurde durch Anruf des hiesigen Innenministeriums heute, 15. 11. 1993, um 10.00 Uhr Ortszeit darüber unterrichtet, daß gestern mittag gegen 13 Uhr infolge eines Kampfeinsatzes von ÄGY-Streitkräften der überlebende Teil einer Gruppe mutmaßlicher Terroristen aus dem Umfeld der Ver-einigungen »Gama'a islamiyya« bzw. »Islamischer Dschihad« festgenommen wurde. Nachdem die Fest-genommenen zunächst jede Aussage verweigert hät-ten, habe anhaltendes Bemühen der Polizeibehörden und des Geheimdienstes nach stundenlangen Ver-suchen, ein geordnetes Verhör zu führen, schließlich zur Aussage eines der Verhafteten geführt. Er hat laut Information des ÄGY-Innenministeriums Sawatzky schwer belastet. Zudem stehe ein Kronzeuge zur Ver-

fügung, der durch seine Kenntnisse den Sicherheitsbehörden die Möglichkeit eröffnet habe, den Anschlag zu vereiteln. Die Gruppe habe seit Monaten unter Beobachtung durch Informanten und verdeckte Ermittler gestanden, deren Erkenntnissen zufolge die Organisation intensive Kontakte zu internationalen islamistischen Terrororganisationen unterhalte. Weitere Polizei- und Militäraktionen stünden bevor.

2. Der Anrufer aus dem Innenministerium, Dr. Achmed Taufiq, Referatsleiter für Terrorbekämpfung, ist der Botschaft persönlich bekannt und darf als zuverlässiger Informant gelten.

3. Erst im Laufe der Nacht sei es gelungen, die Identität aller Inhaftierten und Getöteten festzustellen. Bei dreien soll es sich um Männer handeln, die an der Seite islamistischer Mudschahedin-Milizen gegen die sowjetischen Besatzungstruppen in Afghanistan gekämpft haben. Sawatzky verweigert, abgesehen von der Nennung seines Namens, bis zum gegenwärtigen Zeitpunkt die Aussage.

4. Nach hiesigen Recherchen ist Sawatzky seit dem 2. 2. 1985 wegen verschiedener Drogendelikte in DEU rechtskräftig verurteilt. Das Urteil lautete: Zwei Jahre Haft auf Bewährung, die Bewährungsfrist ist inzwischen abgelaufen, Auflagen gab es keine. Angaben zu seinem gewöhnlichen Aufenthalt oder Wohnsitz liegen bislang nicht vor.

5. Die Botschaft hat versucht, umgehend einen Gesprächstermin mit Sawatzky zu erwirken, was das ÄGY-Innenministerium unter Verweis auf das noch nicht abgeschlossene Ermittlungsverfahren zur Zeit jedoch ablehnt. Wir wiesen telephonisch auf das Recht des deutschen StAng hin, von seiner Botschaft betreut zu werden, was von ÄGY-Seite ohne Einschränkung anerkannt wurde. Unser Gesprächspartner bat allerdings – unter ausdrücklicher Berufung auf den sensitiven Hintergrund der Vorwürfe – um Geduld und versicherte, daß Mitarbeiter der Botschaft Sawatzky so bald als möglich aufsuchen könnten.

6. Die Botschaft bittet um Feststellung und Unterrichtung möglicher Angehöriger.

roem. 3 – Wertung:

Nach den bisher vorliegenden Informationen ist eine genaue Einschätzung der Frage, ob und inwieweit Jochen Sawatzky einer kriminellen oder terroristischen Vereinigung angehört, von hier aus unmöglich. Daß er jedoch seit längerer Zeit untergetaucht war, stimmt nachdenklich. In rechtsstaatlicher Hinsicht ist zu hoffen, daß ÄGY bei den Vernehmungen die Genfer Konvention beachtet und den Kontakt zwischen ihm, der Botschaft und einem Anwalt gewährleistet. Es steht allerdings zu befürchten, daß, angesichts der außerordentlichen Bedrohung des ägyptischen Tourismus durch islamistische Terroristen, die hiesigen Behörden jedes Mittel, einschließlich physischer und psychischer Gewaltanwendung, einsetzen werden, um Sawatzky dazu zu bringen, sein potentielles Wissen über die Untergrundgruppen im Land preiszugeben. Da sich die Regierung gegenwärtig entschlossen zeigt, die islamistischen Bewegungen um jeden Preis zu zerschlagen, ist nicht mit einem rechtsstaatlichen Verfahren gegen den deutschen StAng zu rechnen.

Claus Cismar (Botschafter)

Anlage

Terroranschläge / ÄGY seit 1. 1. 1993
(interne Zusammenstellung)

3. 1. 1993: Ermordung eines koptischen Bürgermeisters in der Nähe der Stadt Dayrut. Bombenanschlag auf die Apotheke eines Kopten in Dayrut. Hierbei keine Verletzten.

5. 1. 1993: Beschuß eines Reisebusses mit japanischen Touristen zwischen Luxor und Kairo. Keine Verletzten.

9. 2. 1993: Beschuß eines Reisebusses mit deutschen Touristen zwischen Kairo und Luxor. Keine Verletzten.

16. 2. 1993: Beschuß eines Reisebusses mit deutschen Touristen in der Nähe von Luxor. Keine Verletzten.

26. 2. 1993: Bombenanschlag auf ein Café in Kairo, Tahrir-Platz. 4 Tote (darunter 2 Ausländer), 19 Verletzte.

4. 3. 1993: Ermordung eines Polizisten und seines Sohnes in Ober-ÄGY.

13. 3. 1993: Brandanschlag auf evangelische Kirche im Norden Kairos. Keine Verletzten.

15. 3. 1993: Gewalttätige Auseinandersetzungen in Kairo zwischen mehreren tausend Einwohnern und Sicherheitskräften während einer Razzia im Viertel des Anschlags vom 13. 3. 93. 52 Verletzte, 87 Festnahmen.

26. 3. 1993: Ermordung eines Polizisten durch islamistischen Täter in der Kairoer U-Bahn bei Ausweiskontrolle. Ein zweiter Beamter wird verletzt.

27. 3. 1993: Bombenanschlag im Stadtzentrum Kairo. 2 getötete Soldaten der Zivilverteidigung, 4 weitere werden verletzt.

28. 3. 1993: Sprengstoffanschlag auf ein Polizeifahrzeug in Assuan. Keine Angaben zu Verletzten.

29. 3. 1993: Bombenanschlag in Assuan. 10 verletzte Polizisten.

31. 3. 1993: Explosion, mutmaßlich Anschlag, in der Chephren-Pyramide. 2 verletzte Arbeiter.

20. 4. 1993: Anschlag auf Informationsminister Safwat al Sharif. Der Minister, sein Fahrer und ein Leibwächter werden verletzt.

21. 5. 1993: Bombenanschlag in der Kairoer Innenstadt. 7 Tote (darunter 1 Regierungsbeamter), 20 Verletzte.

26. 5. 1993: Bombenanschlag in Kairoer Vorort. 5 Verletzte.

8. 6. 1993: Sprengstoffanschlag auf einen Touristenbus in Kairo. 2 Tote, 8 Schwerverletzte (darunter 5 britische StAng).

18. 6. 1993: Bombenanschlag im Kairoer Stadtteil Schubra. 7 Tote, 20 z.T. schwer Verletzte.

19. 6. 1993: Bombenanschlag in Assyût. 2 Tote, 3 Verletzte.

18. 7. 1993: Attentat mit automatischen Waffen auf Heeresgeneral Osman Schachin in Kairo. 4 Tote. General Schachin bleibt unverletzt.

20. 7. 1993: Schießerei zwischen Polizei und Islamisten in Kairo. 4 Tote (2 Terroristen, 1 Polizist, 1 Zivilist), 6 Verletzte.

7. 8. 1993: Der stellvertretende Polizeichef der Provinz Kena, General Abdel Hamid Ghobara, sein Leibwächter und sein Fahrer werden in Ober-ÄGY von militanten Islamisten erschossen.

9. 8. 1993: Anschlag auf einen Polizeibeamten in Ober-ÄGY. Der Beamte wird schwer verletzt.

18. 8. 1993: Bombenanschlag auf den ÄGY-Innenminister Hassan al-Alfi. Der Innenminister wird verletzt. Außerdem 5 Tote, 14 weitere Verletzte.

7. 9. 1993: Nahe Assyût wird 1 Polizist erschossen.

17. 9. 1993: Islamistische Terroristen erschießen in Assuan den Sicherheitschef der Provinz, General Mamduh Mohammed Abdallah Osman.

29. 9. 1993: In Assyût wird bei einem Überfall militanter Islamisten 1 Polizist getötet.

9. 10. 1993: Der Vorsitzende des Militärgerichtshofs in Kairo, El Sayyed Taha, wird beim Verlassen seines Hauses von Extremisten angeschossen.

11. 10. 1993: 2 Polizisten und 1 islamistischer Angreifer sterben bei einem Feuergefecht in Ober-ÄGY.

11. 10. 1993: Bei einem Schußwechsel im Kairoer Stadtteil Mataria sterben 1 Polizeioffizier und 1 gesuchter Islamist; 1 weiterer Beamter wird verletzt.

11. 10. 1993: In der Provinz Assyût wird 1 Polizist in seinem Wagen durch Heckenschützen getötet.

27. 10. 1993: In einem Kairoer Luxushotel werden 2 amerikanische und 1 französischer StAng von islamistischen Attentätern getötet, 3 weitere Hotelgäste und 1 Angestellter erleiden schwere Verletzungen.

31. 10. 1993: In der Nähe von Assyût wird 1 Geheimdienstmitarbeiter bei einem Anschlag getötet.

1. 11. 1993: Im oberägyptischen El Badari wird 1 Polizist von fundamentalistischen Attentätern erschossen.

7. 11. 1993: In Assyût wird 1 Geheimdienstmitarbeiter erschossen.

Es beschäftigt ihn mehr als nötig. Er weiß nicht, warum. Als Botschafter ist er für die Vertretung der Interessen Deutschlands, für Vermittlungsgespräche und Repräsentation zuständig. Die Wahrung der Rechte deutscher Staatsangehöriger fällt auch in sein Aufgabenfeld, aber persönliche Anteilnahme wird dabei nicht erwartet. Während seiner Laufbahn als Diplomat hat es keinen ähnlichen Fall gegeben. Es hätte ihn gar nicht geben können, bis vor wenigen Jahren waren die Spannungen in der islamischen Welt andere.

Die Beteiligung des Deutschen an dem vereitelten Anschlag bedeutet – beruflich gesehen – den größten anzunehmenden Unfall. Der seit Monaten anhaltende Terror hat ihn dünnhäutiger werden lassen. Es ist nicht allein die Bedrohung, der er sich selbst täglich ausgesetzt sieht. Auch nicht die zusätzliche Arbeit. Sawatzky reißt eine Wunde auf, die fast verheilt war.

Auf nüchternen Magen sollte er an etwas Angenehmeres denken. Der Kopf im Spiegel bietet wenig Anlaß: Kurzgeschnittenes Haar, zusehends grau, weiter hinten dünnt es aus. Er streicht über die zu buschigen Brauen, zupft am Schnäuzer.

Sein erster Gedanke nach dem Anruf war, die Angelegenheit im Rahmen des üblichen Procedere abzuwickeln. Er hat ihn sofort verworfen. Eine Krise dieser Kategorie verlangt ihre eigene Lösung. Bis jetzt kann er keinen gangbaren Weg erkennen. Die gegen Sawatzky erhobenen Vorwürfe wiegen zu schwer, und die ägyptische Staatsanwaltschaft geht mit aller Härte gegen muslimische Fanatiker vor. Nicht immer im Rahmen international geltenden Rechts. Manchmal hat er dafür Verständnis.

Cismar versucht sich zu entspannen. Es gelingt schlecht. Die Gedanken schlagen Rad. Er darf nicht vergessen, seine Teilnahme am turnusmäßigen Gespräch mit den Wirtschaftsvertretern absagen zu lassen, eigentlich eine lockere Veranstaltung: Man trifft einheimische Geschäftsleute, redet, trinkt Tee. Im Zweifel entstehen Beziehungen zu beiderseitigem Nutzen. Am Abend hätte er den berühmten Schriftsteller Günter Warig im Goethe-Institut begrüßen sollen, doch Warig hat seine Ägyptenreise wegen der Sicherheitslage kurzfristig abgesagt. Beide Termine hätte Cismar routiniert wahrgenommen, kompetent, professionell, freundlich wie immer. Irgendwann ginge er in Pension und hätte nichts falsch gemacht. Aber er hat schon viel falsch gemacht. Keine Fehler, die Konsequenzen nach sich gezogen haben. Sie lagen im Bereich der Ermessensspielräume. Das sagt er sich oft. Sein Gewissen wird dadurch nicht ruhiger, doch für dessen Erforschung bleibt wenig Zeit. Seit dem Anruf schläft er kaum noch.

Er schiebt die Oberlippe hoch. Der Zustand des Zahnfleischs hat sich weiter verschlechtert: zuviel Zucker, zuviel Kaffee, Tee, Rauch.

Leute wie Sawatzky untergraben jahrelange Arbeit. Die Beziehung zwischen zwei Ländern steht und fällt mit dem

Vertrauen ihrer Repräsentanten zueinander. Eine unglückliche Äußerung, der falsche Beschluß zum falschen Zeitpunkt, und die Atmosphäre ist vergiftet. Die Ägypter sehen in Sawatzky in erster Linie den Deutschen. Ganz gleich, wie Botschaft und Außenministerium reagieren, es wird das bilaterale Verhältnis beeinflussen.

»Aziza, rufen Sie Sha'ban herein, bieten Sie ihm etwas an, ich brauche noch ein paar Minuten.« Seine Stimme hat einen gereizten Unterton. Er gilt nicht ihr. Aziza erledigt ihre Aufgaben gewissenhaft, ihr Lachen wärmt das Haus. Cismar möchte diesen Tag überspringen, den nächsten gleich mit, und die Entwicklungen sich selbst überlassen. Doch der Fall hat höchste Priorität, er kann wenig delegieren.

Was steht an? Momentan überfordert ihn schon die Auswahl der Krawatte. Im Prinzip könnte es irgendeine sein. Zum grauen Anzug passen die meisten. Das Hemd muß den Ausschlag geben – eine Verlagerung des Problems. Wenn er statt des Grünen ein Weißes nähme, würde die Entscheidung einfacher. Er will kein Weißes. Zumindest nicht heute.

Weshalb faßt ein 30jähriger Mann aus Deutschland den Entschluß, sich einer ägyptischen Terrororganisation anzuschließen?

Der Fall beunruhigt ihn, weit über die diplomatischen Verwicklungen hinaus. Die vergangene Nacht war die schlimmste bisher. Zum dritten Mal in Folge nur Vorstufen von Schlaf, kein Abtauchen, keine Erholung. Sawatzkys Gesicht, das er nicht kennt, ist vor seinen geschlossenen Augen erschienen, wieder und wieder. Sawatzkys Pupillen wurden zu Schächten, auf deren Grund sich die Wüste spiegelte, scharfe Grate, Wanderdünen, flirrende Unschärfen, Ödnis. Cismar sprach mit ihm, legte ihm den Ernst der Lage dar. Stichhaltige Argumente wechselten sich mit Stammeln ab. Sawatzky antwortete durch das Surren der Klimaanlage. Cismar verstand und verstand nicht. Sawatzkys Gründe, die er nicht nennen konnte, verstörten ihn auf einer inneren Ebene, die er noch nicht gefunden hatte. Wie malt man sich das Herz eines Massenmörders aus? Cismar hatte geschwitzt, das Laken fortgeschoben. Er war nackt, wälzte sich von einer Seite auf die andere, drehte die Sachlage hin und her. Sie blieb dieselbe. Sawatzky fing an zu weinen. Die Klimaanlage verwirbelte sein Schluchzen, es füllte den Raum. Cismar sah, daß seine Augen gerötet waren, von Tränen überliefen: »Holen Sie mich hier raus, holen Sie mich raus!« Er versuchte, beruhigend auf ihn einzuwirken, ohne die Situation zu beschönigen. Während er sprach, verzerrte sich Sawatzkys Mund zu einem hämischen Grinsen, er lachte schrill, seine Züge wurden eine böse Fratze. Cismar zischte: »Du miese kleine Ratte, sieh zu, wie du fertig wirst!«

»Schlaf endlich«, sagte Ines. Er knurrte eine Entschuldigung. Sawatzky schwieg jetzt. Draußen bellten vereinzelt Hunde. Noch ehe der Wecker klingelte, rissen ihn die verstärkten Rufe von tausend Muezzins aus dem Dämmer. Er stand auf, zog den Morgenmantel an und schlich die Treppe hinunter ins Wohnzimmer. Vor dem Fenster sprach einer der Wachleute vom Bundesgrenzschutz mit ägyptischen Kollegen hinter dem Zaun. Als er Azizas Schlüssel in der Tür hörte, ging er ins Bad.

Cismar hält sich für rational. Seine Vorstellungen, wie und warum man tut, was man tut, welche Ziele man damit erreichen will, sind klar umrissen. Sawatzky verstößt gegen all seine Überzeugungen, ganz gleich, was er zu seiner

Rechtfertigung vorbringen mag. Moralische Empörung spielt dabei die geringste Rolle. Im Grunde interessiert er sich nicht für Moral. Cismar hat einen profanen Wertekanon. Er ist Arbeitsgrundlage, kein Glaube. Seine Einhaltung sorgt dafür, daß die gesellschaftlichen Prozesse störungsfrei ablaufen. Dazu muß jeder seinen Beitrag leisten. Sein eigener ist eine Mischung aus Netzwerkpflege, Krisenmanagement und Kuhhandel. Im Fall Sawatzky gilt es, einen verwirrten jungen Mann zur Vernunft zu bringen, zähnefletschenden Staatsanwälten die Anwendung internationalen Rechts statt ägyptischer Sondergesetze abzutrotzen, um den Preis zu feilschen und zu verhindern, daß die Ägypter sich übervorteilt fühlen. Alles zusammengenommen, benötigt er dafür mehr Fingerspitzengefühl, als er Finger hat. Vorausgesetzt, daß es sich nicht um ein Mißverständnis handelt, das fatale Zusammenwirken unglücklicher Umstände. Davon geht er nicht aus. Wahrscheinlich hat Sawatzky tatsächlich zur Gama'a islamiyya oder zum Dschihad gehört. Die belastenden Indizien sind zu zahlreich.

Cismar kneift sich in den Bauch, schließt die Augen, läßt seine Finger über den Krawattenhalter gleiten. Der Zufall soll entscheiden. Er hält die Orange-Violett-Grüne mit den Medusenhäuptern in der Hand, als Ines den Kopf zur Tür hereinsteckt. »Sha'ban wartet«, sagt sie, und: »Die paßt gar nicht.« »Wen stört das?« »Mich.« Er zuckt mit den Achseln. Nachdem sie sich verzogen hat, sucht er ein anderes Hemd aus. So wahrt jeder sein Gesicht.

Sie sind im Lauf ihrer Ehe schon liebevoller miteinander umgegangen. Fehlentscheidungen haben Fehlentwicklungen nach sich gezogen, mittlerweile bewohnen sie eine gemeinsam errichtete Fehlkonstruktion. Das ist besser als gar kein Dach über dem Kopf. Im Unterschied zu Ines will er sein Leben nicht ändern.

Sie lächelt süffisant, als er die Treppe herunterkommt. »Zufrieden?« fragt er. »So geht's.« Eine Spur Triumph in ihrer Stimme. Was soll er erwidern?

»Heute nur Kaffee«, sagt er zu Aziza, die einen Teller Rührei mit Pasterma bringt. Aziza wundert sich jeden Tag, daß er arabischen Mokka will, eine große Tasse, um Gottes willen keinen deutschen Instantkaffee, wie ihn die wohlhabenden Ägypter trinken. Auf dem Weg hinaus ruft er: »Es kann spät werden«, ohne zu wissen, ob ihn jemand hört. Sha'ban hat die hintere Wagentür geöffnet, Cismar steigt ein.

Auf der Sharia al-Haram herrscht dichter Verkehr. Fußgänger überqueren die Straße, ohne sich um die Autos zu kümmern. Ein Wunder, daß die Mehrzahl überlebt. Man gewöhnt sich auch an Wunder, wenn sie sich täglich ereignen. Sha'bans Hand schlägt gegen die Stirn, saust auf das Lenkrad zurück. Er fuchtelt, zerhackt die Luft. Aus Respekt vor der Würde des Botschafters beschränkt er Hupen und Flüche auf das Notwendigste. Sein Ehrgeiz ist es, der Schnellste zu sein und den Mercedes trotzdem beulenfrei zu halten. Eselskarren sind seine Lieblingsfeinde.

Sha'ban ist studierter Stadtplaner. Er beobachtet die Entwicklung seines Landes genau, ordnet sie in globale und historische Kontexte ein, manchmal auf fragwürdige Weise, aber der andere Blickwinkel hat Cismar schon oft das Verständnis ägyptischer Reaktionen erleichtert: »Sha'-ban, was denken Sie über die Islamisten?« Im Rückspiegel sieht Cismar, wie Sha'ban die Stirn in Falten legt, lieber würde er jetzt nicht antworten. Vielleicht, weil er weiß, daß ein Deutscher an dem vereitelten Anschlag beteiligt war. Es stand in allen Zeitungen. »Das sind schlechte Menschen«, sagt er. »Sie schaden dem Islam. Aber nicht alles, was sie fordern, ist falsch. Die Regierung ist auch schlecht. Noch schlechter vielleicht. Das ist meine Meinung.« Cismar weiß, daß er sie mit Millionen teilt. Den meisten reichen Schimpfkanonaden. Um die Revolution sollen sich andere kümmern. Irre wie Sawatzky, die sich einbilden, man könnte den Gottesstaat herbeibomben, die glauben, ohne den Westen lösten sich die Probleme von selbst, hätte es sie überhaupt nie gegeben. Eine Mischung aus Größen- und Verfolgungswahn. Cismar hat die unterschiedlichsten Theorien über den Islamismus, den Terror gelesen. Aber welchen Aussagewert haben Analysen, die den Riß durch die ägyptische Gesellschaft erklären, sich mit den Verwerfungen in der islamischen Welt auseinandersetzen, im Hinblick auf Sawatzky?

Sha'ban bremst scharf. Jetzt muß er doch schreien. Weil er das Fenster nicht öffnen darf, sieht der Fahrer des Wagens neben ihm nur eine geballte Faust. Sie fahren am Zoo vorbei. Cismar schaut nicht hin. Sein erster Besuch dort hat ihm gereicht. Die Käfige der Raubkatzen und Menschenaffen gleichen denen für Terroristen: Waschbeton, Eisenstangen, sonst nichts. In einem waghalsigen Manöver steuert Sha'ban den Wagen nach rechts, biegt ab. Durch die getönten Scheiben erscheint der Nil tiefblau. Die Restaurantschiffe am Ufer sind noch geschlossen. Lediglich einige Fischerboote lassen sich mit der Strömung treiben. Ein Halbwüchsiger startet den Motor, kehrt um. Der Kahn kann statt mit Fisch ebensogut bis zum Rand mit Sprengstoff gefüllt sein, der im nächsten Moment neben dem Brückenpfeiler detoniert, Hunderte in die Tiefe reißt, auch ihn. Nutzlose Spekulationen: Vielleicht bebt heute nacht die Erde, oder ein Flugzeug stürzt in sein Viertel.

Seit Monaten ist das Botschaftsgelände bewacht wie Stammheim im deutschen Herbst. Selbst da hat es Lücken gegeben. ›Am sichersten ist es‹, so Fichte vom Bundesgrenzschutz, ›wenn niemand das Gelände betritt oder verläßt.‹ Eigentlich steht Cismar dort eine Dienstwohnung zur Verfügung, doch die Residenz ist zur Zeit im Umbau. Bakterien haben das Schachtsystem der Klimaanlage befallen. Für die Dauer der Sanierung hat das Auswärtige Amt die Villa in der Sharia az-Zuhra gemietet. Wenn der Tag nach Mitternacht endet oder wenn Cismar befürchtet, daß Ines ihm auf die Nerven geht, nutzt er das leerstehende Appartement in der Kanzlei. Es dient außerdem als Rückzugsraum, in dem er ungestört denken kann. Er schätzt die Entfernung zwischen Dienst- und Privaträumen und hofft, daß die Bauarbeiten sich lange hinziehen. Rund um die Sharia az-Zuhra findet Kairoer Alltag statt. Dort lebt er beinahe normal, nicht in seinem eigenen Ghetto, abgeschottet von der Wirklichkeit.

Das BKA soll mit Hilfe von Verfassungsschutz und Bundesnachrichtendienst herausfinden, auf welchem Weg Sawatzky hineingeraten ist, wie er angeworben wurde, welche Kontakte zu ausländischen Gruppen im Vorfeld bestanden. Zu irgend etwas muß ein Geheimdienst ja gut sein. Notfalls soll der Minister seine speziellen Beziehungen spielen lassen.

Cismar geht davon aus, daß Sawatzky eine charakterschwache Persönlichkeit ist, leicht verführbar, daß er bei seiner Festnahme geschossen, wahrscheinlich Soldaten und Polizisten getötet hat, daß er die Absicht hatte, Zivilisten umzubringen. Vorher die üblichen Geschichten wie bei allen ideologisch motivierten Tätern: unglückliche Kindheit, verkorkste Jugend, Kleinkriminalität. Die Bereitschaft, jedem Bauernfänger zu folgen, solange er einem das Gefühl gibt, Bedeutung zu haben. Danach Ausbildung in einem versteckten Camp. Schießübungen, Nahkampftraining, Sprengstoffschulung. Ein charismatischer Führer schwört ihn ein. Als Neuling leistet er zunächst Hilfsdienste, sondiert Anschlagsziele, fungiert als Kurier. Wenn er sich dabei bewährt, wird er für seinen ersten Kampfeinsatz ausgewählt. Möglich, daß es auch sein letzter ist, das weiß er. Die Wandlung vom Außenseiter zum Fanatiker ähnelt sich, ganz gleich, ob einer gegen den Kapitalismus, den Kommunismus, für den Sieg des protestantischen, katholischen, islamischen oder jüdischen Gottes Bomben legt. Was wird auf dem Weg dorthin aus dem Selbsterhaltungstrieb, der stärksten Kraft im Menschen? Warum will einer sterben, der seine Zukunft noch vor sich hat? So schrecklich ist die Welt nicht. Er könnte aus seinem Leben etwas machen. Worauf beruht das Verlangen, es wegzuwerfen wie eine gelesene Zeitung?

Seit Cismar Botschafter in Ägypten ist, passiert immer das gleiche: Der Präsident versucht, die Islamisten auszumerzen. Großrazzien, Schauprozesse, Hinrichtungen sollen Entschlossenheit demonstrieren, potentielle Täter abschrecken. Die Militärs setzen jeden Befehl um, solange ihre Privilegien nicht in Gefahr sind. Es gibt spektakuläre Einsätze mit dem Ziel, die Öffentlichkeit zu beeindrucken, und geheime Kommandooperationen. Nichts hilft. Binnen kurzem werden die Gefangenen, die Gehenkten durch neue Kämpfer ersetzt, die noch genauer planen, noch brutaler agieren.

Neulich hat Cismar vor den Pyramiden gestanden – er fährt regelmäßig dorthin. Keine Besucherschlangen. Niemand wollte eins der angebotenen Kamele reiten. Ihre Besitzer standen herum, palaverten. Die Kamele waren geschmückt und kauten zufrieden. Sie vermißten ihre Arbeit nicht. Mehrere Männer gaben sich Mühe, ihm einen Papyrus, Gebäck, Getränke zu verkaufen. Er hat gedacht: ›Eines Tages werden auch diese Leute, deren Geduld unerschöpflich scheint, schießen, weil ihre Kinder Hunger haben. Und wenn nicht sie selbst, dann eben die Kinder, sobald sie erwachsen sind.‹ Ein riesiges Reservoir an Terroristen, um das sich niemand schert, bis westliche Urlauber ihnen zum Opfer fallen. Dann beherrscht die Nachricht einige Tage die Schlagzeilen. Es folgen Hintergrundberichte, Kommentare, Lösungsvorschläge bis zum nächsten Politskandal, zur nächsten Flutkatastrophe. Die Festnahmen, Prozesse, Urteile erscheinen schon nur noch als Kurzmitteilung.

Cismars Schreibtisch quillt über: hastig zusammengeschriebene Dossiers, offizielle Stellungnahmen, Pressespiegel. Er überfliegt dies und das: große Aufregung, hochtrabende Verlautbarungen, wenig Neues. Daß die Gotteskrieger ihre Aktionen zur Zeit in Oberägypten planen, weiß man. Daß sie Camps im Sudan unterhalten, ist ein offenes Geheimnis, auch daß die dortige Regierung sie unterstützt. Die Anschlagsstrategie wird beschrieben und interpretiert: Es ist kein Zeichen von Schwäche, wenn über Wochen nichts geschieht, so daß die Bewegung zum Stillstand gekommen scheint, es hat Methode: Nachhaltige Verunsicherung durch gezielte Schläge in genau kalkulierten Abständen. Sobald die Öffentlichkeit zur Tagesordnung übergeht, vergißt einer seine Tasche in einem beliebten Café. Sie explodiert bei der ersten Berührung. Oder es tauchen Vermummte vor einem Edelkaufhaus auf und feuern in die Menge. Entweder werden sie erschossen, oder sie verschwinden spurlos. Soweit man weiß, rekrutieren sich die Täter hauptsächlich aus der Masse junger Hochschulabsolventen ohne Berufsperspektive: Diplomtaxifahrer, promovierte Schuhputzer; Leute wie Sha'ban. Heiliger Krieg als letzte Rettung vor dem Verlust des Selbstwertgefühls.

Verstecken können sie sich überall. Es gibt Zuckerrohrfelder, Höhlen, die Wüste, verschachtelte Elendsviertel. Tausende Sympathisanten schauen weg oder leisten klammheimlich Hilfe. Wer soll das überwachen? Mit welchen Mitteln? Dafür hat keine Armee der Welt ausreichend Hubschrauber. Die Grenze zum Sudan läßt sich ohnehin nur lückenhaft kontrollieren. Zöllner finden ein paar Scheine im gefälschten Paß: ›Du kannst passieren.‹ Die Beamten auf beiden Seiten werden miserabel bezahlt, sind froh über den Zuverdienst. Oder sie gehören selbst zur Bewegung.

Welchen Grund hat ein Deutscher, sich da hineinziehen zu lassen?

Cismar schiebt die Kladden zur Seite, nimmt ein leeres Blatt. Er schreibt nicht, sondern kaut auf dem Stift. Die Vorstellung, Sawatzky zu begegnen, macht ihn nervös, schon jetzt, obwohl es bis zum ersten Treffen noch Tage dauern kann. Er redet sich ein, daß Sawatzkys Gedankenkonstrukte binnen Minuten zusammenstürzen. Überzeugungen, die durch Indoktrination entstanden sind, zerbrechen unter Druck. Andererseits: Als Islamist hat er nichts zu verlieren außer den Glauben, daß er im Auftrag Gottes handelt. Wenn man ihm den nimmt, vernichtet es ihn. Was, wenn er ihn sich nicht nehmen läßt? »Gott ist größer« schallt es unzählige Male am Tag von den Minaretten. Kein Satz ohne: »Gepriesen sei Gott«, »Dank sei Gott«, »Mit Gottes Hilfe«, »So Gott will«.

Cismar stammt aus einer protestantischen Familie, holsteinischer Landadel mit Großgrundbesitz. Morgens, abends und zu den Mahlzeiten wurde gebetet. Sonntags ging man geschlossen zur Kirche. Sie hatten eine eigene Bank mit graviertem Namensschild, zum Dank für großzügige Spenden im Lauf der Zeit. Sich selbst bezeichnet er als ›Skeptiker mit religiösen Wurzeln‹. Diese Formulierung hat er vor Jahren gefunden, sie trifft noch immer und läßt ausreichend Spielraum. Daß auch die Geschichte des Christentums von Fanatikern bestimmt wurde, ist ihm bewußt. Aus Hetzern und Schlächtern machte man Heilige und Beschützer der Christenheit. Seine Auseinandersetzung mit der Religion endete während des Studiums. Ergebnisse lagen damals nicht vor, nur Fragen, deren Beantwortung er verschob.

Wie kann er Sawatzky helfen, als Diplomat, als Mensch? Für ersteres steht er im Dienst seines Landes. »Alles andere geht mich im Prinzip nichts an«, setzt er in die Mitte des Blattes. Er starrt hinaus, lockert die Krawatte, fügt hinzu: »Was ist ALLES ANDERE?« löscht den Satz mit einem Strich, greift nach dem Telephon: »Frau Samadi, ich hätte gern Kaffee. Und etwas Eßbares.«

Er schaut auf die Uhr, halb zehn, steht auf, öffnet das Fenster, stößt gegen eine Mauer aus Hitze und Staub. Grelles Licht, trotzdem grau, es verwischt die Konturen, schluckt den Horizont. Um diese Tageszeit müßte es kühler sein. Vergangenes Jahr hat es im November geregnet. Hinter der Straße Palmen, Eukalyptusbäume, Akazien. Sie gehören zum Gazirah-Sporting-Club, einem streng bewachten Areal mit Schwimmbad, Sportplätzen, eigenen Restaurants, gepflegten Grünanlagen. Höchstens einer von tausend Kairoern kann sich die Jahresbeiträge leisten. Das sind die, die sich vor einem Umsturz fürchten.

Er muß Sawatzkys Auslieferung erwirken, damit ihm der Prozeß in Deutschland gemacht werden kann: unerlaubter Waffenbesitz, Mitgliedschaft in einer terroristischen Vereinigung, Vorbereitung eines Anschlags. Es wird sich etwas finden, mit dem sich das entsprechende Gesuch an die ägyptische Regierung begründen läßt. Unter Berücksichtigung der Kronzeugenregelung könnte er sogar eine mildere Strafe als »lebenslänglich« bekommen, so wie Susanne Albrecht. Vorausgesetzt, Sawatzky gibt auf und verhält sich kooperativ.

Manchmal kotzt es ihn an: Einer schmuggelt Drogen, der nächste verschiebt Antiquitäten. Männer vergehen sich an Kindern, die von den eigenen Eltern angeboten wurden. Geschäftsleute zeigen Nutten an, weil ihnen die Brieftasche geklaut wurde, und wundern sich, wenn sie selbst hinter Gittern landen: Daß Prostitution unter Strafe steht, hat ihnen niemand gesagt. Lauter Hobbyganoven, Naive, Perverse. Den einen droht der Strick, andere haben Gefängnis, Peitschenhiebe oder Geldbußen zu erwarten. Sie heulen, bereuen, leugnen; verfluchen abwechselnd das Gastland und den Reiseveranstalter, haben blödsinnige Entschuldigungen, stellen haarsträubende Forderungen. Schuld sind immer andere oder die Umstände.

»Ihr Kaffee. Und ein Käsesandwich. Ich hoffe, es ist recht.« Cismar sieht Frau Samadi an, braucht einen Moment, bis er begreift, was sie gesagt hat: »Danke.« Frau Samadi lächelt. Er mag ihr Gesicht, verweilt einen Moment auf den vollen, dunkelroten Lippen. Sie ist zweiunddreißig, verheiratet: »Eine Frage, Frau Samadi: Wie stehen Sie zu den Islamisten? Ich meine, ich weiß, viele Ihrer Landsleute sympathisieren damit...« »Ich bin Koptin.« Cismar stutzt: »Ach so? Natürlich. Ihr Vorname ist Marjam.« »Ja.«

»Maria.« »Wir haben auch Angst, aber nicht zu sehr.« Sie schiebt den Ärmel ihrer Bluse zurück, zeigt ihm das tätowierte Kreuz auf der Innenseite des Handgelenks. »Das sieht schön aus.« Marjam Samadi schlägt die Augen zu Boden: »Ich werde meine Kinder nicht tätowieren lassen.«

Er schaltet den Computer ein, schaut zu, wie der Bildschirm sich aufbaut. Eins nach dem anderen erscheinen die Symbole vor einer kargen Ostseelandschaft: Strand, Meer, bedeckter Himmel. Draußen weht eine sandfarbene Böe vorbei. Die Sahara atmet aus. Er weiß nicht, wie der Wind heißt, aus welcher Gegend er stammt, vielleicht kommt er aus Marokko. Unabhängig davon, ob die Fenster geöffnet sind oder nicht, wird der allgegenwärtige Wüstenstaub die zweite Tastatur dieses Jahres unbrauchbar machen. Q, X und J knirschen schon, er muß sie hart anschlagen, sonst reagieren sie nicht. Sein Telephon klingelt. Marjam Samadis Stimme sagt: »Herr Doktor Taufiq ist am Apparat.«

Dr. Taufiq unterrichtet ihn darüber, daß Sawatzky gestern aus der Strafanstalt bei Luxor in das neue Hochsicherheitsgefängnis nahe Kairo überführt wurde. Er sitzt jetzt kurz hinter der Stadtgrenze ein, statt in einem geheimen Gefangenenlager inmitten der Libyschen Wüste. Verschiedene Ermittler haben ihn inzwischen verhört. Sawatzky erweist sich als ausgesprochen starrsinnig, lehnt jede Zusammenarbeit ab, trotz vielfältiger Bemühungen. Cismar nickt und schiebt einen Anflug von Stolz beiseite. Wie genau die »Bemühungen« ausgesehen haben, möchte er lieber nicht wissen. Für die nächsten Tage kann ein Gesprächstermin vereinbart werden, vielleicht am Montag, wenn er einverstanden ist. Er ist einverstanden. Einsicht in die Vernehmungsprotokolle seitens der Botschaft ist zur Zeit leider nicht möglich, um das weitere Vorgehen gegen die Organisation nicht zu gefährden: »Heutzutage kann jede Putzfrau mit dem Feind zusammenarbeiten«, sagt Dr. Taufiq. Er weiß genau, daß keine Putzfrau auch nur den Umschlag eines vertraulichen Papiers zu Gesicht bekommt. Das Zurückhalten der Akten ist Schikane, verstößt gegen Vereinbarungen, die beide Länder unterzeichnet haben. Das Kräftemessen hat begonnen. »Ich erwarte Sie am Montag gegen zehn vor dem al-Hurriya-Gefängnis«, sagt Dr. Taufiq. Cismar bedankt sich eine Spur kühler als sonst, schließt mit der Bemerkung, daß er den Außenminister über den Stand der Dinge informieren wird: eine verdeckte Drohung seinerseits.

Er ärgert sich. Dr. Taufiq hat ihm leichtfertigen Umgang mit Geheimsachen unterstellt, um zu demonstrieren, daß seine Seite zur Zeit in der stärkeren Position ist. Eigentlich müßte der Außenminister bei seinem ägyptischen Kollegen Protest einlegen, aber das würde den Ton in einem viel zu frühen Stadium verschärfen. Es bleibt nichts anderes übrig, als die Frechheit zu schlucken.

Wenn der erste Gesprächstermin tatsächlich bereits in drei Tagen zustande kommt, braucht er dringend alle verfügbaren Informationen über Sawatzkys Vorleben. Er muß sich ein eigenes Bild machen, selbst entscheiden, was er für wichtig, was für vernachlässigenswert hält. Warum sind die Akten noch nicht hier? Erst gestern ist ein Kurier gekommen. Wahrscheinlich war seine Tasche voll mit Würsten und Schinken für Böseneder, der ohne Schweinefleisch verhungert. Klüssen soll Druck machen.

Cismar wählt: »Friedhelm, tu mir einen Gefallen. Frag beim Auswärtigen an, wo die Unterlagen Sawatzky bleiben. Du hast einen besseren Draht zu Verheyen.«

Nach seinem bisherigen Kenntnisstand ist Sawatzkys

Vergangenheit chaotisch: abgebrochenes Gymnasium, keine Berufsausbildung, Drogenhandel. Das wird die Angelegenheit nicht vereinfachen.

Es klingelt erneut: »Ihre Frau ist am Telephon.« »Ich bin in einer Besprechung.« »Sie sagt, es ist dringend.« »Gut. Nicht gut. Wenn es unbedingt sein muß.«

Er weiß, was jetzt kommt: Ines' Mutter geht es schlecht, sie überlegt, nach Deutschland zu fliegen, oder Ines hat nichts zum Anziehen im überquellenden Kleiderschrank, oder Aziza hat zu viel Geld für Lebensmittel ausgegeben ... »Schatz, ich habe überhaupt keine Zeit.« »Da läuft ein Mann vor dem Haus auf und ab. Ein Bärtiger.« »Vielleicht wartet er auf jemanden.« »Er trägt eine dicke Jacke über der Galabeija, findest du das nicht verdächtig?« »Warum?«

Seit anderthalb Jahren ist er Botschafter in Kairo. Währenddessen sind in Cafés am Tachrirplatz Bomben explodiert, haben Einheimische und Urlauber getötet. Touristenzüge wurden beschossen, Busse gesprengt, Politiker und Intellektuelle ermordet.

»Er wirkt nervös, er dreht sich die ganze Zeit um.« »Das spricht dafür, daß er wartet.«

Wenn es freie Wahlen gäbe, würden die Radikalen gewinnen und ihren Gottesstaat errichten. Sie würden Ehebrecherinnen steinigen, Dieben die Hände abhacken. Wahrscheinlich würden sie die Tempelanlagen schleifen, Götterbilder zerschlagen, Museen schließen, weil Skulpturen die Engel vertreiben. Er hat trotzdem keine Angst.

»Es sind Leute vom Bundesgrenzschutz und ägyptische Polizisten rund ums Haus.« »Aber ich habe seit einer halben Stunde keinen mehr gesehen.« »Ich spreche mit dem Einsatzleiter. Schau nach, ob alle Türen abgeschlossen sind, dann setz dich ins Wohnzimmer.«

Cismar ist es inzwischen peinlich, bei den Sicherheitsleuten anzurufen: »Herr Fichte, entschuldigen Sie bitte, könnte einer von Ihren Männern in der Sharia az-Zuhra bei meiner Frau klingeln? Sie fürchtet sich wieder.«

Angst ist eine schlechte Voraussetzung für den diplomatischen Dienst. Die meisten Länder sind gefährlich. Es gibt Guerilleros, Putschisten, Todesschwadronen, gewöhnliche Verbrecher. Beliebt ist man selten. Weder bei Revolutionären noch bei den Regierungen. Es sei denn, großzügige Wirtschaftshilfe wurde zugesichert oder das Regime ist faschistisch, der Machthaber schwärmt fürs dritte Reich. Von allen westlichen Staaten hassen die Islamisten Deutschland noch am wenigsten. Hitler ist ein Held hier. Jeder Straßenbuchhändler hat »Mein Kampf« im Angebot. Die Leute sind überzeugt, daß es weder Israel noch die gegenwärtige Besetzung palästinenischer Gebiete gäbe, wenn die Deutschen den Krieg gewonnen hätten. Wahrscheinlich stimmt das.

Bis zum Mittagessen hat er keine Verpflichtungen. Er könnte im Koran lesen, zentrale Stellen zu bestimmten Stichwörtern herausschreiben: Dschihad, Ungläubige, Todesstrafe, Paradies, Hölle. Das wäre sinnvoll. Dann wüßte er, wovon Sawatzky voraussichtlich sprechen wird, und könnte ihn mit seinen eigenen Waffen schlagen. Aber für diese Arbeit ist Dr. Lüders als Islamwissenschaftler kompetenter. Wenn er die entsprechenden Suren durchgesehen hat, soll er ihm die wichtigsten Zitate zusammenstellen. Cismar wählt: Zwei. Sechs. Ein Anruf mit der Bitte um noch mehr Papier.

Sein Bildschirmschoner hat sich eingeschaltet. Wo die Ostsee war, hüpfen jetzt Affen durch virtuellen Urwald, eine Erinnerung an Kolumbien. Auch dort ist er gern gewesen, wenn auch nicht so gern wie in Kairo. Er fuhr oft in die Regenwälder. Ines versuchte jedesmal, ihn davon abzuhalten, wegen der drohenden Krankheiten, Giftschlangen, Raubtiere, wegen der Gefahr, daß er sich verletzte oder ertrank.

Weshalb ist er Diplomat geworden? Warum wollte er ausgerechnet nach Ägypten? Spätestens seit Mitte der achtziger Jahre zeichnete sich die Entwicklung zur Gewalt hin ab. Weshalb setzt er sich und seine Frau der ständigen Bedrohung aus? Zum Glück haben sie keine Kinder. Mit Kindern wäre es nicht gegangen. Trotzdem weiß er nicht, ob die Entscheidung für ein Leben zu zweit richtig war. Warum heiratet man, wenn man keine Kinder will? Zu heiraten war Ines' Wunsch gewesen, nicht seiner. Viele Kollegen nehmen ihre Kinder überallhin mit. In Ländern mit hohem Gefährdungspotential werden sie unter Polizeischutz zur internationalen Schule in ein abgeschirmtes Viertel gebracht, oder sie verbringen ihre Gymnasialzeit in einem deutschen Internat. Ines hätte weder das eine noch das andere zugelassen. Er selbst wäre als Rechtsanwalt geendet. Sie hätten sich ein Haus am Stadtrand gekauft, mit Garten für die Kinder. Den Sommer über wären Kollegen und Freunde zu Grillpartys gekommen. Nach einiger Zeit hätte er eine Affäre mit der gelangweilten Arztgattin von gegenüber gehabt, Ines wäre mit dem Klavierlehrer ins Bett gegangen. Irgendwann hätte einer Beweise gefunden oder den anderen in flagranti ertappt. Die Scheidung wäre teuer geworden, und die Kinder hätten auch ins Internat gemußt.

Cismar hat etwas anderes gewollt als die Öde geordneter Verhältnisse. Für ein Leben als Aussteiger reichte sein Mut nicht. Sein Vater forderte einen ordentlichen Beruf. Der

Druck war zu groß, um ihm auf Dauer standzuhalten. Da sein Bruder Christian die Verwaltung des Familienbesitzes übernehmen sollte, blieb außer Jura oder Medizin nicht viel übrig. Während des Studiums besuchte er Versammlungen des SDS, demonstrierte gegen den Vietnam-Krieg, allerdings ohne aktenkundig zu werden. Er ließ das ›von‹ aus seinem Namen streichen, was die Eltern bis heute nicht wissen. Die Diplomatenlaufbahn war ein fauler Kompromiß, aber immerhin ein Kompromiß, keine vollständige Kapitulation. –

Vor seinem Vater hat er Angst. Darüber spricht er nicht. Er fragt sich, ob diese Angst mit der, die Ines befällt, vergleichbar ist?

Bevor er seine erste Auslandsstelle antrat, als Kulturattaché in Rabat, hatte er sich lange mit Lambert Sindolfinger unterhalten, einem erfahrenen Kollegen. Er wollte sicher sein, daß die Anspannung vor dem Umzug ihn nicht beunruhigen mußte. Sindolfinger, dessen Nase während der verschiedenen Stationen seiner Diplomatenkarriere auf die Größe einer Aprikose angeschwollen war, hatte genickt: »Eine Mischung aus Lampen- und Reisefieber. Haben viele, geht vorbei.« »Hatten Sie je Angst vor einem Land – ich meine richtige Angst?« »Ich hasse Angst!« hatte Sindolfinger geantwortet, »wenn du mit Angst anfängst, endest du allein hinter Aktenbergen. Dann erlebst du nichts mehr, das dich verändert.« Cismar war unsicher gewesen, ob er sich überhaupt verändern wollte: »Verändert man sich, oder bleibt man derselbe, nur in verschiedenen Zusammenhängen?« Sindolfinger hatte bedeutungsschwer die Schultern gehoben und einen großen Schluck Wein getrunken: »Wie soll ich wissen, wer ich bin, wenn ich alle drei Jahre ein anderer sein muß? Und wenn ich nicht weiß, wer ich bin, wie soll ich herausfinden, ob der, der in meiner Haut steckt, sich verändert hat? Vielleicht gibt es den gar nicht.« »Und mit wem rede ich?« »Zur Zeit mit dem Botschafter der Bundesrepublik Deutschland in den Niederlanden, Lambert Sindolfinger.« Er lachte.

Cismar gibt es, wenn auch in keinem befriedigenden Zustand: Er ist ein leidlich begabter Bauernsohn mit adeligem Stammbaum, den er verleugnet, weil er Adel für unzeitgemäß hält. Er schafft weniger, als er will, und kann mehr, als er darf. Seine Geschichte besteht nicht in erster Linie aus Begegnungen und Ereignissen, sondern aus Orten. Er ist in Marokko, Japan und Kolumbien gewesen, dazu Kurzeinsätze, Konferenzen rund um den Globus. Jedesmal hat er andere Dinge nicht verstanden, sein Weltbild korrigieren müssen. Weltbilder sind leicht zu ersetzen, sie berühren den Kern nicht. Er ist weder besser noch klüger geworden, weiß nicht mehr über sich als mit zwanzig. Seinen Vater meidet er, so gut es geht.

Ines verlangt oft, daß er sich ändert, weil sie Angst hat. Ihre Stimme zittert dann, manchmal weint sie. Angst ist ein Totschlagsargument, Weinen Erpressung. In einer Stadt wie Bogotá oder Kairo sollte man die Risiken ebenso nüchtern einschätzen wie in der Liebe. Werden sie zu groß, muß man verschwinden. Die Wahrscheinlichkeit, unter siebzehn Millionen Einwohnern und ungezählten Touristen eines von jährlich fünf oder zehn Anschlagsopfern zu werden, ist so gering, wie im kolumbianischen Dschungel von einem Jaguar gefressen zu werden. Eher stirbt er an Lungenkrebs oder durch einen Autounfall. Die einzig reale Gefahr in Ines' Leben ist der Sturz ins Leere, eine Folge der Lähmung. Sie fürchtet sich, alleine Taxi zu fahren, auf die Märkte zu gehen, Gemüse, Fleisch, Schmuck, Kleinkitsch zu kaufen. Selbst in den streng bewachten Boutiquen der europäischen und amerikanischen Designer fühlt sie sich unbehaglich. Sie hat Angst vor jedem Tag. Um sich. Um ihn. Sie denkt: Blonde Europäerinnen sind ein potentielles Ziel für Fanatiker, und Fanatiker lauern überall. – Warum färbt sie sich nicht einfach die Haare? Oder noch einfacher: Warum trägt sie kein Kopftuch?

Wenn es zu schlimm für Ines wird, soll sie nach Deutschland zurückkehren. Er ist bereit, eine Fernbeziehung zu führen. Die Wohnung in Bonn ist geräumig, Blick auf den Rhein, vielfältige Einkaufsmöglichkeiten direkt vor der Haustür. Sie könnte sich mühelos versorgen, hätte alle Vorteile einer modernen westdeutschen Stadt: entwickelte Infrastruktur, Museen, Theater, Konzerte, Restaurants. Sie könnte ihre Promotion doch noch fertigstellen. Es ist ihre Entscheidung.

Cismar weiß nicht, warum er Kairo liebt. Für Magie gibt es keine Erklärung: Ein Moloch von Stadt, heiß, ungeordnet, schmutzig. Krach, Gedränge, Smog. An jeder Ecke demonstrieren Polizei und Militär die Allmacht des Staates. Den ausbleibenden Erfolg kompensieren sie durch Willkür. Der Präsident schaut von riesigen Tafeln auf sein Volk. Er ist Oberbefehlshaber, gestrenger Herrscher, verständnisvoller Freund, liebevoller Vater. Er sieht zu, wie seine zerlumpten Kinder die fetten Limousinen ihrer noch fetteren Besitzer polieren, mitten im Stau. Sieht grell geschminkte Matronen in Versace an Krüppeln, Irren vorbeistöckeln, winkt Bettlern zu, die ihre Teppiche vor verspiegelten Bankgebäuden auf marmornen Treppenabsätzen gen Mekka ausrichten. Daneben weiden Kühe in einer Baulücke, jemand dreht einem Huhn den Hals um. Wer Arbeit hat, verrichtet sie langsam, damit sie nicht weniger wird. Darüber hinaus bleibt viel zu tun: Es muß gebetet werden, der Tee wartet, ein Geschäftsabschluß will verhandelt sein, die Übertragung eines Fußballspiels fängt an. Klagen, Beschimpfungen, Gelächter, Freudenschreie mischen sich in das Klackern der Würfel auf den Spielbrettern, das nie verstummt. Als Gott die Zeit schuf, schuf er sie in Fülle. Nur im Auto wird sie knapp.

Cismar geht am liebsten zu Fuß. Er streift durch Basare und durch Einkaufsstraßen westlichen Zuschnitts, durch die Totenstadt oder am Nil entlang, vorbei an Abbruchhäusern, Glaspalästen, prachtvollen Kolonialbauten, Wellblechhütten. Oft trinkt er frisch gepreßten Saft, ißt ein Tamija-Sandwich. Irgendwann trifft er zwangsläufig auf eine der langen, hohen, fensterlosen Mauern. Die Eingangstür ist unscheinbar, manchmal hängt eine blaue Tafel daneben, oder ein zweisprachiges Schild am Knauf informiert über Stifter und Baujahr. Er tritt ein, nickt dem alten Wächter auf seinem Schemel zu, zieht die Schuhe aus. Im Innenhof der Moschee ist die Stille laut. Über ihm wölbt sich der Himmel oder ein säulengestütztes Dach, dessen Ornament weder Anfang noch Ende hat. Es ist angenehm kühl. Unbemerkt wandern geometrische Schatten. Er setzt sich an einen Pfeiler, barfuß oder in Socken, ein Ungläubiger, den niemand behelligt. Er schaut, lauscht, liest, sinnt: Heilige Schrift in Stein, die weiche Linie der Kuppel des Brunnens, Wasser tropft auf grüne Fliesen. Seine Hand riecht nach Mango, nach Knoblauch.

Cismar überlegt, was passieren müßte, damit er dafür töten würde?

Er sollte mit dem Großsheikh reden. Der Großsheikh gilt als Vertreter eines aufgeklärten Islam. Sie sind sich verschiedentlich begegnet. Ein angenehmer Mensch, ebenso leise wie entschlossen, abwägend, auf Ausgleich bedacht. Den Radikalen ist er verhaßt. Sie beschuldigen ihn der Kollaboration.

»Frau Samadi, ich brauche einen Termin beim Rektor von Al-Azhar, Sheikh al-Basal, möglichst vor Montag. Schauen Sie, wann ich frei bin, notfalls müssen Sie etwas absagen. Ich nehme Dr. Lüders mit.«

Draußen ist das Licht immer noch grau, trotz inzwischen vierzig Grad. Cismar überlegt, ob er bis zum Mittag noch einen Gang durch die Stadt machen soll, allein und ziellos, um die Gedanken zu ordnen, eine Strategie für das Gespräch mit Sawatzky zu entwickeln. Er könnte sich umziehen, im Appartement liegen Jeans und T-Shirts. Der Anzug ist zu auffällig, markiert ihn als westlichen Ausländer, der sich verlaufen hat. Man würde ihn einladen, zum Teufel jagen oder in ein Geschäft zerren, je nach Viertel. Cismar schüttelt den Kopf und bleibt sitzen. Sein Blick fällt auf die rechte Hand. Der breite Ring aus Gold wirft sein Gesicht verzerrt zurück: Knollnase, Riesenschnäuzer, Glubschaugen, der Mund reicht bis zu den Ohren: Bildnis des Gatten als Monster. Er muß ein Geschenk zum Hochzeitstag besorgen. Was? Ines freut sich ohnehin nicht. Sie ist eine schöne Frau aus guter Familie, sie lebt an seiner Seite und geht ihm auf die Nerven. Sawatzky besteht bis jetzt aus Wachträumen, Schriftsätzen, Beschreibungen Dritter. In diesem Zustand schafft er es nicht, Ines in den Hintergrund zu drängen. Immerhin schläft sie fast jede Nacht neben ihm. Manchmal lieben sie sich, selten. Daß sie schnarcht, sagt er ihr nicht, anders als umgekehrt.

Cismar fragt sich, wie man die Interessen zweier Menschen zusammenbringt, wie sie miteinander existieren können, ohne sich zu beschädigen. Einer hat berufliche Verpflichtungen, der andere nicht. Finanzielles Ungleichgewicht, unterschiedliche Belastungen, Verständnislosigkeit, Kränkungen. Reicht das, um aufzugeben? Der Irrglaube, man könnte von vorne anfangen, flüstert falsche Versprechungen ein. Ob Sawatzky nie jemandem begegnet ist, an dessen Seite es sich zu leben gelohnt hätte? Wahrscheinlich zieht er Kopfgeburten Menschen vor. Menschen sind lästig, wenn es um die Verwirklichung von Utopien geht. Cismar erinnert sich an seine Studentenzeit Ende der sechziger, Anfang der siebziger Jahre. Damals wurde auch der Versuch unternommen, den einzelnen durch eine Idee zu ersetzen, durch den Traum, die Arbeiterklasse kämpfe unter Führung der intellektuellen Avantgarde gegen das faschistisch-kapitalistische System. Er stand an der Front, allerdings in zweiter Reihe. Inzwischen verabscheut er das spätpubertäre Pathos von Weltverbesserern und Revolutionären. Dahinter verbergen sich Egoismus und die Weigerung, erwachsen zu werden. Erwachsensein heißt, Kompromisse zu akzeptieren. Niemand liebt Kompromisse, aber Maximalforderungen lassen sich nicht durchsetzen. Das weiß er als Diplomat. ›Das Leben ist kein Wunschkonzert.‹ Das weiß er von seinem Vater. Wenn er diesen Grundsatz auf seine private Situation anwendet, kommt er in Erklärungsschwierigkeiten. Es ist schwer zu rechtfertigen, daß er der Frau, die er liebt, eine Stadt vorzieht. Natürlich könnte er seine Versetzung beantragen. Persönliche Gründe, familiäre Zwänge. Es fände sich ein Kollege, der froh wäre, nach Kairo geschickt zu werden. Binnen weniger Wochen ließe sich das organisieren. Er wird die dazu erforderlichen Schritte nicht einleiten.

Manchmal haßt er sich wegen der Kälte, die es ihm ermöglicht, diesen Beruf gegen Ines' Not auszuüben. Er hat sie sich angeeignet, zum Schutz vor den Abschieden.

Freundschaften, die er mühsam aufgebaut hat, verebben, sobald er abberufen wird. Die Erinnerung an den verlassenen Ort bleicht aus. Er könnte nicht sagen, wann er begonnen hat, sich auch vor Ines zu schützen. Fest steht: Kairo ist die erste Stadt, Ägypten das erste Land, in dem er bleiben möchte. Das wird kaum möglich sein, es sei denn, er quittierte den Dienst. In den letzten zwei Jahren hat er gelernt, die Farben der Wüste zu unterscheiden, Sand-, Stein-, Geröll-, Salzwüste, alle Stufen zwischen Weiß und Schwarz, Gelb und Braun. Darin das schwere Grün einer Oase, eine Handvoll Palmen, Büsche, verfallende Ziegelhütten. Die Bewohner sind abgewandert, als die Karawanen ausblieben. Kairo wollte sie nicht, der Nil verweigert Arbeit und Brot. Die Schönheit des Flusses ist für andere, für Leute wie ihn. Weiße Reiher im Dunst, schillernde Bienenfresser, Milliarden Moskitos. Der Büffel, der ungerührt die Schotterpiste blockiert – einer der unzähligen Gründe, derentwegen Pünktlichkeit keine Tugend ist. Zur Küste hin wird die Bewegung des Stroms schwerfällig. Er verästelt sich in ungezählte Arme, Bäche, Rinnsale. Dann das Meer, türkis, glasklar. Man kann bis auf den Grund schauen. Kein Vergleich mit der Brühe vor Grömitz. Ein Junge nimmt Fische aus, den blutigen Abfall wirft er mageren Hunden vor. Überschminkte Mütter, die Kopftücher tragen und ihre Hintern schwenken, als suchten sie Freier. Die Väter essen, rauchen, dösen unter Zeltplanen. Eine nubische Königstochter räumt Pappteller vor einem Grill-Imbiß fort. Niemand beachtet sie.

Ines findet all das furchtbar. Es ist fremd, und das Fremde ist feindlich von Natur aus. Sie will bekannte Gesichter, vorhersehbare Reaktionen, dann, behauptet sie, sei sie glücklich. Er hat Zweifel daran. Ihr Unglück braucht keinen Grund, ihre Angst keinen Anlaß. Sie vermehren sich durch Teilung. Jeder Teil wächst sich zu einem neuen Ungeheuer aus. Ines möchte in eine Bonner Mietfestung flüchten, aber er hat ihre Gespenster auch dort schon gesehen. In ihren Augen ist er ein Egoist, der seine Bedürfnisse rücksichtslos durchsetzt. Wahrscheinlich hat sie damit recht. Er kann sich keine Frau vorstellen, derentwegen er diese Art Existenz aufgeben würde.

Cismar hört Schreie, tritt ans Fenster. Mitten auf der Straße gehen zwei Männer aufeinander los. Binnen Sekunden hat sich eine Menschentraube gebildet. Hupen, Wut. Kein Wagen kommt vorwärts. Schimpfende Fahrer steigen aus, rempeln sich durch die Menge. Gleich wird es eine Schlägerei geben. Plötzlich zieht einer der Streitenden eine Pistole, fuchtelt damit herum. Der Kreis weitet sich, die Luft bekommt Risse. Schießt er, oder schießt er nicht? Cismar überlegt, ob es nötig ist, die Polizei zu verständigen. Die Frage hat sich schon erübrigt. Ebenso schnell, wie sie bereit waren, sich gegenseitig umzubringen, sind die Männer Freunde geworden, fallen sich um den Hals. Die Versammlung löst sich auf. Eine Familie wechselt die Straßenseite, Vater, Mutter, eine Alte, vier Kinder. Sie gestikulieren, lachen, danken Gott. Der Kleinste weint, wird mit Bonbons getröstet. Um ein Haar wären sie Zeugen einer Schießerei geworden. Das ist Gesprächsstoff für Tage. Sie werden allen Bekannten davon erzählen, immer detaillierter, immer dramatischer.

Solche Leute zu töten, nimmt Sawatzky achselzuckend in Kauf. Er kennt sie nicht, sie spielen keine Rolle in seinen Überlegungen. Eigentlich kämpft er für sie, auch wenn sie es in seinen Augen vermutlich gar nicht wert sind. Warum tut er es trotzdem?

Frau Samadi klopft: »Sheikh al-Basal besucht zur Zeit eine Konferenz in Dschidda. Sie können ihn erst nächsten Donnerstag sprechen.« »Schlecht. Trotzdem danke. Um wieviel Uhr?« »Zwischen drei und halb fünf.« »Fällt Ihnen irgend etwas ein, das ich mitbringen könnte?« »Wir haben den Bildband über den Kölner Dom, das Faksimile der Gutenberg-Bibel, Meißner Porzellan...« »Nein, nichts aus dem Lager, weniger repräsentativ, eher etwas Persönliches.« »Dafür kenne ich weder Sie noch...« »Schon gut. Ich werde etwas finden.«

Cismar bildet sich nicht ein, daß es Sawatzky beeindrucken würde, wenn er sich auf Äußerungen des Großsheikhs berufen, gar von seiner Begegnung mit ihm erzählen würde. Er weiß nicht genau, was er sich von dem Treffen verspricht: Eine Widerlegung der islamistischen Position durch einen ranghohen Theologen? Verständnis der geistigen Wurzeln des Terrors? Perspektiven für ein friedliches Nebeneinander der Kulturen? Oder sucht er einen persönlichen Rat, wie er sich Sawatzky gegenüber verhalten soll? Vielleicht sind es Reste eines Urvertrauens in die Macht religiöser Würdenträger. So wie er sich als Kind vom Besuch des Bischofs Segen für das Dorf, das Haus, die Familie erhofft hat. Damals hätte kein Unglück seinen Glauben ins Wanken gebracht. Wahrscheinlich hat Sawatzkys Wahn ebenso harmlos angefangen. Gewöhnlich verschwinden die frommen Gefühle während der Pubertät. In Cismars Bekanntenkreis erwartet niemand etwas von Gott oder seinen Vertretern. Einige gehen manchmal zur Kirche, andere nicht. Keiner käme auf die Idee, für irgendeine höhere Macht sein Leben aufs Spiel zu setzen, geschweige denn zu töten. Gerade deshalb will er wissen, wie diese Religion funktioniert, derentwegen intelligente junge

Leute zu Mördern werden, die sich als Heilige aufspielen. Er will wissen, warum unbescholtene Bürger zustimmend nicken, wenn sie von Anschlägen hören? Oder auch nur, warum erwachsene Männer sich fünfmal täglich zu Boden werfen, in Tränen ausbrechen, wenn der Koran rezitiert wird? Er will es für sich wissen, nicht für das Auswärtige Amt.

In welchem Zustand wird Sawatzky sein? Die ägyptische Polizei nutzt die unterschiedlichsten Methoden, jemanden zum Sprechen zu bringen: Drohungen, Prügel, Dauerbeschallung, Schlafentzug, Elektroschocks. Sollte er Spuren von Folter entdecken, wird er als Botschafter der Bundesrepublik Deutschland offiziell Protest einlegen, verlangen, daß künftig jede Form der Gewaltanwendung gegen den deutschen Staatsangehörigen Jochen Abdallah Sawatzky unterbleibt. Vorausgesetzt, das Auswärtige Amt gibt keine andere Direktive oder bittet unter Verweis auf Sicherheitsinteressen um Zurückhaltung.

Die Ägypter werden Sawatzky hängen wollen. Er ist dafür zuständig, das zu verhindern, ganz gleich, ob er ihn sympathisch findet oder für ein Scheusal hält. Er fragt sich, wie er das Gespräch mit Sawatzky beginnen soll, fürchtet, nicht den richtigen Ton zu treffen. Entscheidend für den Ausgang der Geschichte wird sein, daß es ihm gelingt, Sawatzkys Vertrauen zu gewinnen. Dann erzählt er vielleicht mehr, als in den Akten beziehungsweise in den zurückgehaltenen Verhörprotokollen nachzulesen ist. Wenn er es nicht schafft, Sawatzkys Schweigen zu brechen, sieht er kaum eine Chance, dessen Auslieferung zu erwirken, bleiben die Fragen unbeantwortet, deretwegen er schlecht schläft. –

Er sollte dem Großsheikh eine Kiste Lübecker Marzipan

mitbringen. Das schmeckt fast wie ägyptische Süßigkeiten und doch ganz anders.

Der Samstag besteht aus Sitzungen, Hintergrundgesprächen, Telephonaten. Wenn Zeit bleibt, versucht Cismar, sich so viele Informationen wie möglich über die Entwicklung des politischen Islam, das Aufflammen der Gewalt anzueignen. In der Bibliothek steht deutsche, französische, englische und arabische Literatur zum Thema. Er fragt Dr. Lüders, was er am dringendsten lesen soll, und ärgert sich, daß sein Arabisch für wissenschaftliche Bücher nicht reicht. Die Theoretiker des Terrors, allen voran Sayyid Qutb, sind nicht übersetzt, nicht einmal ins Englische oder Französische. Zumindest liegen keine Ausgaben vor. Er blättert in einem zweisprachigen Koran, um etwas von der Faszination des Buches zu spüren, aber er spürt nichts. Er ist nur verstört, wie jedesmal, wenn er sich daran versucht. Zwischendurch ruft Ines an, immer zum unpassendsten Zeitpunkt, will wissen, ob sie allein zu Abend essen muß? Was aus ihrem morgigen Opernbesuch wird? Soll sie die Karten wegwerfen oder verschenken? Er sagt: »Ich weiß es noch nicht.« Es ist ihm auch egal. Er bemerkt, als er sich eine Zigarette ansteckt, daß im Aschenbecher bereits eine angerauchte verglüht, und neben der Tastatur liegt eine, die er nicht angezündet hat. Als hätte er sonst keine Arbeit, versucht er, Lübecker Marzipan zu organisieren. Sein Bruder Christian will sich darum kümmern. Später zieht er sich in sein Appartement zurück, legt sich aufs Bett, starrt an die Decke. Er fragt sich, ob das leise Schaben von Gedanken herrührt, die an der Innenseite des Schädels entlangschrammen, oder vom Ventilator verursacht wird. Wenn in Kairo Stille herrscht, ist das Hirn so verwirrt, daß es Geräusche erfindet. Er hat das Bedürfnis, schwimmen zu gehen, am liebsten im Meer. Die Fahrt würde Stunden dauern. Er überlegt, seinen Freund Yousri anzurufen, der Mitglied des Sporting-Clubs ist, und ihn sicher dorthin einladen würde. Das Becken reicht, um Verspannungen zu lösen. Die Frage erübrigt sich, weil seine Badehose zu Hause liegt. Er übernachtet in der Botschaft. Ines gegenüber nennt er wichtige Anrufe, die er dringend erwartet, als Grund. Sie bleiben aus. Statt dessen telephoniert er lange mit Françoise Detrieux, der französischen Attaché culturel. Er kennt sie seit vielen Jahren, unter anderem haben sie zur gleichen Zeit in Tokio gearbeitet. Damals waren Ines und er noch kein Paar. Françoise hat nicht nur Verstand und eine angenehme Stimme. Sie trinken beide Rotwein, stoßen durch den Hörer miteinander an. Als er gegen zwei Uhr auflegt, fühlt er sich beinahe gut.

Den Sonntag verbringt Cismar mit Aktenstudium. Am frühen Nachmittag verläßt ihn die Lust. Er könnte noch tausend Seiten lesen und wüßte doch nicht genug. Während er seinen Koffer für den Besuch bei Sawatzky packt, klingelt das Telephon. Doktor Taufiq ist am Apparat. Er möchte den Termin bestätigen. Cismar reagiert zunächst förmlich. Im Prinzip schätzen sie einander. Beide bewegen sie sich lange genug auf diplomatischem Parkett, um zu wissen, daß Fouls zum Spiel gehören. Doktor Taufiq windet sich durch Gemeinplätze, ehe er zur Sache kommt: »Ich muß Sie um Verständnis bitten. Ich tue, was in meiner Macht steht. Aber Sie kennen die Haltung des Innenministers und seine Gründe: Der Anschlag auf ihn liegt gerade drei Monate zurück…« »Die Rechtslage sieht Akteneinsicht seitens der Botschaft vor. Ich werde am Dienstag persönlich mit ihm sprechen«, sagt Cismar. Doktor Taufiq erwidert darauf nichts, sondern verbreitet sich über die Entschlossenheit der ägyptischen Regierung bei der Bekämpfung des Terrors. Seiner Ansicht nach wird die Gefahr eines Überschwappens der Gewalt nach Westen in Europa und Amerika unterschätzt. Er zeichnet Horrorszenarien von Bomben in New York, Paris, London oder Berlin, sollte es nicht gelingen, das Übel samt Wurzeln auszureißen. Dazu müssen auch ungewöhnliche Wege beschritten, strittige Maßnahmen ergriffen werden. Cismar stimmt zu und schränkt ein. Er beteuert die grundsätzliche Bereitschaft der Bundesrepublik, Kairo im Kampf gegen den Extremismus zu unterstützen, verweist auf die Intensivierung der Zusammenarbeit in jüngster Zeit, unterstreicht die verbesserte Kooperation der Geheimdienste. Die deutsche Regierung sei jedoch überzeugt, daß Freiheit und Demokratie nur überzeugend verteidigt werden könnten, wenn unverletzliche Rechte wie körperliche Unversehrtheit, der Anspruch des Angeklagten auf ein ordentliches Gerichtsverfahren gewahrt blieben. Der Name Sawatzky fällt nur selten. Es ist noch zu früh, um über konkrete Lösungsmöglichkeiten zu sprechen. Der Ton wird verbindlicher. Beide kennen die Grenzen der Befugnisse des jeweils anderen, das macht nachsichtig. Ihr Gespräch endet mit Höflichkeiten, Grüßen an die Gattin.

Cismar legt kopfschüttelnd den Hörer auf und denkt: ›Diplomatie ist ein Gesellschaftsspiel aus dem achtzehnten Jahrhundert. Alles könnte viel einfacher sein.‹ Er packt die restlichen Papiere in den Koffer, zum Schluß die Koranausgabe, ohne zu wissen, wozu er sie brauchen könnte.

Es ist halb vier. Wenn er jetzt nach Hause führe, wäre er noch rechtzeitig, um mit Ines in die Oper gehen: Rigoletto. Verdi ist nicht gerade sein Lieblingskomponist. Alternativ könnte er Françoise zum Essen einladen. Sie weiß viel über die verschiedenen Gesichter des Islam. Es wäre ein Dienstgespräch und die beste Vorbereitung auf seine Begegnung mit Sawatzky. Trotzdem entscheidet er sich für Ines, um die Sache nicht unnötig kompliziert zu machen. Würde er sich mit Françoise treffen und Ines die Wahrheit sagen, wäre sie eifersüchtig. Wenn er sie belöge, würde sie es wittern und ihn der Lüge bezichtigen, auch ohne Anhaltspunkte. Kompromisse, kein Wunschkonzert. Er wählt. Ines reagiert kühl. Statt sich zu freuen, hält sie ihm vor, daß er seine Entscheidung unnötig lange hinausgezögert hat, jetzt wird es knapp, sie haßt Hektik. Er verteidigt sich nicht. Später moniert sie die spießige Inszenierung: »50er-Jahre-Theater auf arabisch. Ganz schlimm«, sagt sie. »Warum hast Du nicht die Augen zugemacht? Die Sänger waren doch gut.« »Du meinst, warum ich im Unterschied zu dir nicht geschlafen habe?«

Die Nacht ist voller Geheimnisse und Stimmen. Für Cismar endet sie um sechs. Er frühstückt allein, liest, denkt. Seine Augen verfolgen den gekräuselten Rauch über dem Aschenbecher. Ab neun schaut er minütlich auf die Uhr. Um zwölf nach neun schellt Sha'ban, gutgelaunt. Cismar hofft, daß ihm unterwegs ein Redeschwall erspart bleibt, doch die Morgensonne zwischen den Minaretten der Altstadt ist zu überirdisch für Schweigen. Cismar versucht sich zu konzentrieren, während Geschichten von Straßen und Bauten an ihm vorbeiziehen, von Pharaonen, Sultanen, Königen. Sha'ban ist stolz auf sein Land. Zugleich schämt er sich für den Dreck, die Trägheit der Leute, für den Präsidenten, die Regierung, für Vetternwirtschaft und Korruption, was ihn nicht daran hindert, seine eigenen

Probleme mit Hilfe von Bekannten, Geschenken oder Gefälligkeiten zu lösen.

Die Fahrt dauert lange. Sie führt durch Stadtteile, in denen Cismar nie gewesen ist. Während seiner bisherigen Amtszeit hat kein Deutscher in einem ägyptischen Hochsicherheitsgefängnis gesessen. Die Gebäude rechts und links der breiten, frisch asphaltierten Straße werden zusehends armseliger. Ziegen dösen in Autowracks, ein halbes Dutzend ausgemergelter Katzen balgt sich um Küchenabfälle. Aus Häusern werden Hütten, die Hütten verwandeln sich in Zelte, zusammengezimmert aus Latten, Rohren, Decken, Tüchern, Plastik. Kein Zweifel, daß ihre Erbauer den Plan des traditionellen Filzzelts noch im Gedächtnis hatten. Dazwischen vereinzelt Kamele, Reste der Herden, die über Jahrtausende Grundlage des Handels gewesen sind. An den Rändern ist die Stadt eine Wohnhalde für Nomaden, die nicht wissen, wohin sie ziehen sollen. Sha'ban sieht, daß Cismar die Stirn runzelt, und spricht, als sei er der amtierende Bauminister, über Ausbildungsprogramme, Siedlungsprojekte, mit denen die Regierung versucht, entwurzelte Beduinen in das Ägypten der Gegenwart zu integrieren. Cismar hat die Ergebnisse ähnlicher Experimente an Indianern im kolumbischen Tiefland gesehen: Scheitern, Rückzug. Zur Begründung hieß es, Stammesstrukturen und Alkohol verhinderten den Zivilisationsprozeß. Ein Großteil der Mittel war ohnehin in dunklen Kanälen versickert. Sha'ban wirkt erleichtert, als die Bruchstücke menschlichen Lebens verschwunden sind. Ein Militärkonvoi kommt ihnen entgegen. Das knatternde Skelett eines Motorrads rast vor seinem eigenen Qualm davon. Beides bleibt unkommentiert. Die Wüste bestätigt weder Erfolge noch Niederlagen, nichts bedarf der Erklärung. Das Blickfeld ist gerahmt und besteht aus zwei Hälften: heller Ocker unten, oben Lichtblau. Die untere Hälfte wird durch einen geraden, sich zum Horizont hin verjüngenden Strich geteilt. Am Ende des Strichs werden jetzt Umrisse eines grauen Querbalkens sichtbar, aus dem sich verschiedene ebenso graue Quader und Türme erheben, überragt von rotweiß gestreiften Masten mit Antennen, Sendern, Satellitenschüsseln. Der Balken ist eine Mauer, bewehrt mit gestaffelten Reihen langer, silberner Dornen, darin spiegeln sich Sonnenpunkte. Wäre die Scheibe nicht getönt, würde man geblendet. An die Türme sind Suchscheinwerfer und Schußvorrichtungen montiert. Oberkörper von menschenähnlichen Wesen in Schwarz auf den Wehrgängen. Sie bewegen sich langsam, wie Stockpuppen, die ein verborgener Spieler hin- und herschiebt. Hinter Elektrozäunen und Eisengittern, an denen sich Stacheldrahtwellen brechen, haben gepanzerte Fahrzeuge Stellung bezogen, ebenfalls mit Androiden bestückt. Der Mercedes hält vor einer Schranke. Auf der anderen Seite wartet Doktor Taufiq. Er spricht mit den Wachsoldaten. Cismar reicht seine Diplomatenkarte und Sha'bans Papiere durchs Fenster. Der diensthabende Offizier tauscht Funksprüche mit seinem Vorgesetzten im Innern. Zwischen den Sätzen das Rauschen und Knacken des Geräts. Nach einiger Zeit nickt er. Die Schranke hebt sich. Es sind immer noch zweihundert Meter bis zum eigentlichen Tor. Dr. Taufiq fährt in seinem Wagen voraus. Sie passieren ein Spalier aus Schützenpanzern. Die Maschinenkanonen zielen in unterschiedliche Richtungen. Cismar schaut in die Dunkelheit einer Mündung. Endlich öffnet sich eine Wand aus zentimeterdickem Stahl.

Der Innenhof ist vollständig betoniert. Auch hier wurde

alles mit Stacheldraht umwickelt, sogar die mickrigen Palmen, deren Existenzgrund niemand kennt. Bewaffnete weisen Sha'ban einen Stellplatz zu. Beim Aussteigen wird Cismar von Hitze und Licht vor den Kopf geschlagen, hat für einen Moment das Gefühl, seine Füße trügen ihn nicht mehr. Es hinterließe den falschen Eindruck, wenn er sich jetzt am Wagen abstützen würde. Er versucht sich die Tatsache ins Bewußtsein zurückzurufen, daß er der höchste Repräsentant der Bundesrepublik Deutschland in Ägypten ist.

Doktor Taufiq begrüßt ihn beinahe überschwenglich. Er winkt den Kommandeur heran, stellt sie einander vor. Der Händedruck des Kommandeurs ist kräftig, seine Augen zeigen keinen Ausdruck, aus dem man etwas schließen könnte. Er führt sie zu einer elektronisch gesicherten Schleuse, gibt seinen Zahlencode ein. Ein grünes Lämpchen blinkt, während die Tür sich surrend öffnet. Niemand sagt ein Wort. Der Kommandeur weist durch einen Schwenk seines abgewinkelten Unterarms nach rechts. Die Wände des Flurs sind weder verputzt noch gestrichen. In den nackten Beton hat sich die Maserung der Schalbretter eingezeichnet: flüssige Linien zu Kanten erstarrt – als hätte man den Abdruck einer Wasseroberfläche genommen und in Stücke gesägt. Im Kontrast dazu die makellosen Stahltüren. Durch das Neonlicht bekommt die dunklere Haut der Ägypter einen Grünstich, Cismar hingegen wirkt noch fahler als sonst. Er glaubt, eine unausgesprochene Feindseligkeit zu spüren. Aus Sicht des Kommandeurs stört jeder Besucher, ganz gleich, welche Legitimation er vorweisen kann. Auf Anweisung des Innenministeriums wird keine Leibesvisitation vorgenommen. Ein Detektor für Geheiminformationen, die im Kopf versteckt sind, steht ohnehin nicht zur Verfügung. Cismar ist ein Risikofaktor und ein potentielles Hindernis im Prozeß der Wahrheitsfindung. Vielleicht schöpft Sawatzky durch ihn Hoffnung. Hoffnung erschwert das Brechen des Willens. Sie kann die Arbeit von Tagen zunichte machen. Cismar bekämpft seinen Abscheu. Die Decke hängt zu tief für all das Unausgesprochene, es drückt ihr Schweigen nieder. Der Nachhall fester Schritte stammt aus einem Film. Cismar bereut die Entscheidung, nicht – wie es üblich ist – einen seiner Abteilungsleiter mitgenommen zu haben. Zu zweit, Schulter an Schulter, hätten sie schon fast eine Verteidigungslinie gebildet. Der Gang endet an einer weiteren Sicherheitsschleuse, in die ein vergittertes Fenster eingelassen ist, links davon ein gläsernes Kabuff mit Schalttafeln, Sprechvorrichtung. Sie bleiben stehen. Cismar tupft sich den Schweiß von der Stirn. Hinter ihnen haben maskierte Soldaten Posten bezogen, ihre Maschinenpistolen schußbereit. Kein Gefühl und kein Gedanke, bis der Kommandeur mit dem Schlüsselbund rasselt. ›Wichtige Menschen erkennt man an einer Unmenge Schlüssel. Die wirklich Wichtigen haben nur einen‹, denkt Cismar. Der Raum, der sich öffnet, ist schmucklos bis auf die ägyptische Flagge an der Stirnwand und das unvermeidliche Portrait des Präsidenten, diesmal in Uniform. Ein Tisch, schwarze Platte auf verchromten Beinen, dazu vier Stühle derselben Serie. »Es kann noch einige Minuten dauern«, sagt Dr. Taufiq. Cismar legt seinen Aktenkoffer ab, dreht am Zahlenschloß. Der Deckel springt auf. Er entnimmt seine Mappe, um etwas in der Hand zu haben, blättert stehend. Angeblich kann er hier ungestört und vertraulich mit Sawatzky reden. Er fragt sich, wo die Mikrophone, die Kameras installiert sind. Auf dem Gang fällt eine Tür zu. In das dumpfe Geräusch von

Stiefelabsätzen mischt sich metallisches Rasseln. Zwei Vermummte bringen einen schmalen, dunkelblonden Mann herein. Hand- und Fußschellen machen seine Bewegungen kantig. Es folgt ein Aufseher in Zivilkleidung, der die Fesseln aufschließt.

Cismar versucht, sich ein Bild zu machen und trotzdem unvoreingenommen zu wirken: ›Er muß reden‹, denkt er, ›es ist nur eine Frage der Zeit. Seit acht Tagen sitzt der Mann in Einzelhaft. Vermutlich hat man ihn auf die verschiedensten Arten gequält. Keines der Ziele des Anschlags, der die Vollendung seines Lebens hätte werden sollen, wurde erreicht. Er kann sich nicht damit zufriedengeben, Ansprachen an die Wände seiner Zelle zu halten. Wenn er eine Überzeugung hat, wird er sie mir verkünden. Ich bin seine einzige Verbindung zur Welt.‹ –

»Guten Morgen, Herr Sawatzky. Cismar mein Name. Ich bin Ihr Botschafter.«

Jedes Gespräch ist offen, sein Verlauf unberechenbar, niemand kennt das Ende.

»Meiner?«

Dieses hier beginnt nicht gut.

»Botschafter der Bundesrepublik Deutschland...«

»Glückwunsch.«

Sawatzky schaut Cismar geradeheraus an. Der zweite Blick dieses Tages, dem sich nichts entnehmen läßt. Cismars Augen tasten ihn ab: Er scheint keine schweren Verletzungen erlitten zu haben: einige Hämatome, leichte Schwellung des Gesichts. Offenbar bereitet ihm das Heben des rechten Arms Schmerzen. Dr. Taufiq, der Kommandeur und sein Wärter verlassen den Raum.

»Nehmen Sie Platz«, sagt Cismar. Sawatzky setzt sich umständlich, versucht, bestimmte Muskelpartien zu schonen. Er hält Abstand zur Rückenlehne. Wahrscheinlich aufgrund von Prellungen.

Cismar raschelt mit den Akten, gibt sich einen konzentrierten Ausdruck. Er staunt, wie laut Papier sein kann. Sawatzkys Hände sind ruhig. Er hat noch alle Fingernägel.

»Herr Sawatzky, Sie werden von der ägyptischen Militärstaatsanwaltschaft beschuldigt, an dem vereitelten Anschlag in Luxor vor acht Tagen beteiligt gewesen zu sein.«

Sawatzky schüttelt den Kopf, lächelt arrogant, selbstgewiß: »Ich weiß.«

Ihm fehlt der rechte Eckzahn.

»Wollen Sie dazu Stellung nehmen? Selbstverständlich wird alles, was Sie mir sagen, mit äußerster Diskretion behandelt. Es darf vor Gericht nicht gegen Sie verwendet werden.«

Sawatzky zuckt mit den Achseln, verzieht schmerzhaft den Mund.

»Sind Sie mißhandelt worden?«

»Dazu möchte ich mich nicht äußern.«

Er spricht mit leichtem Akzent, wie Leute, die seit langem im Ausland leben. Cismar hält jetzt den Zettel mit Stichworten, Fragen in der Hand. Was er wirklich wissen will, steht dort nicht. Es ließ sich nicht in Worte fassen: »Wer hat bis jetzt mit Ihnen geredet?«

»Die haben sich nicht vorgestellt.«

Ein Akzent zwischen Arabisch und Englisch. Cismar zwingt sich, den spöttischen Unterton zu überhören: »Hatten Sie Kontakt zu Mithäftlingen?«

»Nein.«

»Für uns wäre wichtig zu wissen, was Sie bis jetzt ausgesagt haben.«

»Name, Geburtsdatum, Staatsangehörigkeit. Das wußten sie aber alles schon.«

»Ich meine: in der Sache.«

»Was gibt es dazu zu sagen?«

»Ich hoffe, Sie sehen meine Aufgabe richtig: Als Botschafter bin ich hier, um Ihnen zu helfen.«

»Nicht angenehm für Sie.« Er grinst.

»Sie brauchen Hilfe, wenn Sie nicht den Rest Ihres Lebens in einem ägyptischen Gefängnis verbringen wollen. Auch ein Todesurteil...«

»Ich habe keine Angst.«

»Mag sein, aber...«

»Wir müssen alle sterben.«

»In Ägypten bedeutet das konkret: Man wird Sie hängen, Herr Sawatzky! Und ein Strick ist kein Spaß!«

»Spaß interessiert mich nicht.«

Cismar zittert vor Anspannung. Er hält sich an seinem Blatt fest. Es reißt ein: »Wie dem auch sei. Wir werden versuchen, die ägyptischen Behörden davon zu überzeugen, Sie nach Deutschland auszuliefern. Dort bekommen Sie ein ordentliches Verfahren, unabhängige Richter...«

»Was soll ich in Deutschland? Mit Kriminellen in einem begrünten Innenhof Kreise drehen, Papiertüten falten, ab und zu Sport?«

»Hier wird es schlimmer.«

»Hier weiß ich, wofür.«

Cismar läßt die Schultern sinken. Er hat nicht wirklich erwartet, daß Sawatzky jammern, flehen würde, ihn aus dieser Hölle zu befreien, daß er vor Schmerzen und Todesangst kapitulieren, alles, was man ihm vorwirft, gestehen und bereuen würde, ganz gleich, ob er es getan hat oder nicht. Das wäre Wunschdenken gewesen. Und seine heimliche Furcht. Er wechselt das Thema: »Nach unseren Informationen ist Ihre Mutter, Frau Gabriele Sawatzky, wohnhaft in…«

»Halten Sie meine Mutter da raus.«

»Das wird sich kaum machen lassen. Der Generalbundesanwalt hat in Deutschland ein Ermittlungsverfahren gegen Sie eingeleitet. In dem Zusammenhang wird Ihre Mutter sicher befragt werden.«

»Sie hat nichts mit der Aktion zu tun, und sie weiß auch nichts über die Einheit, zu der ich gehöre. Sie hat überhaupt keine Ahnung von diesen Dingen.«

»Sie bestreiten also nicht, an dem Terroranschlag beteiligt gewesen zu sein?«

»Ich bestreite, daß es ein Terroranschlag in Ihrem Sinne war.«

»Sondern?«

»Eine militärische Operation, die fehlgeschlagen ist. Leider. In der gegenwärtigen Situation haben wir keine andere Wahl als den bewaffneten Kampf. Unser Kampf ist gerecht. Wir verteidigen das Haus des Islam. Gott verlangt diesen Einsatz, solange Ungläubige über unser Land herrschen. Deshalb werden wir am Ende erfolgreich sein. Inscha Allah.«

Cismar kennt diese Art Phrasen. Während der siebziger Jahre hallten sie ähnlich durch Europa. Einen Unterschied gab es: Gott spielte damals keine Rolle. Die Revolution hatte seinen Platz eingenommen. Cismar fragt sich, ob das ein grundsätzlicher Unterschied war oder nur eine andere Maskierung? Jedenfalls wurden die gleichen Konsequenzen gezogen: Gegen die totalitäre Machtausübung des Staates half nur Gewalt. Erste Schüsse zerrissen Debatten und Demonstrationen. Es folgten Entführungen, Bombenanschläge. Der Tod Unbeteiligter wurde in Kauf genommen. Die »Baader-Meinhof-Bande« bestand darauf, »Rote-Armee-Fraktion« zu heißen, um sich von gewöhnlichen Verbrechern abzugrenzen. Ihre Bekennerschreiben sollten die Massen aufrütteln. Aber die Massen wollten nicht die Revolution, sondern ihre Ruhe. Auch er war darüber bitter enttäuscht. Als nächstes erinnert er sich seiner Angst nach der Besetzung der Botschaft in Stockholm, 1975. Da hatte er gerade im Auswärtigen Amt angefangen. Inzwischen mordet die dritte Generation. Im März hat ein »Kommando Katharina Hammerschmidt« einen Anschlag auf die Justizvollzugsanstalt Weiterstadt verübt. Im Juni wurde Birgit Hogefeld festgenommen, starb Grams, nachdem er einen GSG-9-Mann erschossen hatte. Über ihre Verlautbarungen findet keine Diskussion mehr statt. Aus der Avantgarde sind Ewiggestrige geworden. Die Kronzeugenregelung konnte keinen von ihnen aus dem Untergrund locken. Lediglich die, die als sozialistische Kleinbürger in der DDR untergetaucht waren, machen Gebrauch davon. Trotzdem: »Wenn Sie ein umfängliches Geständnis ablegen und mit den Ermittlungsbehörden zusammenarbeiten...«

»Was soll ich gestehen? – Daß ich an Gott glaube und seinem Wort folge?«

»Gott ist keine Grundlage für politisches Handeln und bestimmt keine Rechtfertigung für Verbrechen. Um es noch einmal klar und deutlich zu sagen: Ihnen droht die Todesstrafe.«

»Ich denke über diese Dinge nicht nach. Die Entscheidungen sind lange vorher gefallen. Es herrscht Krieg zwischen den Gläubigen und den Ungläubigen. Im Krieg bekommt man seine Befehle. Diese Befehle müssen ausgeführt werden. Da ist keine Zeit zu überlegen: Gibt es Gott?

Gibt es Gott nicht? Was wird nach dem Tod sein? Nichts der Art. Wir sind gefestigt in unserer Religion, wir geben unser Leben ohne Gefühle.«

Sawatzky wirkt merkwürdig klar. Er simuliert eine Kraft, die ihn unangreifbar erscheinen lassen soll. Cismar fürchtet für einen Augenblick, daß er sie wirklich hat, daß sie kein Theater ist: »Ihnen wird vorgeworfen, einen Anschlag geplant und an seiner Durchführung teilgenommen zu haben, Sie werden beschuldigt, Soldaten erschossen...«

»Wen interessieren diese Soldaten? Von einer gottlosen Regierung bezahlte Mörder.«

Das aus seinem Mund.

»...und Sie hatten die Absicht, Unschuldige zu töten.«

»Wollen Sie Leichen zählen? Die zivilen Opfer militärischer Operationen des Westens gegen die, die unsere Einheiten zu verantworten haben? Das geht schlecht für Sie aus.«

»Jeder Tote ist ein Toter zuviel.«

»Haben Sie das dem Präsidenten auch schon gesagt? Ja? Haben Sie?« Cismar wird rot. »Und? Was hat er geantwortet? Daß er jetzt immer lieb und artig sein will? – Natürlich haben Sie nichts gesagt. Sie haben höflich Ihre Aufwartung gemacht, Schleim abgesondert, weil Sie ihn bei Laune halten müssen. Sie brauchen ihn. Mubarak ist der einzig verläßliche Partner, den Sie in der Region haben. Da ist es zweitrangig, wie viele Leute er verschwinden, foltern, umbringen läßt, weil sie für den Islam, für Allah eintreten. Sie unterstützen den ägyptischen Staatsterrorismus durch Ihre bloße Anwesenheit und indem Sie schweigen.«

Cismars Gesicht wird hart. Es ist nicht vollkommen falsch, was Sawatzky über die Regierung sagt. Aber alle Erfahrung lehrt, daß das Beharren auf der eigenen moralischen Überlegenheit zu nichts führt. Internationale Politik folgt anderen Regeln. Zunächst gilt der Grundsatz: Wir müssen im Gespräch bleiben. Vielfältige Ziele sind im Auge zu behalten, wirtschaftliche, politische, militärische, humanitäre. Nur in kleinen Schritten erreicht man Zugeständnisse. Auch Diktatoren bleiben Dialogpartner, solange es geht. Wobei der ägyptische Präsident, trotz fragwürdiger Anordnungen, nicht in die Kategorie Machthaber fällt, bei denen man sich schämt, ihnen die Hand zu geben: »In einem Punkt stimme ich Ihnen zu: Die Welt ist vielerorts nicht so, wie wir sie uns wünschen. Leider. Aber es wurde auch schon viel erreicht ...«

»Sie meinen, der US-Imperialismus steht kurz vor dem Endsieg? Für Sie muß es so aussehen. Der Kommunismus hat seine Bankrotterklärung unterschrieben. Die irakische Armee wurde zerschlagen. Das Öl steht unter westlicher Kontrolle, und der selbsternannte Hüter der Heiligen Stätten, das Schwein Fahd, wirft sich vor dem amerikanischen Präsidenten auf den Boden, egal, ob er Bush oder Clinton heißt. Er bedankt sich noch für die Besetzung seines Landes und wird weiter Geschäfte mit den Invasoren machen, anstatt den ärmeren Ländern im Haus des Islam zu helfen. Inzwischen rücken Ihre Konzerne unter dem Deckmantel des Wiederaufbaus an. Big business, nicht wahr? Krieg ist ein sehr wirkungsvolles Konjunkturprogramm für die Wirtschaft der Sieger. Die Baubranche saniert sich von allein, die Auftragsbücher der Rüstungskonzerne sind voll. Alles, was man zerstört hat, kann man den Verlierern neu verkaufen, selbstverständlich zu Sonderkonditionen. Wie gütig Sie sind. Sie wissen gar nicht, wohin mit Ihrer Großzügigkeit: Ägypten erhält üppige Ausgleichszahlungen, um die kriegsbedingten Verluste im Tourismus abzufedern, und als kleines, persönliches Dankeschön bekommt der Präsident Schiffsladungen mit Panzern, Raketen...«

Cismars Gedanken schweifen ab. Dieses wunderbare Land. Es könnte ein Ort des Glücks sein. Der Nil. Die Wüste. Das Meer. Stille und Lärm. Ines. Ohne Ines...

»...ich weiß, Sie wollen das nicht hören.«

Viele, auch gemäßigte Araber denken so. Verkürzungen und Halbwahrheiten, die an jedem Teetisch verkündet werden: »Ihre Bewegung verbucht zur Zeit einen Rückschlag nach dem anderen. Viele Ihrer Freunde sind tot oder im Gefängnis. Fast täglich melden die Sicherheitsbehörden neue Festnahmen.«

»›Vertrauen und Geduld sind die halbe Religion‹, sagt der Prophet, sallallāhu 'alaihi wa salam. In Afghanistan haben wir zehn Jahre gebraucht, bis die angeblich unbesiegbare Rote Armee geschlagen war, und zwar nicht von Spezialeinheiten, sondern von einfachen Männern, denen ein Bruchteil an Waffen und Ausrüstung zur Verfügung stand, die nie an einer Militärakademie studiert haben. Sie wußten nicht, wie man gegen einen übermächtigen Feind kämpft. Aber sie wußten wofür. Den westlichen Kreuzrittern wird es nicht besser ergehen als den Russen. Inscha Allah. Sie werden gedemütigt abziehen...«

Cismar murmelt: »Gehirnwäsche.«

»Sie haben keine Chance, denn Mut, Opferbereitschaft kann man nicht kaufen. Sie müssen im Herzen wachsen. Aber Sie sind hohl in Ihrem Innern. Sie verpulvern all Ihre Kraft, um etwas zu finden, das die Leere füllen könnte. Einen magischen Ersatzstoff, das Plastikparadies, tausend Arten der Ablenkung und des Vergessens.«

Cismar schaut auf die Uhr: »In der Demokratie, die Sie so hassen, hat jeder die Freiheit, sich für einen anderen Weg zu entscheiden. Sie können sich verweigern, sich zurückziehen, Sie können versuchen, Menschen von Ihren Vorstellungen zu überzeugen. Es gibt nicht nur den Wettbewerb der Produkte, sondern auch einen Wettbewerb der Ideen. Solange die Mehrheit eine andere Vorstellung davon hat, wie sie leben will...«

»Darf der Lügner lügen, solange die Belogenen ihm glauben? In einem System, das vollständig auf Illusionen aufgebaut ist, wird die Wahrheit früher oder später unsichtbar. Das ist eine Frage der Geschicklichkeit des Illusionisten. Und Sie haben die besten Zauberkünstler aller Zeiten. Uns könnte das egal sein, wenn Sie nicht die ganze Welt unter Ihre Kontrolle bringen müßten, um die Täuschungsmaschinerie in Gang zu halten.«

»Niemand hindert Sie daran, das offen zu sagen. Weder in Amerika noch in Deutschland. Es herrscht Meinungsfreiheit – eine der großen Errungenschaften der westlichen Kultur. Die Abschaffung religiöser Intoleranz und staatlicher Willkür hat hundertfünfzig Jahre gedauert.«

»Mythen. Jede Gesellschaft erfindet ihre eigenen, um sich ihre Legitimation zu schaffen. Sie haben nichts mit historischen Fakten zu tun. Von Romulus und Remus bis zur französischen Revolution. Sie begann als Massenschlägerei und endete als Gemetzel. Freiheit, Gleichheit, Brüderlichkeit waren nur ein Vorwand. In Wirklichkeit ging es darum, die Herrschaft des Adels durch die Herrschaft der Fabrikanten und Bankiers zu ersetzen. Da kamen die hungernden Massen gerade recht: nützliche Idioten. Die Entmachtung der Kirche hatte den gleichen Zweck: Die menschenverachtende Gier des Frühkapitalismus mußte seiner Verurteilung durch Gottes Gesetz entzogen werden. – Sie werfen den Religionen Intoleranz vor, weil die Verkündigung, daß Gott die Wahrheit ist und daß die Welt nur in Ihm existiert, dem Absolutheitsanspruch des Kapitalismus im Weg steht. Sein Credo lautet: ›Gott ist tot, und der Mensch ist das Tier, das Profit macht.‹ Solange noch ein Einziger auf diesem Planeten etwas anderes verkündet, besteht die Gefahr, daß der ganze Schwindel auffliegt…«

Cismar denkt: ›Er gibt den Propheten persönlich.‹

»… ›Oh‹, rief das Kind, ›der Kaiser ist ja nackt.‹ Es muß zum Schweigen gebracht werden. Die Sicherheitskräfte sind schon zur Stelle. Vorsichtshalber nehmen sie gleich jeden fest, der etwas gehört haben könnte. So funktioniert das hier in Ägypten. Der Westen hat die Unterwerfung längst hinter sich. Man mußte die Leute dort nicht einmal dazu zwingen. ›Ist doch alles so schön bunt hier, ich kann mich gar nicht entscheiden.‹ Es hat nie eine Ideologie gegeben, der vergleichbare Machtmittel zur Verfügung standen, wie den Kapitalismus, militärisch, ökonomisch, propagandistisch. Verglichen mit Ihrem Propaganda-Apparat war Goebbels Ministerium ein Marktschreierverein…«

Sawatzky schlägt mit Worthülsen um sich. Er blockt nicht ab. Das ist mehr, als Cismar erwartet hat. Er wird ihm eine Brücke bauen: »Ich verstehe durchaus, worauf Sie hinauswollen. Ich kenne diese Argumentation besser, als Sie denken. Ich habe 1967 angefangen zu studieren. In Hamburg. Die Studentenbewegung war in vollem Gange. Vermutlich wissen Sie wenig über diese Zeit…«

»Genug, um beurteilen zu können, daß sie…«

»Wir dachten auch radikal. Wir wollten einen Neuanfang, das Ende autoritärer Herrschaftsstrukturen, eine freie Gesellschaft, gerechte Verteilung der Güter. Der Staat reagierte mit Härte. Oft unangemessen, manchmal sogar brutal und im Widerspruch zu den Gesetzen. Wir fühlten uns ohnmächtig. Irgendwann haben wir angefangen, über Gewalt zu diskutieren. Rechtfertigt die Übermacht des Unrechtsstaates Gewalt? Zwingt sie nicht sogar dazu? Wo beginnt Gewalt, und in welcher Form ist sie zulässig? Blockaden? Besetzungen? Sabotage? Gewalt gegen Sachen? – Die meisten waren dafür. Aber was ist mit Gewalt gegen Personen? Ist sie erlaubt? Wenn ja: gegen welche Personen? Gegen die Herrschenden? Oder auch gegen die, die einfach nur keinen Widerstand leisten? Was ist mit der schweigenden Mehrheit, den Mitläufern? Darf der Tod eines – sagen wir Fahrers – einkalkuliert werden, wenn der Industriepräsident getroffen werden soll ...«

»Sie verwechseln ...«

»Hören Sie mir zu! – Ich bin damals zu dem Schluß gekommen, daß Gewalt kein Weg ist. Nicht aus Feigheit. Sondern weil Unrecht sich nicht durch neues Unrecht beseitigen läßt. Im Gegenteil.«

»Die 68er Bewegung hat mit uns nichts gemeinsam. Ihre Vorstellungen waren genauso materialistisch wie die des Staates. Sie haben ein paar richtige Fragen gestellt, aber Ihre Antworten waren dumm und falsch. Es ging lediglich um eine andere Verteilung von Macht und Besitz. Mehr ist Ihnen nicht eingefallen. Aber das Herz des Menschen findet in Macht und Besitz keinen Frieden. Wir dagegen wissen, daß alle Herrschaft Gott gehört. Ihm allein sind wir verantwortlich. Wir wollen leben, wie Gott es verlangt, denn das ist das beste für den Menschen. Sie versuchen, unter uns Verwirrung zu stiften, uns von diesem Weg abzubringen, indem Sie uns Alkohol, Drogen, Pornographie unter die Nase halten. Ihre Unterhaltungsindustrie soll uns benebeln, damit wir die Wahrheit vergessen und Ihrem System der Seelensklaverei dienen. – Jetzt sagen Sie wieder

Ihr Sprüchlein auf: ›Ihr seid doch frei, Ihr müßt doch nicht, wenn Ihr nicht wollt.‹ – Ich frage Sie: Wie lange dauert es, bis ein Junkie, dem Sie einen Schuß auf den Tisch legen, ihn sich spritzt? Wie lange dauert es, bis jemand, den man in einen Kontakthof sperrt, sich eine Hure kauft? Wird einer, der das Glücksspiel haßt, Fremde auf seinem Grundstück ein Casino betreiben lassen? Wir verlangen nur, daß Sie uns mit Ihrem Dreck in Ruhe lassen. *Sprich: Oh ihr Ungläubigen!/ Ich diene nicht dem, dem ihr dient,/ noch dient ihr Dem, Dem ich diene./ Und ich werde nicht Diener dessen sein, dem ihr dient/ noch werdet ihr Diener Dessen sein, Dem ich diene./ Euch eure Religion und mir meine Religion.*«

»Was ist das für ein Text?«

»Al Qur'ān al karim. Alhamdu lillah.«

»Interessant.«

»Haben Sie den Qur'ān gelesen?«

»Ich habe ihn mir angeschaut.«

»Arabisch?«

»Mein Arabisch hält sich in Grenzen.«

»Sie arbeiten in einem islamischen Land und wissen nichts über die Menschen hier.«

»Religion interessiert mich durchaus. Auch der Islam. Ich denke oft, daß ich mich mehr damit beschäftigen sollte. Allein um die verschiedenen Kulturen besser zu verstehen. Allerdings bin ich davon überzeugt, daß man heutzutage auf dieser Basis keine Politik machen kann. Wir brauchen aufgeklärtes Denken, Toleranz, Offenheit, um die komplexen Probleme einer zusammenwachsenden Welt zu lösen.«

»Religion als Hobby. Natürlich. Nach Feierabend, wenn nichts im Fernsehen kommt oder wenn Sie keine Lust haben, an Ihrer Modelleisenbahn zu basteln, dann sitzen

Sie gemütlich in Ihrem Sessel, Gläschen Wein in der Hand, und sagen sich: ›Heute beschäftige ich mich mal mit Gott, da freut der sich.‹«

Sawatzky lacht laut. Cismar ist gekränkt. Er hat versucht, ihm entgegenzukommen, und muß sich verhöhnen lassen: »Sie meinen, Ihrem Gott gefällt es besser, wenn Leute wie Sie kommen und wahllos Unschuldige umbringen, Frauen und Kinder?«

»Sie haben keine Ahnung, was es heißt, ein Kämpfer zu sein, fi sabil Illah.«

»Sie werden es mir sicher erklären.«

»Für einen Kämpfer auf dem Weg Gottes hat der Tod keine Bedeutung. Weder der eigene noch der irgend eines anderen. Die letzte Stunde jedes Menschen steht fest, bevor er geboren ist. Welche Rolle spielt es, ob man mit dreißig oder mit neunzig stirbt? – Sie wollen möglichst lange leben, ohne zu wissen, wozu. Sie sind der Hamster im Rad. Sie rennen und rennen, bis Sie hungrig oder müde sind. Ihre Welt endet an den Stangen ihres selbstgebauten Käfigs. Sie ahnen, daß dahinter etwas ist, vielleicht sehen Sie es sogar, aber Ihre Furcht ist zu groß: Wer sagt Ihnen, daß es dort Futter gibt, Holzwolle, lustige Spielsachen. Möglich, daß Feinde dort lauern. Deshalb wird Ihr nächster Tag sein wie der vorige: Stunden abarbeiten, Freizeitstreß, Fressen, Schlafen. Sie vergeuden Ihre Tage, ohne herauszufinden, weshalb sie Ihnen geschenkt wurden.«

Cismar denkt an Ines. An ihre Langeweile, ihre Angst: »Niemand will sterben. Das ist ein Naturgesetz.«

»Ihr aber zieht das Leben in dieser Welt vor,/ obwohl das Jenseits besser ist und von Dauer.«

»Was soll das sein?«

»Stille.«

Sie füllt den Raum. An diesem Punkt wäre das Gespräch eigentlich zu Ende. Sawatzky schaut ihn an, wieder mit diesem sonderbaren Blick, weder herausfordernd noch scheu. Cismar weicht ihm aus. Es gibt einen Bereich in seinem Inneren, da beneidet er ihn: um seinen scheinbaren Gleichmut, um seine wahnwitzige Entschlossenheit. Sawatzky glaubt an einen Gott, der wirklich da ist, nicht einfach an eine Projektionsfläche, die in schwierigen Situationen hilfreich sein mag, auch wenn auf seinem Thron lediglich Synapsen und Neurotransmitter sitzen. Es genügt ihm nicht, diesen Gott anzubeten. Er bildet sich ein, ein Modell für alle Lebensbereiche und für den Rest der Tage zu haben.

Cismar schaut erneut auf die Uhr. Es bleiben noch ein paar Minuten. Der bisherige Verlauf des Gesprächs bringt ihn keinen Schritt weiter, im Gegenteil: Er hat sich auf eine Diskussion eingelassen, deren Kontrolle ihm entglitten ist. Er wollte diese Diskussion. Aber er hat auch seinen Ehrgeiz als Botschafter. Er braucht die Genugtuung, diesen Mann hier herausgebracht zu haben, die Anerkennung des Staatssekretärs, des Ministers: »In Ihren Augen mag der Islam die Lösung sein. Aber das hilft Ihnen jetzt nicht. Was glauben Sie, wie es für Sie weitergehen soll?«

»Ich überlege noch. Dafür brauche ich Zeit. Zeit ohne Schmerzen. Und ich muß schlafen.«

»Zeit haben wir nicht. Die Militärgerichte arbeiten schnell, und Ihre Lage ist vollkommen aussichtslos, wenn Sie nicht kooperieren.«

»Mir geht es gut. Abgesehen von Kleinigkeiten.«

»Das glaube ich nicht.«

»Glauben Sie, was Sie wollen, und tun Sie, was Sie für richtig halten.«

Sie hören die Schritte auf dem Gang gleichzeitig. Sawatzky verstummt. Cismar überlegt, ob irgend etwas gesagt wurde, das Sawatzkys Lage zusätzlich verschärfen würde, wenn das überhaupt möglich ist. Der Präsident an der Stirnwand schaut streng. Cismar weiß, daß er auch lachen kann. In der persönlichen Begegnung ein freundlicher Mensch. Vermutlich unterzeichnet er nicht gern Todesurteile. Sicher wäre er Sawatzky lieber heute als morgen los. Die Tür öffnet sich. Zwischen zwei Gewehrläufen lächelt Dr. Taufiq: »Die halbe Stunde ist um.«

Der Kommandeur nickt dem Wärter zu. Der Wärter rasselt mit den Handschellen. Sawatzky steht auf, streckt ihm die Arme entgegen, sieht Cismar an, während die Schlösser zuschnappen: »Wie viele von uns haben überlebt?«

»Das kann ich Ihnen nicht sagen.«

»Kommen Sie wieder?«

»Ich muß.«

VS-Geheim – Amtlich geheimgehalten
Citissime nachts
Aus: Kairo
24. 11. 1993, 13.26 h Ortszeit
An: AA: 301
Auch für: ChBK, BMI

Gz: RK 716
Verfasser: Cismar

Betrifft: Gespräch des Botschafters und seines Stellvertre-
ters mit ÄGY-Innenminister über die Ermittlungen der Militärstaatsanwaltschaft Kairo gegen den deutschen StAng
Jochen »Abdallah« Sawatzky.
  hier: Der ÄGY-Innenminister bestätigt die Entscheidung
des obersten Militärstaatsanwalts, der Botschaft weiterhin
keine Akteneinsicht in obengenanntem Fall zu gewähren.
Des weiteren: Ablehnung der Forderung des Botschafters,
Sawatzky das Recht anwaltlicher Vertretung einzuräumen.

– Zur Unterrichtung –

roem. 1 – Zusammenfassung:

ÄGY-Innenminister Hassan al-Alfi bestätigte die Entscheidung des obersten Militärstaatsanwalts, Amr al-Bahi, der Botschaft bis auf weiteres keine Akteneinsicht im Fall Sawatzky zu gewähren. Erneut zurückgewiesen wurde die Forderung des Botschafters, Sawatzky unverzüglich einen durch die Botschaft noch zu benennenden Anwalt an die Seite zu stellen.

Bestätigt wurde das Recht des Botschafters, den deutschen StAng auch künftig nach Absprache mit dem ÄGY-Innenministerium in der Haft aufzusuchen. Gegebenenfalls kann dieses Recht auch in Begleitung weiterer Botschaftsangehöriger wahrgenommen werden.

roem. 2 – Im einzelnen:

1. Der ÄGY-Innenminister Hassan al-Alfi bestätigte im persönlichen Gespräch mit dem Botschafter und seinem Stellvertreter heute, 24. 11. 1993, 10 Uhr 30 Ortszeit, den abschlägigen Bescheid des Ersuchs der Botschaft um Akteneinsicht im Fall des am 14. 11. 1993 festgenommenen deutschen StAng Jochen »Abdallah« Sawatzky durch den obersten Militärstaatsanwalt, Amr al-Bahi. Den Hinweis des Botschafters auf internationale und bilaterale Abkommen wies der Innenminister unter Berufung auf den in ÄGY seit zwölf Jahren geltenden Ausnahmezustand zurück.

2. Der Forderung des Botschafters, Jochen »Abdallah« Sawatzky unverzüglich Kontakt mit einem Anwalt seines Vertrauens – vermittelt durch die Botschaft –

zu gestatten, wurde abermals nicht entsprochen. Der ÄGY-Innenminister begründete diese Entscheidung mit Ausnahmeregelungen, die das im Fall Sawatzky zur Anwendung kommende Sondergesetz zur Terrorbekämpfung vorsieht. Darin werden von der geltenden Strafprozeßordnung abweichende Maßnahmen, wenn sie seitens der Ermittlungsbehörden zur Aufklärung terroristischer Straftaten ergriffen werden, ausdrücklich genehmigt. Der Innenminister sicherte jedoch zu, daß der Vorsitzende des Militärgerichtshofes in Kairo zu gegebener Zeit einen geeigneten Anwalt mit der Vertretung Sawatzkys betrauen werde.

3. Dem Ersuchen des Botschafters um ungehinderten Zugang zu dem inhaftierten deutschen StAng wurde ohne Einschränkung entsprochen. Weiteren Botschaftsangehörigen ist der Kontakt mit Sawatzky nach vorheriger Absprache mit dem ÄGY-Innenministerium, vertreten durch Dr. Achmed Taufiq, ebenfalls gestattet. Diese Genehmigung schließt ausdrücklich auch Angehörige der Nachrichtendienste ein. Der Botschafter wies in diesem Zusammenhang darauf hin, daß die Weitergabe von Erkenntnissen des Verfassungsschutzes bzw. BND an ÄGY-Behörden nur in Absprache mit dem Geheimdienstkoordinator bzw. dem Kontrollgremium des deutschen Bundestages erfolgen könne.

4. Nach Darstellung des Innenministers gibt es weder Zweifel an Sawatzkys Mitgliedschaft in einer islamistischen Terrororganisation noch bezüglich seiner Beteiligung an dem Anschlag vom 14. 11. 1993. Die

Umstände seiner Verhaftung seien eindeutig. Inzwischen lägen auch die vollständige Aussage des Kronzeugen sowie ausführliche Berichte von Geheimdienstmitarbeitern vor, die die Gruppe seit längerem überwacht hätten. Es sei zudem nachgewiesen worden, daß Sawatzky sich zwischen dem 15. 3. 1993 und dem 30. 6. 1993 in einem islamistischen Ausbildungslager im Sudan aufgehalten habe. Darüber hinaus sei Sawatzky geständig. Er verweigere aber weiterhin die Zusammenarbeit mit den Sicherheitsbehörden.

5. Der ÄGY-Innenminister bekräftigte die Entschlossenheit seiner Regierung, Sawatzky vor ein ÄGY-Militärgericht zu stellen. Eine Sonderbehandlung des deutschen StAng werde zum gegenwärtigen Zeitpunkt ausgeschlossen, da ÄGY infolge der in den letzten zwölf Monaten eingetretenen Eskalation des islamistischen Terrors gezwungen sei, mit aller Härte gegen diese Gruppierungen vorzugehen. Nebenbemerkungen des Innenministers ließen allerdings einen gewissen Verhandlungsspielraum erkennen.

6. Der Botschafter wird auch den nächsten Gesprächstermin mit Jochen »Abdallah« Sawatzky, voraussichtlich Sa, 27. 11. 1993, allein wahrnehmen, da er überzeugt ist, daß Sawatzky im Verlauf der ersten Begegnung ein gewisses Vertrauen zur Person des Botschafters gewonnen und seine Bereitschaft zu – wenn auch begrenzter – Zusammenarbeit signalisiert hat. Beides würde durch die Anwesenheit zusätzlicher Botschaftsangehöriger gefährdet.

7. Die Botschaft bittet um Aufführung möglicher Gegenleistungen seitens der Bundesrepublik Deutschland, die der ÄGY-Regierung in Aussicht gestellt werden können, sollte sie bereit sein, auf die Verhängung bzw. Vollstreckung eines Todesurteils im Fall der Verurteilung des deutschen StAng zu verzichten bzw. einem Auslieferungsantrag der Bundesregierung nachzukommen. Ebenfalls erbeten wird die Aufführung von Druckmitteln, um die ÄGY-Regierung zu bewegen, der Botschaft Einsicht in die Unterlagen/Sawatzky zu gewähren und der Benennung eines Anwalts für Sawatzky zuzustimmen.

roem. 3 – Wertung:

Aufgrund des Verlaufs des Gesprächs mit ÄGY-Innenminister Hassan al-Alfi, das in sachlicher Atmosphäre stattfand, ist nach Einschätzung der Botschaft nicht damit zu rechnen, daß das ÄGY-Innenministerium ohne spürbaren Druck bzw. bedeutende Gegenleistungen von Seiten DEU auf die Forderungen der Botschaft eingehen wird.

Die Praxis der ÄGY-Militärgerichtshöfe in jüngster Vergangenheit macht ein rechtsstaatliches Verfahren gegen den deutschen StAng äußerst unwahrscheinlich. In vergleichbaren Strafprozessen erhielten selbst die staatlicherseits zugewiesenen Anwälte bis zu 3000 Seiten umfassende Ermittlungsakten erst wenige Tage vor Verhandlungsbeginn, so daß von Verteidigung im eigentlichen Sinne nicht die Rede sein konnte. Sollte es zu dem vom ÄGY-Innenminister avisierten Militärgerichtsverfahren gegen Sawatzky kommen, muß mit einem Todesurteil gerechnet werden. Seit Beginn dieses Jahres sind in ÄGY 37 islamistische Terroristen zum Tod durch den Strang verurteilt worden, teilweise wegen weniger schwerwiegender Anklagepunkte. Revision gegen die Entscheidungen der Militärgerichte ist ausgeschlossen. Bisher wurden alle Todesurteile vom ÄGY-Präsidenten Mubarak unterzeichnet, 12 Verurteilte sind allein in diesem Jahr hingerichtet worden. Nach hiesiger Einschätzung besteht kaum Aussicht, daß die ÄGY-Strafverfolgungsbehörden im Fall Sawatzky von ihrer Linie der bedingungslosen Härte gegen islamische Extremisten abweichen werden. Das Hauptziel der Bemühungen von Botschaft und Bundesregierung kann deshalb nur darin bestehen, Sawatzkys Auslieferung zu erreichen und ihn in DEU vor Gericht zu stellen. Ein solches Ersuchen sollte der ÄGY-Regierung äußerst rasch überstellt werden, da die Zeit zwischen der Festnahme eines Terrorverdächtigen und seiner Verurteilung derzeit oft nur wenige Wochen beträgt.

roem. 4 – Persönliche Stellungnahme:

Ich glaube, daß die Bundesregierung notfalls auch zu schmerzhaften Zugeständnissen an ÄGY bereit sein sollte, um Jochen »Abdallah« Sawatzkys Auslieferung zu erreichen. Seine bedingungslose Identifikation mit den Zielen des islamistischen Terrorismus bei gleichzeitig hoher Reflexionsfähigkeit könnte den deutschen Strafverfolgungsbehörden wertvolle Erkenntnisse über die geistigen Grundlagen der islamistischen Bewegung liefern. Vielleicht wäre dieses Wissen auf Dauer ebenso bedeutend für die Anschlagsprävention wie konkrete Informationen über Organisationsstruktur, Treffpunkte, Pläne und Ziele der Extremisten in DEU.

Claus Cismar (Botschafter)

Morgen wird er mit dem Großsheikh sprechen. Und heute Mittag ist tatsächlich ein großer Karton Lübecker Marzipan eingetroffen. Zusammen mit der Verfassungsschutzakte/Sawatzky. Ein weiteres Gespräch mit ihm ist erst Samstag möglich.

Cismar schüttelt den Kopf. Er begreift es nicht. Im Kölner Bundesamt müssen haarsträubende Fehler passiert sein. Zehn Tage sind seit Sawatzkys Festnahme vergangen. Genauso lange hat es gedauert, bis jemandem aufgefallen ist, daß beim Verfassungsschutz eine Person gleichen Namens geführt wird. Über Monate erscheint er regelmäßig in Berichten über die Frankfurter Ibn-Taimiya-Moschee. Dort treffen sich arabische und nordafrikanische Studenten mit fundamentalistischem Hintergrund. Außerdem soll Sawatzky engen Kontakt zu einer jungen Frau ägyptischer Herkunft gehabt haben. Quelle ist ein Egypt-Air-Angestellter, der als Flight-Manager am Rhein-Main-Flughafen arbeitet. Das letzte Mal erwähnt er Sawatzky Anfang Februar: »Abdallah ist zu einem glühenden Verfechter des Dschihad geworden. Er fordert Opferbereitschaft bis zum äußersten, redet davon, selbst nach Ägypten zu gehen, um sich dem bewaffneten Kampf anzuschließen.« Es scheint, als hätte das niemanden gekümmert. Sawatzky wurde unter der Rubrik »arme Irre« abgehakt. Dann war er verschwunden, und keiner hat nachgeforscht. Unvorstellbar. Ebenso rätselhaft ist, daß der ägyptische Geheimdienst seine angebliche Kenntnis von Sawatzkys Aufenthalt in einem sudanesischen Camp nicht an den BND weitergeleitet hat. Cismar will nicht glauben, daß die Information absichtlich zurückgehalten wurde. Wem hätte das genützt? Die Haustür fällt ins Schloß und unterbricht Mutmaßungen, daß ein deutscher Terrorist, dem die Todesstrafe droht, für die ägyptische Regierung…

»Du bist schon zu Hause?« ruft Ines. Sie stellt Tüten ab, kommt ins Wohnzimmer, fällt in den zweiten Sessel, seufzt. Ihr Tag war anstrengend, was immer das bedeutet: Sie hat sich zu dieser oder jener Freundin fahren lassen, auf dem Rückweg unter Einsatz ihres Lebens ägyptische Süßigkeiten gekauft, verschleierte Frauen gezählt. Beim Friseur war sie jedenfalls nicht. Sie sitzt stumm da. Ihr Schweigen ist vorläufig. Es dient dazu, dem, was folgt, die nötige Dramatik zu verleihen. Cismar drückt seine Zigarette aus. Er fühlt sich leer, will etwas trinken. Irgend etwas Eisgekühltes mit Alkohol. Vor allem will er seine Ruhe. Schon deshalb wird er ihr nicht von seinem Termin beim Innenminister erzählen: »Haben wir Tonic im Kühlschrank?« »Nein.« Er steht auf, mischt sich Whisky mit Soda. Ines stimmt eine leise Klage über Hitze, Abgase, Verkehrsstaus an. Er soll merken, daß sie geschwächt ist. Anderthalb Stunden hat sie von Zamalek bis hierher gebraucht. Er nickt. Wenn sie nicht in einem Botschaftswagen gesessen hätte, wäre sie an zwei Straßensperren angehalten worden. Überall Militär, Kontrollen. Statt auf seine eigene Überbelastung hinzuweisen, sagt er: »Ich verstehe dich.« Das ist aber zu wenig. Ines gräbt ihr Gesicht in die Hände, zerwühlt ihr Haar, schaut wieder auf, der Blick verliert sich im Unsichtbaren. ›Bühnengesten‹, denkt er, ›sie hätte Schauspielerin werden sollen statt Theaterwissenschaftlerin.‹ – »Es muß sich etwas ändern. Ich schaffe das nicht. Ich bin mit den Nerven am Ende.« Cismar sieht an ihr vorbei auf den ausgeschalteten Fernseher. Im Bildschirm spiegeln sich die Bewegungen ihres Mundes, der ineinandergekrallten Finger. Jeden Abend tischt sie eine neue Lösung auf. Heute hat sie sich in den Kopf gesetzt, daß Dr. Friebe, sein Stellvertreter, fortan für die Angelegenheit Sawatzky zuständig sein wird. »Das ist nicht möglich, und du weißt es«, sagt er. – »Aber ich akzeptiere es nicht! Für diesen durchgeknallten Vollidioten ist nichts zuviel, nur für mich, für uns, gilt Dienst nach Vorschrift.« Sich zu verteidigen wäre sinnlos. »Sie werden dich auf ihre Todeslisten setzen. Und mich gleich mit.« Cismar zuckt mit den Achseln: »Ich bin nun mal der Repräsentant einer westlichen Regierung.« Ines holt Luft: »Soll ich dir sagen, was du bist? Du bist ein Egoist!« Er kann dieses Wort nicht mehr hören. Wenn es wieder fällt, wird er entsprechend reagieren. Was das konkret heißt, weiß er noch nicht. – ›Du bist ein hoffnungsloser Romantiker‹, hat Françoise neulich zu ihm gesagt. Das war – zumindest halb – als Kompliment gemeint. Er horcht dem Echo ihres weichen Akzents nach. Ines' Sermon wird Hintergrundrauschen, überhörbar. Er verzieht das Gesicht, der Whisky stößt ihm auf.

Es ist schwer zu erklären, warum einer in Gedanken plötzlich anderswo ist und die Frau, mit der er lebt, aus den Augen verliert. Vielleicht sind die Gedanken auch nur ein Vorwand. Jedenfalls läßt es sich nicht verheimlichen. Ein zäher Film überzieht die gemeinsamen Tage. Darunter schwelt Gereiztheit. Sie bricht sich in Wut ohne Anlaß Bahn. Die Hemmschwelle, zu verletzen, sinkt. Aus Streit wird Geschrei, bis einer den Raum verläßt. Irgendwann verläßt er nicht nur den Raum, sondern das Haus, im Wissen, daß es falsch ist. Der Fehler läßt sich nicht wiedergutmachen. Auf diese Art enden Lieben. Aber soweit sind sie noch nicht. Cismar tritt zu Ines, legt ihr die Hand auf den Arm. Sie weist ihn nicht ab: »Möchtest du einen Schluck Wein?« »Ja.« »Rot oder weiß?« »Weiß.« Der Geruch von erkaltetem Knoblauch, als er die Kühlschranktür öffnet. Aziza hat Auberginen gefüllt. Er schüttet Nüsse in eine Schale, stellt sie auf den Tisch, reicht ihr das Glas: »Es sind BGS-Beamte auf dem Gelände, rund um die Uhr. Und hinter dem Zaun steht ein Wagen der ägyptischen Polizei...« »Du hast mich nicht verstanden.« »Ich gebe mir Mühe.« »Das muß ich übersehen haben.« Er wird sich nicht zu einer Gemeinheit hinreißen lassen: »Sawatzky ist deutscher Staatsangehöriger. Ihm droht die Todesstrafe.« »Ist das meine Schuld?«

Im Garten verlieren die Schatten an Kontur. Palmen, Akazien werden zu Schemen. Die blaue Stunde ist grau und dauert nur zehn Minuten. Er hat Sodbrennen: »Schuld interessiert dabei nicht.« Ines' Lippen sind schmal geworden: »Ich interessiere offenbar auch nicht.« Er verdreht die Augen, steht auf, schaltet die Lampe ein. Durch das filigrane Ornament des Messingschirms werden geometrische Muster aus Licht an die Wände geworfen: Flechtwerk, in dem Sterne gefangen sind.

Ines begreift nicht, weshalb Sawatzky ihn nicht losläßt, weit über Dienstzeit und Amtspflicht hinaus. Warum er sich seine Phrasen anhört, statt zu schreien? Warum er mit dem Großsheikh reden muß, warum er seit neuestem trotz allen Widerwillens im Koran liest? Er hat ihr nichts von seinem Versuch erzählt, den Wortlaut des »Vaterunser« zu rekonstruieren. Nicht, weil er hätte beten wollen. Es war eher der Versuch, die Erinnerung an ein religiöses Gefühl zu finden. Daneben steigt wieder hoch, was damals, mit siebzehn, folgte, vor den Eltern verheimlicht: »Macht kaputt, was euch kaputtmacht.« Seit Tagen schwirrt der Satz durch seinen Kopf wie ein alter Schlager. – Ines würde nicht verstehen, daß er mit Françoise darüber reden kann, mit ihr aber nicht. Seine Fragen haben sie nie beunruhigt. Sie kennt den Riß nicht, der ihn spaltet, nur die Klammern, die ihn zusammenhalten.

Ines ist achteinhalb Jahre jünger. Sie hat Photos von ihm als Student gesehen. Damals trug er lange Haare, Koteletten, eine dunkle Brille, verwaschene Jeans. Sie hat die Stirn gerunzelt und sich über die modischen Irrtümer der frühen Siebziger ausgelassen. Auf die Idee, daß es dabei nicht um Oberflächengestaltung, sondern um den Ausdruck einer Haltung ging, wäre sie nie gekommen. Dabei legt Ines großen Wert auf die äußere Erscheinung, ihre eigene und die der anderen. Sie darf die Grenzen bürgerlichen Geschmacks streifen, aber nicht überschreiten. Kleidung und Accessoires sollten exklusiv, doch keinesfalls protzig wirken. Daß dahinter ebenfalls eine politische Aussage steckt, würde sie schlichtweg leugnen.

Nach den Studentenbildern stieß sie auf Photos von seinem Examensfest, März '75: Er hält ein Glas Sekt in der Hand, der dunkle Anzug ist tadellos geschnitten, die Krawatte deutet eine gewisse Extravaganz an. »Das sieht doch viel besser aus«, befand sie. Ihr überhebliches Lächeln ärgerte ihn. Er sagte nichts, schloß die Kiste und stellte sie zurück in den Schrank.

Wenige Monate vor diesem Examen, damals war er Referendar in einer Hamburger Anwaltssozietät gewesen, hatte er noch mit sich gerungen, ob er auf die Beerdigung von Holger Meins gehen sollte. Nach langem Hin und Her war seine Entscheidung negativ ausgefallen. Erstens, weil die Teilnahme Ärger in der Kanzlei bedeutet hätte, vor allem aber, um seine Bewerbung beim Auswärtigen Amt nicht zu gefährden. Unter einem fadenscheinigen Grund fuhr er am Vortag zu den Eltern aufs Land. Irgend etwas mußte dort immer geregelt werden. De facto war es eine Flucht. Er floh vor dem großen Kampf für die Revolution in den kalten Stellungskrieg Familie. Auch dort konnte er nicht gewinnen. Er bemitleidete und verachtete seine verhuschte Mutter, verabscheute und fürchtete seinen herrischen Vater, die ehemalige NSDAP-Lokalgröße Johannes Eberhard Baron von Cismar, der sich nie etwas hatte zuschulden kommen lassen. Der Abend endete katastrophal: Am liebsten hätte er seine Bierflasche in den Fernseher geworfen, als der Vater angesichts des Tagesschau-Berichts über den Trauerzug zu brüllen anfing: »Mörderbande! Ratten und Schmeißfliegen!«, die Faust auf den Tisch knallte, aufsprang, immer weiterschreiend: »Mit dem Spaten draufhauen! Zertreten sollte man das Ungeziefer!« Doch statt zu werfen, hatte Cismar, der Sohn, hastig ausgetrunken und war auf sein Zimmer gegangen unter dem Vorwand, er müsse arbeiten. Zurück in Hamburg, beantwortete er Fragen nach seiner Abwesenheit, noch ehe sie jemand gestellt hatte, mit dem komplizierten Vertragswerk, das die Stellung seines Bruders bei dessen Übernahme der Ländereien regele, die künftigen Befugnisse der Eltern festschreibe sowie seiner und seiner Schwester Erbansprüche Rechnung trage. Er schämte sich.

»Macht kaputt, was euch kaputtmacht!«: Es hatte Zeiten gegeben, in denen ihm die Verzweiflung derer, die sich für den Weg des Kampfes entschieden hatten, unausweichlich erschienen war. Ende der Sechziger zeigte der Staat sein wahres Gesicht, die Fratze des SS-Offiziers im Dienst des Kapitals: Notstandsgesetze, Volkszählung, Berufsverbote. Eine imperialistische US-Regierung ging mit Napalm gegen vietnamesische Reisbauern vor. Studenten, die dagegen protestierten, ließ man von hochgerüsteten Polizeieinheiten niederknüppeln. Jeder wußte, daß sich die überquellenden Regale in den Kaufhäusern des Westens dem Hunger der dritten Welt verdankten, aber wer es öffentlich aussprach, galt abwechselnd als Träumer oder als Feind der freiheitlich-demokratischen Grundordnung. Die Eltern ließen sich Wiederaufbau und Wirtschaftswunder nicht von ihren mißratenen Sprößlingen schlechtreden. Vorbeugend hatte die Regierung deshalb das Recht auf freie Meinungsäußerung von der Art der Meinung abhängig gemacht: Für die Springer-Presse galt es uneingeschränkt, auch Verleumdung und Hetze fielen darunter. Der Besuch des Mörder-Schahs und seiner Gazettenkaiserin geriet zu einer staatlich organisierten Kampagne zwecks Auflagensteigerung ihrer Volksverdummungsblätter. Die Argumente der Studenten und linken Vordenker ließen sich mit den pointierten Stellungnahmen der Wasserwerfer, der Logik des Schäferhunds unzweideutig widerlegen. Wer vor den sogenannten Sicherheitskräften davonlief, war ein flüchtiger Straftäter, wer stehenblieb, machte sich des Widerstands gegen die Staatsgewalt schuldig. Beides reichte für eine vorläufige Festnahme, ein paar Tage Untersuchungshaft. Aber so weit hatte Cismar es nie gebracht. Als er vom Tod Benno Ohnesorgs erfuhr, rührte er sich nicht.

Statt auf die Straße zu rennen, saß er auf dem Bett. Sein Zorn endete nicht im Aufruhr, sondern in Teilnahmslosigkeit. ›Man kann nichts tun‹, sagte er sich, ›aber wer nichts tut, tut auch das Falsche.‹ Oder: ›Man müßte schießen. Bloß auf wen?‹ Für Haß bis aufs Blut war er vielleicht nicht genug gedemütigt worden, auf jeden Fall aber zu sehr, um noch todesmutig zu sein. Das Fortschreiten der Eskalation verfolgte er aus sicherer Entfernung. Er schaute zu, wie aus Opfern Täter wurden, aus Tätern Opfer. Unnachgiebige Härte und unerbittlicher Widerstand schaukelten sich wechselseitig hoch. Ursache und Folge ließen sich kaum mehr unterscheiden. Allmählich dämmerte ihm, daß die Stabilität des Systems auf der Ersetzbarkeit seiner Repräsentanten basierte. Man konnte Einzelpersonen töten, gegen Strukturen halfen auch Bomben nicht. Was blieb, war ›der lange Marsch durch die Institutionen‹. Er sprach ›von der Unmöglichkeit, gerecht zu sein und gerecht zu handeln‹ und akzeptierte die Notwendigkeit, selbst Teil der Struktur zu werden, um sie von innen heraus umbauen zu können: weg von der Wahrheit, hin zur Machbarkeit. Die Entscheidung war ein Opfer. Sie bedeutete den Abschied von Helden und Taten, die mit ihrer Entschlossenheit und Kraft alles zum Guten wenden konnten. Statt dessen wurde er Teil des Systems. Mit den Jahren ist er bis in dessen Kern vorgedrungen. Er hat Anteil an diesem und jenem Entscheidungsprozeß im Rahmen der Maßgaben. Die Maßgaben orientieren sich an Sachzwängen, hier und da gibt es Ermessensspielraum. Von heute aus erscheint ihm sein Glaube an die Veränderung der Gesellschaft in kleinen Schritten als ebenso naiv und größenwahnsinnig wie der Traum von ihrer Zerstörung durch Terror. Der Hauptzweck der bestehenden Ordnung ist Selbsterhaltung. Sie hat beide

Gruppen diesem Ziel unterworfen und ihre Programme angepaßt, Sequenz für Sequenz. Die Marschierer wurden eingebunden. Inzwischen funktionieren sie reibungslos. In ihrer Freizeit träumen sie manchmal von früher, immer öfter vom Ruhestand. Letzten Winter hat er auf einem Ministerempfang in Bonn seinen ehemaligen Kommilitonen Gerd Bröker getroffen. Gerd leitet jetzt eine Immobilien-Gesellschaft und erklärte ihm allen Ernstes, er fahre Porsche, weil Porsche nachweislich die strengsten Maßstäbe in puncto Umweltschutz anlege. Außerdem seien die Produktionsbedingungen dort, vergleiche man sie mit denen der Konkurrenz, am weitesten von entfremdeter Arbeit entfernt.

Die RAF-Kader, soweit sie noch am Leben sind, geben inzwischen Interviews über ihre historische Rolle, während die DDR-Asylanten unter ihnen sich verwundert die Augen reiben und nachsitzen müssen. Der spärliche Rest hat kürzlich einen Waffenstillstand erklärt.

Ines blättert in zerlesenen Zeitschriften aus der Botschaftsbibliothek: »Hast du überhaupt mitbekommen, daß dein Lieblingsdichter den Büchner-Preis gekriegt hat?« »Wurde auch Zeit.« »Klingt nicht begeistert.« »Doch.« – Ihm ist übel: »Sind noch Magen-Tabletten da?« »Vielleicht im Bad.« Er steht auf, die Hand auf dem Bauch. ›Eh sie dich einvernehmen, eh/ du im Strudel bist und schon im Solde,/ wartend, daß die Kotze sich vergolde...‹ Er winkt durchs Fenster den Grenzschützern zu. Es ist lächerlich. Er lacht aber nicht, sondern geht in den Flur, steigt langsam die Treppe hinauf.

Oben riecht es schon auf dem Korridor nach Parfüm und Seife. Im Bad sind die teuersten Kosmetika aufgereiht, Lippenstifte für vierzig Mark das Stück. Auf Ines' Drängen hin benutzt er jetzt auch eine Anti-Faltencreme für die Augen-partie. ›Es ist immer noch besser, ein Warenhaus anzuzünden, als ein Warenhaus zu betreiben.‹ Neben Pflegeserien, Schminkutensilien, stapeln sich Tabletten gegen Durchfall, Kopfschmerzen, Menstruationsbeschwerden, Salben gegen Insektenstiche, Verstauchungen. Für den Magen findet er nichts. Er streicht über Ines' seidenen Kimono, bekommt Gänsehaut.

Es ist der kleine Seelenverkauf gewesen, das Abtreten der eigenen Ansprüche in Raten. Kein faustisches Drama mit zerwühltem Haar, irrem Blick. Anstelle des zittrigen Namenszugs in Eigenblut auf Pergament sein Kugelschreiberkürzel unter Computerausdrucke verschiedener Standardverträge. Grenzenlose Lust oder Macht wurde darin nicht versprochen. Statt dessen wurden geordnete Verhältnisse, regelmäßiges Einkommen in Aussicht gestellt, auf Wunsch auch eine Partnerin der gehobenen Kategorie. Ausdrücklich im Preis inbegriffen ist ein umfangreiches Unterhaltungsangebot, das eventuell auftretende Mangelerscheinungen zuverlässig und dauerhaft behebt. –

Ines ist eine intelligente und schöne Frau. Die meisten empfinden sie als angenehme Person. In letzter Zeit meint er allerdings, Züge von Bitterkeit um ihren Mund herum zu entdecken, allen Lotionen zum Trotz: Worüber? Ines hat sich von keinem Ideal verabschieden müssen. Was sie mit zwanzig gedacht hat, läßt sich bis heute vertreten, es klingt weder peinlich noch gestrig. Wenn Ines von »Grenzüberschreitung« oder »Radikalität« spricht, meint sie Kunst, insbesondere das Theater. Ines mußte die Grundsätze ihrer bürgerlichen Herkunft nie ernsthaft in Zweifel ziehen. Dabei hätte sie alle Freiheit dazu gehabt. Die alten Denkverbote waren aufgehoben, die neuen noch nicht aufgestellt.

Ines sah schon damals keine Notwendigkeit, die Gesellschaft zu verändern: »Nenn mir eine Utopie, die nicht in einem Blutbad geendet ist«, sagt sie. Während ihres Studiums normalisierte sich der Universitätsbetrieb. Niemand hat sie gezwungen, Flugblätter zu verteilen oder Hörsäle zu besetzen. Sie konnte sich guten Gewissens mit Referaten und Seminararbeiten beschäftigen. Die Weltrevolution war verschoben. Mit wenigen Ausnahmen verlegten sich ihre Propagandisten auf die Lösung von Detailproblemen: Kindererziehung, Atomenergie, ökologische Landwirtschaft, Abrüstung. Sie flohen in den verhaßten Individualismus, unterzogen die neu entwickelten Formen der Liebe ersten Praxistests. Andere meditierten mit indischen Gurus, schluckten bewußtseinserweiternde Drogen, bis vom Bewußtsein nichts mehr übrig war. Es hätten ruhige Jahre werden können, wenn die wenigen Unbeirrbaren nicht entschlossen gewesen wären, mittels Bomben, Entführungen, Überfällen den Feierabendfrieden zu stören. Ihr Terror fraß sich ins Land wie ein Krebs. Während ein paar Sympathisanten klammheimliche Freude über die Morde empfanden, waren die vielbeschworenen Volksmassen erleichtert, als sie vom Selbstmord Ulrike Meinhofs, später Baaders, Ensslins und Raspes erfuhren. Die Brutalität der zweiten und dritten RAF-Generation bei offenkundiger Sinnlosigkeit ihrer Aktionen entschied die Gewaltfrage am Ende mit »Nein«, ohne daß die Diskussion wirklich zum Abschluß geführt worden wäre.

Cismar steht ratlos in der Wohnzimmertür, zündet sich eine Zigarette an, schaut auf die Uhr, es ist zehn nach acht. Ines hat den Fernseher eingeschaltet: Gestern ist Bill Clinton an einem geheimgehaltenen Ort mit Salman Rushdie zusammengetroffen. »Es sind keine Magen-Tabletten mehr

da.« »Rauch halt weniger.« »Was hat das damit zu tun?«
»Seit du dich mit diesem Sawatzky rumschlägst, rauchst
du doppelt soviel.« »Unsinn.« »Mindestens zwei Packun-
gen am Tag.« Sie sieht ihn an mit einer Mischung aus Unverständnis und Zorn. »Ich gehe zur Apotheke.« »Allein?«
»Natürlich allein.« Sie wendet sich ab. Dafür ist er nicht
zuständig: »Brauchst du etwas? Soll ich dir etwas mitbringen?« »Danke.«

Draußen ist es warm. Scheinwerfer tauchen den Garten
in gelbes Licht. Wolken aus Mücken und Faltern. »Guten
Abend, Herr Botschafter. Noch mal raus?« »...die Beine
vertreten.« Polizeihauptmeister Maier trägt sein Maschinengewehr so lässig wie andere ihren Tennisschläger. Im
nächsten Moment wird er anfangen zu erzählen. Seine
Wachleute langweilen sich, aber Cismar will jetzt weder
reden noch zuhören: »Schönen Abend noch.« Schlagartige
Erleichterung, als sich das hohe Eisentor hinter ihm
schließt. Die Illusion von Freiheit. Auf der Sharia az-Zuhra
schmeckt die Luft nicht nach Angst. Cismar staunt jedesmal, wie ruhig die Straße ist, wenn er nach Einbruch der
Dunkelheit das Gelände verläßt. Als schlenderte man gegen Mitternacht durch eine westdeutsche Kleinstadt. Er
kann gehen, wohin er will, solange er will. In die Apotheke,
ins Café oder in den halblegalen Night-Club mit der Pail-
letten-Fassade, wo die reichen Golfaraber ihren Whisky
flaschenweise ordern, später auch die Mädchen, die ihn ser-
vieren. Davon würde er als Botschafter dringend abra-
ten. Er steigt über aufgeplatzte Müllsäcke, Kartons, einen
zersägten Baumstamm. Die Katzen beachten ihn nicht.
Walid, der Gehilfe des Büglers, arbeitet noch, besprüht ein
Hemd durch die Zähne mit staubfeinem Wasser: »Masa al
chair, ya sayyidi Claus.« Walid ist fünfzehn und ernährt die

Hälfte seiner Familie. Auf dem Stuhl neben dem Schuppen liegt ein Plakat der Kaaba mit zerfetztem Rand. Cismar überlegt, warum so nachlässig damit umgegangen wurde, zuckt zusammen, als sich vor ihm im Schatten der Platane etwas bewegt, blickt in die halbgeöffneten Augen eines pechschwarzen Hundes. Wenige Schritte davon entfernt hockt eine alterslose Frau auf dem Boden. Sie hat verschiedene Sorten Fladenbrot vor sich ausgebreitet. Cismar kauft eins mit Sesam, ißt im Gehen. Es wird merklich lauter. Er biegt in die erleuchtete Sharia al-Haram. Die Autos fahren dicht an dicht, wechseln wahllos die Spur. Der Verkehr fließt. In guten Jahren bewegt sich oft nichts wegen der Unmengen Reisebusse. Hier würde kein Tourist aussteigen. Cismar sieht von fern die Leuchtreklamen des Einkaufszentrums, gebaut nach dem Vorbild amerikanischer Malls, aber billiger und ohne Sicherheitsdienst. Eine Bombe würde nur Einheimische treffen. Clans mit prallgefüllten Tüten kommen ihm entgegen, vier junge Mädchen halten sich ihre neuen Shirts vor die Brust, lachen ihn an, reden durcheinander: »Hello Mister!« »Where are you from? Welcome to Kairo! Welcome to Egypt! How do you like Egypt? Have you seen the pyramids?« Er beantwortet alle Fragen. Sie waren noch nie in Deutschland: »Berlin«, »The wall«, »Adolf Hitler«. Das ist nicht böse gemeint: »Here is a boring place. Why don't you go to Nile-Hilton or Sheraton-Hotel, there you will have fun.« Sie möchten, daß er es schön hat. Ihnen fehlt das Geld, sonst würden sie ihn begleiten. Was sie statt dessen besitzen, kann keiner bezahlen, aber sie geben ihm gern und umsonst davon. Er ist dankbar. »Have a nice time. Salamu aleikum.« Noch Minuten später lächelt er. So einfach kann alles sein. Er stellt sich einen Ägypter seines Alters auf dem Hansaring in Köln vor.

Beim Einkaufszentrum herrscht Gedränge. Die Läden schließen spät. Es gibt auch eine Post. Er hat Lust, jemandem eine Karte zu schreiben – Françoise. ›Eben wurde die Nacht hell, und ich mußte an dich denken.‹ Solche Aktionen waren mit siebzehn schon sinnlos. Man hätte das Mädchen auf dem Schulhof getroffen, ehe die Nachricht in ihrem Briefkasten gewesen wäre, und man hätte sie ebensogut anrufen können. Da sind Telephonzellen. Was, wenn er sich jetzt mit Françoise verabreden würde? Ines wäre ärgerlich, das ist sie ohnehin – Verdacht schöpfen würde sie nicht. Es kommt vor, daß er ausgeht, um etwas zu besorgen, und Stunden fortbleibt, weil jemand, den er nach dem Weg gefragt hat, ihn zu sich nach Hause einlädt, weil er an einem verzauberten Ort gelandet ist, der zum Bleiben zwingt. Ihre Nummer steckt im Portemonnaie, in den Hosentaschen ist Kleingeld. Ägyptische Telephonzellen sind nicht komplizierter als englische. Er zögert. Françoise betrachtet die Verhältnisse zwischen Männern und Frauen unverkrampft. Sie lebt nicht in einer festen Beziehung. Er spielt mit Piastern. Vermutlich hat sie keine Zeit. Ein Fünfundzwanziger reicht. Welchen Sinn hat das Loch in der Mitte der Münze? Er hört nicht, wie sie einrastet, aber das Freizeichen. Françoise ist zu Hause. Er sagt einfach: »Ich würde dich gerne sehen.« Die Leitung knackt. »Kannst du lauter sprechen?« »Ich würde dich gerne sehen!« »Ja? Schön. Wo bist du?« »Auf der Haram, beim Nagia-Center.« »Irgendwo in der Gegend soll heute ein Moulid sein.« Er war noch nie auf einem Moulid: »Warum nicht. Wie lange brauchst du?« »Eine halbe Stunde.« »Ich warte beim Postschalter.«

Er ist weder nervös, noch leidet er unter Gewissensbissen. In Kairo hat er Françoise bis jetzt nur zu offiziellen und halboffiziellen Anlässen getroffen. Ihre nächtlichen Telephongespräche hätten Ines eher verstört als die Art, wie sie auf Empfängen miteinander umgehen. Er sollte Ines anrufen, um ihr zu sagen, daß er noch einmal ins Büro muß, um etwas nachzuschlagen für sein Gespräch mit dem Großsheikh morgen. Dann sorgt sie sich nicht. Er hat noch Lochgeld genug: »Mir ist eingefallen, daß ich vergessen habe... Es ist wirklich sehr wichtig.« Der Lärm vereinfacht das Gespräch, indem er es unmöglich macht. »Wenn es unbedingt sein muß«, antwortet Ines. »Bis später.« Fast hätte er die Magentabletten vergessen. Wenn er schon zur Apotheke geht, kann er auch Suspension kaufen, die wirkt schneller. Er drückt sich ein Tütchen weißen Brei in den Mund. Anschließend schaut er die Auslagen der Boutiquen und Schuhgeschäfte an. Es gibt nichts, was er kaufen will, aber er sieht anderen gern dabei zu. Nach zwanzig Minuten stellt er sich an die Straße, starrt in die vorbeifahrenden Taxen. Sie fahren zu schnell, um Insassen zu erkennen.

Françoise steigt aus einem klapprigen Fiat, feilscht mit dem Fahrer, bis er einen vernünftigen Preis nennt. Sie trägt Kopftuch, ein langärmliges Hemd, weite Hosen, streckt ihm die Hand entgegen, verzichtet auf die üblichen Wangenküsse. Er sagt: »Eine französische Altachtundsechzigerin mit hijab. Interessant.« »Das ›Alt-‹ hättest du weglassen können.« »Wie trägt sich das so?« »Praktisch. Keiner behandelt mich wie eine Touristin. Jedenfalls, solange ich den Mund halte.« »Ines würde das nie tun.« »Willst du mit mir über deine Frau sprechen?« »Lieber nicht.« »So schlimm?« Er räuspert sich nur. Sie sagt: »Wir müssen ein Stück laufen.« Wenn Françoise von ›einem Stück‹ spricht, kann man mit einer halben Stunde rechnen. Das macht nichts. Er ist froh, mit ihr durch Kairo zu gehen, er ist froh, daß sie da ist. Es wird keine Berührungen geben, außer den zufälligen und den unvermeidlichen im Gewühl. Andernorts wären sie möglich, das spürt er, es steht in ihrem Blick. Den Zufall steuern, um eine Nuance ausdehnen, das Bewußtsein im Handrücken zusammenziehen, wenn er ihre Finger streift. Ein Spiel. Bevor es beginnt, müssen sie die Straße überqueren. Françoise beherrscht den Verkehr souverän, schaut ihm von der anderen Seite her zu, amüsiert sich: »Geh einfach, als sähest du die Autos nicht!« ruft sie. Soweit die Theorie. Er kommt unverletzt durch: »Hör auf zu lachen!« Sein gekränkter Ton ist nicht ernstgemeint. »Ich glaube nicht, daß du es in diesem Leben noch lernen wirst.« Er zieht ein mitleidheischendes Gesicht: »Vermutlich nicht.« Sie fragt: »Warum hast du mich angerufen?« An ihre Direktheit muß er sich erst wieder gewöhnen. Er rätselt, ob sie ihrem Naturell entspringt oder Kalkül: »Ich weiß nicht. Mir war danach.« Er bietet ihr eine Zigarette an, gibt ihr Feuer. Sie legt ihre Hände um seine, damit die Flamme nicht erlischt, dabei weht gar kein Wind. Eine Weile gehen sie schweigend. Reste von Unsicherheit fallen in sich zusammen. Die Vergangenheit steht gut da. Fragen nach der Zukunft stellen sich nicht. Kein Passant spricht sie an. Niemand bezweifelt, daß sie hierhergehören. Jeder sieht, daß sie das Recht auf vertrauten Umgang haben. Es gibt keinen Grund, sie willkommen zu heißen oder zur Hölle zu wünschen. Beide haben sie braune Augen. Françoise' blondes Haar ist verhüllt, sein eigenes drahtig, grauschwarz, es könnte einem Araber gehören, der Schnäuzer ebenfalls. Ein ägyptisches Ehepaar auf dem Weg zu einer Einladung. Er fragt: »Warum falle ich als Ausländer auf, wenn ich allein herumlaufe?« »Vielleicht benimmst du dich anders.« »Schlimm?« »Für mich nicht. Wir müssen hier links.«

Die Straße ist schmal, kaum beleuchtet, keine Geschäfte. Der Weg scheint endlos und ins Dunkel zu münden. »Ich glaube, ich weiß, warum du mich angerufen hast.« »Warum?« »Du wolltest etwas Verbotenes tun.« »Inwiefern?« »Der verheiratete Botschafter Claus Cismar trifft sich heimlich mit seiner... – Genau: Was bin ich?« Er überlegt, schaut zum Himmel. Was in den Sternen steht, ist nicht lesbar: »Wohltuend anwesend.« – »Ausgezeichnet: Der verheiratete Botschafter der Bundesrepublik Deutschland in Ägypten, Claus Cismar, trifft sich heimlich mit einer wohltuend anwesenden Frau.« Sie zögert einen Moment, lacht: »Eigentlich ist das nicht verboten. Bis auf die Heimlichkeit.« »Woher willst du wissen, daß ich Ines nichts...« Sie zieht mit dem Zeigefinger das untere Lid ihres rechten Auges herunter. »Im Grunde sind wir ja auch dienstlich unterwegs. Wir verschaffen uns einen Eindruck lokaler Sitten und Gebräuche. Das ist sehr wichtig für unsere Arbeit. Ohne detaillierte Kenntnis soziokultureller Eigenheiten...« »Soll ich ›Exzellenz‹ zu dir sagen?« »Danke. Es geht mir schon besser.«

Die Häuser sind niedrig, zwei, drei Stockwerke, haben geschlossene Blenden vor den Fenstern. Lediglich durch Ritzen dringen schmale Streifen Licht: das Kunstblau der Fernseher, wie überall auf der Welt. »Was macht dein Terrorist?« Cismar fragt zurück: »Meiner?« Das war Sawatzkys Reaktion, als er sich ihm vorstellen wollte. »Wessen sonst?« Er erzählt ihr von der Verfassungsschutzakte, den wertvollen Informationen, die sie enthält, daß er sie gezielt einsetzen wird, um ihm den Boden unter den Füßen wegzuziehen, damit er auspackt: »Ich sehe ihn Samstag wieder.«»Hast du bei Alfi etwas erreicht?«»Nicht wirklich bis jetzt. Aber ich glaube, man kann etwas machen. Vorausgesetzt, unser Angebot stimmt.«»Dir ist klar, daß Alfi den Job gekriegt hat, weil er für bedingungslose Härte steht? Schon bevor er knapp am Jenseits vorbeigesegelt ist.«»Mubarak braucht dringend Geld. Bist du in letzter Zeit bei den Pyramiden gewesen?«»Kein Mensch da, oder?«»Lange geht das nicht mehr.«»Bonn wird für deinen Spinner nicht gleich den ägyptischen Staatshaushalt sanieren.«»Ich bin mir eben nicht sicher, ob er ein Spinner ist.«

Zusehends füllt sich die Straße. Die Autos fahren trotz Hupe Schritt. Hinter den Dächern wölbt sich eine Lichtkuppel, darunter breitet sich das Klangmuster einer Menschenmenge aus, durchwirkt mit Bruchstücken von Musik. Allmählich werden Rhythmen deutlich, die verstärkte Stimme des Sängers. »Sie feiern den Geburtstag eines Sufi-Sheikhs. Laß uns rechts gehen. Alle gehen rechts.«

Der Platz ist eine rechteckige Brache, ein riesiges Freigelände inmitten der Stadt. Die vordere Hälfte liegt im Halbdunkel. Esel sind angepflockt, stehen still zwischen Büschen und Abfall, die Köpfe gesenkt. Im hinteren Teil wächst nichts, glatt gestampfte Erde, von der Trockenheit rissig. Den Rest des Jahres wird dort einer der ständigen Märkte für alles abgehalten. Die Gebäude ringsum stammen vom Beginn des Jahrhunderts. Eine ehemals bürgerliche Gegend, jetzt in Auflösung. Weiter vorn ist die Bühne aufgebaut, überspannt von einem weißen Zeltdach, auf das Mineralwasserreklame gedruckt ist: »Baraka« – Segen. Antike Strahler, die durch röhrende Generatoren am Laufen gehalten werden, werfen flackerndes Licht. Das Riesenrad steht als Scherenschnitt vor dem Himmel. Auf dem Kettenkarussell kreischen Kinder, lecken Zuckerwatte, kauen

Bonbonstangen. Alle sind festlich gekleidet. Die Mädchen tragen straßbesetzte Reife im Haar. Das ist Françoise' Schulter an seiner, er spürt ihre Wärme. Sie schieben sich durchs Gedränge in Richtung der Bühne, sorgsam bedacht, einander nicht zu verlieren. Auch für Verheiratete ziemt es sich nicht, Hand in Hand zu gehen. Die klebrige Lasur eines kandierten Apfels beschmiert seine Hose. Der Junge unter ihm schaut nicht auf, kein Wort der Entschuldigung, wozu auch? Seine Schwester zerrt ihn weiter zu den Ständen mit Glasperlenketten, Broschen, Haarklämmerchen, durch Wolken schweren Parfüms, ausgebackener Süßigkeiten. Der Duft gerösteter Mandeln mischt sich mit Gewürzen, Knoblauch, Hammel. Die Magensuspension wirkt. Cismar wird es nicht übel. Eigentlich haßt er Menschenansammlungen. Von dieser geht keine Bedrohung aus. Er fürchtet nicht einmal um sein Portemonnaie, obwohl es ungeschützt in der Gesäßtasche steckt. Der Lärm ist nicht laut, fügt sich in die unendlichen Melodien der Oud, der Rohrflöte, unterwirft sich den Tablas. ›Wer der Trommel lauscht, hört die Stille.‹ Endlich sieht er den Sänger. Er hat die Augen geschlossen, trägt einen weißen Turban, ein weites braunes Gewand. Das rhythmische Vor und Zurück seines Oberkörpers erzeugt Wellen, die gegen den Solarplexus stoßen. »Gefällt es dir?« flüstert Françoise. Er spürt ihren Atem im Ohr, zieht sie kurz an sich: »So war Jahrmarkt in meiner Kindheit. Aber auch völlig anders.« Schon damals trugen nur noch uralte Frauen Kopftuch. »Die Islamisten hassen das hier: Heiligenverehrung, Volksfrömmigkeit, Musik.« »Was singt er?« »Von Trennung und Vereinigung. Herz, Verlangen, Wein. Schwer zu verstehen. Jedenfalls ist er echt. Keine Folklore.« Cismar sieht Bilder vom Rummel in Grömitz, er hat den Geschmack von Popcorn im Mund. Die Enttäuschung, wenn alle Lose Nieten waren, das Glück der ersten selbstgeschossenen Rose. – Von der Angst, daß jeden Moment ein Sprengsatz explodieren, ein bewaffnetes Kommando den Platz stürmen könnte, spürt man nichts. Er versucht, sich die Stimmung auf einer deutschen Kirmes 1977 zurückzurufen. Da war er schon Anfang dreißig. Stand wirklich überall Polizei, oder hat sie sich aus anderen Zusammenhängen in die Erinnerung geschlichen?

Sie essen Shish kabab, trinken Zuckerrohrsaft, der schmeckt nach frischem Gras. Cismar bestellt und bezahlt. Françoise kennt mehr Wörter als er, dafür hat sein Arabisch fast keinen Akzent. Er fühlt sich wie ein Spion, der weiß, daß ganz in der Nähe eine wertvolle Information liegt, und sicher ist, daß er sie nicht finden wird. Der seltsame Gesang verändert die Geschwindigkeit der Zeit. Sie vergeht langsamer, schneller, gar nicht. Um sie herum gedehnte Seufzer, Schreie: »Allah, Allah, Allah…« Er ist allein, in einer Gegend, wo er noch nie war, aus der es nichts Verwertbares zu berichten gibt. Françoise steht neben ihm, Lichtjahre entfernt. Beides hat nichts zu bedeuten. Irgendwann spuckt die Menge sie wieder aus, zusammen. Sie stehen stumm und abwesend da, schauen einander an. Wer sich zuerst bewegt, hat verloren: Cismar. Sie gehen zögernd in Richtung der Straße. Wer zuerst spricht, auch: Françoise: »Wir können zusammen ein Taxi nehmen.« Seine Ausweich-Residenz liegt auf halber Strecke zu ihr.

Der Wagen ist eng und schmutzig. Ihre Oberschenkel berühren sich, obwohl es vermeidbar wäre. Françoise faßt ihn am Arm, um etwas zu unterstreichen. Er greift ihren Ellbogen, ihr Knie. Ausschnitte ihres nackten Körpers überlagern die betont sittsame Kleidung. Françoise war so ungezwungen, ein Kind, das bei wilden Spielen laut schreit. Sie fragt nicht: »Sollen wir bei mir noch einen Kaffee nehmen?« Es wäre an ihm. Er könnte eine Hotelbar vorschlagen. Freie Zimmer gäbe es sicher. Ines würde schlafen, ehe er zurückkäme. Sie röche den fremden Schweiß auf seiner Haut noch im Traum. Kairo ist keine gute Stadt, um eine Affäre zu haben. Zumindest nicht für einen verheirateten Diplomaten, der keinen Gedanken an Scheidung verschwendet. Wenn sie zusammen ins Bett gingen, würde es die Nacht aus der Schwebe reißen, in eine Eindeutigkeit zerren, von der er nicht weiß, ob er sie will. Jetzt jedenfalls nicht. Sie benehmen sich wie Erwachsene, denen die Folgen ihrer Handlungen bewußt sind. Was sich beim nächsten Mal ergeben wird, wird sich ergeben. Vorher können sie telephonieren. Ausführlich, intim, ohne daß jemand davon erfährt. Er sieht sie an, sie ist einverstanden. »Danke«, sagt er, »es war schön.« Er streicht ihren Arm herunter, greift ihre kräftige, schlanke Hand, hält sie länger als nötig. Françoise entzieht sich nicht. Der Taxifahrer hält an der Ecke zur Sharia az-Zuhra. Zum Abschied bietet sie ihm die Lippen. Er küßt sie auf den Mund. Kurz. Schlägt die Tür zu, winkt dem Wagen nicht nach. Es ist kurz vor halb zwölf. Ihm bleiben fünf oder sieben Minuten zu Fuß, allein. Der Hund liegt noch da. Walid arbeitet nicht mehr. Die BGS-Beamten hatten Schichtwechsel: »Eine angenehme Nacht.« Im Schlafzimmer brennt das Licht, Ines ist wach. Als er eintritt, fragt sie, ohne von ihrem Buch aufzuschauen: »Warst du erfolgreich?« »Es hat ewig gedauert, bis ich die Stelle wiedergefunden hatte, und dann stand doch etwas anderes da.« »Worum ging es?« »Um das Verhältnis zwischen den Religionen.« »Du stinkst wahnsinnig nach Knoblauch.« »Ich habe ein Shawerma-Sandwich ge-

gessen.« »Dann geht es deinem Magen besser?« »Soweit.«
Ines glaubt ihm.

Im Bad, vor dem Spiegel, fragt er sich, ob gelassenes Lügen auch ein Zeichen des Erwachsenseins ist.

Er darf den Hochzeitstag nicht vergessen. Cismar sitzt am Schreibtisch, hält den Koran in der Hand, um das Erlogene nachzuholen, als Marjam Samadi klopft: »Nichts Gutes!« sagt sie und legt ihm ein Telex hin. Vor zwei Stunden ist in Heliopolis eine Autobombe explodiert, während die Wagenkolonne von Ministerpräsident Atef Sidki vorbeifuhr. Er war auf dem Weg zu einer Kabinettssitzung. Der Sprengsatz detonierte wenige Sekunden zu spät, so daß der Ministerpräsident unverletzt blieb. Eine vierzehnjährige Schülerin starb, weitere, die genaue Zahl ist noch unklar, wurden zum Teil schwer verwundet. Cismar holt Luft, schaut Frau Samadi an, flucht. Sie nickt: »Ich hasse diese Leute«, sagt sie, und: »Ich danke Gott für jeden, den sie aufhängen.« »Das scheint aber nichts zu fruchten.« Sie zögert, spricht weiter: »Ich weiß ja, daß Sie... Sie müssen diesen Sawatzky herausholen, weil er... Wenn es nach mir ginge, würden sie diese Tiere...« Er faucht: »Ich will das nicht hören.« Frau Samadi macht auf dem Absatz kehrt, schließt wortlos die Tür.

Unangenehme Stille. Cismar drückt sein Gesicht in die Hände, zwirbelt den Schnäuzer, starrt aus dem Fenster. Daß hinter den Scheiben Krieg herrscht, sieht man nicht, und wenn er es nicht wüßte, würde er auch nichts davon spüren. Vor ihm liegen das Telex und der aufgeschlagene Koran. Er schaut das Buch an, als wäre es eine Granate, deren Splint schon gezogen ist, möchte es in hohem Bogen aus dem Fenster werfen, ein Reflex, dem er nicht folgt. Er ist keine Privatperson, sondern der Stellvertreter eines Staates, im weiteren eines Kulturraums. Wenn irgend jemand sähe, daß ein Koran aus seinem Arbeitszimmer flöge, würde spätestens morgen der Mob das Botschaftsgelände stürmen, Fahnen verbrennen, Sprechchöre würden seinen Tod fordern. Der Außenminister wäre genötigt, ihn abzuziehen. Das möchte er auf keinen Fall. Er zwingt sich zurück zu klaren Gedanken: Was bedeutet das Attentat für die innenpolitische Situation Ägyptens? Inwieweit verändert es Sawatzkys Lage? Welche Reaktion wird von ihm als Botschafter erwartet, welche wäre darüber hinaus nützlich? – Auch wenn sie nicht unbedingt erforderlich ist, könnte eine kurze Solidaritätsadresse an das ägyptische Innenministerium dort gut aufgenommen werden: »Im Namen der Regierung der Bundesrepublik Deutschland bedauere ich zutiefst die Opfer des feigen und hinterhältigen Anschlags auf Ministerpräsident Sidki. Ich versichere Ihnen, daß wir auch künftig auf allen Ebenen Ihren Kampf gegen den Terrorismus unterstützen werden...« Er ruft Frau Samadi wieder herein. Sie ist immer noch eingeschnappt. Damit kann er sich jetzt nicht beschäftigen: »Schicken Sie das bitte umgehend an den Innenminister. Danke.« Sie hat die Klinke schon in der Hand, als sein Blick auf die Marzipankiste fällt. »Und noch was...«, sie dreht sich unwillig um, »...wenn Sie das bitte einpacken würden.«

Er fürchtet, daß der neuerliche Angriff auf ein hochrangiges Regierungsmitglied sein Gespräch mit dem Großsheikh beherrschen, daß für grundsätzliche Fragen kein Raum bleiben wird. Unabhängig davon ist ihm immer noch nicht klar, was er eigentlich dort will. Seine Kenntnisse über den Islam würden reichen, um ihn in Deutschland als Experten gelten zu lassen. Begriffen hat er von dem, was er weiß, fast nichts. Seine Ratlosigkeit beruht nicht auf mangelnder Information. Womöglich gibt es zwischen einer gläubigen und einer säkularen Weltanschauung keine Schnittmenge. Vielleicht stehen sogar scheinbar identische Wert- und Moralvorstellungen auf so unterschiedlichen Fundamenten, daß sie nichts miteinander gemein haben: Worauf kann sich ein Mensch, der den Ursprung jedes Windhauchs im Willen Gottes sieht, mit einem anderen verständigen, der allenfalls eine abstrakte Macht für denkbar hält, die von jenseits des Alls desinteressiert zuschaut, wenn überhaupt? Die Islamisten behaupten: auf nichts.

Die brennende Zigarette im Mundwinkel, blättert Cismar erneut im Koran, liest, was zufällig ins Auge springt: *»Gott gehört, was in den Himmeln und was auf Erden ist, und zu Gott werden die Dinge zurückgebracht.«* *»Wir werden Schrecken tragen in die Herzen derer, die nicht geglaubt haben, weil sie Gott Götzen zur Seite stellen, wozu er keine Ermächtigung sandte. Ihre Wohnstatt ist das Feuer; schlimm ist die Herberge der Frevler.«* *»Und wenn ihr für die Sache Gottes erschlagen werdet oder sterbt, wahrlich, die Vergebung Gottes und Barmherzigkeit ist besser, als was ihr zusammenscharrt.«* Es stößt ihn ab. Wer hat das Recht, so zu sprechen? Cismar kramt nach dem Zettel mit den Stellen, die Lüders ihm herausgesucht hat. Er ist im Durcheinander verschollen. Er braucht diese Passage über Christen und Muslime, meint, daß sie in der fünften Sure stand, nicht gleich am Anfang, mehr zur Mitte hin, schlägt die Seiten vor und zurück, stößt auf: *»die Thora«*, auf: *»Wir ließen Jesus, den Sohn der Maria, ihren Spuren folgen …«*, auf *»das Volk des Evangeliums«*, im achtundvierzigsten Vers steht: *»Einem jeden von euch haben wir eine klare Sat-*

zung und einen deutlichen Weg vorgeschrieben. Und hätte Gott es gewollt, Er hätte euch alle zu einer einzigen Gemeinde gemacht, doch Er will euch prüfen durch das, was Er euch gab. Wetteifert darum miteinander im Guten, zu Gott ist euer aller Heimkehr; dann wird Er euch aufklären, worüber ihr uneins seid.« Cismar liest die Passage wieder und wieder. Weder im Juden- noch im Christentum findet sich Vergleichbares. Warum schreiben sie das nicht auf ihre Transparente? Warum zitieren die Imame und Sheikhs es nicht in jeder Predigt, jedem Interview? Achmed al-Basal schuldet ihm eine Erklärung dafür. Ihm und der ganzen westlichen Welt: Sie hätten den Schlüssel, doch statt die Tür zu öffnen, stellen sie sich breitbeinig davor und ballern herum.

Cismar macht sich keine Illusionen: Es wird nichts dabei herauskommen, weder Greifbares noch Ungreifbares. Die Antworten des Sheikhs werden lang sein und so viele Aspekte berücksichtigen, daß am Ende keiner mehr gilt, nicht anders, als wenn ein Kirchenoberhaupt Stellung nimmt.

»Frau Samadi, können Sie mir Kaffee bringen? Das wäre nett.«

Im Grunde hilft der Text auch nicht weiter. Er spricht ein Christentum an, das es gar nicht mehr gibt. Seine real existierenden Hohlformen haben nur noch historische und folkloristische Bedeutung. Jeder einzelne ist eigenverantwortlicher Gestalter seines Schicksals. Keine höhere Macht und keine religiöse Institution helfen ihm dabei, aber sie hindern ihn auch nicht mehr. »Aufklärung ist der Ausgang des Menschen aus der selbstverschuldeten Unmündigkeit.« Niemand im Westen will ernsthaft dahinter zurück.

Sein Dossier für das Auswärtige Amt über das Attentat

wartet. Außerdem muß er Projekte benennen, deren Unterstützung der ägyptischen Seite besonders am Herzen liegt und bei denen die Finanzierung unsicher ist. In welchen Bereichen besteht verstärktes Interesse an Technologie-Transfer, wo würden Hermes-Bürgschaften greifen? In welcher Größenordnung? –

Dr. Lüders klopft, erklärt ungefragt, daß er al-Basals Einfluß für vernachlässigenswert hält, sowohl im Hinblick auf die öffentliche Meinung als auch, was Regierungsentscheidungen anbelangt. Auf dem Weg zur Al-Azhar-Universität fragt Cismar Sha'ban: »Was halten Sie von Sheikh al-Basal?« Dr. Lüders verdreht die Augen. Sha'ban winkt mit großer Geste ab und wartet auf eine zweite Aufforderung: »Sagen Sie's mir, Ihre Einschätzung ist mir wichtig.« »Sie wissen eine Menge über Ägypten, Herr Botschafter, aber nicht genug. Entschuldigung.« »Dann helfen Sie mir.« »Dieser Mann ist nicht glaubwürdig. Ganz und gar nicht. Ein Karrierist und ein Opportunist. Mubarak persönlich hat ihn eingesetzt, und wenn Basal das Falsche sagt, wird er ihn auch wieder absetzen. Also redet Basal, was die Regierung hören will, und die Regierung will hören, was im Westen gut ankommt. Ich sage nicht, daß er kein Muslim ist, aber...« »Aber?« »Verstehen Sie: Viele in Ägypten möchten leben, wie der Koran es vorschreibt, nicht wie Mubarak es gerne hätte oder wie es dem Westen gefällt. Wir haben eine andere Kultur, eine sehr alte Kultur. Im Mittelalter wurden hier schon Gehirnoperationen durchgeführt, zum Beispiel. Da gab es in Europa nichts, Bauern und Schmutz...« Cismar hört, was er schon oft gehört hat, wirft »die Kathedralen« ein. In Sha'bans Welt existieren sie nicht. Cismars Gedanken schweifen ab, er stellt sich das tote Mädchen vor, die Verzweiflung der Eltern, sieht Françoise verschleiert, es stand ihr gut, Ines lesend im Bett, Ines ist ein wertvoller Mensch. Menschen lügen. Er hätte sich bei Frau Samadi für den Ton entschuldigen sollen. Sha'ban hat inzwischen einen Bogen zur Überlegenheit der arabischen Mathematik geschlagen. Cismar murmelt: »Das ist natürlich eine vereinfachte Sichtweise.« Es geht im Schwall unter. Er ist froh, als sie aussteigen.

Mit seiner riesigen, in geblümtem Papier eingepackten Kiste unterm Arm kommt Cismar sich albern vor, obwohl niemand sehen kann, was darin ist. Dr. Lüders kratzt sich im Nacken. Der Sekretär des Sheikhs erwartet sie bereits, führt sie durch den Innenhof in weitläufige Hallen, gibt Erläuterungen zu Funktion, Ornamentik, Architektur.

Achmed al-Basal empfängt sie freundlich, aber ohne Überschwang. Er ist Ende fünfzig, klein, schlank, mit sorgfältig gestutztem Vollbart. Sein Dienstzimmer strahlt Wärme aus, ein Ort der Gelehrsamkeit, beherrscht von Büchern, antiken Teppichen, Intarsienmöbeln. Die Art, wie er den Karton öffnet, zeugt von Überfeinerung. Er freut sich über das Marzipan und vergewissert sich, daß es ohne Alkohol ist. Ehe er selbst kostet, bietet er seinen Gästen und dem Sekretär davon an. Er kaut bedächtig, mit konzentriertem Blick, in dem hier und da Staunen über eine unbekannte Geschmacksnuance aufblitzt. Weil er ein vielseitig interessierter Mensch ist, erkundigt er sich nach dem Herstellungsverfahren, der Geschichte des Marzipans, vermutet spontan, daß es arabischen Ursprungs ist, wegen der für den Orient typischen Kombination aus Mandeln und Zucker. Die Theorie könnte von Sha'ban stammen. Cismar verteidigt – halb im Scherz – seine Heimat. Der Sekretär bringt Tee. Der Sheikh findet, daß Marzipan vorzüglich zum Tee paßt. Das Gespräch ist eine Lehrstunde in der Kunst diplomatischer Rede. Fragen und Antworten werden sorgfältig abgewogen, dem Gegenüber in differenzierter Unverbindlichkeit dargereicht. Höflichkeit, Respekt vor den Empfindlichkeiten des jeweils Anderen sind oberstes Gebot. Der Großsheikh verkörpert sein Amt mit Würde und Ernst. Cismar verhält sich, wie es von einem Botschafter erwartet wird. Reiz-Reaktionsmuster, die in Fleisch und Blut übergegangen sind. Kein Zweifel: Al-Basal ist Kollege, er leitet lediglich ein anderes Ressort: »Ja – aber; im Prinzip schon, wobei man bedenken muß; ich würde zustimmen, allerdings mit einer Einschränkung…« Dr. Lüders hört zu und schweigt. Im Wesentlichen sind alle einer Meinung. Sie hatten dieselbe schon vorher. Cismar erhält aus berufenem Mund die Bestätigung, daß er nicht falschliegt. Was er eigentlich hatte wissen wollen, ist zu schwierig, zu heikel für eine erste Begegnung dieser Art. Er müßte sich an die richtigen Formulierungen erst herantasten, stockend, in Halbsätzen, von denen er einige gleich wieder zurücknähme. Vielleicht fände sich der Punkt in den offenen Räumen dazwischen, aber er kann unmöglich sagen: ›Ich habe da eine Ahnung, so vage, daß ich sie mittels Versuch und Irrtum einkreisen müßte, im Grunde suche ich die Lösung für ein Problem, dessen Kern ich nicht kenne: Würden Sie mir dabei helfen.‹ Die Zeit vergeht ohne betretenes Schweigen. Man verabschiedet sich protokollgemäß: »Sollten Sie weitere Fragen haben, stehe ich Ihnen gern und jederzeit zur Verfügung«, versichert Achmed al-Basal. »Herzlichen Dank für Ihre Offenheit. Mir ist vieles klarer geworden«, antwortet Cismar. »Und das Marzipan schmeckt wirklich vorzüglich, eine Köstlichkeit.« »Aber ich bleibe dabei: In dieser Form wurde es von Lübecker Konditormeistern entwickelt.« Alle lachen.

Auf der Rückfahrt brütet er übellaunig auf unfertigen Gedanken. Außer Françoise fällt ihm niemand ein, mit dem er sie diskutieren könnte: ›Was, wenn Sawatzky recht hat, wenn der Tod gar nicht das Schreckliche ist, sondern unsere Angst davor? Wenn es nicht darauf ankommt, ob man lebt oder stirbt, sondern wie?‹ Ines würde ihm einen Vogel zeigen.

Cismar schläft kaum in dieser Nacht, wälzt sich durch Übelkeiten, die reißender Magenschmerz werden. Anstelle des Frühstücks nimmt er zwei Beutel Suspension, was Ines für falsch hält. Mittags zwingt er sich zu essen, Suppe, etwas Huhn. Schon der Gedanke an Gebratenes, an Fett treibt ihm Schweiß auf die Stirn. Am Abend trinkt er zu trockenem Brot zwei Gläser Rotwein. Rotwein hat noch immer geholfen, wenn Anspannung die Ursache der Beschwerden war. Kurz darauf krümmt er sich über der Kloschüssel. »Du hast eine Magenschleimhautentzündung, wenn nicht sogar ein Geschwür«, sagt Ines, »du solltest zum Arzt gehen.« »Unter Streß«, sagt er, bemüht, seine Stimme fest klingen zu lassen, »unter Streß reagiert jeder Organismus anders. Meine Schwachstelle ist der Bauch. Wenn ich da jedesmal zum Arzt rennen würde, käme ich sonst zu nichts.«

Die Sicherheitsvorkehrungen auf dem Weg zum al-Hurriya-Gefängnis sind weiter verstärkt worden. Zusätzliche Panzer, eine zweite Straßensperre vor dem eigentlichen Kontrollpunkt: Er darf passieren. Dr. Taufiq begrüßt ihn kühl, raunt: »Da werden noch eine Menge Leute hängen, das garantiere ich Ihnen.« Es klingt, als gäbe er Cismar eine Mitschuld am Anschlag auf den Ministerpräsidenten. Cismars Eingeweide rumoren, er friert, trotz circa fünfunddreißig Grad. Ihm liegt auf der Zunge zu sagen: »Da sitzt ein einziger Deutscher unter Tausenden Ihrer Landsleute, rücken Sie das bitte ins rechte Verhältnis«, hält sich aber zurück. Es hat auch keinen Sinn, auf den fortgesetzten Bruch internationaler Vereinbarungen durch das ägyptische Innenministerium hinzuweisen. Der Blick des Kommandeurs ist diesmal eindeutig: Haß.

Cismar erschrickt, als Sawatzky hereingeführt wird: Das Gesicht blau geschwollen, der Gang unsicher, seine Augen haften am Boden. Erst als sie allein sind, schaut er auf: »Sie sind lange nicht hier gewesen«, sagt er, sackt auf den Stuhl.

»Fünf Tage.«

»Ach so?« Es klingt ungläubig.

»Wie geht es Ihnen?«

»Es geht.« Er schließt die Augen, scheint Kräfte zu sammeln, die aufgebraucht sind. Cismar weiß nicht, ob er Mitleid empfinden soll oder Siegesgewißheit. Sawatzky wird einbrechen, davon ist er überzeugt. Sobald Ereignisse aus der Frankfurter Zeit auf den Tisch kommen, von denen Cismar eigentlich nichts wissen kann, wird er reden, spätestens, wenn der Name seiner Freundin fällt.

»Ihre Lage hat sich deutlich verschlechtert.«

»Das kann man so sehen.«

Cismar läßt die Schnappschlösser seines Koffers aufspringen, wartet, bis das Geräusch verhallt ist: »Wir haben wenig erreichen können, und durch den Anschlag auf Ministerpräsident Sidki am Mittwoch wird es nicht einfacher. Haben Sie davon gewußt?«

»Ist er tot?«

»Nein.«

»Schade.«

»Aber ein vierzehnjähriges Mädchen.«

»Was geht mich das an?« Das ist die Art Reaktion, auf die hin er am liebsten aufstehen und zuschlagen würde: »Ich frage Sie, ob Sie davon gewußt haben?«

»Die verschiedenen Operationen werden unabhängig voneinander geplant und durchgeführt.«

»Das ist keine Antwort.«

Mit den Achseln zu zucken, schmerzt ihn.

»Haben Sie Ihren bisherigen Aussagen in der Zwischenzeit etwas hinzugefügt, das ich wissen sollte?«

»Nein. Zumindest kann ich mich nicht erinnern.« Cismar drückt den Rücken durch, neigt sich nach vorn, bereit zum Sprung. Der Angriff muß kontrolliert erfolgen: »Ich möchte, daß Sie mir von Ihrer Zeit in der Ibn-Taimiya-Moschee erzählen. Von da aus gehen wir weiter nach Kairo, in den Sudan, nach Assyût und Luxor.« Er verfolgt die Wirkung: Sawatzky spannt die Wangenmuskeln, als wollte er sich selbst den Kiefer zerquetschen, sein Kehlkopf hebt und senkt sich: »Der Große Bruder war also da. Beziehungsweise einer seiner Stiefellecker. Man hätte es sich denken können. – Wer?«

»Das tut nichts zur Sache.«

»Wer?«

»Mir liegt nur die Zusammenfassung der Berichte vor.« – Diesmal lügt er schlecht. Sawatzky sieht es, sagt: »Wenn Sie etwas strafrechtlich Relevantes gegen uns in der Hand gehabt hätten, wäre eine Reaktion erfolgt. Ist aber nicht.« Er atmet schwer.

»Es wurden inzwischen Verfahren eingeleitet.«

»Verräter einzukaufen, ist die ekelhafteste Art, eine Auseinandersetzung zu führen. Blutgeld bezahlen, damit man sich selbst nicht die Finger schmutzig machen muß. – Glauben Sie mir: Ich hasse Verräter. Ich war selber einer.

Aber die, die andere zu Verrätern machen, die sind der Abschaum des Abschaums.«

»Sie meinen die Zeit, als Sie mit der Drogenfahndung zusammengearbeitet haben?« Sawatzky erwidert nichts. Cismar hält einen Moment inne, wechselt den Ton. Wer am Boden liegt, greift nach jeder Hand, die sich ausstreckt: »Erzählen Sie mir. Sie müssen keine Namen nennen. Mich interessiert Ihr Weg. Ich möchte Sie verstehen.«

Sawatzky hat die Augen geschlossen, fährt sich über den kahlgeschorenen Kopf, horcht, ob da eine Stimme ist, die ihm sagt, was er tun soll: »Würden Sie sich als Christen bezeichnen? Sind Sie Christ?« Cismar ist unsicher, ob Sawatzky die Frage aus Interesse oder als Falle stellt, muß sekundenschnell entscheiden, welche Antwort richtig sein könnte. Immer noch mit geschlossenen Augen fügt Sawatzky hinzu: »Die Leute hier glauben, daß Sie im Westen Christen sind. Sie können sich nicht vorstellen, daß Sie nichts sind.«

»Sonntag beginnt der Advent.«

Sawatzky lächelt: »Wissen Sie noch, was das Wichtigste im Christentum war, erinnern Sie sich?«

»Nächstenliebe«, sagt Cismar.

»›Du sollst den Herrn deinen Gott lieben mit deinem ganzen Herzen und deiner ganzen Seele und mit all deinen Gedanken. Das ist das größte und erste Gebot.‹ So steht es jedenfalls in der Bibel. Weil sie das vergessen haben, sind die Christen zu einem Verein für verbitterte alte Frauen unter der Führung schwuler Muttersöhnchen verkommen. Ohne Kraft.« Cismar merkt, daß ihm das Gespräch abermals zu entgleiten droht. Er wird das verhindern: »Zurück nach Frankfurt: In meinen Unterlagen heißt es, daß eine Gruppe um Karim Huwaidi, Mohammad Bashir und Sie sich zusehends konspirativ verhalten und von Kontakten zu ägyptischen Terrorgruppen gesprochen hat. Ich will wissen, wie diese Kontakte aussahen, wie sie zustande kamen.«

»›Noch ehe der Hahn kräht…‹«

Cismar hat faulig schmeckende Luft im Magen, die in Blasen hochsteigt. Er schluckt, läßt den Aktenstoß durch die Finger gleiten, schlägt auf, liest vor: »›Abdallah behauptet, daß er sich mehrfach mit einem Anwerber getroffen hat. Angeblich handelt es sich um einen Mann aus Alexandria, der in Afghanistan gekämpft hat, jetzt aber hauptsächlich in Bosnien-Herzegowina aktiv ist, und der den Doktor persönlich kennt. Er hat Hilfe zugesichert, sollten Abdallah und Karim sich entschließen, nach Ägypten zu gehen. Konkreten Nachfragen weicht Abdallah aus. Karim verweist auf die Bitte des Mannes um absolute Verschwiegenheit. Weiter zu insistieren, könnte sie mißtrauisch werden lassen. Ich glaube nicht, daß sie sich aufspielen wollen.‹ – Das stammt vom 11. Oktober vergangenen Jahres.«

»Hisham. Hisham muß das geschrieben haben.«

»Interessant ist auch dies hier, vom 4. August: ›Abdallah sagt, daß es den Muslimen angesichts der fortdauernden Besetzung der Heiligen Stätten durch die Ungläubigen zwingend vorgeschrieben sei, den Feind, d. h. vor allem Amerika, auch in Deutschland anzugreifen. Frankfurt sei die wichtigste Nachschubbasis für die gegnerischen Truppen.‹« An der Stelle überspringt Cismar einen Abschnitt, in dem der Informant beschreibt, wie Sawatzky ihn direkt auffordert, seinen Dienstausweis, zumindest aber seine Ortskenntnis für eine Operation zur Verfügung zu stellen: »Abdallah sagt, er kenne einen dieser Fluggastkontrolleure, der bei marokkanischen Freunden Arabischunterricht nehme, und wolle versuchen, von ihm nähere Informationen zu bekommen. Er zeigt sich überzeugt, daß man die Sicherheitsvorkehrungen am Flughafen überwinden könne. Neunzig Prozent der Putzfrauen und die Hälfte der Vorfeldarbeiter seien Türken. Der Bekannte rede gern viel, man müsse ihn nur aus der Reserve locken.‹ – Wie ich im weiteren sehe, haben Sie diesen Plan dann fallengelassen.«

»Oder Mustaffa. – Hisham oder Mustaffa.«

Cismar weiß, daß es unverantwortlich ist, aus den Berichten vorzulesen. Er gefährdet die Tarnung des Informanten, vielleicht dessen Leben. Der innere Kreis soll acht bis zehn Männer umfaßt haben, da ist die Auswahl nicht groß. Sie trafen sich an den unterschiedlichsten Orten, in wechselnden Zusammensetzungen. Manchmal kamen neue Studenten dazu, die sich im schmutzigen Frankfurt nicht zurechtfanden und froh waren, auf Leute zu stoßen, die die Glaubenstreue und Herzensreinheit ihrer verschleierten Mütter, gestrengen Väter hochhielten.

Es gelingt Sawatzky nicht, seine Enttäuschung zu verbergen.

Cismar versucht es erneut mit Verständnis: »Ich kann mir vorstellen, wie Ihnen zumute ist…«

»Das können Sie nicht!«

»Von seinen Freunden verraten worden zu sein, ist furchtbar.«

»Scheiße.«

»Eins weiß ich sicher: Wenn Sie sich niemandem anvertrauen, werden Sie das hier nicht durchhalten. Das Recht auf einen Anwalt wird Ihnen zur Zeit verwehrt. Es bleiben nicht viele außer mir.«

Sawatzky versucht, seine widerstreitenden Empfindungen so zu ordnen, daß sich daraus ein Schluß ziehen läßt. Seine Pupillen springen hektisch hin und her, gleiten über die Papiere, fixieren Cismar, prüfen dessen Haltung. Cismar gibt sich Mühe, entspannt zu wirken, als wäre ihm das eine so recht wie das andere.

»Was würde mit dem, was ich sage, passieren? Wenn ich etwas sage.«

»Ich behalte es für mich. Es sei denn, es könnte Ihnen helfen, und Sie erlauben mir ausdrücklich, davon Gebrauch zu machen.«

»Meine bisherigen Erfahrungen mit Staatsdienern waren nicht gut.«

Cismar hebt die Hände, läßt sich gegen die Rückenlehne fallen: »Das müssen Sie entscheiden.«

Sawatzkys Widerstand bröckelt. Cismar überlegt, Arua zu erwähnen, in einem Nebensatz, verschiebt es dann aber. Es könnte das Gegenteil dessen bewirken, was er erreichen will. Sawatzky schaut ihn direkt an: »Gut. Wir können reden. Über alles mögliche. Von mir aus über meine Geschichte. Sie ist schlecht. Ich habe lange im Irrtum gelebt. Über den Krieg. Über meine Aussichten, hier herauszukommen. Ich mache mir keine großen Hoffnungen, aber ich habe auch keine Angst. Vielleicht möchte ich weiterleben, vielleicht will ich lieber tot sein ...«

»Was mich zuallererst interessieren würde, ist: Wie sind Sie eigentlich dazu gekommen, sich mit dem Islam auseinanderzusetzen? Das liegt nicht gerade nahe.«

Sawatzky tastet mit den Fingerspitzen die geschwollene Backe ab, drückt von innen mit der Zunge, kneift die Augen zusammen. Auch wenn er sich weigert, über Folter zu sprechen: Bei der nächsten Begegnung wird Cismar den

Innenminister nachdrücklich auffordern, jegliche Gewalt gegen Sawatzky zu unterbinden.

»Ein Geschenk. Alhamdu Lillah. Eine Gnade – wenn Ihnen das Wort etwas sagt. Man kann das nicht erklären. Es geschieht. Vielleicht hat es sich lange vorbereitet, ohne daß ich es gemerkt habe. Im nachhinein denke ich, daß es so gewesen ist. Nur so fügt sich alles zusammen. Auch das, was vorher war. Die dunkle Zeit.« Er macht eine Pause, als schaute er in eine Kiste voll ungeordneter Bilder, unschlüssig, welche er zeigen soll: »Ich bin am Ende gewesen. Schlicht und einfach am Ende. Körperlich, geistig, seelisch. Drogen, Kriminalität. Stoff besorgen, dahindämmern. Ich sah aus wie ein Penner, stank wie ein Penner, meine Wohnung war eine Müllkippe. – Immerhin hatte ich noch eine Wohnung.« Cismar wundert sich, wie ruhig Sawatzky plötzlich spricht, als säße er in einer Moschee und unterhielte sich mit Gleichgesinnten. »…Wozu wollen Sie das überhaupt wissen?«

»Die wenigsten Drogenabhängigen beschäftigen sich mit dem Islam.«

»Leider.«

Er hatte keine Arbeit in Frankfurt, schlug sich mit Klein-Dealerei, Diebstählen, Einbrüchen durch.

»In einem islamischen Staat säßen Sie jetzt ohne Hände vor mir«, sagt Cismar.

»In einem islamischen Staat säße ich überhaupt nicht hier, weil ich nie in diese Leere gefallen wäre.«

Er hing herum, schoß sich mit Cocktails aus Haschisch, Alkohol und Pillen ab, schnupfte Amphetamine, Koks, Heroin, meist allein: »Polytoxikoman nennt man das«, sagt er und lacht. Es tut weh. Gespritzt hat er angeblich nie: »Ich wollte nur, daß es aufhört. Ausgelöscht sein. Wie wenn man den Fernseher abschaltet. Aber selbst das war zu kompliziert: den Fernseher abzuschalten. Ich lag auf dem Bett und glotzte Videoclips, Talk-Shows, Filme, bescheuertes Zeug. Misch 'arif. Keine Ahnung, was da die ganze Zeit lief. Hauptsache bunt. Nur an die Mudschahedin erinnere ich mich. Wenn etwas über die Mudschahedin kam, habe ich mich zusammengerissen. Vielleicht war da ein Rest Instinkt. Sie hatten diese Klarheit. – Und Afghanistan fand ich natürlich gut: Schwarzer Afghane war das Beste, was man kriegen konnte, rein wirkungstechnisch. Und Opium. In den Berichten wurden immer blühende Mohnfelder eingeblendet, wunderschön. Mit Opium vergißt du, was für ein mieses, kleines Verräterarschloch du bist, zumindest ein paar Züge lang…« Sawatzky schaut plötzlich auf, die Augen zusammengekniffen: »Wir werden den Spitzel finden. Und dann wird es ihm verdammt schlechtgehen.«

»Ich wußte nicht, daß Sie auch in Frankfurt für die Drogenfahndung gearbeitet haben.«

»Habe ich nicht.«

Cismar ist unbehaglich. Er beruhigt sich damit, daß er den Namen der Quelle selbst nicht kennt und daß es ohnehin nur zwei Möglichkeiten gibt: Entweder wird Sawatzky hier auf Nimmerwiedersehen verschwinden, oder er kommt vor ein deutsches Gericht. Die Anklage dort würde sich auch auf diese Informationen stützen. – Allerdings werden nicht alle, die hier derzeit einsitzen, zum Tod oder lebenslanger Haft verurteilt. Die Netzwerke funktionieren noch. Selbst aus Stammheim sind Informationen nach außen gelangt. Was, wenn es Sawatzky gelänge, einem Mithäftling, der in Kürze freikommt, die Namen »Hisham« und »Mustaffa« zuzuspielen, mit der Bitte, sie an die Frankfurter Gruppe weiterzuleiten?

»Waren Sie in Afghanistan?«

»Ich bin einigen Leuten begegnet, die dort gekämpft haben. Großen Leuten.«

»Sie wollen mir nicht ernsthaft erzählen, daß Sie wegen ein paar mittelalterlich aussehender Stammeskrieger im Fernsehen...«

»Ich habe jemanden getroffen. Irgendwann. Jemanden arabischer Herkunft, der auch diese Klarheit hatte. Vor einem billigen Pizza-Imbiß, wenn Sie es genau wissen wollen. Ich bin diesem Jemand gefolgt. Einfach so. Ich konnte nicht anders. Mir war egal, ob es ihm auffiel. Es ist ihm aufgefallen. Aber das habe ich erst später erfahren...«

»War es ein Mann oder eine Frau?«

»Ein sehr besonderer Mensch. Zumindest dachte ich das damals.« Er zögert: »Nein. – Das denke ich immer noch.«

Cismar vermutet, daß es sich um besagte Arua handelt: »Warum sagen Sie mir nicht, ob...«

»Weil Sie das nichts angeht und weil es keine Rolle spielt.«

Arua ist in Kairo geboren, aber in Frankfurt aufgewachsen. Der Informant erwähnt sie verschiedentlich, weist jedoch ausdrücklich darauf hin, daß sie nicht zur Gruppe gehörte. Wahrscheinlich waren Frauen ausgeschlossen. Krieg ist Männersache. Als Sawatzky sie kennenlernte, studierte sie im zweiten Semester Medizin.

»Wann ist das gewesen?«

»Lange her.«

Sawatzky folgte ihr in ein Café, wo sie sich mit Bekannten traf. Er setzte sich an den Nachbartisch, hörte, daß sie arabisch sprachen. Er verstand nichts außer Markennamen und »Michael Douglas«. Als gehäuft »Mohammed«, »Allah«, »al-Islam« fiel, wurde das Gespräch laut. Offenbar hatten sie Meinungsverschiedenheiten. Er hätte gerne gewußt, worüber sie stritten. Kurz darauf trennten sie sich, und Sawatzky hängte sich an, bis sie eine Haustür aufschloß und verschwand. – Er fügt »die Person« hinzu. – Kurz darauf wurde in einem der Fenster das Licht eingeschaltet. Er überquerte die Straße und schaute auf die Klingelanlage. Dort stand ein arabischer Name, den er sich merkte.

›Do you believe in a love on first sight? – Yes, I'm certain, but it happens all the time.‹ – Trotzdem hofft Cismar, daß Liebe am Anfang stand. Liebenden sieht man viel nach.

Drei Tage später, drei Tage, in denen er an nichts anderes denken konnte, beschloß Sawatzky, sein Leben zu ändern. In seinem damaligen Zustand brauchte er gar nicht erst zu versuchen, mit ihr, »der Person«, in Kontakt zu treten. Er verbot sich alle Drogen bis auf Haschisch. Er duschte, rasierte sich, räumte die Wohnung auf, packte seine verdreckte Wäsche zusammen, fuhr zum Waschsalon. Angeblich litt er in den folgenden Tagen nur unter leichten Entzugserscheinungen: »Welcher Art?«

Er winkt ab: »Zittern, Schweißausbrüche, nicht der Rede wert. Die Krankheit sitzt im Kopf. Da muß der Schalter umgelegt werden. Dann ist der Rest leicht.« Er entschied, fürs erste mit Sozialhilfe auszukommen, »den bürokratischen Kram erspare ich Ihnen.« Sobald sich sein Zustand stabilisiert hätte, wollte er nach Arbeit suchen. Bau, Gastronomie, irgendeinen Hilfsjob. Er kaufte sich eine neue Hose, T-Shirts, alles Sonderangebote. Es war Sommer, da brauchte er nicht viel. An einem Freitag stand er wieder vor dem Haus, unschlüssig, was er tun sollte, und überzeugt, daß etwas passieren würde. Es passierte aber nichts. Zumindest nichts von dem, was er sich ausgemalt hatte. Nach zwei Stunden trat ein arabisch aussehender Mann, der der Vater der ›Person‹ hätte sein können, aus der Tür, im Anzug, sorgfältig frisiert. Sawatzky folgte ihm.

»Ihr ›Jemand‹ war nicht dabei?«

Er ignoriert die Frage.

Sie gingen etwa zwanzig Minuten, weder eilig noch schlendernd. »Sie müssen nicht wissen, wohin. Zu der Zeit stand ich vermutlich gerade mal nicht unter Beobachtung.« In dem Viertel lebten viele Türken, aber auch Araber. Der Mann bog in einen Innenhof. Draußen wies ein Schild auf die Moschee im Hinterhaus hin. Er hatte es nie bemerkt, obwohl er die Gegend gut kannte. Nach kurzem Zögern ging Sawatzky hinein und gelangte über ein verwahrlostes Treppenhaus zu einer schäbigen Wohnung. Die Tür stand offen. Aus dem Innern hörte er Stimmen. Offenbar fand eine Versammlung statt. Ihm fiel ein, daß es im Islam das »Freitagsgebet« gab. Im Eingangsbereich standen Möbel vom Sperrmüll. Ein junger Araber saß an einem riesigen Tisch zwischen zwei Schreibmaschinen, einer mit arabischer und einer mit lateinischer Tastatur. In der Ecke spuckte ein Kopierer gelbe Zettel aus. Es roch nach Putzmitteln und Minze. Unter einer Moschee hatte er sich etwas anderes vorgestellt: Minarette, Kuppeln, Strenge, ernstes Schweigen. Immerhin war der Teppichboden grün, und an den Wänden hingen Bilder der Kaaba, verschlungene Kalligraphien. In einem Regal an der Wand lagen Broschüren und Bücher. Männer unterschiedlichen Alters schlürften Tee und debattierten lautstark. Sawatzky merkte wohl, daß er mißtrauisch beäugt wurde, war aber so vollständig verwirrt, daß er nicht darauf reagierte. Der Araber hinter dem Schreibtisch stand auf, trat auf ihn zu und stellte sich mit »Karim« vor. Er hieß ihn willkommen. Erst dann fragte er: »Bist du Muslim?« –

»War das Karim Huwaidi?«

»Ja.« – Sawatzky räuspert sich, ehe er fortfährt, befühlt erneut seine Wange.

In diesem Moment, an diesem Ort, auf den er nicht vorbereitet war, schoß ihm so viel durch den Kopf, gleichzeitig und ungeordnet, daß er nicht auf die Idee kam, einfach ›nein‹ zu sagen. Er hatte sich früher mit Religion beschäftigt, mit Buddhismus und indianischen Kulten vor allem, auf der Suche nach etwas, das die Leerstelle des kleinbürgerlichen Katholizismus seiner Kindheit gefüllt hätte. Er hatte die Träume seiner Mitschüler von Stereoanlagen, Mopeds, Disko-Abenteuern verachtet, ihre Visionen von einer Zukunft als Arzt oder Maschinenbauingenieur. Das trostlose Glück seiner Mutter, wenn sie einen neuen Liebhaber hatte, war ihm ebenso widerlich wie ihr Selbstmitleid, wenn sie wieder verlassen worden war. Er hatte sich systematisch abgekapselt, sich in Bücher zurückgezogen: »Zen in der Kunst des Bogenschießens«, »Zen in der Kunst, das Schwert zu führen«. Er verschlang die Biographien der großen Sioux-Indianer. ›Heute ist ein guter Tag zum Sterben‹, lautete ihr Motto, wenn sie in den Krieg zogen. Carlos Castaneda schließlich hatte ihn überzeugt, daß Drogen notwendig seien, wollte er sein Bewußtsein entgrenzen und in tiefere Dimensionen der Welt vorstoßen. Da kein Schamane vor Ort gewesen war, hatte er seine eigenen Experimente begonnen, mit bekanntem Ausgang. Den Islam hatte er damals ausgelassen. Vermutlich wäre es dabei geblieben, hätte sich nicht das Glühen im Blick der »Person« mit der brennenden Gewißheit der Mudschahedin verknüpft: »Haben Sie die Augen von Achmed Shah Massut gesehen?«

Cismar nickt.

Sawatzky erinnert sich nicht, wie lange er für die Antwort benötigt hat, wohl aber, daß Karim ihm Zeit ließ. Die anderen verschwanden nach und nach im Gebetsraum. Irgendwann sagte er: »Ich möchte etwas lernen. Über den Islam.« Karim schaute ihn an, wohlwollend und skeptisch, überlegte eine Weile: »Ich kann dir helfen«, sagte er schließlich, »warte, bis das Gebet zu Ende ist.« Sawatzky spürte, wie eine Last von ihm abfiel. Er setzte sich auf einen Stuhl: ›Ich spinne‹, dachte er, und: ›Das ist nichts Neues.‹ Neu war, daß er eine Art innerer Ruhe spürte. Eine unbekannte Macht hob die Glocke, unter der er sein bisheriges Leben verbracht hatte. Er atmete eine andere Luft. Gleichzeitig schien alles sonderbar vertraut, als wäre er nach Jahrzehnten in der Fremde an seinen Ursprungsort zurückgekehrt. Er blätterte in diversen Heftchen, stellte fest, daß er die arabische Schrift schön fand und daß er sie lernen wollte. Am liebsten hätte er einen Bogen in die Schreibmaschine gespannt und ein Wort geschrieben, das es nicht gab. Ihm fiel ein zerfleddertes Büchlein in die Hand: ›ISLAM – UNSERE WAHL‹. Darin erzählten berühmte Menschen aus dem Westen, die er allesamt nicht kannte, von ihrer Bekehrung, ihrem Leben als Muslime. Was er las, klang kraftvoll und verstörend.

Nachdem das Gebet beendet war, kam Karim zusammen mit zwei Freunden auf ihn zu: »Das sind Abd el-Haqq und Amru. Wir wohnen zusammen. Wenn du willst, kannst du uns besuchen. Ich weiß ein bißchen über den Islam.« »Karim kennt den Koran fast auswendig«, sagte Amru, woraufhin Karim die Augen zu Boden schlug: »Wir treffen uns mit anderen jeden Mittwoch. Wir essen zusammen und sprechen über die Religion. Du bist herzlich eingeladen.«

Er schrieb ihm seine Adresse auf: »Allah öffnet nicht vielen in Deutschland das Herz für den Islam. Es ist ein sehr großes Geschenk. Du wirst den Weg finden, Inscha Allah.«

»Und was war mit dem Vater?« fragt Cismar.

»Keine Ahnung. Er wird nach Hause gegangen sein, nehme ich an.«

Am nächsten Tag kaufte Sawatzky sich für zehn Mark einen kleinen, zweisprachigen Koran. Er trug ihn aufgeregt durch die Straßen, hatte Herzklopfen, als er damit seine Wohnung betrat, wischte den Tisch ab, bevor er ihn aus der Papiertüte nahm. Er wog ihn behutsam in den Händen, als könnte man das Gewicht der Worte fühlen, folgte den verschlungen Linien der goldgeprägten Schrift. Erst nach einer halben Stunde schlug er das Buch auf und fing an zu lesen. Er begriff nichts.

»Dann bin ich nicht der einzige«, sagt Cismar, »ich dachte schon, es läge an mir.«

»Wieviel Zeit haben Sie sich genommen? Eine Stunde? Anderthalb? – Leute wie Sie glauben immer, daß alles schnell gehen muß: einmal kurz überflogen, ein paar Stellen angekreuzt, hab' ich verstanden, kann ich beurteilen, bringt nichts, das nächste. Damit kommen Sie vielleicht bei der Bild-Zeitung weiter.«

»Ich habe es mehrmals versucht.«

»Aber ohne Vertrauen.«

»Wie soll ich etwas vertrauen, das ich nicht kenne?«

»Sie vertrauen auch jeden Morgen auf den Tag. Sonst würden Sie nicht aufstehen.«

Cismar legt seine Stirn in die Hände und schüttelt den Kopf. Da sitzt ihm ein Mann gegenüber, der alles hinter sich abgebrochen hat, um aus religiösem Wahn zu töten und eines der großartigsten Baudenkmäler der Menschheitsgeschichte zu zerstören, der in Kauf genommen hat, selbst dabei umzukommen, so tut, als sei ihm seine Exekution gleichgültig, und zur Begründung erzählt er eine verworrene Geschichte, die offensichtlich darauf hinausläuft, daß er sich auf der Straße in ein Mädchen von exotischem Äußeren verliebt. Statt sie ins Kino oder zum Essen einzuladen, leitet er absurde Schritte ein, die zu nichts führen werden. Dann trifft er zufällig ein paar Araber, die nett zu ihm sind, warum auch immer, fängt an, fromme Bücher zu lesen, die er nicht versteht, und plötzlich glaubt er, daß er das Herz eines Beduinenkriegers in sich trägt. Als nächstes wird er die Stimme Gottes hören: ›Jochen, mein Sohn, bekehre dich, fortan sollst du Abdallah heißen.‹ – Die Tragödie einer verbotenen Liebe zwischen einer schönen Ägypterin und einem durchgedrehten Junkie hätte ihm eingeleuchtet. Gefühlswallungen ohne Perspektive. Der Verstand ist außer Kraft gesetzt, irre Hoffnungen, Traumbilder, das übliche, wenn ein Mann eine Frau will. In diesem Fall ist die Katastrophe vorprogrammiert. Ihre Welten sind zu weit voneinander entfernt. Die Familie der Frau wird die Beziehung niemals akzeptieren, trennt das Paar mit Gewalt. Beide zerbrechen, jeder auf seine Weise: Sie resigniert, läßt sich mit einem Landsmann verheiraten, den ihr Vater ausgesucht hat, wird bitter. Er flieht in den Krieg, entschlossen, sein Leben wegzuwerfen, es bedeutet nichts mehr. Das wäre eine Geschichte, die Cismar verstehen könnte, auch wenn er ihre Konsequenzen nicht akzeptierte.

»Und was war mit dieser ersten Person?« fragt er.

Sawatzky reagiert unwirsch, fegt die Frage mit der Hand vom Tisch, die Bewegung bricht schmerzhaft ab. Für einen Gotteskrieger ist Liebe kein würdiger Grund. Statt fragiler Empfindungen, dünner Haut, stabile Phrasen, Männerfreundschaft. Sie verhindern, daß man auseinanderfällt, zumindest für eine gewisse Zeit: »Der Islam ist eine einfache Religion. Sie macht es dem Menschen leicht. Er ist eine Anleitung, die es uns ermöglicht, im Einklang mit dem Willen Gottes zu leben. Daraus erwächst innerer Frieden. Islam bedeutet: ›Frieden durch Unterwerfung‹. Unser Glaube ist klar: *La illaha 'llah Allah, wa Muhammadun rassulu Illah.* ›Da ist kein Gott außer Gott, und Muhammad ist sein Gesandter.‹ Das reicht. Man muß ein paar Regeln akzeptieren, die nicht schwer zu befolgen sind...« –

»Und eine davon lautet: Tötet alle, die anders denken.« Cismar schreit.

Sawatzky macht ein kurze Pause, sagt, ohne auch nur die Stimme zu heben: »Wenn wir angegriffen werden, ist es uns erlaubt, uns zu verteidigen.«

»Ach ja? Und wann war der Überfall auf Ihre Moschee?«

»Was für ein Überfall?«

»Da war gar keiner! Es gab gar keinen brutalen Polizeieinsatz mit willkürlichen Festnahmen, verwüsteten Büros, Verletzten? Gegen welchen Angriff verteidigen Sie sich dann?« Für einen Moment hört Cismar seinen Vater vor dem Fernseher brüllen: ›Und was, bitte schön, hat Vietnam mit einem Kaufhaus in Frankfurt zu tun?‹

»Sie sind doch der Weltpolitiker, der Karriere-Diplomat. Wollen Sie mir erklären, daß es sich bei der Besetzung Palästinas, dem Krieg im Irak, der Frage, wer die Ölreserven kontrolliert, bei der Unterstützung der korrupten saudischen Monarchie durch den Westen, der Stationierung amerikanischer Truppen im Land der Heiligen Stätten, ihrer Nachschubversorgung über die Rhein-Main-Air-Base... – Wollen Sie mir allen Ernstes weismachen, daß es sich bei alldem um voneinander isolierte Phänomene handelt? Abgesehen davon: Einen Spitzel in eine Gruppe von Gläubigen einzuschleusen, ist auch ein Akt der Aggression.«

Cismar ärgert sich. Er hat einen Moment die Beherrschung verloren. Das darf nicht passieren. Er zwingt sich zur Ruhe, räumt ein: »Natürlich bestehen Zusammenhänge, aber die sind zu komplex, um sie hier zu erörtern.« Sawatzky wird das als Rückzieher deuten. Cismar kratzt es sauer im Rachen, er hustet die Stimmbänder frei. Es geht hier nicht um die Frage, wer recht hat, sondern darum, etwas über Sawatzkys Hintergründe, seine Motive herauszufinden. Mit ein wenig Geschick kann er zudem wertvolle Erkenntnisse über die Organisationsstrukturen radikaler Gruppen in Deutschland gewinnen. Dazu ist es unter Umständen notwendig, die eigenen Überzeugungen hintanzustellen: »Wir können das jetzt nicht abschließend klären.«

»Schwach. Sehr schwach.«

»Sie haben dann also Karim besucht, und er hat Ihnen den Islam erläutert...«

»Mehr fällt Ihnen nicht ein?«

»Für politische Grundsatzdebatten haben wir keine Zeit. Leider. – Karim war also der Entscheidende, nicht ›die Person‹, von der Sie anfangs gesprochen haben?«

»Beide.«

Sawatzky besuchte Karims Treffen jetzt regelmäßig, sie waren sein einziger fester Termin. Er fing an, Arabisch zu lernen, belegte einen Volkshochschulkurs, kaufte sich Bücher und Kassetten zum Selbstunterricht. Zusätzlich gab Karim ihm Stunden. Er übte Konversation, wann immer sich die Gelegenheit bot: Das Bestellen eines Falafel-Sandwichs beim Libanesen reichte als Anlaß für ein Gespräch. Der Kreis bestand hauptsächlich aus jungen Männern arabischer Herkunft, die sich in technischen oder naturwissenschaftlichen Fächern eingeschrieben hatten. Karim selbst studierte Bauingenieurwesen. Es stellte sich heraus, daß ›die Person‹ auch dazugehörte. Am dritten Mittwoch stand sie in der Tür und wurde ihm vorgestellt. Sie unterhielten sich. Es war ein sehr tiefes Gespräch, erstaunlich vertraut für eine erste Begegnung.

»Und Frauen waren nie dabei?«

Sawatzky ahnt, worauf Cismar hinauswill. Da er nicht weiß, was in den Akten steht, antwortet er sachlich: »Doch. Allerdings nicht, wenn es um militärische Fragen ging.«

»In meinen Unterlagen wird häufig eine Freundin erwähnt, Arua Mashrudi.«

Der Name steht im Raum und vibriert. Ein Stuhl knarrt. Sawatzky starrt Cismar an, als fragte er sich, wer von ihnen gerade den Verstand verloren hat. Er flüstert: »Nicht sie. Um Gottes willen.« Das ist an jemand anderen gerichtet. Cismar sieht Sawatzkys Gedächtnis fieberhaft arbeiten. Es ruft sich die Stellen zurück, die Cismar vorgelesen hat, versucht die Gelegenheiten zu rekonstruieren, über die dort berichtet wird. Arua war nicht dabei, als sie über die Möglichkeit eines Schlages gegen die Air-Base gesprochen haben. Was hat er ihr bei anderer Gelegenheit erzählt? »Ich fasse es nicht.« Cismar lehnt sich zurück. Er könnte ihm helfen, seinen Verdacht zerstreuen. Er weiß, daß der Verfassungsschutz nie auch nur den Versuch unternommen hat, Arua Mashrudi anzuwerben, aber er sagt es nicht. Sawatzky soll den Boden unter den Füßen verlieren, alle Gewißheiten in Zweifel ziehen. Doch offenbar findet er Anhaltspunkte für ihre Unschuld, atmet auf, fängt sich: »Sie hat nichts damit zu tun. Gar nichts.«

»Aber sie nahm an Ihren Treffen teil. Und sie hatte auch privat engen Kontakt zu Ihnen.«

»Sie hat mir beim Arabisch-Lernen geholfen. Das ist nicht verboten.«

»Und Sie brauchten ihr nicht mehr vor der Haustür aufzulauern.«

Sawatzky schaut ihn an. Durch die Schwellungen wirkt sein Gesicht verwachsen. Er sieht brutal aus, ein Schläger. Er ist brutal: »Was wollen Sie eigentlich?«

»Ich würde Sie gern verstehen.«

»Wozu?«

Cismar schaut auf die Uhr, um dem Blick zu entkommen. Ihm bleiben noch einige Minuten. Wie die Zeit vergeht. Nichts fügt sich zusammen. Er fühlt sich als siegreicher Verlierer. In drei Stunden wird er Françoise zum Essen treffen. Er wüßte gern, was sie denkt. Vorher muß er seine Referenten informieren, den Bericht ans Auswärtige Amt schicken. Was soll er schreiben? Daß er gegen eine Wand läuft? Plötzlich hat er das verrückte Bedürfnis, Sawatzky von sich zu erzählen, so wie man selbst als Protestant in Rom den Impuls verspüren kann, sich in einen Beichtstuhl zu knien und dem unbekannten Kaplan hinter dem Gitter sein Leben auszubreiten, oder wie man auf eine japanische Edelnutte einredet, die kein Wort versteht und Tee ausschenkt, statt sich auszuziehen. Da ist eine offene Stelle, die er vor allen verbirgt. Françoise hat eine Ahnung davon. Manchmal hilft das, manchmal macht es alles nur schlimmer. Sawatzky wühlt mit einem spitzen Gegenstand darin herum: »Ja. Wozu? Gute Frage.« Er könnte mit sich zufrieden sein, warum ist er es nicht? Er liebt seinen Beruf. Trotz der Arbeit bleibt Zeit für Kunst, Literatur, Musik. In letzter Zeit berührt ihn allerdings nur selten etwas. Er kann sich kaufen, was ihm gefällt, Bilder, alte Möbel, Erstausgaben – und hat keine Lust dazu. Seine Frau ist attraktiv. Er lebt in einer wunderbaren Stadt. Alles ist so geworden, wie er es sich mit fünfundzwanzig vorgenommen hat. Die Jahre davor kreisten um etwas anderes, es ließ sich nicht greifen: »Ich versuche, mir einen Eindruck zu verschaffen. Damit ich den entsprechenden Stellen gegenüber begründen kann, weshalb es sinnvoll ist, Ihnen in Deutschland den Prozeß zu machen und nicht in Ägypten. Sie sind in Deutschland aufgewachsen, christlich erzogen, in einem bürgerlichen Umfeld, soweit ich Ihren Akten entnehmen kann …« Cismar hört sich reden und weiß nicht, ob er das Gehörte glauben soll: »Was ist eigentlich mit Ihrem Vater?« Sawatzky hebt lediglich die rechte Braue. »Gut. Der spielt keine Rolle. – Ihre gesamte Entwicklung ist abendländisch geprägt. Bis zu dem Punkt, an dem Sie sich dem Islam zugewandt haben, sind Sie relativ typisch für einen bestimmten Teil Ihrer Generation. Ob Sie das nun wahrhaben wollen oder nicht. Eine ganz andere Generation als meine übrigens: verunsichert, politisch desinteressiert, egozentrisch, nur mit sich selbst beschäftigt. Es entbehrt jeder Logik, Sie in Ägypten vor Gericht zu stellen.«

»Was Sie sagen, ist Unsinn, und Sie wissen das.«

»So könnte ich zumindest auf der informellen Ebene argumentieren. Unter Umständen sind diese persönlichen, privaten Dinge wichtig. Wenn ich dem Minister Ihren Werdegang unter anderen Vorzeichen erläutere, wird er möglicherweise sehen, daß Sie zwar sehr weit vom Weg abgekommen sind, aber letztlich doch … Wenn ich ihm plausibel machen könnte, daß Sie aufgrund einer tragischen Liebe in den Fanatismus abgerutscht sind, berührt ihn das vielleicht auf eine Weise, daß er seine Entscheidung überdenkt.«

»Das ist absurd.«

»Das Entscheidende ist und bleibt natürlich die Tatsache, daß in Deutschland ein Verfahren wegen der Vorbereitung eines Anschlags auf den Rhein-Main-Flughafen gegen Sie läuft, das bereits vor Ihrer Festnahme eingeleitet wurde.«

»In den Akten steht doch, daß die Pläne fallengelassen wurden.«

»Es gibt Mittel und Wege.«

»Sie meinen, man kann nachträglich nach mir fahnden lassen wegen etwas, das gar nicht stattgefunden hat?«

»Haben Sie Arua Mashrudi geliebt?«

Sawatzky schweigt.

»Eine Muslimin darf keinen Ungläubigen heiraten, nicht wahr? Um mit ihr zusammenzusein, mußten Sie konvertieren?«

»Sie bilden sich doch nicht ein, daß man mich ausliefert, wenn Sie dem Staatsanwalt erklären: ›Sawatzky hätte fast eine Ägypterin geheiratet?‹ – Bestimmt will er mich dann erst recht hängen.« Er lacht.

»Das würde zumindest einiges nachvollziehbarer machen.«

»Für Sie vielleicht.«

»Wenn man einen Menschen liebt, will man doch unbedingt mit ihm zusammensein. Man läuft nicht einfach weg ...«

»Hören Sie: Ich weiß nicht, was für Probleme Sie haben. Midlife-crisis oder irgendwelche Komplexe, keine Ahnung. Wahrscheinlich haben Sie einfach zu viele Hollywood-Romanzen gesehen ...«

»Es geht darum, Sie hier lebend herauszubekommen. Und das wird verdammt schwierig.«

»Sie vergeuden Ihre Zeit.«

»Und was soll ich, bitte, Ihrer Meinung nach tun?«

»Beten Sie.«

»Dann wird Allah die Richter milde stimmen?«

»Haben Sie je gebetet? Wissen Sie, was ein Gebet ist? Wenn man mit Gott spricht und Er antwortet. Auch das braucht Zeit. Wie der Qur'ān. Und Vertrauen. Er antwortet nämlich. Niemand weiß wann. Und nicht in Sätzen. Aber Sie verstehen es. Es gibt keinen Zweifel. Sie wissen, daß Er da ist und daß außer Ihm nichts ist. Sie nehmen an, was Er Ihnen zugedacht hat. Und Sie sind dankbar dafür. Eins ist so gut wie das andere.«

VS-Geheim – Amtlich geheimgehalten
Citissime nachts
Aus: Kairo
2. 12. 1993, 12.46 h Ortszeit
An: AA: 301
Auch für: ChBK, BMI

Gz: RK 716
Verfasser: Cismar

Betrifft: Einberufung des Botschafters ins ÄGY-Innenministerium zwecks Information über die Ermittlungen gegen den deutschen StAng Jochen »Abdallah« Sawatzky. Dabei: Zurückweisung der Foltervorwürfe. Des weiteren Sondierung der Erfolgsaussichten eines Auslieferungsgesuchs seitens der Bundesregierung.

hier: Der ÄGY-Innenminister legt dar, daß die Mitwirkung Sawatzkys am Anschlag vom 14. 11. 1993 zweifelsfrei nachgewiesen ist. Die Schwere der Tat sowie die Sicherheitsinteressen des Landes lassen eine Anklage Sawatzkys vor einem ÄGY-Militärgericht unvermeidlich erscheinen, zumal der Verdacht besteht, daß Sawatzky sich an der Vorbereitung weiterer Attentate beteiligt hat. Der Minister sichert zu, daß nach Abschluß der Ermittlungen das ÄGY-Justizministerium einen Anwalt mit der Vertretung Sawatzkys betrauen wird. Der vom Botschafter am 30. 11. 1993 geäußerte Verdacht, Sawatzky werde gefoltert, wird zurückgewiesen. Daneben wurden die Chancen für eine Auslieferung Sawatzkys erörtert, sowie Perspektiven für eine verstärkte Zusammenarbeit beider Länder entwickelt.

– Zur Unterrichtung –

roem. 1 – Zusammenfassung:

ÄGY-Innenminister Hassan al-Alfi berief den Botschafter heute 10 Uhr 15 Ortszeit zu einem Gespräch ein, um den Fortgang der Ermittlungen gegen den deutschen StAng Jochen Sawatzky zu erläutern. Demnach bestehe inzwischen auch kein Zweifel mehr an Sawatzkys Verwicklung in terroristische Aktivitäten der Dschihad-Gruppe über seine Mitwirkung an dem vereitelten Anschlag in Luxor vom 14. 11. 1993. hinaus. In letzterem Punkt sei die Beweisaufnahme abgeschlossen, die Anklageschrift in Vorbereitung. Ein Auslieferungsgesuch seitens der Bundesregierung würde von der ÄGY-Regierung intensiv geprüft werden, gegenwärtig überwiege jedoch eine ablehnende Haltung.

Entschieden verneint wurden Fragen nach der Anwendung physischer Gewalt gegen Sawatzky in der Haft, die vom Botschafter am 30. 11. 1993 mit der Bitte um Klärung übergeben worden waren.

Vorschläge der Bundesregierung über eine verstärkte

Zusammenarbeit beider Länder beim Ausbau der Solar-
technologie und die Möglichkeit einer Unterstützung von
Kooperationsabkommen im Bereich der pharmazeutischen
Industrie stoßen bei der ÄGY-Regierung auf großes Interesse.

roem. 2 – Im einzelnen:

1. Der ÄGY Innenminister, Hassan al-Alfi berief den
Botschafter heute, 2. 12. 1993, 10 Uhr 15 Ortszeit, zu
einem weiteren Gespräch ein, um ihn über den Fortgang der Ermittlungen im Fall des Terrorverdächtigen
deutschen StAng Jochen »Abdallah« Sawatzky zu
unterrichten. Demnach sprächen zahlreiche Indizien
und Zeugenaussagen dafür, daß Sawatzky bereits vor
dem Anschlag vom 14. 11. 1993 logistische Hilfe bei
der Planung und Vorbereitung terroristischer Aktivitäten in Ober-ÄGY geleistet habe. Hinsichtlich des
Luxorattentats sei die Beweisaufnahme abgeschlossen, die Anklageschrift werde bereits vorbereitet, vermutlich kämen aber neue Anklagepunkte hinzu. Aufgrund der dramatischen Sicherheitslage im Land, die
sich mit dem Anschlag auf Ministerpräsident Atef
Sidki am 25. 11. 1993 weiter verschärft habe, er-
scheine ein Verfahren gegen alle am gescheiterten Attentat von Luxor beteiligten Untersuchungshäftlinge
vor einem ÄGY-Militärgericht derzeit unausweichlich.
Wie in vergleichbaren Fällen der jüngsten Vergangenheit sind Regierung und Militärstaatsanwaltschaft um
einen baldigen Prozeßbeginn bemüht. Ort der Ver-
handlung wird Kairo sein.

2. Der Innenminister versicherte, daß Sawatzky rechtzeitig vor Beginn des Prozesses ein vom ÄGY-Justizministerium benannter Anwalt zur Verfügung gestellt werde. Die nachdrückliche Forderung des Botschafters, dem Angeklagten das Recht zu gewähren, seinen Prozeßbevollmächtigten selbst bzw. mit Hilfe der Botschaft zu wählen, wurde abermals unter Verweis auf die geltenden Sondergesetze zur Terrorbekämpfung zurückgewiesen. Da oberstes Ziel nach wie vor die Auslieferung Sawatzkys sein muß, wurde in diesem Zusammenhang seitens der Botschaft auf die Androhung von Konsequenzen verzichtet.

3. Der Innenminister gab an, daß er dem durch die Botschaft am 30. 11. 1993 geäußerten Verdacht, Sawatzky werde in der Haft gefoltert, nachgegangen sei und diesen nach Befragung der zuständigen Stellen entkräften könne. Die Justizvollzugsbeamten des Landes hätten strikte Anweisung, sich gemäß der UN-Menschenrechts-Charta und der Genfer Konvention zu verhalten, wiewohl es sich nach Überzeugung seiner Regierung bei den Festgenommenen keineswegs um Kriegsgefangene, sondern vielmehr um Kriminelle handele. Auf die erneute Frage des Botschafters, wie Schwellungen und Hämatome im Gesicht des inhaftierten deutschen StAng sowie offenkundige Schmerzen bis hin zur Einschränkung seiner motorischen Fähigkeiten zu erklären seien, entgegnete der Minister lediglich, er erwarte, daß ihm in diesem Punkt eher Glauben geschenkt werde als einem Verbrecher, der naturgemäß Interesse an einer Verunglimpfung der Strafverfolgungsbehörden habe.

4. In der Frage nach den Aussichten eines Auslieferungsgesuchs durch die Bundesregierung äußerte sich der ÄGY-Innenminister uneindeutig. Einerseits erklärte er nachdrücklich, daß die kritische Sicherheitslage in ÄGY sowie die Notwendigkeit, den eingeschlagenen Kurs bedingungsloser Härte gegen islamistische Straftäter ohne Ausnahmen fortzuführen, gegen eine Auslieferung Sawatzkys sprächen, andererseits betonte er mehrfach das Interesse seines Landes an der Fortsetzung der vertrauensvollen Zusammenarbeit mit DEU, sowohl in politischer als auch in wirtschaftlicher Hinsicht. Er sicherte zu, daß über ein entsprechendes Gesuch der Bundesregierung zu gegebener Zeit unter Einbeziehung aller Aspekte, die in einer so komplexen Angelegenheit zu berücksichtigen seien, und auf der Grundlage der langjährigen Freundschaft beider Länder entschieden werde.

5. Der Minister deutete an, daß im Falle einer Verurteilung des deutschen StAng durch ein ägyptisches Gericht unter bestimmten Umständen die Umwandlung eines Todesurteils in lebenslange Haft erwogen werden könne, verwies jedoch ausdrücklich auf die Tatsache, daß durch einen solchen Schritt ebenfalls ein Präzedenzfall geschaffen werde, der die abschreckende Wirkung der derzeitigen harten Linie auf potentielle Täter konterkariere.

6. Der Minister fügte in diesem Zusammenhang hinzu, daß Überlegungen der Bundesregierung, über laufende Entwicklungshilfeprojekte hinaus die bilate-

rale Zusammenarbeit insbesondere im Bereich der Zukunftstechnologien aktiv zu fördern, auch bei Präsident Mubarak auf großes Interesse stießen. Sein Land würde darüber hinaus die aktive Unterstützung von Investitionen deutscher Unternehmen im Bereich der chemischen Industrie, beispielsweise durch Hermes-Bürgschaften, begrüßen. Des weiteren bestehe – wegen der aktuellen Lage – Bedarf an deutscher Sicherheitstechnik, speziell zur Abwehr terroristischer Gefahren im Luftverkehrsbereich. Der Minister wies ausdrücklich auf die herausragende Stellung deutscher Produkte in der Röntgenüberwachung sowie der Sprengstoffdetektion hin.

roem. 3 – Wertung:

Die Einberufung des Botschafters ins ÄGY-Innenministerium sowie das zur Schau getragene Selbstbewußtsein von Innenminister Hassan al-Alfi machten erneut deutlich, daß ÄGY sich im Fall des deutschen StAng Sawatzky als alleiniger Herr des Verfahrens sieht. Welcher Art die über die Beteiligung am Anschlag von Luxor hinausgehenden Vorwürfe gegen Sawatzky konkret sind, sagte der Innenminister auch auf mehrfache Nachfrage hin nicht. Es steht zu vermuten, daß ÄGY damit in erster Linie seine Verhandlungsposition stärken will. Das demonstrative Schwanken des Ministers zwischen äußerster Entschlossenheit, den eingeschlagenen Kurs auch gegen Sawatzky fortzuführen, einerseits sowie eingestreute Andeutungen von Gesprächsbereitschaft andererseits legen den Schluß nahe, daß die ÄGY-Regierung noch nicht entgültig entschieden hat, wie

sie mit dem deutschen StAng verfahren will. Nach über-
einstimmender Meinung des Botschafters und seines Stell-
vertreters neigt die ÄGY-Regierung derzeit trotz der weit-
reichenden Angebote der Bundesregierung jedoch dazu,
auch im Fall des deutschen StAng keiner Ausnahmeregelung zuzustimmen. Hierfür gibt es nach Ansicht der Botschaft zwei Hauptgründe: Erstens könnte ein Kompromiß
im Fall Sawatzky von den Islamisten als Zeichen der
Schwäche interpretiert werden und potentielle Täter ermu-
tigen, zweitens würde ein Einlenken von der ÄGY-Öffent-
lichkeit als weiterer Beweis für die Abhängigkeit der Regierung Mubarak vom Westen gedeutet. Sollte es zu einer
Auslieferung Sawatzkys kommen, müßte beides auch im
Interesse Deutschlands unbedingt verhindert werden, da es
eine zusätzliche Schwächung der ÄGY-Regierung und des
Präsidenten bedeuten würde und eine weitere Destabilisie-
rung des Landes zur Folge haben könnte. Die Botschaft
schließt trotz der genannten Gründe nicht aus, daß es sich
bei der betont harten Haltung des ÄGY-Innenministers um
den Versuch handelt, noch umfangreichere Gegenleistungen Deutschlands im Falle eines Einlenkens zu erwirken.

Was den Verdacht der Folterung des inhaftierten deutschen StAng betrifft, so sind nach Einschätzung der Botschaft Drohungen zum gegenwärtigen Zeitpunkt wenig
hilfreich, zumal sich die Vorwürfe lediglich auf den Augen-
schein des Botschafters und allgemeine Berichte unab-
hängiger Menschenrechtsorganisationen zur Gewalt gegen
islamistische Täter in ÄGY-Haftanstalten stützen können.
Sawatzky selbst verweigerte dazu bisher jede Aussage.
Seine Persönlichkeitsstruktur legt nahe, daß er trotz seiner
aussichtslosen Lage zu stolz ist, Demütigungen, wie derartige Mißhandlungen sie zweifellos darstellen, einzuräumen.

Darüber hinaus drängt sich die Vermutung auf, daß Sawatzky massiv unter Druck gesetzt wurde, die gegen ihn
angewandten Folterpraktiken dem Botschafter gegenüber
nicht zu erwähnen.

Claus Cismar (Botschafter)

Es sieht schlecht aus, darin sind sich alle einig: Cismar, seine Referenten, der Krisenstab. Der Staatssekretär hat ins Telephon geschrieen: »Sollen sie das Arschloch doch aufhängen, aber bitte schnell, dann sind wir ihn los!« Das war nicht sein Ernst. Die Wut richtete sich gegen die Hinhaltetaktik der Ägypter und wurzelt im grundsätzlichen Gefühl der Ohnmacht. Gestern ist in Algerien ein Ultimatum der Islamisten abgelaufen, in dem alle Ausländer aufgefordert wurden, das Land zu verlassen, andernfalls werde man sie umbringen. Natürlich besteht kein direkter Zusammenhang zu Sawatzky, aber die Bereitschaft, etwas für ihn zu tun, wird dadurch kaum wachsen.

Cismar sitzt in der Cafeteria. Er stochert in einem Stück Orangen-Kuchen, obwohl er weiß, daß Süßes in Verbindung mit Kaffee Sodbrennen bedeutet.

»Natürlich wollen sie ihn in Bonn nicht haben«, hat Dr. Friebe gesagt. »Aber sie müssen ihn haben wollen«, ergänzte Klüssen, »wohl oder übel.« Die Besprechung endete achselzuckend. Cismar war der einzige, der sich nicht in Zynismus flüchtete. Er ist auch der einzige, der Sawatzky kennt. Das wurde ihm vorgehalten. Er entschied, es trotzdem vorerst dabei zu belassen. Es gibt Gründe dafür, objektive und subjektive. Selbstverständlich behält er die dienstlichen Belange im Hinterkopf. Cismar ist überzeugt, daß Sawatzky ihm unter vier Augen mehr erzählt als in Anwesenheit eines Dritten. Er versucht, eine Vertrauensbasis zu schaffen. Dazu bedarf es einer gewissen Offenheit seinerseits, von der er nicht möchte, daß sie in der Botschaft breitgetreten wird. Was er als Student gedacht hat, muß hier niemand wissen. Die öffentliche Meinung über 68 ist längst gekippt. Sein Gerede als Zwanzigjähriger ist ihm peinlich, aber es bleibt ein Zwiespalt. Er erinnert sich, wie ihm zumute war, als Sartre Baader in Stammheim besuchte, während er selbst seinen ersten Prozeß gewann: eine Räumungsklage im Auftrag der NOVA-Bau gegen drei Mieter, die den Abriß ihres Hauses verhindern wollten. »Sartre – Sein Herz ist tiefrot, und sein Gott ist das Nichts«, titelte BILD. Schrecklich, wie Dinge sich einbrennen. Man öffnet eine alte Kiste, findet die winzige Leiter und ist das Kind, das einen Laubfrosch im Glas hält. Nach der Urteilsverkündung Schulterklopfen, Gratulationen. Der pensionierte Lehrer mußte ausziehen, wird ihn im Tod noch verachten. Später in der Gerichtskantine Mineralwasser, die Tageszeitungen: Sartres grotesk vergrößerte, auseinandergezerrte Pupillen hinter der gewaltigen Hornbrille: ›Ich höre, wenn ich spreche, eure Geräusche. Ich höre Schritte. Dies alles gibt es dort nicht. Was wichtig ist für Menschen, zu hören, an Leben erinnert zu werden – in dem Gefängnis gibt es das alles nicht. Der Mensch hört nur die Schritte seiner Wächter. Ab und zu einmal.‹ – Ihm war übel geworden, als er das las.

Die Rollen sind klar verteilt. Damals wie heute. Was gut, was böse ist, liegt auf der Hand. Wer differenziert, gehört zum Feind. Cismar muß aufpassen, daß er sich nicht zu weit aus dem Fenster lehnt, sonst findet er sich plötzlich auf der falschen Seite. Es bräuchte nur einer seiner Mitarbeiter der Presse ein paar Sätze zu stecken, die ihm unbedacht herausgerutscht sind, und er wäre für das Außenministerium untragbar. Verfolgt man die Schlagzeilen in Deutschland, kann man nur hoffen, daß die ›Verhörspezialisten‹ im Al-Hurriya-Gefängnis Sawatzky so zurichten, daß ihn keiner mehr erkennt, sollte er je zurückkehren: »Der Drogenterrorist: Erst bestahl er seine Mutter, dann lebte er auf Staatskosten!« Vom »Verrat an unseren Werten« ist die Rede. Angst vor dem Islam wird mit Ausländerfeindlichkeit vermengt: »Arabische Terrorstudenten machten aus ihm einen Gotteskrieger!« Nachbarn haben Photos beigesteuert, halbwahre Familiengeschichten verkauft, aus denen sich eine pseudo-psychologische Einschätzung basteln ließ: »Der irre Mörder-Moslem.« Seine Mutter schweigt bislang. Dem Schnappschuß nach, bei irgendeinem Volksfest aufgenommen, ist sie von gepflegtem Äußeren, aber unglaublich fett. Cismar weiß jetzt auch, daß Sawatzkys Vater ein im Hunsrück stationierter Offizier der U.S. Air Force war. Von einem Sohn ahnt er nichts. Wahrscheinlich wird zur Zeit fieberhaft nach ihm gesucht, damit er trotzdem Stellung nimmt. Mittwoch kommt der amerikanische Außenminister zu Gesprächen über das Gaza-Jericho-Abkommen nach Kairo. Kaum anzunehmen, daß er Grund sieht, sich für Sawatzky zu verwenden.

Cismar will seine Ruhe, doch er scheut sich, ins Büro zu gehen. Selbst Frau Samadi betrachtet sein Engagement inzwischen als Beleidigung. Es hat in den vergangenen Monaten zahlreiche Angriffe auf koptische Einrichtungen gegeben, insbesondere in den Provinzen Assuan und Assyût.

Sie weiß, daß Sawatzky sich dort aufgehalten hat. Möglich, daß er daran beteiligt war, wenn der Innenminister nicht blufft. Der Schreibtisch, die Regale, sogar das Sofa quillt über von Literatur zum Islam, Kladden, Notizzetteln, Zeitungsausrissen. Was nichts mit Sawatzky zu tun hat, hat mit ihm selbst zu tun: Ines am Rhein im goldenen Stellrähmchen, ›Haltbar bis 1999‹ von Rühmkorf, Aschenbecher unterschiedlicher Nationaliät, so voll wie der auf dem Buchumschlag.

Der Kuchen ist pappig, kein Geschmack außer süß.

An etwas anderes denken, den Namen aus dem Kopf streichen, eine halbe Stunde dasitzen, ohne Verantwortung für einen Häftling, eine Frau, überhaupt ohne Gedanken, zwischen Luftaufnahmen der Loreley, des Brandenburger Tors, Schloß Neuschwansteins – steinerner Schlaf im Wachen.

Er sieht Frau Klever nahen, heftet den Blick auf die Akten, markiert eine beliebige Stelle. Sie soll es nicht wagen, ihn anzusprechen. Sie wagt es: »Entschuldigen Sie, wenn ich störe, Herr Botschafter, wo ich Sie gerade hier sitzen sehe: Die Kaffeemaschine im Aufenthaltsraum der Fahrer ist kaputt, das Wasser wird nicht heiß, ich habe es schon mit Essig versucht, an Verkalkung liegt es nicht, sonst müßte ...« Cismar klopft mit dem Stift einen einfachen Takt auf die Tischplatte, bricht ab: »Ich kann Ihnen da nicht helfen, Frau Klever. Wenden Sie sich an Herrn Böseneder. Der kennt sich mit diesen Dingen aus.« Seine Stimme ist leise, aber so scharfkantig, daß es keine weiteren Fragen gibt.

Vor ihm liegt die Liste aktueller Projekte der Deutschen Gesellschaft für technische Zusammenarbeit in Ägypten. Die größeren kennt er, eine Reihe hat er besucht, sich informiert, Hände geschüttelt, Geschenke bekommen. »Hast du den Amnesty-Bericht gelesen?« fragt Klüssen im Vorbeigehen, darauf bedacht, seinen Tee nicht zu verschütten: »Angeblich fahren sie bei uns das volle Programm, was die gefangenen Islamisten anlangt. Schläge mit und ohne Strom, Schlafentzug... Nicht schön. – Aber irgendwie versteht man es auch.« – »Überleg dir, was du sagst!« – »Ich weiß, ich weiß...« »Gar nichts weißt du!« Cismar ist sicher, daß er sich Klüssens ironische Miene zur abwiegelnden Geste nicht einbildet. Vielleicht war der Ton zu heftig. Es ist kein guter Zeitpunkt, um wichtige Mitarbeiter zu vergraulen. Sie müssen an einem Strang ziehen, auch Bonn gegenüber. Klüssen setzt sich zu Frau Walter. Den verstohlenen Blicken nach, reden sie über ihn. Er möchte aufstehen und erklären, daß er mehr persönlichen Einsatz erwartet, auch unkonventionelle Vorschläge, daß es um das Leben eines jungen Mannes geht, nicht um defekte Kaffeemaschinen, Eitelkeiten, daß etwas anderes als die stumpfsinnige Umsetzung von Dienstvorschriften gefordert ist! – Er würde Kopfschütteln ernten, dazu die Versicherung, daß jeder an seinem Platz alles Menschenmögliche tut.

Die Uhr an der Wand zeigt 17.23. Mit leisem »Klack« kippt die Vier auf die Drei. Cismar hat keine weiteren Termine heute. Er ist überreizt, ihm ist schlecht. Er sollte nach Hause gehen. Er will nicht nach Hause, nicht wissen, womit Ines ihre Zeit verbracht hat, keine Mißverständnisse ausräumen. Er hat überhaupt nicht das Bedürfnis, mit jemandem zu reden, höchstens mit Françoise. Was würde sie denken, wenn er anriefe? – Daß er mit ihr ins Bett will. Das stimmt und stimmt nicht. Er könnte ihr seine Schwierigkeiten schildern. Françoise ist Unverständnis von Kollegen gewohnt. Sie hat ihre eigenen Vorstellun-

gen vom diplomatischen Dienst. Als Presseattaché in Tokio bekam sie ständig Ärger wegen salopper Formulierungen. In politisch heikle Ressorts läßt man sie nicht. Françoise wird ihn auslachen. Sie spottet ebensooft über seine
Sorge, Fehler zu machen, wie er über ihren Hang zur Eso-
terik. Sie könnten sich im Fishawi-Kaffeehaus verabreden. Ohne Touristen ist es nett dort. Oder auf einem Re-
staurantschiff am Nil.

Cismar geht jetzt doch ins Büro, sagt Frau Samadi,
daß sie Feierabend machen soll. Vorsorglich nimmt er zwei
Magen-Beutel. Ines neben dem Telephon lacht in die Kamera. Hinter der Kamera stand er. Worüber sie gelacht hat,
erinnert er sich nicht. Er dreht das Bild um, schüttet den
kolumbianischen Aschenbecher aus, bevor er den Hörer
abnimmt.

»Schön, deine Stimme zu hören.« Françoise spürt seine
Unsicherheit, ohne daß er davon spricht. Eigentlich sollte
sie später auf die Vernissage eines ägyptischen Künstlers
gehen, der ein Stipendium in Paris hatte. Andererseits hat
sie seit dem Frühstück nichts gegessen, und ab morgen
sind sinkende Temperaturen vorhergesagt. Die nächsten
Wochen werden zu kalt sein, um abends draußen am Wasser zu sitzen. Sie braucht noch etwa eine Stunde.

Cismar wird sich fahren lassen, obwohl er ebensogut
laufen könnte. Sha'ban begrüßt ihn mit der Frage, ob er
kalten Kaffee versuchen wolle. Anschließend mimt er den
ergebenen Diener, schlägt die Hacken zusammen, ehe er
seinem Herrn die Wagentür öffnet, verneigt sich, während
Cismar einsteigt, knallt sie dann aber zu, als hätte er Streit
mit der Frau. Dem ist nicht so. Sha'ban fühlt sich ausgezeichnet heute. Er singt, was er nicht kann, erklärt: »Kairo
ist die großartigste Stadt der Welt«, während der Mercedes

zur Ausfahrt rollt. Auf der Straße fallen ihm Witze ein, die irgend ein Nationalkomiker gestern im Fernsehen erzählt hat, Oberägypter-Witze: Ein Oberägypter bindet sich die Hose mit einem Strick zusammen und trägt keine Unterwäsche. Sha'ban prustet los. Cismar versteht die Pointe nicht und versucht es seinerseits mit den Bussen in Ostfriesland, die zehn Meter breit und nur zwei Meter lang sind, weil alle neben dem Fahrer sitzen wollen. Sha'ban verstummt, schaut ihn fragend an. Er hat schon gehört, daß die Deutschen keinen Humor haben. »Bei uns in Deutschland sind die Ostfriesen, was für euch die Oberägypter sind«, erklärt Cismar. Sha'ban glaubt das nicht und fordert zum Beweis einen wirklich lustigen Witz, einen, über den man lachen kann. Cismar überlegt: »Warum braucht der Ostfriese einen Stein und ein Streichholz, um schlafen zu gehen?« Sha'ban schüttelt den Kopf. »Mit dem Stein zertrümmert er die Lampe, und mit dem Streichholz schaut er nach, ob das Licht auch aus ist.« – »Und? Weiter?« – »Das war der Witz.« Sha'ban runzelt die Stirn: »Darüber lacht man in Deutschland?« »Gut. Letzter Versuch: Was macht ein Ostfriese, wenn er eine Kanne heißes Wasser übrig hat?« »Tee?« »Er friert es ein. Heißes Wasser kann man immer 'mal brauchen. – Der ist nicht schlecht, das müssen Sie zugeben.« Sha'ban lächelt gequält: »Ich glaube, ich kenne genug deutsche Witze.«

Cismar läßt sich nicht vor dem Restaurant, sondern am Fuß der Tachrir-Brücke absetzen. Er ist deutlich zu früh. Sha'ban soll weder warten noch ihn später abholen. Auf seine Diskretion wäre sicher Verlaß, selbst wenn er ihn Arm in Arm mit Françoise sähe, doch er würde das Verhalten mißbilligen und ihn seine Mißbilligung spüren lassen, in Blicken, Nebenbemerkungen, mit Fragen nach Ines.

Laternen beleuchten das Ufer. Auf der Promenade flanieren wohlhabende Ägypter, bummeln Großfamilien. Kinder rennen Bällen hinterher. Junge Paare, die darauf achten, keinen Anstoß zu erregen, halten sich abseits und kichern, oder die Liebe ist ihnen todernst. Männer gehen mit Männern Hand in Hand. Anfangs hat Cismar sich gewundert, wie offen sie ihre Homosexualität zeigen, bis ihm jemand erklärt hat, daß es sich lediglich um den Ausdruck von Freundschaft handele. Er kauft einen Papyrus von einem Straßenhändler, der beteuert, heute noch kein Pfund verdient zu haben: Anubis, in Gestalt des Schakals.

Das Schiff, auf dem er sich mit Françoise verabredet hat, ist leer. Normalerweise melden die Reiseveranstalter ihre Busse Wochen im voraus an. Der Kellner begrüßt ihn englisch, obwohl zur Zeit fast ausschließlich einheimische Gäste kommen. Cismar will keinen überschwenglichen Empfang, später möchte er ungestört mit Françoise reden, weder hören, daß sein Arabisch großartig ist, noch erzählen, daß er und seine Frau keine Kinder haben. Er bittet ebenfalls auf englisch um einen Platz an der Reling, bestellt ein Glas italienischen Rotwein. Trotz der Hintergrundgeräusche und des Klassik-Potpourris, das ein älterer Pianist im Frack am Synthesizer spielt, herrscht eine Art Stille. Beleuchtete Pyramiden, Pharaonenrepliken zwischen bunten Lampionketten. Eine andere Zeit, ein anderer Ort: Zufall, daß Hercule Poirot in Gestalt Peter Ustinovs hier gerade keinen Mörder überführt. Die hellen Fenster der Hotels und Bürogebäude gegenüber spiegeln sich im ruhig fließenden Wasser. Der Kairo-Tower ist angestrahlt, Symbol für Ägyptens Weg in die Moderne, 185 Meter hoch. Sie sind stolz darauf. Nächtlicher Großstadthimmel, kein Stern, nie schwarz. Staub fängt das Licht, wirft zurück, was übrigbleibt. Zwischen Riepsdorf und Grube kennt Cismar eine Stelle auf freiem Feld, von der aus man in alle vier Himmelsrichtungen blicken kann, ohne eine Lampe zu sehen. Der Kellner bringt den Wein. Cismar hat noch nicht in die Karte geschaut, verweist auf die Frau, die er erwartet. Er trinkt vorsichtig, spürt den Reaktionen des Magens nach: vorerst keine. Das Restaurant ist bekannt für seine Fischgerichte. Fisch und Rotwein mögen sich nicht. Ines trinkt lieber Weißwein. Unwahrscheinlich, daß sie zufällig vorbeiläuft. Er muß etwas besprechen, ist in drei Stunden zu Hause. Die Richtung, aus der Françoise kommen wird, befindet sich in seinem Rücken. Deshalb wechselt er den Platz. Für den Augenblick hat er keinen weiteren Wunsch, starrt auf die Promenade, verliert sich.

Vielleicht war er zu weit fort, oder sie hat einen anderen Weg genommen, jedenfalls steht Françoise plötzlich vor ihm. Im Stadtzentrum trägt sie kein Kopftuch, ihr Rock endet oberhalb der Knie. Sie küßt ihn rechts und links. Cismar sagt etwas von »Nachsommer« und »pharaonischem Abend«. Er ist nervös. Es gibt keinen anderen Grund, sich zu treffen, außer dem, daß sie es wollen. »Laß mich versuchen«, sagt sie und greift nach seinem Glas. Cismar lächelt, bemerkt es, rückt sein Gesicht zurecht, aus Angst, es könnte albern wirken. »Weißt du schon, was du ißt?« »Nur eine Kleinigkeit.« »Was macht dein Magen?« Er hebt schicksalsergeben die Schultern, während sie Lesebrille und Zigaretten aus ihrer Handtasche kramt: »Warst du beim Arzt?« »Um mir ein Medikament gegen Streß verschreiben zu lassen?« »Du solltest Yoga versuchen.« »Wozu?« »Es hilft. Und du bekommst eine bessere Haltung.« Sie findet kein Feuerzeug. Vom Wasser her leichter Wind. Er hält ihr seins hin. Heute braucht die Flamme den

217

Schutz. »Der Fisch ist ganz gut hier.« Sie bläst den Rauch durch die Nase, wirft den Kopf in den Nacken, streicht sich Haare hinters Ohr. Kinogesten. »Ich nehme trotzdem die Lammkoteletts. Und auch diesen Wein«, sagt sie. Cismar hat eine Bitte: »Bestell nicht auf arabisch. Wir werden ihn nie wieder los.« Der Kellner sieht, daß sie gewählt haben, steht bereit. Daß ihnen Kairo nicht fremd ist, hat er längst bemerkt. Er spart sich seinen Enthusiasmus für die Pauschalreisenden, die eines Tages wiederkommen werden, Insha Allah.

Sie sehen einander an. Zwischen ihnen die Tischdecke, weiß, gestärkt, auf jeder Seite zwei Hände, in der Rechten jeweils die Zigarette. Die Linken könnten ineinandergreifen. Cismar senkt den Blick, um den Aschenbecher nicht zu verfehlen, räuspert sich. Danach ist ein anderer Moment. Jemand sollte das Gespräch beginnen: »Schubert«, sagt Françoise. Das »u« wird ein »ü«. Er nickt. Dann: »Du hast einen Papyrus gekauft. Zeig mal.« »Zur Terrorprävention.« »Anubis. Kein gutes Omen.« Was soll er dazu sagen? Möglich, daß es einer von Françoise' mystizistischen Anflügen ist oder einfach ein Scherz: »Wie geht es dir?« »Nicht schlecht.« Sie macht eine Pause, schaut aufs Wasser: »Bei uns sind sie gerade auch ziemlich aufgeregt: wegen Algerien. Sie fürchten, daß der Terror nach Frankreich übergreift...« Cismar folgt den Bewegungen ihrer Hände, wie sie die Luft in Schwingung versetzen, auf eine andere Weise als der Wind, die Worte. Sein Blick gleitet ihre bloßen Arme hinauf. Ein Träger des BHs ist verrutscht. Die schwarze Linie auf sandfarbenem Grund erzählt von Möglichkeiten. »...wir werden überlegen müssen, ob...« »Ich meine: wie es dir geht?« Sie bringt den Satz zu Ende: »...ob wir es tatsächlich bei Verurteilungsrhetorik und Verschärfung der

Sicherheitsmaßnahmen belassen wollen ... – Ich denke nach. Eben in diesem Zusammenhang. Ich versuche herauszufinden, was schiefgelaufen ist während der letzten zwanzig Jahre? Welche Verantwortung wir selbst haben für das, was zur Zeit geschieht – unsere Generation? Wir hatten doch den Anspruch, die Welt umzuwälzen. Wir haben von der Revolution geträumt, uns verprügeln und einsperren lassen für Freiheit, Emanzipation, Aufklärung. Wir wollten die Ausbeutung abschaffen, eine gerechte Verteilung des Wohlstands, Ausgleich zwischen Arm und Reich. Wir waren überzeugt, dann entstünde eine neue Gesellschaft auf der Basis von Respekt und Toleranz. Sie wäre so großartig, daß niemand mehr nach etwas anderem fragen würde. Diese Leute haben wir offenbar übersehen. Nicht nur ihre sozialen Probleme. Wir dachten, die Zeit der Religionen sei vorbei, ein für allemal. Kein Mensch würde je wieder so naiv sein, die Welt von irgendeinem Gott her zu denken, geschweige denn, auf das hören, was Prediger vorschreiben. Damit war das Thema für uns erledigt. Jetzt stehen wir da und reiben uns die Augen. Wir reden über sie, weil sie uns hier oder in Algier drohen und weil ihre Cousins in Paris und Marseille leben. Aber wieder nicht mit ihnen. Wir wüßten gar nicht, was wir ihnen sagen sollten. Und sie würden sich auch kaum dafür interessieren. Unsere Geschichte ist nicht ihre, obwohl die gleichen Ereignisse darin eine Rolle spielen.«

Der Kellner bringt den Wein. Sie stoßen an. Die Gläser klingen nach. Françoise fährt sich mit den Fingerspitzen über die Brauen: »Machen wir uns nichts vor: Von unseren politischen Zielen wurde keins erreicht. Die internationalen Konzerne haben mehr Macht denn je. Millionen Menschen hungern, sind ohne sauberes Wasser. Wir nehmen das zur Kenntnis. Aber wir sind weder verzweifelt, noch kämpfen wir dagegen …« »›Es kotzt mich an, aber es haut mich nicht um. – Das ist auch so'n Gedanke in Öl, den kannst du dir einrahmen lassen.‹« Sie schaut ihn fragend an. »Fiel mir gerade ein. Vergiß es.« »Ich würde nicht sagen, daß ich resigniert bin, im Gegenteil: Ich habe gelernt, mich nicht mehr so wichtig zu nehmen. Ich weiß, daß ich an meinem Platz etwas bewege, vielleicht wenig, aber immerhin. Die Welt kann ich nicht retten. Von diesem Wahn habe ich mich verabschiedet. Seitdem geht es mir entschieden besser. Ich mache, was ich will. Kein Mensch kümmert sich darum, was ich kaufe, mit wem ich schlafe. Im Grunde ist auch egal, was ich denke. Wie es so schön heißt: ›Die normative Kraft des Faktischen‹, oder positiv ausgedrückt: Du kannst zwar die Verhältnisse nicht ändern, aber deine Haltung dazu …« Cismar hat die Augen geschlossen und sagt: »Die Kollegen ärgern sich jetzt, weil ich allein mit Sawatzky spreche. Meine Sekretärin meint sogar, ich stünde auf seiner Seite, nur weil ich verhindern will, daß er aufgehängt wird.« »Dein Sawatzky wird auch nichts bewirken, weder tot noch lebendig. Vielleicht muß es solche Leute geben. Vielleicht hätten wir unter anderen Umständen ähnliche Konsequenzen gezogen. Aber es gab keine anderen Umstände. Schicksal. Man muß lernen, es anzunehmen. Ich glaube übrigens nicht, daß du ihn freibekommst. Mubarak wird konsequent bleiben, sonst verliert er seine Glaubwürdigkeit. Und du wirst dich damit abfinden, genauso wie du dich mit deiner unglücklichen Ehe abfindest, mit der Tatsache, daß du Kairo wieder verlassen mußt. In drei Jahren bist du Botschafter in Madrid oder Kopenhagen, da gefällt es dir dann auch, deine Frau blüht wieder auf …« Cismar zuckt zusammen, schaut auf die Uhr und wird bleich: »Heute ist der dritte.« »Ja?« »Das heißt, morgen ist der vierte.« »Ja.« »Ich habe morgen Hochzeitstag.« »Wie schön für dich. Den wievielten?« »Ich habe noch kein Geschenk.« »Mon Dieu. Es ist zwanzig nach sieben. Die Läden sind bis Mitternacht geöffnet.« »Ich weiß nicht, was ich Ines schenken soll.«

Der Kellner serviert das Essen: einen großen Teller mit Fleisch, Reis, verschiedenen Gemüsen und Saucen für Françoise, ein Tablett voller Schälchen für Cismar. Er hat keinen Hunger, stippt sein Brot abwechselnd in gewürzten Joghurt, Hummus, Babaghanoush. Das Fuul läßt er aus, ebenso die mit Käse gefüllten Teigtaschen. Ein englisches Paar, Mitte Zwanzig, setzt sich an den Nachbartisch. Warum halten sie keinen Abstand? Es ist Platz genug. Der Mann am Synthesizer spielt zum zweitenmal »Für Elise«. »Die Koteletts sind vorzüglich«, sagt Françoise. Cismar beschließt, die Nahrungsaufnahme zu beenden. »Stimmt etwas nicht?« »Ich bin einfach satt.« »Du kannst rauchen, wenn du willst.« Während sie noch kaut, blitzen ihre Augen plötzlich böse. »Was ist?« Einen Moment lang weidet sie sich an seiner Neugier: »Ich kann dir behilflich sein. Beim Aussuchen. Das wäre doch lustig.« Cismar verschluckt Rauch, muß husten, so heftig, daß sein Magen sich umdreht. Er würgt, preßt die Lippen zusammen. Die Säure brennt im Rachen: Es gibt eine Technik, mit der man verhindern kann, sich zum unpassendsten Zeitpunkt am falschen Ort, auf einen Restauranttisch beispielsweise, zu übergeben, indem man einfach schluckt, gegen den Reflex, in kurzen Abständen, erst das Halbverdaute, dann den zusammenfließenden Speichel. Wenn kein Speichel mehr da ist, schluckt man trocken weiter, solange bis der Brechreiz abklingt. Es erfordert äußerste Konzentration. Man läuft rot an, die Augen treten hervor, die Umgebung reagiert besorgt. Dann durchatmen, möglichst flach. »Warum sagst du nichts?« Er versucht, mit Händen und Blicken zu signalisieren, daß es gleich vorbei ist, holt Luft, jetzt tief, räuspert sich, um die Stimmbänder frei zu bekommen: »Mir war Rauch in die falsche Röhre gekommen«, sagt er. Sie runzelt die Stirn. Er winkt ab, versucht ein Grinsen. Die Übelkeit, das Stechen werden vorbeigehen. Sie sind noch immer vorbeigegangen: »Kein Problem.« Françoise sieht ihn prüfend an. Sie hat nicht das Recht, sich um ihn zu sorgen, sie ist nicht seine Frau. Es gibt bessere und schlechtere Tage. Heute soll einer der besseren sein, auch wenn es bis jetzt nicht den Anschein hat. Cismar winkt dem Kellner und bestellt Wasser, ohne Kohlensäure. Er lächelt souverän. Françoise' Anwesenheit ist ein gutes Zeichen, auch wenn er noch nicht weiß, was es bedeutet. Sicher keinen Neubeginn: ein Zwischenspiel. Die Regeln sind für kurze Zeit außer Kraft gesetzt. Danach gelten sie wieder uneingeschränkt. Dem muß Rechnung getragen werden: Er braucht ein Geschenk, eins, über das Ines sich freut. Françoise fällt vielleicht etwas ein, auf das er nie käme. Sie sagt: »Drüben im Marriott sind diese ganzen Shops – Cartier, Bulgari, Hermès. Da gibt es dasselbe Zeug wie in Paris. Ägyptisches mag sie ja nicht.« »Nein. Ägyptisches mag sie nicht.« »Ich berate dich.« Cismar schämt sich, daß er Vergnügen an der Gemeinheit findet. Das Vergnügen überwiegt die Scham. Vielleicht hatte Françoise recht: Er will etwas Verbotenes tun. Um sich zu beweisen, daß es noch möglich ist. Der Freiheit wegen. Und um einen handfesten Grund zu haben, sich zu verurteilen. Aber vor allem möchte er, daß ihr Abend zu zweit nicht so bald endet: »Wenn du dazu Lust hast.« Ohne Françoise hätte er den Hochzeitstag vergessen. Wenn er ein Geschenk aus der Tasche zaubert, wird Ines überrascht sein. Vielleicht leuchtet dann das auf, dessentwegen er sich in sie verliebt hat. Vielleicht ließe sich daran anknüpfen. Später. ›Ich versuche, im Augenblick zu leben‹, sagt Françoise oft. Natürlich wären im Marriott Zimmer frei. Sie weiß das so gut wie er. Er unterdrückt den Impuls, schallend zu lachen, greift nach ihrer Hand.

Es ist Viertel nach elf, als er ins Taxi steigt. In der Jacke hat er ein schlicht verpacktes Kästchen von Cartier, darin steckt ein Brillantring.

»Steht mir auch«, sagte Françoise und spreizte geziert den Finger ab. Dann wechselte ihr Gesichtsausdruck: »Je weniger von der Liebe, desto teurer der Stein.« Er verdrehte die Augen: »Ich mag Ines schon sehr. Sie ist ein sehr wertvoller Mensch.« Die beiden Pagen rechts und links des Eingangs nickten ihnen zu, als sie das Hotel verließen. Françoise verschwand in die Nacht. Wohin sie gehen würde, hatte sie nicht gesagt. Zurück in ihr Leben, was weiß er davon?

In zwanzig Minuten wird er zu Hause sein. Dort wird er eine Flasche Champagner ins Eisfach legen, möglichst ohne daß Ines es merkt. Normalerweise ist sie um diese Zeit schon im Bett. Er wird ihr von einer Krisensitzung in der Botschaft erzählen, daß er Mühe hatte, die Einwände der Kollegen aus dem Weg zu räumen, sich aber am Ende durchgesetzt hat; seine Überarbeitung beklagen. Dann wird er sich ausziehen, waschen, etwas Eau de Toilette aufsprühen, sich nach ihrem Tag erkundigen. Ines' Antworten werden knapp ausfallen, verletzt klingen, damit er sich ein Gewissen macht. Heute hat ihre allgemeine Bitterkeit einen konkreten Anlaß: Sie ist sicher, daß er den Hochzeitstag vergessen hat.

Cismar diskutiert nicht mit dem Fahrer, obwohl der Preis unverschämt hoch ist. Auf die zehn Pfund kommt es auch nicht mehr an.

Alles läuft ab, wie er es sich vorgestellt hat. Er tritt in frischgewaschenem Pyjama aus dem Bad, riecht nach italienischem Parfüm, legt sich neben sie, schaltet die Nachttischlampe ein, greift nach einem Buch, schlägt eine beliebige Seite auf, liest zum Schein. Ines blättert in einer Zeitschrift. Er spürt ihre Anspannung, weiß, daß sie sich nicht auf den Klatsch konzentrieren kann, sondern darüber nachdenkt, was sie ihm in wenigen Minuten an den Kopf schleudern wird, ob sie wütend, verzweifelt, tieftraurig sein soll. »Was machst du?« fragt sie, als er um fünf vor zwölf aufsteht. »Ich muß noch ein Stück Brot essen«, antwortet er und geht die Treppe hinunter. Er holt geräuschlos Gläser aus dem Schrank, stellt sie auf ein Tablett, plaziert dazwischen das Kästchen. Der Champagner ist kalt genug. Er öffnet die Flasche vorsichtig, nur ein leises »Plöpp« ist zu hören. Als er wieder in der Tür steht, starrt Ines ihn an, als hätte er ein Schlachtermesser in der Hand. Für einen Moment weiß sie nicht, wohin mit dem Zorn, der sich über Stunden aufgebaut hat und den sie genau jetzt hatte herausschreien oder herausheulen oder herausschweigen wollen. »Alles Gute zum Hochzeitstag, Liebes«, sagt er. Ines nickt nur. Während er das Tablett auf die Kommode stellt, den Champagner ausschenkt, sieht er aus dem Augenwinkel, daß sie eine Träne fortwischt. »Bitte, für dich«, sagt er und gibt ihr das Kästchen: »Morgen – heute – muß ich auch nicht ins Büro.« Ines' »danke« ist ein Hauch. Sie steht auf, küßt ihn wie abwesend, noch bevor sie das Geschenk auspackt. »Das verflixte siebte Jahr ist vorbei.« »Glaubst du?« »Es ist vorbei. Das ist Fakt. – ›Die normative Kraft des Faktischen‹«, sagt Françoise mit seiner Stimme. Ihm schießt Blut in die Wangen. Das kann vieles bedeuten. Ihre Gläser berühren sich. Ines öffnet ihre Nachttischschublade, nimmt ebenfalls ein Geschenk heraus. Es ist rechteckig, flach, hart – zu dünn für ein Buch. Es könnte ein Bild sein. Ines hat sich noch nie getraut, ihm ein Bild zu schenken. Cismar ist froh, daß sie sich jetzt beide auf das Auspacken konzentrieren müssen. Sie sitzen nebeneinander auf der Bettkante und lösen mit spitzen Fingern die Knoten der Zierbänder. »Du bist wahnsinnig«, sagt Ines flüsternd, als sie ›Cartier‹ liest. Er lächelt, ohne sie anzuschauen. Offenbar hat sie ihr Geschenk eigenhändig verpackt, mit besonderer Sorgfalt, weil sie weiß, daß er nie eine Verpackung aufreißen würde. Ines stößt einen spitzen Schrei aus, als sie den Ring sieht. Sie ist so aufgeregt, daß sie Mühe hat, ihn aus dem Kästchen zu fischen. Ihre Hände zittern, als sie ihn überstreift. »Gefällt er dir?« »Du bist komplett verrückt.« Sie fällt ihm um den Hals, drückt ihm eine Serie kleinerer Küsse aufs Gesicht: »Ich hatte schon gedacht…«, sagt sie und bricht ab: »Jetzt pack du aber auch aus!« Cismar löst die Klebestreifen, faltet das Papier auseinander und glaubt nicht, was er sieht. Auf seinem Schoß liegt die Doppelseite einer Handschrift, Teil eines Korankommentars. »Frühes achtzehntes Jahrhundert«, sagt Ines. Er ist gerührt. Einerseits. Gerührt, weil sie sich wirklich überlegt hat, worüber er sich freuen könnte. Weil er sich vorstellen kann, welche Überwindung es sie gekostet hat, zu einem Antiquitätenhändler zu gehen, etwas für ihn auszusuchen, das ihr selbst völlig fremd ist, um den Preis zu feilschen. Weil er ahnt, daß sie bis jetzt fürchtet, für viel Geld eine Fälschung gekauft zu haben. Cismar kennt sich gut genug aus, um zu sehen, daß es keine Fälschung ist, sondern eine hervorragende, eine besondere Arbeit. Reine Schrift, ohne Ornament. Klar gesetzt, weder zögernd noch hastig. Um den eigentlichen Text herum sind mit roter Tusche Anmerkungen geschrieben, damit der Leser weiß, wie er mehrdeutige Stellen zu verstehen hat. Aber offensichtlich waren ein zweiter und ein dritter Leser mit den Interpretationen ihres Vorgängers nicht einverstanden und haben ihrerseits blau und in Sepia die Kommentierung des Kommentars kommentiert. Zwischen den verschiedenen Schriftblöcken ist immer noch Freiraum. Wer eine weitere Deutung hätte, könnte sie hinzufügen. Er selbst auch, doch ihm fehlt dazu alles. Er fragt sich, weshalb Ines gerade dieses Blatt ausgewählt hat? Es gäbe dekorativere, die sich dem Blick schneller erschlössen. Statt gefälligen Dekors ein Bild des vierfachen Schriftsinns. Damit ist er nicht ausgeschöpft.

Was Ines nicht wußte oder wieder vergessen hat, ist, daß Cismar die Unsitte haßt, Bücher auseinanderzuschneiden, um die Seiten einzeln zu verkaufen, weil es mehr Geld einbringt. – Das jetzt zu sagen wäre fürchterlich. Er streicht ihr übers Haar. »Gefällt es dir?« Ihre Frage klingt bang. »Sehr sogar.«

Am Samstag hat Cismar die Idee, ans Meer zu fahren, weil sie beide eine Luftveränderung dringend nötig hätten, und sei sie noch so kurz. Die Fahrt dauert knapp drei Stunden. Himmel und Wasser sind blau, der Strand menschenleer. Sie sitzen im Schatten eines Sonnensegels, reden miteinander, ruhig, ohne Gereiztheit. Später legt Ines sich hin, ihr Kopf ruht auf seinem Schoß. Sie sinniert darüber, ihre Promotion doch noch fertigzustellen. Er spielt mit ihrem Haar, läßt ihr Sand in den Nabel rieseln, das kitzelt. So hat es ein-

mal angefangen. Abends sind über Kairo Wolken aufgezo-
gen. »Warum machen wir das nicht öfter?« fragt Ines, als
sie den Tag ausklingen lassen. »Das ändert sich wieder«,
antwortet er und legt ihr den Arm um die Schulter.

Am nächsten Morgen hängt Dunst über der Stadt. Ines
sitzt im seidenen Kimono beim Frühstück. Darunter trägt
sie nichts. Wenn sie sich vorbeugt, um an die Butter zu gelangen, sieht er ihre linke Brust, fest und klein, die dunkle
Warze stößt an den Stoff. »Heute ist der zweite Advent«,
sagt Cismar, »und man merkt nichts davon.« »Vermißt du
etwas?« Er zögert: »Es ist irgendwie befreiend, nicht an
jeder Ecke von Weihnachtsbäumen, Weihnachtsmännern,
Weihnachtsmusik behelligt zu werden, findest du nicht?
Und man sieht sich nicht ständig als Kind. Als das Kind,
das man war und nicht sein wollte.« »Ich denke gern daran
zurück. Bei uns gab es immer Geschenke. Jeden Morgen vor
der Schule ein kleines Päckchen«, sagt Ines. In Cismars Erinnerung überwiegen Rituale und die Wutausbrüche des
Vaters, wenn jemand ihren Vollzug störte. Vier Sonntage,
an denen Mutter nachmittags aus der Heiligen Schrift las,
während es früh dunkelte. Kerzen brannten. Sie sorgte
sich um die Tischdecke, hatte Angst, es könnte Feuer ausbrechen. Nach der Lesung lief eine verkratzte Platte mit
Bach-Kantaten: »›Wachet auf‹, ruft uns die Stimme/ der
Wächter sehr hoch auf der Zinne./ ›wach auf du Stadt Je-
rusalem‹.« Es gab Selbstgebackenes, später echte Nürn-
berger Lebkuchen, eine Seltenheit damals. Oft wurde
vom Krieg erzählt. Seine Eltern hatten nichts verloren und
auch nicht gehungert, aber Angst gehabt, unaussprechliche
Angst, vor allem vor der roten Armee. Es gab ein paar
Jahre, in denen Cismar so etwas wie fromme Gefühle entwickelte. Nach Ansicht seines Vaters waren es die falschen.

Die richtigen hatten im Rahmen von Sonn- und Feiertagen ihren Platz sowie im Beherzigen moralischer Grundsätze. Primär betrafen sie den Umgang mit dem anderen Geschlecht. Wenn er mehr tun wolle, könne er von seinem Taschengeld spenden, solle dabei allerdings bedenken, daß es nicht vom Himmel falle. – »Ich weiß gar nicht, wann ich das letzte Mal in einem Gottesdienst war«, sagt Ines, »aber um Weihnachten herum spüre ich noch stärker als sonst, wie fremd ich hier bin.«

Als Cismar montags sein Büro betritt, möchte er auf dem Absatz kehrtmachen und gehen. Seinen Magen zerreißt es. Die Suspension wirkt nicht einmal mildernd. Er bräuchte Paspertin-Tropfen. Die will er erst nehmen, nachdem er mit einem Arzt gesprochen hat. Es steht einiges an: Innenminister Hassan al-Alfi hat eine Pressekonferenz anberaumt, um die internationale Öffentlichkeit über die Festnahme der Sidki-Attentäter zu informieren. Eine schriftliche Fassung liegt auf Cismars Schreibtisch. Er bittet Dr. Lüders, trotzdem hinzugehen, um die Stimmung des Ministers zu sondieren. Oft entscheiden Launen anstelle von Gründen. Es ist hilfreich, sie frühzeitig zu kennen.

Beim Mittagessen berichtet Dr. Lüders von einem aufgekratzten Hassan al-Alfi: Geradezu triumphierend habe der Minister die Namen verlesen, dann den raschen Erfolg seiner Polizei dem offenbar dilettantischen Vorgehen der Terroristen gegenübergestellt. Alle neun Festgenommenen hätten inzwischen detaillierte Geständnisse abgelegt: Der Anschlag sei als Rache für die Todesurteile geplant gewesen, die Ende Oktober gegen acht Mitglieder der Talaia al-fath al-islami gefällt worden seien. Besonders erstaunt habe den Minister, und Dr. Lüders teilt sein Erstaunen, die mangelnde Professionalität der Gruppe, zumal die Verhafteten allesamt zur Ausbildung in Afghanistan gewesen seien. »Da darf man eigentlich ein bißchen mehr erwarten«, sagt Dr. Lüders: »Fragen Sie Ihren Sawatzky nachher doch mal, wie er sich das erklärt: Training in Top-Camps, und dann eine derart stümperhafte Arbeitsweise.« Cismar kaut an trockenem Reis und hofft, daß niemand seinen angegriffen Zustand bemerkt: »Können Sie das näher ausführen?« Dr. Lüders schüttelt den Kopf, lacht: »Da hat einer fünf Tage vor dem Anschlag einen Gebrauchtwagen gekauft und sogar angemeldet. Auf seinen eigenen Namen, ganz legal, alles aktenkundig. Einen Tag vor dem Anschlag handelt er sich eine Geldbuße wegen zu schnellen Fahrens ein. Auch dazu gibt es einen Vorgang. Und dann nehmen diese Trottel dasselbe Auto und sprengen es in die Luft. Abgesehen davon, daß sie Sidki verfehlt haben: Wer so dämlich ist, braucht sich nicht zu wundern, wenn er zwei Wochen später im Knast sitzt.« »Was soll Sawatzky dazu sagen?« »Hoffentlich hatte er nie mit ihnen zu tun. Diese Jungs sind nicht so heldenhaft wie Ihr Mann, die packen aus.«

Auf der Fahrt zum Gefängnis hat Cismar zeitweilig Mühe, sich geradezuhalten. Er fürchtet, daß die Entzündung auf den Darmtrakt übergreift. Françoise sprach von ostasiatischen Atemübungen zur Entspannung. Sie wird ihm eine Anleitung kopieren, speziell für Europäer. »Keine Sorge, du mußt nicht Buddhist werden«, hat sie gesagt.

Die zeitnahen Festnahmen haben auch Dr. Taufiqs Stimmung deutlich gehoben. Er schlägt Cismar auf die Schulter, plaudert über das Wetter: »Da müßten Sie sich doch wie zu Hause fühlen.« Der Kommandeur ist ausgesucht höflich, weist darauf hin, daß die schlechte körperliche Verfassung, in der Sawatzky aufgrund der Kampfhandlungen im Vorfeld seiner Verhaftung gewesen sei, sich allmählich bessere, woran die hervorragende medizinische Betreuung im Gefängnis maßgeblichen Anteil habe. Cismar sagt dazu nichts.

Im Neonlicht der fensterlosen Gänge spielen Witterungsverhältnisse keine Rolle, ebensowenig der Wechsel von Tag und Nacht. Die Schritte hallen wie immer. Ihre Bedrohlichkeit ist Teil der Inszenierung.

Sawatzky zeigt den Ansatz eines Lächelns, als er Cismar sieht. Die Schwellungen in seinem Gesicht sind zurückgegangen. Blutergüsse changieren zwischen Grün- und Gelbtönen. Cismar ist stolz auf sich. Auch ohne Ankündigung von Konsequenzen hat er es geschafft, Alfi klarzumachen, daß die Bundesrepublik eine weitere Mißhandlung ihres Staatsbürgers nicht hinnehmen würde. Alfi mußte keine Schuld eingestehen, aber die Maßnahmen wurden abgestellt. Das allein zählt. »Wie geht es Ihnen?«

»Man merkt, daß Weihnachten näherrückt. Es macht sich so ein Friede breit.« Sawatzkys hält inne: »Das habe ich Ihnen zu verdanken, oder?«

»Was?«

»Danke.« Dieses Wort hätte Cismar ihm nicht zugetraut. Seine Strategien sind aufgegangen, sowohl hier als auch beim Minister. Für einen Augenblick ist er wieder sicher, im richtigen Beruf zu arbeiten: »Um gleich zur Sache zu kommen: Ihnen wird nicht mehr nur die Beteiligung am Anschlag von Luxor vorgeworfen. Die ägyptische Staatsanwaltschaft ermittelt gegen Sie inzwischen auch wegen Verwicklung in beziehungsweise Vorbereitung von Attentaten im Raum Assyût.«

230

Sawatzky gelingt es, gleichzeitig zu nicken und den Kopf zu schütteln, beides sehr langsam: »Danach haben die Staatsschützer auch schon gefragt.«

»Es wäre katastrophal, wenn mir demnächst neue Beweise präsentiert würden und ich wüßte von nichts.«

»Für Sie.«

»Für unser Ziel, Sie hier lebend herauszubekommen.«

Er lächelt: »Natürlich habe ich eine Reihe von Leute getroffen, die sich an den Kämpfen beteiligen. Aber die Verbindungen zwischen den Kommandos sind nicht eng. Das wäre zu gefährlich. Je weniger Männer beteiligt sind, desto geringer ist das Risiko, daß einer Fehler macht oder die Sache verrät. Doch wie Sie sehen: Manchmal nützt alle Vorsicht nichts.«

»Ich möchte eine eindeutige Antwort auf eine eindeutige Frage: Haben Sie weitere Anschläge unterstützt?«

»Im eigentlichen Sinne: nein.«

»Die Sidki-Attentäter wurden inzwischen festgenommen. Wissen Sie davon?«

»Woher sollte ich?«

»Irgendwelche Informationskanäle gibt es in jedem Gefängnis.«

»Isolationshaft. Kontaktsperre. Das müßte Ihnen doch etwas sagen. Seit ich hier bin, habe ich außer Ihnen und den Staatsschützern niemanden gesprochen. Die Staatsschützer erzählen mir dies und das. Was ihnen gerade nützlich scheint. Beim nächsten Mal gilt das Gegenteil. Manchmal wundere ich mich, wie wenig sie wissen, manchmal denke ich: Sie wissen alles. Neulich haben sie Samir an meiner Zelle vorbeigeführt. Bis dahin hieß es, alle außer mir und Salah seien getötet worden und Salah sei bereit auszusagen. Gestern hat einer behauptet, der Doktor säße in jordanischer Auslieferungshaft. Stimmt das, oder soll es mich einfach entmutigen?«

Cismar scheut sich, den ägyptischen Ermittlern offen in den Rücken zu fallen: »In diesem Bereich, derzeit, angesichts der gespannten Lage, wird natürlich nicht alles an die große Glocke gehängt. Wir werden auch nicht immer gleich über jeden Vorgang in Kenntnis gesetzt.«

»Es stimmt also nicht.«

»Die Festgenommenen verhalten sich, im Gegensatz zu Ihnen, äußerst kooperativ. Kennen Sie jemanden aus der Gruppe?«

»Ich kenne, wie gesagt, viele Leute.«

»Könnte einer von denen, die jetzt inhaftiert wurden, Sie zusätzlich belasten? Ich muß das wissen!«

»Könnte, könnte, könnte... Die Staatsschützer gehen nicht gerade sanft mit uns um. Da kann einer leicht zerbrechen. So wie Rashid. Oder Salah, wenn er wirklich noch lebt. Er ist erst zwanzig. Immer der Liebling seiner Mutter gewesen. So einer sagt dann etwas. Nur damit sie aufhören. Es muß nicht die Wahrheit sein. Vielleicht rettet es ihn über den nächsten Tag. Wenn sie am übernächsten noch ein bißchen freundlicher zu ihm sind oder noch ein bißchen brutaler, je nachdem, nennt er ein paar Namen, eine Adresse, die er irgendwo aufgeschnappt hat. Das wird überprüft. Schon sind wieder ein paar Tage gewonnen. Manches läßt sich auch nicht überprüfen. Sei's drum. Was der Innenminister Ihnen erzählt, muß genausowenig stimmen. Er bezweckt schließlich etwas damit. Oder glauben Sie allen Ernstes, daß ihn die Wahrheit interessiert?«

»Die Sidki-Attentäter sind offenbar ziemlich idiotisch vorgegangen.«

»Keine Ahnung.«

»Aber Sie wußten, daß der Anschlag geplant war?«

»Es wird über eine Menge Sachen geredet. Manche Leute wollen sich wichtig machen, oder sie sind naiv. Vielleicht wurden zu viele Männer in zu kurzer Zeit rekrutiert. Möglicherweise haben die Führer nach dem Sieg in Afghanistan gedacht, in Ägypten würde es genauso laufen: Krieg ist eine einfache Sache. Da steht der Feind, hier stehen wir. Wir haben Mut und Gottes Hilfe, sie sind feige, weil sie nicht an das glauben, wofür sie kämpfen: Ihnen ist die Niederlage bestimmt. Aber in Ägypten herrschen andere Bedingungen. Einige der Brüder haben vom Westen geträumt, von Amerika, bevor sie zu uns gekommen sind. Als ich ihn zum ersten Mal gesehen habe, hatte Salah dieses ganze amerikanische Zeug im Gepäck, Marken-T-Shirts, Turnschuhe, Walkman, nur das Beste. Andere haben ein normales Leben geführt, mit Frau und Kindern, einem ordentlichen Beruf. Wenn eine Bewegung groß wird, stoßen auch Leute dazu, die vorher zu viel Angst gehabt hätten. Aber ein Krieger wird man nicht über Nacht. Nicht jeder ist dazu berufen…«

»Kannten Sie jemanden aus der Gruppe?«

»Woher soll ich das wissen?«

Cismar kramt in seinem Koffer und reicht ihm die Liste mit den Namen, die der Innenminister genannt hat.

»Einem von ihnen bin ich begegnet.«

»Wem?«

»Wir haben höchstens zwei, drei Sätze miteinander gewechselt.«

»Ich will wissen, wer es war.«

»Das ist unwichtig.«

»Worüber haben Sie gesprochen?«

»Belanglosigkeiten. Sand in den Socken, Blasen, Müdigkeit, was weiß ich. Ein Student, der viel Wind gemacht hat. Ich mochte ihn nicht.«

»Kann er Ihnen schaden?«

»Sie meinen, ob er etwas weiß, für das sie mir dann zweimal das Genick brechen können?«

Cismar schüttelt den Kopf.

»Jeder Krieg fordert Opfer. Das war mir von vorneherein klar. Ich habe eingewilligt. Bestimmte Operationen lassen sich nicht durchführen, wenn nicht einige bereit sind zu sterben. Es ist aussichtsreicher, die Angst vor dem Tod zu bekämpfen als den Tod, ganz grundsätzlich. Aber vielleicht haben wir die Staatsmacht unterschätzt. Der Gegner ist stärker, hinterhältiger, als wir vermutet haben. Ihm stehen alle Möglichkeiten eines modernen Überwachungsstaats zur Verfügung. Gerade seine technische Überlegenheit und die unbegrenzten Geldmittel, um Leute zu kaufen, lassen sich schwer ausgleichen. Und wir sind angreifbarer, als wir dachten. Vielleicht müssen wir uns neu besinnen. Gott deckt auch die Schwächen der Gläubigen auf, damit sie umkehren und nicht selbstgefällig werden. Als die Schlacht von Uhud verlorenging, wurde sogar der Prophet verwundet, und der Qur'ān sagt, warum: »*Es gab unter euch solche, die nach dieser Welt verlangten, und solche, die nach jener Welt verlangten; dann wandte Er sich von euch ab, um euch zu prüfen.*« So ergeht es uns zur Zeit. Einige der Brüder sind nicht gefestigt, und fast jeder, der eine Familie zurückläßt, ist verwundbar. Sobald ihm gedroht wird, daß seinen Kindern etwas geschieht, wenn er nicht kooperiert, gibt er auf. Man sollte frei von dieser Art Bindungen sein, wenn man sich für den Dschihad entscheidet.«

»Deshalb haben Sie Arua verlassen?«

»Was wollen Sie immer mit Arua? Wahrscheinlich hat sie Ärger genug.«

»Gäbe es dafür Grund?«

»Sie verhören sogar meine Mutter. Dann ist Arua erst recht fällig. Selbst wenn die Anklage eigens für meine Auslieferung zusammengebastelt wird – wie Sie sagen.«

»So habe ich das nicht gesagt. Ihre Mitgliedschaft in einer terroristischen Vereinigung steht außer Zweifel. Inwieweit sich aus den vorliegenden Indizien und Zeugenaussagen in Deutschland Anklage wegen Planung eines Bombenanschlags erheben läßt, wird sich herausstellen. Ich bin da ziemlich zuversichtlich.«

»Arua war immer gegen Gewalt...«

»Aber sie wußte von Ihren Plänen. Sie wäre verpflichtet gewesen, die Polizei zu unterrichten.«

»Es wurde nichts geplant, sondern lediglich über Schritte nachgedacht. Sie haben mir doch erzählt, daß Sie sich als Student ebenfalls an Diskussionen über die Gewaltfrage beteiligt haben.«

»Sie hatten eine enge persönliche Beziehung, auch außerhalb der Gruppe. Hat Arua nie nachgefragt, was genau Sie vorhaben? Welche Folgen das für Sie beide hätte?«

Sawatzky schließt die Augen, seine Lider zucken. Dahinter läuft ein Film, Schlüsselszenen ihrer Geschichte, schnell geschnitten: »Ich werde Ihnen nicht sagen, worüber wir im einzelnen gesprochen haben.«

»Um ihr Schwierigkeiten zu ersparen?«

Sawatzky antwortet nicht. Cismar macht sich eine Notiz: Er wird Bonn empfehlen, Arua Mashrudi – sollte sie ebenfalls versuchen, Sawatzky durch Schweigen zu schützen – darzulegen, daß sie ihm am besten hilft, indem sie jeden einzelnen Satz, der die Anklage stützen könnte, zu Protokoll gibt. – Soweit er es von hier aus beurteilen kann, hat sie nichts zu befürchten.«In dem Bericht vom 13. Dezember '92 heißt es: ›Arua sagte, sie lasse sich nicht als schlechte Muslimin hinstellen, weil sie die Ermordung Unschuldiger ablehne. Außerdem seien die Christen Schriftbesitzer. Sie befinde sich damit im Einklang mit Koran und Sunna. Auf lautstarken Widerspruch der anderen hin beschimpfte sie diese unflätig und verließ den Raum.‹ Bei der Gelegenheit wurde über Terroraktionen im Umfeld des Weihnachtsfestes gesprochen.«

»Das ist in privatem Rahmen gewesen. Außerdem rein spekulativ. Ich war nicht dafür.«

»Offenbar haben sie das aber nicht deutlich gezeigt: ›Abdallah verhielt sich zurückhaltend, erklärte lediglich, daß er einen Angriff auf militärische Ziele vorziehen würde.‹ – Haben Sie wegen Arua geschwiegen? Oder hatten Sie Angst um Ihre Glaubwürdigkeit, wenn Sie Bedenken äußern würden? Man hätte Ihnen Wankelmütigkeit unterstellen können. Schließlich waren Sie Konvertit. Wäre dieser Verdacht entstanden, hätten Sie Ihre Karriere als Gotteskrieger vergessen können.«

Sawatzky starrt an die Decke. Er möchte diese Fragen nicht hören. Sie unterstellen ihm Beweggründe, die sein Wunschbild vom lauteren Gotteskrieg ohne persönliche Eitelkeiten, Verstrickungen, in Zweifel zögen, wenn er sie zuließe: »Wer war der Spitzel?«

»Ich weiß es nicht.«

»Sie lügen.«

Cismar wird rot. Er sollte sich die Behauptung verbitten, bleibt aber ruhig, stellt Sawatzkys Lage in Rechnung: »Glauben Sie mir einfach.«

Sawatzky zuckt mit den Achseln: »Wenn wir mit Freunden zusammensaßen, wurde natürlich anders gesprochen, als wenn wir zu zweit gewesen sind. Später waren wir aber selten zu zweit.«

»Hat Arua sich von Ihnen getrennt oder umgekehrt?«

»Niemand hat sich getrennt. Wir waren überhaupt kein Paar in diesem Sinn. Wie das im Westen üblich ist. Diese Möglichkeit hätte von ihrer Seite aus gar nicht bestanden. Und ich wollte es auch nicht.«

»Nachdem Sie konvertiert sind, hätten Sie regulär heiraten können.«

»Bevor man heiratet, sollte man klären, ob man die gleichen Ziele hat, ganz umfassend. Liebe, oder das, was dafür verkauft wird, ist nur ein Teil davon.«

»Aber am Anfang sah es danach aus.«

»Am Anfang war vor allem alles neu. Ich mußte mein Leben komplett umstellen. Manchmal habe ich gedacht: Ich schaffe das nie. Es ist zuviel. Ich verstehe nichts, und umsetzen kann ich es schon gar nicht. Vor Sonnenaufgang aufstehen, um zu beten. Überhaupt fünfmal am Tag beten. Jedesmal vorher die Reinigung vollziehen, nach genau festgelegten Regeln. Dazu der ganze arabische Text. Seitenweise Sätze auswendig lernen, von denen man kein Wort versteht, mit einem Hirn, das erst allmählich wieder zu sich kommt. Keine Bratwurst, keine Salamipizza, kein Tiramisu, keine Kneipen mehr. Das Fasten im Ramadan. Am schwierigsten war, von Sonnenaufgang bis Sonnenuntergang ohne Zigarette zu sein. Nicht mehr eben mal mit einer Frau ins Bett gehen, weil es sich gerade ergibt. Meine früheren Möglichkeiten, Geld zu beschaffen, fielen ebenfalls flach.«

»Sie hatten sich doch Arbeit suchen wollen.«

»Wenn man hinsieht, stellt man fest, daß es keine Arbeit gibt, die nicht direkt oder indirekt das System des Unglaubens stützt. Der Westen hat die Habsucht zum Prinzip gemacht, alle wirtschaftlichen Vorgänge basieren darauf. Selbst Geld, das sauber wäre, wenn es das gäbe, wird von Banken verwaltet, die damit spekulieren, Zinsen einfahren. Beides ist verboten. Wissen Sie, welche Art Geschäfte Sie indirekt mitfinanzieren? Haben Sie bei Ihrer Bank nachgefragt, an welchen Firmen sie beteiligt ist? Außerdem gab es Wichtigeres zu tun. Wenn ich nicht weiterwußte, sagte Arua: ›Allah hat dich bis hierher geführt. Er wird dich jetzt nicht fallenlassen.‹ Ich habe viel gebetet. Um Einsicht, um Beistand. Daß der Schleier von mir genommen wird. Zerrissen war er ja schon...«

»Als Sie Arua zum erstenmal gesehen haben?«

»...Ich war an dem Punkt gewesen, an dem es nichts zu verlieren gab. Alhamdu Lillah. Ich hatte aufgehört, mich aufzulehnen, freiwillig, mit der Hilfe Allahs, der nicht zugelassen hat, daß meine Seele verlorengeht. Danach wurde es leicht. Jeder Tag seither ist besser gewesen als alle vorher. Arua half mir, mehr noch als Karim, zumindest am Anfang. Ohne sie wäre ich früher oder später in die alten Gewohnheiten zurückgefallen. Ich hätte das Geschenk des Neubeginns verspielt, vor tausend Fragen und Vorurteilen kapituliert. Arua ist in Deutschland aufgewachsen – in einer angepaßten Familie, aber letztlich islamisch geprägt. Sie kannte den Westen so gut wie ich, vielleicht sogar besser, weil sie Distanz hatte. Sie konnte mir erklären, warum bestimmte Regeln Sinn haben, auch wenn ich sie auf den ersten Blick nicht verstand. Sie wußte, wo die Gefahren lauerten in einer kaputten deutschen Großstadt wie Frankfurt. Anders als die Studenten, die mit zwanzig aus Marokko oder Ägypten kommen, hielt sie nicht jeden arabischen Brauch für ein Herzstück des Islam: ›Das ist arabischer Machismo. Der unterscheidet sich wenig vom südeuropäischen oder südamerikanischen.‹«

In Cismars Magen kündigt sich eine neue Welle Übelkeit an.

»Nach acht Monaten habe ich mich reif gefühlt, den letzten Schritt zu vollziehen und die Shahada zu sprechen, vor Zeugen, wie es vorgeschrieben ist. Das war im April ’88, kurz nachdem die Russen ihren Abzug aus Afghanistan angekündigt hatten. Zufall, wenn man an Zufälle glaubt. Die richtige Zeit, wenn man die Zeichen lesen kann. Arua weinte vor Freude, als ich ihr den Entschluß mitgeteilt habe. Dann habe ich mit Karim gesprochen. »Das ist gut. Gepriesen sei Gott«, hat er gesagt. Sonst nichts. Zwei Wochen später haben wir uns alle in seiner Wohnung getroffen. Es war klar, daß etwas Besonderes passierte. Vordergründig ging es um mich. Doch es geschah etwas anderes, etwas, das weit darüber hinaus reichte: Wir sahen die Rechtleitung Allahs in unserem Leben. Jeder für sich und wir als Gemeinschaft. Wir waren nicht irgendein versprengtes Häufchen in Bockenheim, sondern Teil der Umma, die Länder und Zeiten übergreift...«

Cismar hat Mühe zuzuhören, in seinem Kopf verwirbeln Sätze, Szenen, Begriffe.

»...Sie wuchs, für jeden sichtbar. Ein Gefühl der Zusammengehörigkeit, wie ich es bis dahin nicht kannte...«

Wortfetzen rufen Erinnerungsreste auf, die sich mit Gedanken mischen, mit Schmerz: Initiationsriten. Beschneidung, Taufe, Konfirmation, Jugendweihe, Amtseid. ›Wir widersagen‹, ›So wahr mir Gott helfe.‹ Vater, der ihm die Backe tätschelt, als wäre er noch ein Kind. Ihre stabilisierende Funktion sowohl für den, der aufgenommen wird, als auch für die Gemeinschaft, die aufnimmt. Massenhypnose. ›Wir sind das Volk.‹ Fremde und eigene Bildsequenzen im Zeitraffer. Die Angst, es nicht länger zu schaffen, was dann? Autosuggestion, verstärkt durch gruppendynamische Prozesse, im Extremfall kollektiver Rausch. ›Ein Volk, ein Reich, ein Führer.‹ Die Zähne zusammenbeißen: Das hat uns der Krieg gelehrt, auch wenn er verloren wurde. Schwindel. Rockkonzerte, Fußballspiele, Parteitage. Der Reflex, die Spannung loszulassen. ›We are the champions.‹ Der Reflex, Abstand zur Masse zu halten. Masse bedeutet Identitätsverlust, Angst. ›Steht auf, wenn ihr Deutsche seid.‹ Gleichzeitig die Enttäuschung über die eigene Fühllosigkeit. Der Befehl des Körpers, abgelöst vom Geist, sich zu übergeben, den rechten Arm zum Gruß zu heben. Ihm widerstehen.

Und diejenigen, die für Uns eifern, wahrlich leiten wollen Wir sie auf Unseren Wegen.

Der Geschmack von Gift und Galle, Speichel in den Mundwinkeln, stechende Blicke, Ohrfeigen für einen richtigen Satz. Ohnmacht dem falschen Satz gegenüber. Verstummen. Feigheit vor dem Feind. Übelkeitswellen, die sich überschlagen. Der Magen ist zu leer, um etwas zu erbrechen. Der Moment, in dem der Krampf nachläßt, Erlösung, zeitlich begrenzt. Das ist schon viel. Cismar versucht, sich auf Sawatzky zu konzentrieren.

»Erst im vollständigen Vertrauen auf Gott, in der Aufgabe des eigenen Willens, stellt sich Freiheit ein.«

Es war eine Atempause, gerade lange genug, Kraft für den nächsten Schub zu sammeln. Schmirgelpapier auf der Haut. Der Geruch arabischer Gewürze, angebrannten Fleischs, gelöst in Körperausdünstungen. Eine Vorspiege-

240

lung des Gehirns an der Grenze. In aufrechter Haltung. Scharfkantige Splitter: Er sieht sich neben Françoise auf dem Markt stehen, eingezwängt von Menschen, die er nie gesehen hat, wehrlos. Ohne es zu merken, wird er Teil der allgemeinen Bewegung, unfähig zu sagen, ob sie in ihm oder außerhalb seiner selbst stattfindet. Als ein Außenstehender gehorcht er dem anderen Taktschlag, ganz für sich und doch nicht vereinzelt, als Ungläubiger ist er mit allen und allem verbunden. Mehr als Widerwillen. Aus dem Durcheinander steigt ein geordnetes Ganzes zum Himmel. Eine höhere Macht hat die Welt unter ihre Herrschaft gezwungen. ›Von nun an bis in Ewigkeit‹. In solchen Fällen muß Gott herhalten. Kälteschauer, obwohl es objektiv warm ist, eher zu warm. Dann hat die Blase sie ausgespuckt. Françoise und ihn, einzeln, gemeinsam. Es dauerte lange, bis er sich aus dem Besitz des Fremden, des Anderen befreit hatte. Er war froh, daß Françoise nicht fragte. Mit welchem Recht hatte es ihn sich einverleibt? Zwiebeldunst. Er schaut sich um: Hier stehen nirgends Zwiebeln. Sawatzky soll aufhören zu reden, aufhören, sich zu bewegen, die nächste Schweißwolke kann unabsehbare Folgen haben.

»...Im Westen wird ›glauben‹ immer mit ›meinen‹ verwechselt, ›Glauben heißt nicht-wissen‹ hat meine Mutter gesagt und fand das sehr schlau...«

Ein Satz aus dem Mund seines Vaters. Sein Vater weiß, wo der Hase lang läuft, und trifft. Der Hund apportiert, gehorcht, legt vor die Füße, wird gelobt, gestreichelt, getreten.

»...Jeder, der eine religiöse Erfahrung gemacht hat, weiß, daß Gott ist.«

Es ist krank: geisteskrank. Ihm fallen die Fachausdrücke

nicht ein, eine spezielle Form der Psychose: Im Gespräch verhält sich der Patient unauffällig, manchmal blitzt eine verzerrte Wahrnehmung auf. Man kann sie leicht übersehen. Er wird nicht schreien, nicht um sich schlagen. Der Schmerz flacht ab, erreicht eine Talsohle, vielleicht öffnet sie sich zur Ebene. Vor Cismar sitzt einer der interessanteren Fälle mit ungewöhnlich hoher Intelligenz, die hilft bei dem Versuch, jede Schwäche, selbst das Wohlwollen des Gegenübers zu nutzen. Um es in den Bann zu ziehen, einzuwickeln, ihm die Luft zu nehmen. Die vermeintliche Harmlosigkeit, das teuflische Geschick dahinter sind wissenschaftlich beschrieben und gedeutet. Sie gehören in den Bereich der Paranoia. Alle Religionen arbeiten damit, Sekten, esoterische Zirkel, Radikale. Ohne sie würden ihre Systeme nicht funktionieren, hätten ihre Forderungen nicht das nötige Gewicht: So schwer, daß man sie gerade noch tragen kann, ohne zusammenzubrechen, müssen sie sein. Wächst der Zustand über den eingegrenzten Rahmen hinaus, wird der Realitätsverlust offenkundig. Schwillt der Schmerz weiter an, droht Kontrollverlust, über das Fleisch, es ist schwach. Fortan beweist jede Nachfrage die Verblendung des Fragenden und bestätigt das Wahnsystem. Wird der Betroffene gewalttätig, bleibt die geschlossene Anstalt, Sicherheitsverwahrung, lebenslang.

»*Gewiß, Gott ändert die Lage eines Volkes nicht, ehe die Menschen nicht selbst das ändern, was in ihren Herzen ist*«, hört er Sawatzky sagen, »Wer sein Herz reinigt, im Vertrauen auf Gott, dem kommt Er entgegen. Das hat Er zugesagt, und es ist nicht in irgendeinem symbolischen oder übertragenen Sinne zu verstehen: An diesem Nachmittag wurde aus meiner Ahnung eine Gewißheit, ein anderer Blick auf die Welt, klar und frei von Illusionen.«

Cismars Gedanken sind die Bewegungen seiner Därme, die Kontraktion des Schließmuskels, Schüttelfrost. Statt sich zu krümmen, zu kotzen, den Durchfall... – undenkbar –, lehnt er sich zurück, drückt den Rücken gegen die Lehne, krallt sich an der Tischkante fest. Es ist nur ein weiterer Anfall. Auch er läßt nach, wird ganz vorbeigehen. »Interessant«, murmelt er, »sicher ein einschneidendes Erlebnis.«

»Ich begreife nicht, wie man die Dumpfheit eines normalen bundesdeutschen Lebens erträgt, wie man nicht alles daransetzen kann, das Wissen zu erlangen und die Kraft: ›Und sucht das Wissen, selbst wenn es in China wäre‹, sagt der Prophet – Gottes Friede und Segen sei mit ihm.«

Im allmählichen Abklingen des Krampfes verlieren die Konturen der Wörter, der Dinge an Härte. Der Beton weicht auf, das Grau der Wände gerät ins Schwimmen, seltsame Schlieren, konzentrische Kreise, Fließbewegungen, als regnete es in einen Bach aus Schweröl. Cismar preßt beide Füße fest auf den Boden, um nicht seitwärts vom Stuhl zu kippen. Sawatzky spricht über die Vorherbestimmung, ohne von Cismars Verfassung Notiz zu nehmen: »Nichts geschieht ohne den Willen Allahs.«

Cismar fragt sich, welche Rolle Sawatzky ihm selbst in seinem irrwitzigen, größenwahnsinnigen Plan, den er Gott unterschiebt, zugewiesen hat. ›Prädestination‹ im Gegensatz zu ›Determination‹. Im Religionsunterricht wurde darüber gesprochen. Vor über dreißig Jahren. Niemand verstand den Unterschied, auch nicht der Pfarrer. Beides hob den freien Willen auf. Das durfte man so nicht denken, geschweige denn sagen, andernfalls lief man Gefahr, seinen Glauben zu verlieren, und folgte der Absicht Satans, der die rationalistischen Zweifel gesät hatte, um die Hölle zu füllen. Sawatzky nickt, unterstreicht etwas, das Cismar nicht gehört hat. Der Pfarrer flüchtete ins Geheimnis, die unergründliche Weisheit der Vorsehung. Cismar sah Gott an einem gigantischen Spieltisch. Auschwitz war der vorläufige Höhepunkt der Partie, jetzt bereitete er den Atomkrieg als final countdown vor. Der Mensch mußte sich und die Welt selbst retten. Der Pfarrer lief violett an, wenn er von der Hybris des Modernismus sprach, aber seine Stimme wurde leiser. Er sabberte nicht vor Eifer, sondern infolge einer angeborenen Fehlstellung der Zähne. Weißliche Flekken trockneten auf dem schwarzen Talar, während die berühmte Stecknadel hörbar fiel. Jüngere schlug er ohne sichtbare Regung, mit mathematischer Präzision. ›Eine religiöse Erfahrung.‹ Die Möglichkeit, Gottesdienst oder Religionsunterricht fernzubleiben, war ausgeschlossen. Die Zeit des Rohrstocks ging vorbei. Er folgte einer anderen Logik. Sie wurde widerlegt. Bewußtsein, Welle und Teilchen. Es wird milder, aber unscharf. Die Relation der Unschärfe: Damit werden die Begriffe von Bahn und Determiniertheit der Bewegung gegenstandslos, an ihre Stelle treten Wahrscheinlichkeiten. Wahrscheinlich würfelt Gott doch, nur für sich, gegen die Langeweile der Ewigkeit. Wahrscheinlich wird Cismar diesen Raum auf zwei Beinen und sauber verlassen. Auch nach dem Schrei, der nicht geschrieen wurde, herrscht Stille. Die Komplexität der Welt. Alles ist mit allem verbunden und vollständig isoliert. Das schöpft niemand aus.

»Ein Gefühl unendlicher Dankbarkeit, daß ich die Zusammenhänge auf einmal erkennen durfte...« Sawatzky sitzt ruhig da, die Gesten auf das Nötigste reduziert, den Blick nach innen gewandt. Dort ist ein Text hinterlegt, den liest er ab. Cismar ist dahinter verschwunden oder darin aufgegangen, ein Möbel aus Fleisch und Kleidern. Es gibt kein Gefängnis, keinen Botschafter, nur den Fluß der Erzählung, die alles aufnimmt, davonträgt, auf der anderen Seite den Prozeß der stufenweisen Entkrampfung. Die Frage, ob es draußen schon dämmert? Eine falsche Verbindung. Noch ist nicht aller Tage Abend. Sawatzky spricht zu sich selbst. Da niemand eingreift, wird wahr, was er sagt. ›Es ist ein Fehler, das zuzulassen. Nötig wäre ein gezielter Einwurf, der die Zementierung seines Wahns verhindert, woher soll er kommen‹, denkt Cismar und: ›Das Blut aus den Därmen kehrt zurück in den Kopf.‹

»Vorher hatte ich mir nicht vorstellen können, was ich ohne Drogen mit mir hätte anfangen, wie ich mich überhaupt hätte aushalten sollen. Jetzt war so viel zu tun, daß dauernd die Zeit davonlief...«

›Wie paßt das in den ewigen Plan: Zeit, die davonläuft?‹ fragt Cismar, doch nicht einmal er selbst hört es. –

Sawatzky lernte: Vokabeln, Grammatik, schrieb arabische Buchstaben, Wörter, Sätze, zehnmal, zwanzigmal, hundertmal. Stundenlang immer dasselbe. Seine Hand brauchte Wochen, um mit der Richtungsänderung – von rechts nach links, statt von links nach rechts – vertraut zu werden. ›Vielleicht liegt es daran‹, denkt Cismar, kommt jedoch nicht dazu, den Ansatz weiterzuverfolgen. Anfangs verspannte Sawatzky sich oft. Jetzt schüttelt er die Hand, als müßte er noch die Erinnerung lockern. Cismar verfolgt die Bewegung. Sie ist verkehrt herum, zu langsam, immer noch unscharf.

Sawatzky hatte den Ehrgeiz, daß seine arabische Handschrift nicht nur fließend, sondern schön würde, anders als seine deutsche, die nie jemand hatte entziffern können. Er las alles, was er zum Islam fand, durchforstete Bibliotheken, die Schriftenstände der Moscheen. Aus den Literaturverzeichnissen der Bücher schrieb er sich weitere Titel heraus, versuchte, sie zu beschaffen. Viele waren vergriffen oder gar nicht übersetzt. Allein deshalb mußte er sein Arabisch verbessern: »Die wichtigsten Texte des islamischen Aufbruchs liegen auf deutsch nicht vor. Die Vermutung, daß dahinter Methode steckt, rechnen Sie wahrscheinlich wieder dem Verfolgungswahn der Muslime zu.«

›Religion ist kollektive Paranoia‹, denkt Cismar, ›die von ihren Führern in Zaum gehalten wird, kurz bevor der Gläubige über den Rand der Erde, die eine Scheibe ist, ins Nichts fällt.‹

An manchen Tagen hatte Sawatzky das Gefühl, sein Kopf müßte platzen von all dem Neuen. Dann setzte er sich in den Zug, fuhr in den Taunus, die Wetterau und wanderte. Ziellos, nur um in Bewegung zu sein. Manchmal begleitete Arua ihn, dann sprachen sie über das, was er begriffen oder nicht begriffen hatte: »Es war Frühling. Warm. Alles roch neu und offen. Als die Bäume ausgeschlagen sind, habe ich gedacht, ich sehe zum erstenmal in meinem Leben Laub. Arua lachte, als ich ihr davon erzählte. Sie hat nicht gewußt, was ich meinte. Vielleicht fällt einem die Klarheit nicht auf, wenn man in ihr groß wird, vielleicht hat sie sich auch mit weniger zufriedengegeben, ohne es zu merken.«

Das Reißen in Cismars Magen hat nachgelassen. Aus dem Durcheinander der Hirnknoten, Darmschlingen schält sich so etwas wie ein Gedanke. Er versucht, ihn zu greifen, räuspert sich, hüstelt. Sawatzky sieht ihn erstaunt an, als begriffe er erst jetzt wieder, daß er nicht allein in seiner Zelle den Wänden erzählt, daß ein Zuhörer anwesend ist, ein staatlich zugewiesener, einer, der zur gegnerischen Seite gehört, dem er mißtrauen sollte, selbst wenn er wohlmeinend daherredet.

»Im Prinzip...«, sagt Cismar, und seine Stimme klingt brüchig: »Man könnte sagen, daß Sie mit Hilfe des Islam...« Er holt abermals Luft: »Mit Hilfe des Islam und guter Freunde ist es Ihnen gelungen...« Die Hand an der Stirn, das Zupfen am Schnäuzer beschleunigt das Denken nicht: »...haben Sie es geschafft, Ihre Sucht zu besiegen. Man hört öfter, daß es solche Befreiungen oder Heilungen im Zusammenhang mit einem religiösen Erwachen, auch mit Liebe gibt. Bei Ihnen fiel beides zusammen....« Cismar richtet sich auf, versucht, Sawatzkys Gesicht aus der Verschwommenheit zu holen: »Es spricht nichts dagegen, Gott, wie auch immer er aussieht, dafür dankbar zu sein. Es muß auch nicht Gott sein. Die Dankbarkeit kann man nachvollziehen. Daran ist nichts Negatives. Würde ich sagen. Im Gegenteil. Aber von da aus....« Cismar stockt erneut. Er hatte auf etwas anderes hinausgewollt. Präsident Mohammed Hosni Mubarak starrt von der Stirnwand auf ihn herab, grimmig entschlossen, schwarzweiß. Eine befremdliche Stille, eingeteilt in Atemzüge. Dazwischen versucht er, den Faden wiederzufinden, um den Riß zu vernähen. Er greift nach dem Kugelschreiber, drückt die Mine hinein und heraus, setzt einen blauen Kringel auf das vor ihm liegende Blatt mit Fragen, die zu stellen er versäumt hat. Sawatzky nimmt es zur Kenntnis, reagiert aber nicht. Cismar setzt an anderer Stelle wieder ein: »Es ging Ihnen besser. Sie hatten neue Freunde. Das ist alles sehr positiv, daraus kann man Mut schöpfen. Anfangen, sich eine Zukunft aufzubauen. Sie waren noch jung, hatten eine kluge und schöne Frau an Ihrer Seite. Es wäre möglich gewesen, doch noch eine Ausbildung zu machen, ein Handwerk zu lernen, zum Beispiel. Oder sich in einer Firma hochzuarbeiten. Sie sind nicht dumm, mit ein bißchen Mühe hätten Sie weit kommen können. Viele Karrieren verlaufen heutzutage nicht geradlinig. Die Zwangsläufigkeit, mit der früher ein Leben – in der Generation meiner Eltern, zum Teil in meiner noch: Man hatte nicht die Wahl. Das ist heute anders.« Cismar hat sich verheddert, macht eine Pause, findet keine Überleitung zu der entscheidenden Frage: »Warum wollten Sie auf einmal Menschen umbringen?« Sie steht jetzt für sich. Er atmet auf, froh, wieder Luft holen zu können, stickige, sauerstoffarme Luft.

Einen Moment lang macht sich Verärgerung in Sawatzkys Gesicht breit, noch unentschieden, ob sie ihm selbst oder seinem Gegenüber gilt: »Ich wollte keine Menschen umbringen«, sagt er und schüttelt den Kopf, als wäre seine Antwort so falsch wie die Frage.

»Sprechen Sie weiter«, sagt Cismar, obwohl er immer noch kaum aufnahmefähig ist, obwohl er sich eigentlich entschuldigen müßte, wegen Unpäßlichkeit, wie man so sagt, aufstehen und gehen. Das will er nicht. Das kann er nicht. Sawatzky würde es als Eingeständnis der Schwäche, der Niederlage deuten und es für eine billige Ausrede halten, wenn er von Magen-Darm-Grippe spräche, von Virusinfektion. Im Moment reicht die Kraft noch nicht, nicht einmal für die sieben Schritte zur Tür. Die Nerven haben Übertragungsschwierigkeiten, die Sehnen sind ausgeleiert, die Muskeln verstehen die Signale nicht. Ebenso unmöglich ist es, das Gespräch in dieser Verfassung fortzusetzen. Er wird warten, einige Minuten zumindest, bis er sicher ist, daß er, wenn er durch die Flure läuft, dem Ausgang zu, sich nicht an der Wand festhalten muß, bis er weiß, daß er weder schwanken wird oder – schlimmer noch – in die Knie sacken, vor dem Direktor, vor Dr. Taufiq, dem Wachpersonal auf dem Boden liegen, geschlagen, beschmutzt.

Sawatzky schaut ihn mitleidig an: »Ich habe gemerkt, wie schwierig es ist, in einer ungläubigen Gesellschaft gemäß der Weisung Allahs zu leben. Genaugenommen ist es unmöglich, wenn man sich nicht völlig zurückzieht. Und Rückzug wäre nicht im Sinne des Islam. Der Islam ist keine Wochenendreligion, kein Privatvergnügen für zu Hause. Er muß das ganze Leben durchdringen. Die Trennung von Religion und Staat, wie sie im Westen propagiert wird, ist nicht nur falsch, sondern gefährlich. Der Mensch, der im Gebet vor Gott steht, sich niederwirft, ist derselbe wie der, der arbeitet, ißt, trinkt, liebt, schläft. Soll er sich hier nach anderen Grundsätzen richten als da? Sie tun so, als ließen sich die verschiedenen Lebensbereiche voneinander abkoppeln. Je nach Lust und Laune bekommt die Religion ein Viertelstündchen Freizeit, einen Feiertag, danach fährt man ins Grüne oder betrinkt sich. Der Mensch zersplittert. Im Zentrum des Islam steht die Einheit: Wenn nicht alles aus demselben Geist geschieht, bricht das Herz auseinander. Das ist unausweichlich. Früher oder später fällt das eine dem anderen zum Opfer. Der Westen hat das Christentum geopfert. Wer außerhalb des vorgesehenen Rahmens von Gott spricht, wird belächelt, bestenfalls. Er vertritt seine heilige persönliche Meinung, eine von vielen, eine ziemlich abseitige. Ostern und Weihnachten bekommt der Papst ein bißchen Redezeit im Fernsehen, weil es immer so war, Oma freut sich. Was sein Glaube wert ist, sieht man an seinem fahrbaren Panzerglaskasten, eine Sonderanfertigung von Mercedes: Der höchste Vertreter des Christentums will sich mit Hilfe moderner Technik vor dem Tod schützen. Gott wird von diesem Vertrauensbeweis beeindruckt sein, nehme ich an.«

Der Sermon zieht an Cismar vorüber wie die Rede des Kollegen aus Honduras zur Frage der Bananenpreise auf einer internationalen Konferenz.

»Karim lernte dann Leute kennen, an der Universität, die...« Sawatzky unterbricht sich: »Ich weiß weder, wann die Ibn-Taimiya-Moschee unterwandert wurde, noch wie detailliert Ihr Spitzel berichtet hat: also keine Einzelheiten, keine Namen. Das waren junge Leute aus verschiedenen Ländern, die sich mit der Frage beschäftigten, wie unser Glaube in die Praxis umgesetzt werden kann. Einige hatten Kontakte. Manchmal kamen auch Gäste, die an verschiedenen Fronten gekämpft hatten. Sie berichteten, welchen Demütigungen die Gläubigen in vielen Gegenden ausgesetzt sind. Wenn einer erzählt, aus Gaza oder Kabul oder Sarajewo, hat es ein anderes Gewicht als Fernsehbilder. Aber sie brachten auch Hoffnung mit. Es mußte etwas geschehen, und es geschah etwas. Von der westlichen Öffentlichkeit fast unbemerkt, hatten sich vielerorts Gruppen gebildet, die sich darauf vorbereiteten, die korrupten Herrscher zu stürzen. Der Sieg in Afghanistan hatte neue Kraft freigesetzt. Sie würden verhindern, daß die Verkommenheit des Westens unter dem Deckmantel der Freiheit in die islamischen Gesellschaften getragen wird. Wir sind überzeugt, daß es in der gegenwärtigen Situation, angesichts des Versuchs des Westens, sich die islamische Welt einzuverleiben – wegen des Öls und weil sie den Widerspruch gegen die Gottlosigkeit verkörpert –, nicht reicht, das Gebet zu verrichten, im Ramadan zu fasten, auf die Pilgerfahrt zu sparen. Spätestens als die Amerikaner die Erlaubnis erhielten, von Saudi-Arabien aus, dem Land der

Heiligen Stätten, die Brüder im Irak anzugreifen, konnten wir nicht mehr wegschauen. Dazu kamen die Massaker an den bosnischen Muslimen, der russische Terror in Tschetschenien. Anstatt die Intifada auszuweiten, gab Arafat Palästina für ein paar Homelands auf und ließ sich als Friedensfürst feiern. Aber Afghanistan war befreit worden. Dort wurden und werden die Grundlagen für den Widerstand erarbeitet. Tausende haben sich ihm inzwischen angeschlossen, und es werden täglich mehr. Ganz gleich, was hier und mit mir geschieht: Die Bewegung wird es nicht aufhalten. Die Spaltung der Umma, der nationalistischen Irrwege wird überwunden werden. Überall schließen sich die Leute zusammen, um das Haus des Islam wiederaufzubauen. Wenn es gelingt, diese Kräfte zu bündeln, wenn der Ölreichtum, den Gott den Muslimen geschenkt hat, nicht länger für den Luxus der Emire und Prinzen verschwendet, sondern für den Aufbau eines islamischen Staates verwandt wird, dann wird dieser Staat eine Weltmacht sein, und dort wird der Wille Gottes herrschen, nicht die Gesetze der Spekulanten und Bonzen, denen es egal ist, was aus den Seelen der Menschen wird. Diese Einigung wird kommen. Das ist eine Frage der Zeit. Insha Allah.«

Sawatzky macht eine Pause, um die Wirkung seiner Worte abzuschätzen. Cismar spürt den abflauenden Krämpfen nach und denkt: ›Ich muß hier raus.‹ Er bemüht sich, unbeeindruckt und entschlossen zu wirken, streckt die Arme, spannt versuchsweise seine Oberschenkel. Sie fühlen sich fest an, zumindest fest genug, um es bis zum Wagen zu schaffen.

Sawatzky erwartet eine Reaktion. Das steht in seinem Gesicht. Er wartet vergeblich. Cismar stößt einen Aktenstapel zurecht, legt ihn in den Koffer.

»Wollen Sie nicht wissen, wie ich zum Dschihad gekommen bin? In Ihren Papieren werden Sie darüber nicht viel finden.«

Cismar schaut demonstrativ auf die Uhr, obwohl die Zeit keine Rolle spielt: »Doch. Sicher. Ein anderes Mal.« Er wird gehen. Jetzt. Sofort: »Ich kann heute leider nicht so lange bleiben. Ich habe noch einen Termin, in einer Stunde, der sich nicht verschieben ließ. Ich wollte Ihnen aber nicht ganz absagen.« Er schließt den Koffer, bemüht, seine Zittrigkeit zu verbergen, steht auf. Sawatzky bleibt sitzen, sagt: »Leute wie Sie, ohne Mitte, verlieren irgendwann alles.«

Etwas ähnliches hat er vor Tagen von Françoise gehört. Daß Atemübungen helfen, glaubt er trotzdem nicht. Er gibt Sawatzky die Hand, geht zur Tür, klopft. Einer der beiden Wachsoldaten öffnet. Durch die Sehschlitze in den Gesichtsmasken verwunderte Augen. Die Männer, denen sie gehören, stellen keine Fragen. Dazu sind sie nicht befugt. »Wir sind heute früher fertig«, sagt Cismar. Einer verständigt über Funk Dr. Taufiq. Der andere tritt in den Raum, stellt sich breitbeinig vor Sawatzky auf. Die schwarze Rüstung glänzt, als wäre er eine Figur aus lackiertem Stahl. Sawatzky blickt durch den Mann hindurch. Der Soldat scharrt mit dem Fuß, kratzt sich unter dem Stahlhelm hinterm Ohr. Cismar dreht sich noch einmal um: »Was ist eine ›religiöse Erfahrung‹?«

Sawatzky rührt sich nicht, schaut stur geradeaus: »Ich bin blind. Beschreiben Sie mir Rot.«

Cismar tritt zur Seite. Der Kommunismus, der Korsar, Marlboro, Wut. Er stellt seinen Koffer auf den Boden, steckt die Hände in die Hosentaschen, hört Schritte, lehnt sich gegen die Wand, mit harten Knien: Es soll locker wirken. Dr. Taufiq läßt nicht erkennen, ob er die Pose glaubt.

Er enthält sich auch jeglichen Kommentars hinsichtlich der Kürze des heutigen Besuchs. Cismar bittet, eine Toilette benutzen zu dürfen, beiläufig, keine Rede von Notdurft. »Natürlich.« Für ägyptische Verhältnisse ist sie sehr sauber. Er fragt sich, ob sie von Häftlingen geputzt wird. Die Peinlichkeit des eigenen Ausscheidungsgeruchs in fremden Räumen.

Draußen ist das Dunkel taghell. Kühle Luft, Wind im Haar. Er pfeift mehrstimmig durch Mauerritzen. Die Palmen werden hin und her gewiegt. Wirklichkeit sähe anders aus. Cismar hört Dr. Taufiq, der über dieses wundervolle Land spricht, das der ganzen Welt offenstehen soll, das unvergleichliche Kulturdenkmäler zu bieten hat, herrliche Landschaften, Menschen, die für ihre Gastfreundschaft berühmt sind. Es wird sich auch in Zukunft nicht den Fanatikern ergeben. Das Flutlicht blendet, überall Kameras. Jede Bewegung wirkt überzeichnet und wird archiviert. Lautsprecher, nicht Stimmbänder erzeugen Sätze: Die Ägypter halten die Religion hoch, aber sie lassen keinen Extremismus zu. Man sieht es an der Bedeutung und Rolle der al-Azhar-Universität, seit Jahrhunderten Zentrum islamischer Wissenschaft, repräsentiert durch Großsheikh al-Basal. Er wird in allen wichtigen Fragen gehört. Die Aufrührer haben mit dem wahren Glauben nichts zu tun. Ihre Taten sind von den Gelehrten verurteilt worden.

Die blank polierten Schuhe Dr. Taufiqs reflektieren einen Lichtpunkt, der in den Augenhintergrund sticht.

Wieder und wieder hebt er die unermüdlichen Anstrengungen von Polizei und Justiz hervor, den heldenhaften Einsatz der Sicherheitskräfte, die Tag für Tag ihr Leben riskieren, mit deren Hilfe es gelingen wird, die Eiterbeule des Fundamentalismus aus dem Volkskörper zu schneiden.

Nach den jüngsten Erfolgen ist er noch zuversichtlicher, daß das Kapitel des Terrors in Kürze geschlossen werden wird. Ernsthafte Zweifel daran hatte er nie. Kein Pardon: Diese Linie hat sich bewährt. Die ganze Härte des Gesetzes wird die Aufständischen treffen.

Cismar weiß nicht, ob er letzteres als Hinweis auf den Ausgang des Verfahrens gegen Sawatzky deuten soll. Im Moment interessiert es ihn auch nicht. Er geht langsam neben Dr. Taufiq her, ohne eine Meinung zu haben, ohne das Bedürfnis, dem, was er hört, etwas hinzuzufügen. Er bleibt vor dem Wagen stehen, legt seinen Arm auf das Dach des Mercedes, schaut ins Leere, signalisiert schweigend weder Zustimmung noch Ablehnung. ›There must be some kind of way out of here.‹ Seine Augen folgen den Windungen des Stacheldrahts. Kindheit auf dem Lande, Kuhweiden im Norden, Bunkeranlagen am Meer, im Sand, Krieg damals und heute. Er nickt, ohne zuzuhören. Es wurde genug gesagt. Sha'ban faltet die Zeitung zusammen, kommt aus dem Wagen, öffnet die Beifahrertür. Cismar steigt ein, sitzt wieder, diesmal weich, in der angenehm temperierten, unendlich geräumigen Fahrgastzelle. Es besteht keine Gefahr zu ersticken, geschlagen zu werden. ›Ich höre, wenn ich spreche, eure Geräusche.‹

Sha'ban schaut ihn an, runzelt die Stirn, sagt, ohne darum gebeten worden zu sein: »Sie arbeiten zuviel. Sie müssen Urlaub machen. In Deutschland. Es ist nicht gut, wenn man zu lange nicht lebt, wo man hingehört, nicht gut für die Seele.« Cismar winkt ab, sinkt in das Polster wie in Arme. Das ruhige Motorgeräusch, die leichte Vibration tun wohl. Unter den schweren Wolken im Licht der Strahler werden die gepanzerten Fahrzeuge zu Wüstentieren der Zukunft. Wenn der Suchscheinwerfer sie trifft, heulen sie auf oder rasen davon. Die Androiden haben die Herrschaft übernommen. Der Mensch ist ins Primatenstadium zurückgekehrt. Das unfreiwillige Ende des Ausgangs aus der selbstverschuldeten Unmündigkeit. Vor der rotweißen Schranke weiß Cismar einen Moment lang nicht, welche Seite des Zauns geschützt wird. Fest steht, daß er heute dazu nichts mehr beiträgt. Daß er wahrscheinlich überhaupt nichts dazu beitragen kann. Vor ihnen die Stadt aus Schmutz und Lichtern, so zahlreich wie die Sterne, die über Guten und Bösen aufgehen. Längs der Straße Behausungen, Feuerstellen vor Wellblechhütten, flackernde Gestalten. Nichtstun, bittersüßer Tee aus Blechkannen, zerkochte Bohnen, Gerede bis in die Nacht.

Cismar ruft vom Autotelephon aus Frau Samadi an, sagt, daß er wegen Unpäßlichkeit – vermutlich habe er sich den Magen verdorben – heute nicht mehr ins Büro kommen wird, sondern gleich nach Hause fährt. Auf Frau Samadis besorgte Nachfrage hin gibt er sich zuversichtlich, alle morgigen Termine wahrnehmen zu können. »Bevor ich es vergesse«, sagt Frau Samadi, »Madame Detrieux von der französischen Botschaft hat angerufen. Sie will es später noch einmal versuchen. Soll ich etwas ausrichten?«

Cismar meint, einen merkwürdigen Unterton herauszuhören, den er jedoch ignoriert: »Danke. Nein. Ich kümmere mich darum.« –

Wo kann man in einer Stadt mit – geschätzt – siebzehn Millionen Einwohnern für sich sein?

VS-Geheim – Amtlich geheimgehalten
Citissime nachts
Aus: Kairo
13. 12. 1993, 15.34 h Ortszeit
An: AA: 301
Auch für: ChBK, BMI

Gz: RK 716
Verfasser: Cismar

Betrifft: Ablehnung des Auslieferungsantrags im Fall des
deutschen StAng Jochen »Abdallah« Sawatzky. Außerdem
Festlegung des Prozeßtermins sowie Übernahme des Mandats für seine Verteidigung durch eine Kairoer Anwaltskanzlei.

hier: ÄGY-Innenminister teilt mit, daß sein Land dem
Auslieferungsgesuch der Bundesregierung nicht entsprechen wird. Der Oberste Militärgerichtshof Kairo hat als
Termin für den Beginn des Prozesses gegen den deutschen
StAng den 28. 12. 1993 festgesetzt. Das Mandat zur Verteidigung Sawatzkys wurde einer Kairoer Anwaltskanzlei
übergeben.

– Zur Unterrichtung –

roem. 1 – Zusammenfassung:

Der ÄGY-Innenminister teilt der Botschaft mit, daß seine Regierung dem Auslieferungsgesuch der Bundesregierung nicht stattgeben wird. Der Beschluß ist gestern in einer Kabinettssitzung gefaßt worden, an der auch ÄGY-Präsident Mubarak teilnahm. Die ÄGY-Regierung sieht die avisierten Abkommen zur Intensivierung der Zusammenarbeit auf wirtschaftlichem Gebiet von der Entscheidung nicht betroffen. Ebenfalls gestern hat der Oberste Militärgerichtshof in Kairo den Prozeßbeginn gegen den deutschen StAng für den 28. 12. 1993 angekündigt. Neben dem deutschen StAng werden auch seine beiden mutmaßlichen Mittäter, die ÄGY-StAng Samir al-Masri und Salah Mahmudi, vor Gericht stehen. Mit dem Mandat für die Verteidigung aller drei Angeklagten wurde die Kairoer Anwaltskanzlei Bayyati & Baidûn beauftragt. Die Botschaft wurde in diese Entscheidung nicht einbezogen, hat inzwischen jedoch Kontakt zu Rechtsanwalt Dr. Bayyati aufgenommen.

roem. 2 – Im einzelnen:

1. Der ÄGY-Innenminister, Hassan al-Alfi, informierte die Botschaft, vertreten durch den Botschafter und seinen Stellvertreter, heute, 13. 12. 1993, 13 Uhr 10 Ortszeit, in einem persönlichen Gespräch darüber, daß die ÄGY-Regierung entschieden habe, den deutschen StAng Jochen »Abdallah« Sawatzky nicht an Deutschland auszuliefern. Der Beschluß sei gestern abend in einer Kabinettssitzung, an der auch ÄGY-

Präsident Mubarak teilgenommen habe, einstimmig gefallen. Die ÄGY-Regierung habe sich die Entscheidung nicht leichtgemacht, sei aber nach Abwägung des Für und Wider beider Optionen zu dem Ergebnis gekommen, daß eine Auslieferung Sawatzkys den nationalen Sicherheitsinteressen ÄGYs in hohem Maße zuwiderlaufe. Die Überstellung Sawatzkys an deutsche Behörden hätte eine Ausnahmeregelung bedeutet, die angesichts der Tatsache, daß der Terrorismus in ÄGY massiv durch ausländische Kräfte unterstützt werde, von diesen geradezu als Ermutigung aufgefaßt worden wäre, ihre Aktivitäten fortzusetzen. Auch ließe sich der hiesigen Öffentlichkeit nur schwer vermitteln, daß ein Terrorist europäischer Herkunft anders behandelt werde als seine einheimischen Mittäter, insbesondere wenn man die politische Dimension des Falles bedenke. Da der deutsche StAng Sawatzky sich bisher strikt geweigert habe, umfänglich zur Aufklärung des Anschlags beizutragen, keinerlei Angaben zu Hintermännern, Struktur, Finanzierung und das weitere Vorgehen seiner Organisation mache, dürfe – auch im Interesse der Vereitelung künftiger Straftaten – von ÄGY-Seite nichts unversucht bleiben, das den Angeklagten im weiteren Verlauf des Verfahrens davon überzeugen könne, seine Haltung zu überdenken. Darüber hinaus seien die von der Bundesanwaltschaft in DEU zusammengetragenen Anklagepunkte gegen Sawatzky bei weitem nicht mit der Schwere der Vorwürfe der ÄGY-Militärstaatsanwaltschaft vergleichbar, so daß selbst bei Ausschöpfung des maximalen Strafrahmens durch ein deutsches Gericht Sawatzky keiner seinen Verbrechen in ÄGY angemessenen Strafe zugeführt werden würde. Es stünde zu befürchten, daß er im Gegenteil bereits nach wenigen Jahren aus der Haft freikäme. Angesichts der auch nach intensiven Verhören bedingungslosen Unterstützung des Terrors seitens des angeklagten deutschen StAng sei damit zu rechnen, daß er seine verbrecherischen Aktivitäten mit Ablauf der Haft umgehend wiederaufnähme.

2. Der Innenminister legte Wert auf die Einmütigkeit, mit der dieser Entschluß im Kabinett gefallen sei. ÄGY-Präsident Mubarak habe ausdrücklich die hervorragenden Beziehungen zu DEU unterstrichen und die Überzeugung geäußert, daß diese durch die Entscheidung seiner Regierung nicht getrübt würden. In diesem Zusammenhang wies er nochmals auf die Gefahr für die internationale Staatengemeinschaft hin, die vom islamischen Extremismus ausgehe. ÄGY habe in jüngster Zeit bei der Bekämpfung des Terrors große Erfolge verbuchen können und verdanke diese vor allem der konsequenten Umsetzung kompromißloser Strategien und Maßnahmen. Die inzwischen gewonnenen Erkenntnisse über längerfristige Pläne und Zielsetzungen der islamistischen Organisationen machten deutlich, daß diese gewillt seien, ihr Operationsgebiet auf die Staaten Westeuropas und Amerikas auszudehnen. Mubarak sehe in der Entschlossenheit, mit der seine Regierung im Verein mit den Justizbehörden des Landes gegen den Terror vorgehe, weit mehr als notwendige Schritte zur Wiederherstellung der Ordnung in seinem Land. Er äußerte sich überzeugt, daß ÄGY auf diese Weise einen wichtigen Beitrag für die Sicherheit Europas und Ame-

rikas leiste, und hoffe, daß dies von der deutschen Bundesregierung auch so verstanden werde.

3. Seine Regierung sei zuversichtlich, daß die in jüngster Zeit ins Auge gefaßte Intensivierung der wirtschaftlichen Zusammenarbeit beider Länder auch in Zukunft von DEU entschlossen vorangetrieben werde. Für die ÄGY-Seite könne er die Bereitschaft dazu nur nachdrücklich unterstreichen.

4. Der Präsident sei auch gerne bereit, die Gründe seiner Regierung für den Beschluß ebenso wie die Perspektiven einer künftigen Zusammenarbeit beider Länder sowohl in Sicherheits- als auch in Wirtschaftsfragen im persönlichen Gespräch mit dem deutschen Außenminister zu erörtern.

5. Des weiteren teilte der ÄGY-Innenminister mit, daß der Oberste Militärgerichtshof den 28. 12. 1993, 10.00 Uhr Ortszeit, als Termin für den Prozeßbeginn festgesetzt habe. Neben dem angeklagten deutschen StAng Sawatzky werde auch gegen die beiden zusammen mit ihm festgenommenen ÄGY-StAng Samir al-Masri und Salah Mahmudi verhandelt. Da alle drei Angeklagten geständig seien, die Beweislage eindeutig, Salah Mahmudi zudem umfänglich ausgesagt habe, der Anklage darüber hinaus ein weiterer Kronzeuge zur Verfügung stehe, rechne er mit einem zügigen Prozeßverlauf.

6. Wie schon in vorangegangenen Prozessen habe der Oberste Militärgerichtshof eine geeignete Anwalts-

kanzlei mit der Vertretung aller drei Angeklagten betraut. Die Wahl sei auf die renommierte Kairoer Sozietät Bayyati & Baidûn gefallen, die sowohl auf große Erfahrung in vergleichbaren Prozessen zurückblicken könne als auch über herausragende Kompetenz in Fragen des internationalen Rechts verfüge. Die umfangreichen Ermittlungsakten sowie die Anklageschrift seien der Kanzlei inzwischen überstellt worden, so daß ein rechtsstaatliches Verfahren nunmehr gewährleistet sei. Der Minister bat nochmals um Verständnis, daß die Vergabe des Mandats für die Verteidigung Sawatzkys nicht nach Absprache mit der Botschaft erfolgt sei und daß darüber hinaus auch weiterhin Akteneinsicht ausschließlich seinem berufenen Rechtsbeistand zustehe, da für das Verfahren unter anderem umfangreiche Geheimdienstunterlagen genutzt würden, die über den vorliegenden Fall hinausreichten. Diese Unterlagen enthielten Informationen, die enorme Bedeutung für weitere Zugriffe auf Mitglieder bzw. die vollständige Zerschlagung der Dschihad-Gruppe hätten.

7. In einem Telephongespräch mit dem Botschafter teilte Rechtsanwalt Dr. Jussef Bayyati mit, daß die Ermittlungsakten über 3000 Seiten umfaßten und daß es kaum möglich sei, diese binnen der bis zum Prozeßbeginn verbleibenden 14 Tage durchzuarbeiten. Da die Beweislage eindeutig sei, werde er primär versuchen, verfahrenstechnische Fehler aufzudecken, die zumindest den Zeitrahmen für Gespräche auf politischer Ebene vergrößern würden.

roem. 3 – Wertung:

Aus hiesiger Sicht kam die Entscheidung der ÄGY-Regierung gegen eine Auslieferung des deutschen StAng Sawatzky, trotz der vielfältigen Bemühungen seitens der Botschaft und des Auswärtigen Amts, nicht überraschend. Angesichts der zahlreichen Verweise des Ministers auf das Engagement des ÄGY-Präsidenten muß davon ausgegangen werden, daß in dieser Frage tatsächlich keinerlei Verhandlungsspielraum mehr besteht. Dennoch wäre es sicher nützlich, wenn der Außenminister ein zeitnahes Gespräch mit dem Präsidenten führen würde, um auf höchster Ebene Möglichkeiten zu sondieren, wie eine wahrscheinliche Verurteilung Sawatzkys zum Tod durch den Strang bzw. seine Hinrichtung verhindert werden könnte. Es sei in diesem Zusammenhang nochmals ausdrücklich darauf hingewiesen, daß alle bisher verhängten Todesurteile gegen islamistische Straftäter durch den Präsidenten bestätigt und umgehend vollstreckt worden sind.

Die Wahl der Kairoer Kanzlei Bayyati & Baidûn kann, trotz der Tatsache, daß der Botschaft kein Mitspracherecht bei der Mandatsvergabe eingeräumt wurde, als Entgegenkommen gewertet werden: Bayyati & Baidûn wurden von der Botschaft in der Vergangenheit verschiedentlich mit Vertretungen betraut. Die Kanzlei gilt als regierungstreu, hat sich jedoch in vergleichbaren Fällen immer um rechtsstaatliche Verfahrensabläufe bemüht, soweit diese im Rahmen der Sondergesetze überhaupt möglich waren. Da die ÄGY-Regierung dezidiert auf der Unabhängigkeit der Justiz beharrt, sind aus Sicht der Botschaft die diplomatischen Möglichkeiten, das Verfahren zugunsten des deutschen StAng zu beeinflussen, begrenzt. Die Botschaft folgt derzeit der Einschätzung Dr. Bayyatis, nach der die einzige Chance, eine Hinrichtung Sawatzkys zu verhindern, im Aufdecken gravierender Verfahrensfehler besteht. Die Wahl der Kanzlei könnte darauf hindeuten, daß die ÄGY-Regierung so auf indirektem Weg die Absicht verfolgt, zu einer für alle Seiten akzeptablen Lösung zu gelangen.

Claus Cismar (Botschafter)

»Viele Religionen kennen den Weg des Kriegers. Vielleicht gehört der Islamismus in den Zusammenhang. Ohne den Terror schönreden zu wollen. – Wenn du nicht etwas ähnliches spüren würdest, könnte Sawatzky dir egal sein.« Er hat mit den Achseln gezuckt und Françoise erklärt, daß er diese Art esoterischer Überhöhung für gefährlichen Unsinn hält.

Cismar schaut aus dem Fenster: Schiene die Sonne, wäre das Grün im Park frisch und sauber. Unter dem verhangenen Himmel wirkt es tot wie kahle Pappeln, in denen sich Krähen gesammelt haben. Polizeisirenen, Räder, die durch Pfützen rollen. Er hat nichts gehört, das nach einer Explosion klang. Kairo ist der falsche Ort, um Mitte Dezember an seinem Schreibtisch zu sitzen und in den Regen zu starren.

Er war noch immer bei keinem Arzt, obwohl die Beschwerden anhalten. Normalerweise würde er sich krank melden. Unter den gegebenen Umständen kann er sich keinen Dienstausfall leisten, erst recht keine längere Abwesenheit. Zumindest die Termine, die Sawatzky betreffen, muß er persönlich wahrnehmen. Seine Gesprächspartner dürfen keinesfalls glauben, er sei geschwächt. Er verbirgt die Schmerzen, so gut es geht, spielt herunter, erfindet Ausreden, versucht, sich möglichst geräuschlos zu übergeben. Vorgestern meinte er, eine Spur Blut im Erbrochenen entdeckt zu haben, war sich jedoch nicht sicher. »Krank, immer noch krank«, ist das erste, was Aziza sagt, wenn sie ihn morgens sieht. Ines schaut dann besorgt, nickt zustimmend, hält sich mit Ratschlägen aber zurück. Fragt jemand bei Tisch, weshalb er nichts oder fast nichts ißt, antwortet er, daß er der anstehenden Verfettung mit fünfzig entgegenwirken will, und lacht. Er hat den Kaffee weitgehend durch Tee ersetzt, bemüht sich, weniger zu rauchen. Das ist schwierig, besonders im Büro, wo die Zeit ihre Meßbarkeit verliert, allen Uhren zum Trotz. Das Telephon klingelt: »Der Koch möchte, daß Sie seinen Plan für das Buffet am Samstag absegnen«, sagt Frau Samadi. Bei dem Gedanken an Gänsebraten dreht sich ihm der Magen um: »Sagen Sie ihm, daß er mein volles Vertrauen hat.« »Er muß ein paar Sachen mit Ihnen persönlich besprechen.« Frau Samadi kichert.

Der Koch, Herr Munzinger, ist außerhalb der Küche nicht zurechnungsfähig. Alles, was er von sich gibt, steht in irgendeinem Zusammenhang mit Essen. Noch im Hereinkommen kritzelt er Änderungen auf einen fettfleckigen Zettel, murmelt vor sich hin wie ein vertrottelter Kommissar, der heute statt des Trenchcoats eine Schürze erwischt hat. »Gargir könnte Rauke sein, Rukola.« Das Murmeln wird lauter: »Die Entenleberpastete ohne Port, was machen wir da?« Sein wirrer Blick läßt vermuten, daß er Cismars Anwesenheit noch nicht zur Kenntnis genommen hat. »Selleriekroketten, Karotten-Kartoffel-Bällchen.« Cismar kennt den Ablauf dieser Auftritte und bleibt sitzen. Ein Handschlag könnte Herrn Munzinger verwirren. Antworten erwartet er ohnehin nicht. Gewöhnlich redet er von dem Augenblick, in dem er den Raum betritt, bis zu dem, an dem er ihn wieder verläßt. Vor jedem größeren Empfang muß er einmal beim Botschafter vorgesprochen haben. Seit Cismars Amtsübernahme umkreisen Munzingers Erörterungen neben den jeweiligen Gerichten das Thema Alkohol, obwohl die Vorgaben klar sind: Es gibt Wein zu trinken, auch Bier, aber mit Rücksicht auf die muslimischen Gäste soll das Essen ohne Alkohol zubereitet werden, einschließlich der Saucen und Desserts, und unabhängig davon, ob er beim Kochen verfliegt. »Wein an den Rotkohl geht auch nicht, oder? Ich meine, im letzten Jahr hätte ich einen Schuß genommen. Das kann auch zum Einheitsempfang gewesen sein. Da sind wir weniger streng. Warum eigentlich? Nein. Vor zwei Jahren. Entschuldigung. Ihr Vorgänger hat das nicht so genau genommen. Ist kein Vorwurf. Jeder setzt seine Akzente. Ich auch. Also nicht. Ich frage mich, wie die Franzosen das handhaben? Coq au Traubensaft? Denen ist es wahrscheinlich egal. La grande nation. Ich hätte ein paar neue Ideen, zum Beispiel Balsamico und Holundersirup kombiniert. Und ein Spritzer Granatapfelsaft. Was meinen Sie? Da wäre es dann natürlich möglich, Koriander statt Wacholder zu verwenden. Samen, nicht das Grünzeug. Warum nicht ein bißchen Ingwer? Nelken und Zimt sowieso. Ein Hauch Anis, aber wirklich nur ein Hauch. Zugegeben, ein Experiment. Aber ich bin zuversichtlich. Den Arabern wird es schmecken. Koriander kennen sie. Man kann ihren Gewohnheiten entgegenkommen. Dann bleiben sie vielleicht friedlich. Wollen wir das wagen? Es passiert ja einiges zur Zeit. Jemand wie Sie bräuchte im Grunde einen Vorkoster. Wie Kleopatra. Hat aber auch nichts genützt. Wir decken trotzdem richtige

Messer, die scharfen, nicht wahr? Schade, daß sie hier nicht mit Stäbchen essen. Dann wäre es weniger gefährlich. Andererseits: Jemand, der will, findet immer Möglichkeiten. Sie können sich nicht vorstellen, was ich in Frankfurt für ein Theater mit meinem Ausbeinmesser hatte, weil es beidseitig geschliffen ist. Ein paar hundert Mark Geldstrafe wurden mir angedroht. Es mußte extra ein Spezialist geholt werden. Du lieber Himmel. Der war zum Glück meiner Meinung.... Die Gänsebrüste wollte ich diesmal lackieren, nicht traditionell deutsch, aber wohlschmeckend. Kroß und wohlschmeckend...«

Cismar sitzt da und versucht, sich die Gerichte möglichst nicht vorzustellen, weder Geruch noch Geschmack. Er weiß, daß am Samstag alles seinen Vorgaben entsprechen und er trotzdem keinen Bissen herunterbekommen wird. »Für die Karpfenklößchen habe ich eine Sauce aus alkoholfreiem und Malzbier entwickelt. Kaum ein Unterschied...«

Cismar denkt an das Blau des Meeres, des Himmels am Hochzeitstag, an Ines' Duft, ihr trockenweiches Haar.

»Gut. Dann weiß ich Bescheid. Auch kein Rum an die Rosinen im Gugelhupf?« »Genau.« »Hatte ich mir schon gedacht.«

Vor lauter Gedanken vergißt Herr Munzinger, daß er die Tür öffnen muß, bevor er hindurchgehen kann, und steht davor, als hätte jemand den Film gestoppt.

Cismar graut es vor Samstag. Der Empfang für die Mitarbeiter und ausgewählte Gäste, die der Botschaft besonders verbunden sind, findet zu Hause, in der Ersatzresidenz statt. Er sieht keine Möglichkeit, ihn zu verschieben oder ausfallen zu lassen. Immerhin ist die Wetterprognose günstig. Es soll wieder wärmer werden. Dann kann im Garten gefeiert werden. Drinnen, unter kolonialem Stuck und Kronleuchtern, würde die Veranstaltung endgültig in deutsche Weihnacht ausarten. Die Tannen wurden bereits geliefert. Strenggenommen ist es für Leute wie ihn eine Zumutung, daß die Trennung von Kirche und Staat unter der Hand aufgehoben wird, obwohl es sich um einen offiziellen Anlaß in offiziellem Rahmen handelt. Es wird sogar eine Krippe aufgestellt. Er muß Geschenke verteilen, Konversation treiben, jedem das Gefühl geben, er sei unersetzlich. Über Stunden Haltung bewahren, die er nicht hat.

Es riecht merkwürdig. Cismar fragt sich, ob Herr Munzinger trinkt, öffnet das Fenster. Solange sich niemand beschwert, daß er ausfällig wird oder seine Aufgaben vernachlässigt, braucht er nichts zu unternehmen.

Wie konzentriert man sich, wenn man nicht weiter weiß? Woher nimmt man den Antrieb? Seinen eigenen Kopf in einem schwarzen Zylinder verschwinden lassen wie ein Kaninchen. Er kennt den Zauberspruch nicht.

Cismar schichtet Papiere um, verrückt Stapel, damit wenigstens sein Schreibtisch den Eindruck von Ordnung erweckt: der Arbeitsplatz eines Mannes, der viel zu tun, aber alles im Griff hat. Ines' Photo kippt hintenüber, fällt zu Boden. Das Glas bricht. Eine glatte Bruchstelle, keine Splitterung. Vor einer Woche hätte er darin ein Zeichen gesehen, obwohl er Aberglauben kindisch findet. Das Photo ist unbeschädigt. Ines sieht so fröhlich aus. Er wird die Scheibe auswechseln.

Jetzt weiß er es wieder: Sie hat gelacht, weil hinter seinem Rücken, gerade in dem Moment, als er den Auslöser gedrückt hat, ein Mädchen von einem riesigen, unglaublich zotteligen Bobtail umgerannt wurde und darüber so verblüfft war, daß es, statt zu weinen, einfach dasaß, seufzte und sich zwei Hände voll Sand über das kleine Gesicht rieseln ließ. – Warum wollte Ines keine Kinder?

Er steckt fest. Hier wie da geht es weder vor noch zurück. Er wird Françoise bitten, nicht zu dem Empfang zu kommen, obwohl sie eingeladen ist.

Das Computerbild wechselt zum Schoner: Urwaldaffen hangeln sich über den Schirm, abwechselnd Gibbons und Orang Utans. ›Wo man hinspuckt, keimt es.‹ In Bogotá hat Ines weit weniger Schwierigkeiten gehabt, obwohl die Gefahren objektiv größer waren. Vielleicht, weil Europa trotz allem spürbar gewesen ist. Er erinnert sich an das Gefühl vollständiger Fremdheit, als er zum ersten Mal in einem islamischen Land aus dem Flugzeug gestiegen ist, Marokko damals. Bei jemand anderem hätte es in Angst umschlagen können. Er wird die Affen durch Korallen-Fische ersetzen, passend zum Roten Meer. Rieselnder Sand auch dort. Die Frage, ob ein geglückter Tag eine Entwicklung derart umkehren kann, daß danach wieder offen scheint, was vorher ausweglos war, obwohl sich faktisch nichts geändert hat? »Du bleibst derselbe Idiot, der du immer gewesen bist«, hat Lambert Sindolfinger im Zusammenhang mit den Verhältnissen zwischen Männern und Frauen gesagt: »Aber mit der Zeit gewöhnst du dich dran.«

Er sollte Françoise anrufen und schiebt es vor sich her. Kein Doppelleben, soviel steht fest. Dafür ist ihm das, was er mit Françoise teilt, zu kostbar. Und Ines Tag für Tag als Lügner gegenüberzutreten, würde ihn zerreißen. – Zerreißt ihn. Realistisch gesehen, haben Françoise und er keine Perspektive für eine längerfristige Beziehung. Die Wahrscheinlichkeit, daß sie noch einmal an denselben Ort geschickt werden, ist verschwindend gering. Zwischen Madagaskar und Kopenhagen oder Montevideo und Madrid zu pendeln wäre kein Zustand auf Dauer. Sie hatten nie etwas wie einen gemeinsamen Alltag. Erst da entscheidet sich, ob die Basis trägt. Vielleicht sind sie sich auch zu ähnlich, auf einer tieferen Ebene, die man von außen kaum wahrnimmt: Seelenverwandte. Es fehlt das Geheimnis, dessentwegen Paare zusammenbleiben, bis es gelüftet ist oder verschwunden. Als er sie kennengelernt hat, in Tokio, war es der falsche Zeitpunkt, um mit der großen Liebe zu beginnen. Eine frühere Geschichte hallte noch nach. Jetzt ist er zu geschwächt. Er schuldet ihr keine Rechenschaft, und sie wird keine verlangen. Das ist der Vorteil dieser Art Nähe. Der Nachteil: Die Diskrepanz zwischen dem Gesagten und dem, was dahinter steht, liegt offen da. Irgend etwas muß er ihr sagen: ›Ich bin sicher, daß unsere Zeit noch kommt.‹ Es wäre nicht einmal gelogen. Damals in Tokio haben sie sich ähnlich verabschiedet. ›Ich muß erst wieder mit mir ins reine kommen.‹ Er will Ines nicht verletzen. Das hätte sie nicht verdient. Einen Teil der Verantwortung für die momentanen Schwierigkeiten trägt er selbst. Tunlichst das Wort ›Liebe‹ vermeiden: ›Mit Ines ist es etwas anderes, schwer zu beschreiben.‹ Er will ihr – sich und ihr – noch eine Chance geben: ›Natürlich weiß ich nicht, ob sie wirklich besteht oder ob ich mir Illusionen mache, um nichts verändern zu müssen.‹ Niemand kann vorhersagen, wie eine Scheidung abliefe, welche Wunden sie hinterließe. Das Gefühl der Ausweglosigkeit anklingen lassen, die darauffolgende Stille mit Tragik füllen. Pflicht und Neigung, der steinige Weg zum Glück: ›Bei Ines ist zur Zeit einiges in Bewegung.‹ Diesen Eindruck hat er, und sie sagt es auch selbst. Vielleicht war der offene Ausbruch des Konflikts bereits Teil seiner Lösung. Im Streit können sich

Dinge klären. Wenn man nicht aufgibt. Sicher ist der Ring nicht Auslöser im eigentlichen Sinne gewesen, aber Cismar hat ihn zum richtigen Zeitpunkt gekauft. Die Umstände darf sie nie erfahren. Er legte eine Entwicklung frei, die sich unterschwellig angebahnt hatte, eine andere, als es der Anschein vermuten ließ. Im Augenblick überwiegt Scham, wenn er ihn an ihrer Hand sieht. Ines ahnt davon nichts, vielleicht spürt sie etwas Vages, für das sie keine Erklärung hat. Beziehungen brauchen Rätsel, schwarze und weiße Flecken. Irgendwann wird er darüber lachen. Unzweifelhaft ist, daß sie sich wieder besser verstehen, in allen Bereichen. Noch ist es nicht zu spät. Ines denkt viel nach. Sie gibt eigene Fehler zu: Daß sie geglaubt hat, es reiche aus, sich zu lieben und zusammenzusein. Daß sie sich nicht klargemacht hat, was es bedeutet, einen Diplomaten zu heiraten, alle drei Jahre den Ort zu wechseln, als die Frau an seiner Seite wahrgenommen zu werden, keine Möglichkeit für eine eigene Karriere zu haben. Lange wollte sie ihm dafür die Schuld geben, erst unbewußt, dann in Vorwürfen, auch ungerechtfertigten. Inzwischen sieht sie ein, daß sie selbst verantwortlich ist für das, was sie tut oder nicht tut. Künftig wird sie verschiedene Dinge anders angehen. Sie hat mit Professor Böhmer telephoniert, ob er noch bereit wäre, ihre Doktorarbeit zu betreuen, sollte sie sich entschließen, sie zu Ende zu bringen. Professor Böhmer ist überrascht gewesen, hat sie aber ermutigt. Er war immer von ihren Fähigkeiten als Wissenschaftlerin überzeugt. Ines plant, sich Ende Januar mit ihm in Bonn zu treffen. Anschließend will sie in diversen Theaterarchiven nach zusätzlichem Material suchen. Sie wäre für mindestens einen Monat fort. Vermutlich genau zu der Zeit, in der das Urteil über Sawatzky fallen wird.

›Man schaut in die Zukunft, jedenfalls ich, wie in eine Geschützmündung.‹

Auf Dauer zersetzt der Schmerz alle Kraft. Selbst wenn er sich einen Tag lang nicht wütend bemerkbar macht, nur als Druck, als Übelkeit. Cismar hat ständig das Bedürfnis, die Haltung zu ändern, dabei ist es unerheblich, ob er sich vorbeugt oder zurücklehnt, flach atmet oder tief Luft holt, sitzt oder steht.

Schwer zu entscheiden, ob es noch regnet oder aufgehört hat.

Sich zusammenreißen, zu dem zwingen, was ansteht: Vor ihm liegt der Bericht der ägyptischen Organisation für Menschenrechte, demzufolge im laufenden Jahr bereits dreizehn Häftlinge an den Folgen von Mißhandlungen gestorben sind: neun in Gefängnissen und Lagern, vier in Polizeigewahrsam. Allen waren islamistische Straftaten vorgeworfen worden. Die Organisation wird von der Regierung nicht anerkannt. Offiziellerseits wurden bislang noch alle Foltervorwürfe ignoriert, bestritten oder als feindliche Kampagne des Westens gegen Ägypten dargestellt.

Cismar wird das Auswärtige Amt darüber unterrichten, damit nachher keiner sagen kann, er habe von nichts gewußt. Je länger er nachdenkt, desto unglaublicher findet er, daß niemand Sawatzky daran gehindert hat, sich nach Kairo abzusetzen. Offenbar befand es der Bundesverfassungsschutz nicht einmal für nötig, das hessische Landesamt zu unterrichten. Warum wurde das BKA nicht einbezogen? Warum hat man keine zusätzlichen Leute abgestellt und jeden seiner Schritte überwacht? Nimmt man die Berichte der Quelle ernst, hätten sie problemlos für eine Festnahme wegen des Verdachts der Bildung einer terroristischen Vereinigung gereicht. Der Informant hat auf Fragen, ob versucht werde, Waffen oder Sprengstoff zu beschaffen, womöglich schon beschafft worden seien, immer nur gesagt, daß er es weder bestätigen noch ausschließen könne. Im Zusammenhang mit dem Besuch des ägyptischen Anwerbers wies er darauf hin, daß sich offenbar ein innerer Kreis herausbilde, zu dem er keinen Zutritt habe und dessen Aktivitäten er deshalb nicht einschätzen könne. Statt den Einsatz auszuweiten, legten die zuständigen Stellen den Vorgang einfach irgendwo ab, wo er niemanden störte. Es gab Wichtigeres zu tun: Nach der Ermordung Herrhausens und Rohwedders galt wieder alle Aufmerksamkeit der RAF, die man schon tot geglaubt hatte. Auch dabei kam es zu so haarsträubenden Fehlern, daß der Innenminister zurücktreten mußte. Erst im Juli wurde der Generalbundesanwalt in den einstweiligen Ruhestand versetzt. Trotz Sonderkommisionen sind die meisten Kader der dritten Generation nicht einmal namentlich bekannt. Immerhin wurden Konsequenzen gezogen. Im Fall Sawatzky ist das kaum zu erwarten.

Cismar kann sich ausmalen, was geschähe, wenn er für Wochen in einer deutschen Klinik läge und sich nicht persönlich um ihn kümmern könnte. Dr. Friebe verdreht die Augen, sobald nur der Name fällt, Klüssen und Böseneder machen Witze: »Was ist der Unterschied zwischen einem Islamisten und einem Kaftan? – Der Kaftan wird gewaschen, bevor man ihn aufhängt.« Der Außenminister sieht keine Notwendigkeit, nach Ägypten zu kommen, um mit Mubarak zu sprechen. Seitens der Presse ist ohnehin nichts zu erwarten. Sawatzky wurde zur Haßfigur aufgebaut, hat ein paar Tage lang die Auflage gesichert. Die Sau ist durchs Dorf, in zwei, drei Monaten wird sie geschlachtet.

Cismar weiß, es wäre besser, all das nicht zu nah an sich

heranzulassen, sich auf das zu beschränken, worauf man tatsächlich Einfluß nehmen kann. Im Grunde bleibt nicht viel mehr, als die ägyptische Seite in regelmäßigen Abständen daran zu erinnern, daß Deutschland sich im Falle erneuter Mißhandlung Sawatzkys einschneidende Maßnahmen vorbehält, und darauf zu hoffen, daß Kairo ihn lieber heute als morgen los wäre. Dr. Bayyati spekuliert darauf, daß das Gericht absichtlich Verfahrensfehler einbaut, die eine Verurteilung verhindern oder aufheben würden. Anschließend könnte man Sawatzky nach Deutschland überstellen. So hätte die Regierung sogar noch Gelegenheit, Ägypten der internationalen Öffentlichkeit – entgegen aller Verleumdungen durch sogenannte Menschenrechtsvertreter – als Rechtsstaat zu präsentieren. Cismar kann nicht einschätzen, ob Dr. Bayyati bloße Vermutungen äußert oder tatsächlich durch die Justizbehörden Hinweise bekommen hat, die in diese Richtung deuten.

In letzter Zeit beschleicht ihn immer öfter der Verdacht, daß seine Dossiers im Auswärtigen Amt nicht mehr ernst genommen werden. Möglicherweise wird längst an ihm vorbei, vermutlich auf Geheimdienstebene, an einer Lösung gearbeitet.

Die Lähmung überwinden, irgendwo anfangen, eine Entscheidung treffen, selbst wenn es die falsche ist. Sich selbst Handlungsfähigkeit beweisen. »Du kannst alles tun, solange du bereit bist, die Folgen zu akzeptieren.« – Auch eine von Françoise' ostasiatischen Weisheiten. So etwas sagt sie, auf dem Bett liegend, ein Glas Sekt in der Hand, und bläst Rauch gegen die Zimmerdecke. Ein paar Züge später: »Wir können zusammen schlafen oder auch nicht, wie du willst.« Er fühlt sich für diese Art Spiele zu alt.

Allein sein, in Räumen, die privat sind. Cismar öffnet die

Schreibtischschublade, nimmt einen Packen Kunstpost-
karten heraus, steckt ihn in seine Jackettasche und verläßt
das Büro: »Ich ziehe mich für eine Stunde ins Appartement
zurück. Anrufe nur im äußersten Notfall.« Frau Samadi
schaut fragend, sagt jedoch nichts. Die Art und Weise, wie
sie ihn ihre Mißbilligung spüren läßt, ist so subtil, daß er
kaum darauf reagieren kann.

Er braucht nicht lange, um die passende Karte zu finden:
die berühmten Statuen des Prinzen Rahotep und seiner
Frau Nofret aus der 4. Dynastie. Ein Paar in vollkomme-
nem Gleichklang, unendlich weit voneinander entfernt. Er
hat lange vor ihnen gestanden, gebannt von den Blicken,
die in verschiedene Richtungen weisen und doch dasselbe
zu sehen scheinen:

»Liebe Françoise, Du weißt, es geht mir nicht gut in letzter Zeit. Über die Gründe haben wir wiederholt gesprochen. Ich hoffe, Du verübelst es mir nicht, wenn ich Dich
jetzt bitte, daß wir uns bis auf weiteres nicht mehr treffen.
Ines wird zunehmend mißtrauisch, so daß meine häusliche
Situation kaum noch zu ertragen ist. Für den letzten Schritt
fehlt mir im Moment die Kraft. Eines Tages wird sie dasein.
Ich bin sicher, daß Du und ich verbunden bleiben, ganz
gleich, ob wir zusammen sind oder nicht, wohin auch
immer es jeden von uns verschlägt. Gäbe es für das, was
zwischen uns ist, ein Wort, würde ich es Dir schreiben. Im
Vertrauen darauf, Dein C.«

Er steckt die Karte in einen Briefumschlag. Später wird
er sie durch Kurier an die französische Botschaft überstellen lassen, um sicher zu sein, daß sie ankommt, noch heute.
Das ist der Unterschied zwischen einem Gymnasiasten und
einem Botschafter.

Er bleibt an dem kleinen Sekretär sitzen, ein ägyptischviktorianisches Stück mit geometrischen Intarsien, in denen man sich verlieren kann: ›Die Spinne Gottes‹ heißt das Ornament. Er wartet dort eine Stunde auf nichts, läßt sich von ihren Fäden einwickeln. Ausgesaugt kehrt er ins Büro zurück. Melancholie und Erleichterung, als er den Umschlag auf den Weg gebracht hat. Dann fährt er nach Hause. Den Abend verbringt er auf dem Sofa. Sie sehen sich einen alten Krimi mit Lino Ventura an. Er beobachtet Ines aus den Augenwinkeln, überlegt, ob sie sich Sorgen macht – über seinen Gesundheitszustand hinaus. Ob die Spuren von Verbitterung sich tiefer in ihr hübsches Gesicht graben oder wieder etwas wie Zuversicht ablesbar ist. Als ihre Blicke sich treffen, lächelt sie, und es liegt Wärme darin. Seine Scham wird verschwinden. Sie ist noch immer verschwunden: »Wir schenken uns aber nichts zu Weihnachten, oder?« – »Wir haben uns doch gerade erst beschenkt.«

Am nächsten Morgen arbeitet er sich durch eine Kiste voller Grußkarten. »Dies soll ein Tag der Freude für alle sein, gleich welchen Glaubens, welcher Herkunft oder Hautfarbe sie sind.« Cismar hat darauf geachtet, daß der offizielle Text keinerlei direkten Bezug auf Christliches nimmt, auch wenn er davon ausgeht, daß die Muslime, die zur Botschaft gehören, damit wenig Schwierigkeiten hätten. Es reicht nicht, das Vorgedruckte einfach zu unterschreiben. Die meisten Eingeladenen haben Anspruch auf einen mehr oder weniger persönlichen Satz. Er will wohl erwogen sein, denn natürlich wird verglichen. Zur Grundausstattung eines Botschafters sollte ein Grußwort-Baukasten gehören. Mme. Detrieux sortiert er aus. Hoffentlich hat sie verstanden, daß seine Karte den Weihnachtsempfang bereits einschloß. Jedesmal, wenn das Telephon klingelt, hält er den Atem an. Er glaubt nicht, daß Françoise reagieren wird, aber wer weiß? – Um die Folgen zu akzeptieren, müßte man sie vorher kennen. – Vielleicht hat sie bestimmte Signale anders verstanden, als sie gemeint waren, oder er hat, situationsbedingt, Andeutungen gemacht, die falsche Erwartungen geweckt haben. Vielleicht ist ihre Souveränität nur eine Fassade, die, wenn sie einstürzt, alles unter sich begräbt. Wohin abgewiesene Liebe, gekränkte Eitelkeit führen, ist nie kalkulierbar. Er erinnert sich an diesen Film, »Fatal Attraction«, der ihn damals beunruhigt hat: Françoise kann Gerüchte streuen oder Ines anrufen, sie kann zum Empfang kommen, eine Szene machen. Sie wird nichts von dem tun. Cismar schwitzt trotzdem. Seine Handschrift ist krakelig, teilweise unlesbar. Mehrfach verschreibt er sich. Nachdem er den Kartenstoß abgearbeitet hat, bereitet er seine Ansprache vor: »Wie in jedem Jahr... und das aus gutem Grund...« Es geht weder mit noch ohne Sawatzky: »In diesen Tagen... einmal mehr... ein Zeichen des Friedens und der Versöhnung... unserer Verantwortung bewußt. – Mein besonderer Dank...«

Cismar steigt aus dem Wagen. Schwülwarme Luft. Die Sharia Az-Zuhra ist teilweise aufgeweicht. Bis morgen nachmittag wird die Nässe verdunstet sein. Sha'ban läßt noch einmal das Fenster herunter: »Meine Kinder sind schon ganz aufgeregt«, sagt er, »in der Schule erzählen sie, wir gehen zu einem Weihnachten wie in Amerika, nur ohne Schnee. Sie lieben Tannenbaum, Kerzen, viel Schokolade. Aber am meisten lieben sie diese Holztorte. Wie heißt das noch?« »Weihnachtspyramide.« Seit dem vergangenen Jahr hat die Botschaft ein riesiges Exemplar aus dem Erzgebirge im Fundus. Auf fünf Ebenen drehen sich die Heilige Familie, Ochs und Esel, Schäfer mit Schafen, ein Engelsorchester sowie die Weisen aus dem Morgenland samt Karawane.

Als Cismar durch das Tor tritt, traut er seinen Ohren nicht: Aus der weitgeöffneten Flügeltür tönt »Vom Himmel hoch, da komm' ich her«, gesungen von irgendwelchen Domspatzen. Ines steht auf der Treppe und plaudert mit Herrn Leinemann, dem Hausmeister. Als sie ihn kommen sieht, springt sie die Stufen hinunter wie ein Schulmädchen. Cismar faßt sich an den Kopf. Er ahnt Fürchterliches. Sein erster Impuls ist, eine Grundsatzdebatte über sentimentale Regression im Zusammenhang mit christlichen Feiertagen anzufangen. Er beläßt es bei einem betont erstaunten Gesichtsausdruck: Im letzten Jahr war Ines nur mit Mühe zu bewegen gewesen, überhaupt an dem Empfang teilzunehmen, diesmal kann es gar nicht genug Trubel sein. Am liebsten hätte sie schon vor Tagen mit dem Schmücken angefangen. Zum Glück lagerte die Weihnachtsdekoration bis heute morgen im Keller der Kanzlei. Cismar weiß nicht, was er von dem Sinneswandel halten soll. Er ringt sich einen freundlicheren Gesichtsausdruck ab: »Ihr amüsiert euch?« »Herr Leinemann hat kistenweise Zeug mitgebracht. Christbaumschmuck aus der ganzen Welt. Deine Vorgänger müssen ihre Souvenirschränke geplündert haben.« »Ich dachte, dir liegt nichts an Weihnachten?« »Du mußt zugeben, daß es sehr verrückt ist, wenn wir beide, du und ich, hier in Kairo ein richtig fettes deutsches Weihnachtsfest inszenieren, so verkitscht, wie es nur geht.« Herr Leinemann und seine Helfer richten jetzt den großen Baum im Garten auf. In seinem weißen Netz gleicht er einem überdimensionalen Zuckerwattebausch. »Kann man dieses Gedudel abstellen? Mir wird davon übel.« Die Tanne im Empfangssaal ist bereits ausgepackt und behängt: afrikanische Flügelfiguren aus echten Vogelfedern – vermutlich Voodoopuppen –, daneben grellbunt lackierte Balsaholz-Engel aus Indonesien. Hauchdünne japanische Porzellankugeln, auf die Bambusstauden getuscht sind, baumeln neben russischen, die an orthodoxe Meßgewänder erinnern, und amerikanischen aus Glas, in denen – ähnlich norddeutschen Buddelschiffen – kleine Krippen aufgerichtet wurden. Blechelche und -schlitten, glitzernde Geschenkattrappen, Sterne in allen Varianten. Die Plastikhalter der Lichterketten sind echten Kerzen nachgebildet, einschließlich der herabfließenden Wachstropfen. Dazwischen wurde sorgfältig Lametta verteilt. Herr Leinemann scheint jeden der zehntausend Goldfäden einzeln plaziert zu haben. »Es ist ein Ros' entsprungen, aus einer Wurzel zart…« Cismar schaltet die Musik aus, setzt sich auf einen Stuhl, zündet sich eine Zigarette an. Sie schmeckt scheußlich und verstärkt das fade Gefühl im Bauch. Die Gäste, zumindest die offizielleren, werden ihn für verrückt halten. Françoise hätte ihre helle Freude, aber sie wird nicht dasein. Er überlegt einen Augenblick, kraft seines Amtes den ganzen Plunder wieder abhängen zu lassen und den Schmuck auf einfache rote Weihnachtskugeln aus Bayern zu beschränken. Ines steht neben ihm, in gespannter Erwartung. »Mal was anderes«, sagt er, bemüht, den Ton neutral zu halten. »Ich wußte gar nicht, daß ihr so unglaublich tolle Sachen habt«, sagt Ines. »Ich auch nicht.« Vom diplomatischen Standpunkt aus betrachtet, ist die Situation folgende: Die Interessen Deutschlands sind nicht unmittelbar bedroht, allerdings könnte die Art und Weise, wie das Land sich in diesem Zusammenhang präsentiert, falsch aufgenommen werden. Eine Revision der von den Mitarbeitern getroffenen Entscheidungen würde die Gefahr atmosphärischer Störungen bergen, deren Auswirkungen womöglich erheblicher wären als die eines unkonventionell geschmückten Weihnachtsbaumes. Insofern scheint es sachdienlicher, es dabei bewenden zu lassen. »Ich finde, er sieht großartig aus«, sagt Ines. »Ein bißchen Irritation schadet doch nicht, oder? Bei der Krippe habe ich gedacht, wir ersetzen das gammelige Moos durch Sand, der paßt sowieso besser. Rund um Bethlehem ist ja quasi Wüste.« »Etwas überladen das Ganze.« »Postmodern. Du mußt die Ironie verstehen. Wir führen den Pomp ad absurdum, indem wir ihn vollkommen entgrenzen.« Offenbar sind mit dem Nachdenken über ihre Promotion auch die ästhetischen Konzepte der Theatermacher, bei denen Ines hospitiert hat, zurückgekehrt. »Gerade in diesem Jahr hätte ich es lieber dezent gehabt.« »Glaub mir, die Leute werden es lustig finden. Ägypter lieben Kitsch, je mehr Gold, desto besser.« »Es kommen aber in der Hauptsache Deutsche.« »Sieh es ein bißchen lockerer: Lach doch mal.« »Macht, was ihr wollt.« Cismar sieht seine Frau forschend an, ihre Bewegungen, das Mienenspiel: Vielleicht leidet sie unter einer leichten Form manischer Depression, und gerade beginnt eine manische Phase. Das würde vieles verständlich machen. Er schluckt aufsteigende Schuldgefühle hinunter. Herr Leinemann und sein Gehilfe zupfen vorsichtig fünf Meter lange Papiergirlanden auseinander, die von innen über die Eingangstür gespannt werden sollen. Die Leiter steht schon da. »Gib mir mal den Hammer«, sagt der Gehilfe. Einen Moment lang versteht Cismar die Bilderstürmer: byzantinische, protestantische, muslimische, sogar die geisteskranken. Barocker Prunk hat ihn immer abgestoßen, nicht nur im Sakralbereich. Wenn er religiös wäre, würde er auf leeren Räumen bestehen. Sawatzky hat recht: Das Christentum ist tot – eine Faschingsveranstaltung: »Ich ruhe mich etwas aus. Ihr könnt mich rufen, wenn ihr fertig seid.«

Später am Abend, als sie beim Essen sitzen, ist Ines ein wenig gekränkt, daß er sich gar nicht beteiligt, daß er ihr den Spaß verdorben hat. Er entschuldigt sich: »Mir war hundeelend.« »Ich mache mir Sorgen.« »Ich glaube, das brauchst du nicht«, sagt er und streicht ihr über die Wange.

Schwarze Bröckchen im Schleim. Das ›Kaffeesatz-Erbrechen‹. Kein Zweifel: Sein Magen blutet. Nicht stark, aber er blutet. Wie vor zwölf Jahren. Schweiß von der Anstrengung des Würgens. Und Angstschweiß. Wenn sein Magen wieder blutet, geht er zum Arzt, das hat er sich vorgenommen. Jetzt ist es soweit. Cismar spült den Mund aus, wischt sein Gesicht ab, löscht das Licht, schwankt ins Schlafzimmer zurück. Er legt sich vorsichtig hin, wickelt sich schlotternd in die Decke. Der Schweiß gefriert. Ein Streifen Mondlicht kriecht diagonal über den Tisch, dann senkrecht die Wand hinauf. Der Wecker zeigt kurz nach drei an. Ines regt sich nicht. Sie hat nichts bemerkt. Vor Montag wird er keinen Termin bekommen. Aber der Vertrauensarzt, Dr. Darqawi, ist zum Weihnachtsempfang eingeladen. Vermutlich sieht er ihn am Nachmittag. Wenn es sich ergibt, kann er mit ihm sprechen. Die Symptome sind eindeutig. Ulcus ventriculi, Hauptursachen: Helicobacter pylori, Streß. Gegen beides gibt es Mittel. Normalerweise reichen eine kombinierte Medikamententherapie, Antibiotika und Säurehemmer, in Verbindung mit Ruhe. Ruhe vor allem. Es wird sich nicht gleich der Tod auf die Bettkante setzen. Rein statistisch stehen ihm noch gut zwanzig Jahre zu. Wegen des Rauchens ein paar weniger. Die Langlebigkeit seiner Verwandtschaft gleicht das aus. Im Falle eines Durchbruchs kann es allerdings eng werden: Wenn der Wagen nicht durchkommt, weil die Straßen verstopft sind. Unter Umständen geht es um Minuten. Wer genug Geld hat, findet in Kairo hervorragende Krankenhäuser und Notfallmedizin nach westlichem Standard. Es muß sich auch nicht um ein Geschwür handeln. Möglicherweise hat er eine schwere Gastritis verschleppt. Angst ist Argumenten unzugänglich. Immerhin hat der Schmerz nachgelassen. »Kopf hoch, wenn der Hals auch dreckig ist«, sagt sein Vater. Etwas trinken, gegen den trockenen Rachen. Kamillentee wäre gut. Kamillentee mit Honig. Aufstehen, in die Küche hinuntergehen, Wasser kochen… Er muß schlafen. Er will Ines nicht wecken. Morgen wird ein anstrengender Tag. Das Mondlicht streift jetzt die Kalligraphie, die noch immer auf dem Tisch liegt. Trotz allem ein Grund, Ines zu lieben. Er wird das Blatt zum Rahmen geben, aufhängen: der freien Flächen wegen. ›Die normative Kraft des Faktischen.‹ ›Du sollst nicht ehebrechen.‹ ›Dein Gott ist ein eifersüchtiger Gott.‹ – ›Rot‹, hat Sawatzky gesagt. Dachte er an das warme, das zwischen Lidern und Netzhaut leuchtet, wenn man die Augen schließt und direkt in die Sonne schaut? Oder an das scharfe: Krapplack? An den von Amok laufenden Neurotransmittern gestrickten Schleier im Wechsel von Wachen und Traum, der mitten in der Nacht zerreißt und blutige Fratzen freiläßt, die zu Wesen ohne festen Umriß werden, von einer Form in die nächste gleiten, aufbrechen, rumoren, auf denen Verwachsungen, Geschwulste, Beulen wuchern, aufplatzen, das Hirn mit klebrigen Flüssigkeiten überschwemmen, aus denen fremde Organe entstehen, Facettenaugen, Tentakel, Rüssel, die sich zu neuen Grimassen zusammenfügen, wispern, dröhnen, kreischen, abermals zerfließen, sich übers Gesicht legen, alles zudecken, so daß es kein Außen mehr gibt, sich nicht abschütteln lassen, die Haut reizen, daß man sie aufkratzt, den Schweiß lekken, daß es brennt wie verätzt, dem, was übrig bleibt, das Fleisch von den Knochen nagen, bis kein Körper mehr besteht, eingehüllt in nasse Lappen, die sich enger und enger ziehen um das, was nicht da ist, sich trotzdem wehrt, mit fehlenden Gliedmaßen um sich schlägt, stöhnt, wimmert, mit wirklichen Stimmbändern aufschreit. Da sitzt eine Frau im Schein der Lampe: »Um Gottes willen: Was ist?« Neben ihr der Mann, geblendet vom plötzlichen Licht. Er ringt nach Luft. Sie sieht ihn an, fällt in ihr Kissen zurück. Die fremden Wesen zerfallen nur langsam: »Nichts. Ein Traum. Schlaf weiter.«

Die Sonne scheint. Rund um das Gelände der Residenz ist eine halbe Hundertschaft ägyptischer Polizei im Einsatz, dazu Angehörige eines Sonderkommandos in Zivil. Cismar versucht, Gelassenheit auszustrahlen. Er hat Ines beim Frühstück nichts von Blut gesagt und seine Angespanntheit mit dem bevorstehenden Empfang erklärt: Die unberechenbare Mischung aus Halbprivatem und Hochoffiziellem mache ihn nervös, bis heute wisse er nicht, welche Form des Auftritts bei derartigen Veranstaltungen die gegebene sei, außerdem bleibe ein Risiko, für das er die Verantwortung trage. Der Garten füllt sich. Ein als Concierge verkleideter BGS-Beamter hakt Namen in der Einladungsliste ab. Zwei seiner Kollegen bitten die Gäste, Metallgegenstände abzulegen und eine Torsonde zu passieren. Damen müssen ihre Handtaschen öffnen. Die Maßnahmen sind peinlich, aber niemand echauffiert sich, im Gegenteil, die Beamten erhalten viel Zuspruch: »Wie gut, daß Sie hier sind.« »Es ist zu unser aller Schutz, nicht wahr.« Cismar trägt Smoking und Fliege. Ihm ist heiß und kalt. Er achtet darauf, so zu stehen, daß er das Tor im Blick hat. Die waffenstarrenden Sicherheitskräfte auf dem Grundstück bemühen sich vergeblich um Unauffälligkeit. Er schüttelt Hände, lächelt, fühlt sich abwechselnd wie ein Zirkusdirektor und seine kranke Hauptattraktion, der weiße Löwe. Der Löwe ist todmüde, kann die Augen kaum offenhalten, trotz des Kaffees, den er wider besseres Wissen getrunken hat. Hübsche Mädchen in dunkelblauen Kostümen, geklöppelten Schürzen reichen Häppchen und Getränke. Er schämt sich der außer Kontrolle geratenen Dekoration, wird zu eben dieser Dekoration beglückwünscht: »Sehr gelungen, die Mischung aus traditionell Deutschem und – ich möchte fast sagen – internationalem Flair.« »An solchen Kleinigkeiten zeigt sich doch, daß unser Land offener geworden ist, unverkrampfter.« Cismar verweist auf seine Frau im Getümmel: »Da hinten. Mit dem gelben Cocktailkleid.« »Sie haben eine reizende Gattin.« »Was täte ich ohne sie?!« Ines kniet zwischen Kindern, verteilt Süßigkeiten, streichelt Köpfe. »Ein schwieriges Jahr nähert sich dem Ende.« »Noch ist es nicht vorbei.« »Ich sehe schwarz.« »Schauen wir mal.« »Wir können es uns nicht stricken.« Eine feuerrote Figur mit Zipfelmütze stapft umher: Böseneder hat es sich auch diesmal nicht nehmen lassen, höchstpersönlich als Weihnachtsmann aufzutreten, mit einem riesigen bestickten Sack auf dem Rücken, aus dem er jedem Kind, das sich zu ihm traut, ein Päckchen überreicht. In den Päckchen sind Stofftiere, Puppen, Matchboxautos. Böseneder brummt mit verstellter Stimme: »Von draußen vom Walde komm ich her...« Die ägyptischen Kinder wissen nicht, was Wald ist. Plötzlich Aufregung. Ein schmutziger Junge rennt weg, wird von einem Wachmann gefaßt, zappelt, schreit. Der Griff um seinen Oberarm gilt einem Erwachsenen. »Was geht hier vor?« »Er hat sich an den Geschenken zu schaffen gemacht. Keine Ahnung, wo er herkommt.« »Befördern Sie ihn bitte möglichst diskret hinaus.« Kaum ein Besucher hat die Tragweite des Vorfalls begriffen. »Hundertprozentige Sicherheit herrscht, wenn kein Mensch mehr da ist – um Fichte zu zitieren«, sagt der Weihnachtsmann achselzuckend. »Für Montag sind sechs weitere Hinrichtungen angesetzt, fünf Ägypter und ein Palästinenser«, flüstert Klüssen. »Weshalb erfahre ich das erst jetzt?« »Streng vertraulich. Taufiq hat es mir vor fünf Minuten gesteckt.« »Und warum ›steckt‹ er es nicht mir?« Er nimmt jetzt doch ein Glas Sekt. »Herr Botschafter, entschuldigen Sie, man hat ja so selten Gelegenheit, und Ihnen stehen doch ganz andere Informationen zur Verfügung: Wie schätzen Sie die Lage zur Zeit ein?« Der Lidschatten über den Kunstwimpern schillert in allen Farben des Regenbogens. ›Wenn ich Sie sehe: schlecht, ganz schlecht.‹ »Es ist mir eine große Freude, Frau Dr. Sieverding.« »Schatz, ich bitte dich: Nun laß doch den armen Herrn Botschafter gehen.« »Dazu müßte ich sehr weit ausholen.« »Siehst du.« »Reden wir von etwas Angenehmerem.« »Es gibt soviel Schreckliches auf der Welt.« »Aber heute wollen wir feiern.« »Haben Sie sich die ›Freischütz‹-Inszenierung angeschaut? Außerordentlich für hiesige Verhältnisse.« »Leider hatte ich noch keine Gelegenheit.« »Dann wissen Sie auch nicht, daß eine Sopranistin aus Ostberlin das Ännchen singt?« »Aus Berlin, meine Liebe.« »Davon habe ich allerdings gehört.« »Daß so etwas heute möglich ist.«

»Hätte mir das einer vor fünf Jahren gesagt, ich hätte ihn für verrückt erklärt.« »Ein Geschenk der Geschichte.« »Aber auch eine große Aufgabe.« »Sei doch nicht immer so pessimistisch.« »Sie entschuldigen mich einen Moment: Ich muß Dr. Henkel begrüßen.« »Den Direktor der evangelischen Oberschule?« »Deren Kammerchor wird nachher singen.« »Wie herrlich.« Dr. Henkel steuert direkt auf ihn zu. Seine Frau hat sich eingehakt, schaut unablässig, ob einer da ist, der wie ein Attentäter aussieht. Zum Glück hat sich der Zwischenfall mit dem Straßenjungen vor ihrem Eintreffen ereignet. Er wird ein Nachspiel haben. Cismar begrüßt sie mit der Andeutung eines Handkusses. »Schön, daß Sie gekommen sind.« »Danke, daß wir wiederum kommen durften.« »Das hat inzwischen ja schon fast Tradition.« »Gute Tradition, möchte ich sagen.« »Wie ich sehe, beabsichtigen Sie auch noch nicht, Ihre Versetzung zu beantragen?« »Mein Mann...« »Wissen Sie, gerade jetzt, in diesen Zeiten ist es doch wichtig, daß es Menschen gibt, die das Feld nicht den Gewalttätern überlassen.« »Da haben Sie recht.« »Schrecklich, die Sache mit dem Deutschen.« »Man kann sich gar nicht vorstellen, was in so einem jungen Mann vorgeht.« »Als Pädagoge überlegt man natürlich sofort, wie das passieren konnte? Gut, man hat eine Menge gelesen, aber reicht das als Erklärung?« »Ich bin auch dagegen, immer alles auf eine schwierige Jugend zu schieben. Wir, unsere Generation, hatte es auch nicht leicht nach dem Krieg.« Der Weihnachtsmann droht in einer Kindertraube unterzugehen. Sein Gesicht glüht. Hoffentlich mutet Böseneder sich nicht zuviel zu. »Sie rauchen noch?« »Wenn Sie erlauben.« »Ich konnte mir dieses Laster vor drei Jahren abgewöhnen.« »Glückwunsch.« »Obwohl ich immer gern geraucht habe. Eine schöne Tasse Kaffee und eine Zigarette...« Fritz Wasmut, der Leiter des Goethe-Instituts, tritt hinzu. Der Rotwein, den er in der Hand hat, ist nicht sein erster heute. »Fritz.« »Claus.« »Wie geht's?« »Na ja.« Die ausladenden Gesten der Rhododendronbüsche greifen nach Rocksäumen. »Ich nehme an, Sie kennen sich?« »Selbstverständlich.« »Zu schade, daß Günter Warig abgesagt hat: Unsere Schüler hatten sich doch sehr auf die Lesung gefreut.« Schnelle Blicke hinüber und herüber. Ein Moment lang Schweigen. »Ich kommentiere das nicht.« Unter den Füßen das Gras ist weich. »Er wird seine Gründe gehabt haben.« »Ich bin ohnehin der Ansicht, daß Schriftsteller gut daran tun, sich aus der Politik herauszuhalten.« »Darüber kann man geteilter Meinung sein.« Der Hund des Hausmeisters gräbt ein Loch, schleudert Erde und Sand hinter sich, trifft weiße Damenstümpfe, wird zur Raison gerufen, rast davon. »Und den Kindern geht es gut?« »Achim würde am liebsten für immer hierbleiben.« »Das kann ich ihm nachfühlen.« Im Augenwinkel sieht Cismar, daß Dr. Taufiq einen Bogen um ihn macht. Die neuerlichen Hinrichtungen verheißen nichts Gutes. Bis jetzt sind noch jedesmal umgehend Vergeltungsaktionen gefolgt. »Welt ging verloren,/ Christ ist geboren...« »In Deutschland muß das Wetter ja verheerend sein.« »Ein Orkan hat im Schwarzwald ganze Täler verwüstet.« »Und dazu das furchtbare Hochwasser an der Mosel.« Zwischen den Palmen glitzert die tote Nordmann-Tanne, mit Kunstschnee besprüht. »Himmlische Heere,/ jauchzen Dir Ehre...« Wenn es wenigstens eine Zeder wäre, eine Zeder vom Libanon. Möglich, daß es in den nächsten Tagen noch einmal richtig warm wird. Oder ein Wüstensturm hüllt alles in Staub. Der Weihnachtsmann sitzt auf der Treppe und erzählt den Kindern in gebrochenem Arabisch vom eisigen

Winter: »Da kann man Schlitten fahren und Schneemänner bauen. Wißt ihr, was ein Schneemann ist?« »Sehen Sie überhaupt noch Chancen, die Todesstrafe zu verhindern, ich meine...?« »Wir führen Gespräche auf den unterschiedlichsten Ebenen.« »Als Außenstehender hat man ja keine rechte Vorstellung davon.« »Es ist in der Tat kompliziert.« Cismar sieht eine weibliche Gestalt mit hochgestecktem dunkelblonden Haar in einem weiten, olivgrünen Leinenkleid. Der Schrecken fährt ihm bis in die Zehenspitzen. Dann Erleichterung: Es ist nicht Françoise. Niemand wird ihm übelnehmen, wenn er den obersten Hemdknopf öffnet, die Fliege lockert. »Im Grunde hat Mubarak keine andere Wahl, oder?« »Sie werden verstehen, daß ich im Fall Sawatzky wegen des laufenden Verfahrens nicht ins Detail gehen kann.« »Die berühmte ›informelle Ebene‹?« »Wenn Sie so wollen.« Ein mitwisserisches Lachen von einem, der keinen Schimmer hat. »Man darf es natürlich nicht laut sagen, aber in so einem Fall... – Ich meine, was soll man mit solchen Leuten anderes machen?« »Sie entschuldigen mich.« Françoise ist die einzige gewesen, mit der er offen reden konnte. Er winkt Sha'ban zu, der bei den anderen Fahrern steht und palavert wie sonst im Aufenthaltsraum. Die verschiedenen Gruppen bleiben unter sich. Seine Kinder spielen im Gebüsch Verstecken. Schöne, fröhliche Kinder. Die Mutter rennt lachend hinter ihnen her. Der Stoff ihres feuerroten Kostüms spannt sich straff über dem mächtigen Hintern. Erstaunlich, daß ihr das Kopftuch nicht verrutscht. Sinn und Zweck des Festes ist es unter anderem, daß sich die Ebenen und Bereiche vermischen. Ines streicht ihm über den Arm: »Glaubst du, daß Sekt für deinen Magen das richtige ist?« »Nein. Aber ich muß mich irgendwie wachhalten.« »Was war eigentlich los heute nacht?« »Erzähl ich dir später.« Dr. Darqawi hat er noch nirgends gesehen. »Schon dich ein bißchen.« »Du bist niedlich.« Herr Munzinger kommt gestikulierend aus der Tür. Seine gestärkte Kochmütze sitzt gerade wie ein Zylinder. Er dreht eine entschlossene Runde durch den Garten, ohne sich bei irgend jemandem aufzuhalten, kehrt ins Haus zurück. Das Buffet scheint fertig zu sein. Es wird Zeit für die Ansprache. Cismar bittet Herrn Leinemann, Mikrophon und Verstärkeranlage einzuschalten, begibt sich langsam zum Pult. Ihm ist schwindlig. Der Kreislauf. Eine Folie legt sich über ihn. Er sollte jetzt keine weitere Zigarette rauchen. Durchatmen, sich auf die Aufgabe konzentrieren. Ekel, als er seinen Text überfliegt. Alles, was dort steht, ist Wortmüll. Es gibt nichts zu sagen. Er steckt den Zettel wieder ein, geht die Stufen hinauf, greift nach der Glocke. Sie funktioniert. Die Menschen gehorchen, unterbrechen ihre Gespräche, wenden sich ihm zu. So einfach beherrscht man ein Volk. Eingeführte Rituale laufen sinnentleert ebensogut ab, wenn nicht sogar besser. Er klopft mit dem Zeigefingerknöchel gegen das Mikrophon: »Spricht es? – Es spricht«, räuspert sich. Auch das gehört dazu. Gespenstische Ruhe. Alle Augen, außer denen der Kinder, sind auf ihn gerichtet. Das Volk ist dumm wie Brot. Er wird ihm nicht geben, was es verlangt. Eine merkwürdige Gleichgültigkeit anstelle des üblichen Lampenfiebers. Er wird gegen die Form verstoßen. Die Folgen sind ihm egal: »Liebe Gäste, ich freue mich, daß Sie alle heute hier sind, und wünsche Ihnen einen schönen Abend. Danke. Das Buffet ist eröffnet.« Ungläubige Gesichter, kein Applaus. ›Mit Verlaub, Herr Präsident, Sie sind ein Arschloch.‹ Er dreht sich um, gibt Leinemann das Zeichen, die Musik wieder einzuschalten. Auch der Hausmeister schaut irritiert.

Es dauert einige Augenblicke, bis er versteht, was er tun soll: »We wish you a merry Christmas, we wish you a merry Christmas, we wish you a merry Christmas and a happy new year…« Darunter breitet sich ein Raunen aus, gleichförmig, halblaut. »So etwas ist mir noch nicht untergekommen, und ich habe schon viel erlebt.« »Also wirklich.« »Im Grunde hat er doch recht.« Ines, die darauf gewartet hat, von ihm hochgerufen zu werden, um ein paar Worte als Gastgeberin zu sagen, steht da, erstarrt, mit halboffenem Mund. Die schwarzweißen Jungen und Mädchen des Oberschulchors wissen nicht, wohin mit sich, und rufen nach Dr. Henkel. Eigentlich war ihr Auftritt unmittelbar im Anschluß an die Rede geplant. Er hätte sie begrüßen und ankündigen müssen. Es wird sich eine Lösung finden. Die Glocke steht jedermann zu Verfügung, man kann das Mikrophon wieder einschalten. Die Leute sollen essen, trinken, sich um ihren eigenen Dreck scheren oder zum Teufel. Unmittelbar gegenüber schält sich eine Gestalt ohne Gesicht aus der Menge, kein Mensch, eine Verkörperung atmosphärischer Kräfte, machtvoll und drohend. Sie nähert sich langsam, gleitet vorwärts, ohne den Boden zu berühren, hüllt ihn ein, verdichtet sich in Höhe des Solarplexus zu einem kurzen, scharfen Stich. Die Magengrube ist aufgeschnitten. Cismar schaut zu Sha'ban. Sha'ban lacht, hebt den Daumen. Merkwürdig, wie weit sich alles entfernen kann. »Was ist denn in dich gefahren?« Die Frage ist, wen der Fragende meint. Ein zweiter Stich: kein Stilett, ein Brotmesser mit Wellenschliff, es zersägt den Magen in zwei Hälften. Der Weihnachtsmann flüstert: »Bist du besoffen?« ›Ich und du, Müllers Kuh, Müllers Esel: das bist du.‹ Schweigen, in dem die Klinge herumwühlt. »Das kannst du doch nicht machen!« Wer hat das gesagt?

»Aber…« Eine große grüne Fläche, unterbrochen von Blumenrabatten, Bäumen bildet die Kulisse für ein mißlungenes Stück ohne Leitung. Im Zentrum steht der botanische Fremdkörper, dem die Hitze zu schaffen macht. Er ächzt unter der Last, läßt die Arme, die Zweige sinken. Akteure, Bühnenbild und Publikum werden eins. Wo ist Ines? Sehr langsam und brennend dehnt der Schmerz sich aus. Eine glühende lava-artige Flüssigkeit, die aus der Bauchhöhle in die Leere zwischen einem vornübergebeugten Mann und der ihn umgebenden Welt strömt. Mitten in einer Ansammlung von Menschen ist er vereinzelt. Männer und Frauen sehen zu, erregt und teilnahmslos zugleich. Ein dominanter Rhythmus aus dunklen Senkrechten, durch den sich vielfarbige Melodielinien ziehen. »In den Herzen ist's warm,/ still schweigt Kummer und Harm,/ Sorge des Lebens verhallt…« Dr. Friebe redet mit ernster Miene auf höhergestellte Persönlichkeiten ein. Die Persönlichkeiten stimmen ihm zu oder schütteln energisch den Kopf. Kindersynkopen. Der Lavastrom erreicht die Stirn, so daß einem Hören und Sehen vergeht. Graues Flimmern, zusammengesetzt aus Myriaden von Punkten: Bildstörung. ›Wir bitten um Ihr Verständnis.‹ Die Neigung der Erdachse verstärkt sich infolge der Schwerpunktverschiebung. Der Raum ist gekrümmt. Was zu beweisen war. Eine schlanke Frauenhand legt sich von weit her auf seinen Arm. Erst neben, dann oberhalb der Hand ein Paar Augen, blaßblau. Etwas Hartes im Rücken. Eine Stuhllehne, ein Stuhlbein, eine gemauerte Umfriedung. Mundwinkel, Lippen, hinter denen sich ein schwarzes Loch öffnet und schließt: »Sag doch was«, gefolgt von schnellen Silben, die sich überstürzen, ihre Bedeutung verloren haben. Fontänen, Sturzbäche. Darin eintauchen, fortgespült werden. Auf Knien, vornübergekippt, den Kopf in feuchtem Grün. Knirschende Zähne, verschlucktes Erdreich, vermengt mit Kaffee. »Das erklärt natürlich einiges.« »Ich hatte mich schon gewundert.« Noch mehr Hände. Geübte und ungeübte Griffe. Sie öffnen Knöpfe, befreien den Hals aus der Schlinge. Notwendige Maßnahmen. Zwischen weißen, gestreiften, karierten Hemden, grauem, braunem, blondiertem Haar, der bleiche Himmel, was war das noch?

Als sein Bewußtsein zurückkehrt, liegt Cismar mit entblößtem Oberkörper auf dem Bett. Wie er dorthin gekommen ist, weiß er nicht. Daneben steht Ines und zerbeißt sich die Lippen. Er blinzelt durch halbgeschlossene Lider, bevor er die Augen öffnet. »Lieber. Hörst du mich?« Er versucht ein Nicken. Sie streicht eine verklebte Strähne aus seiner Stirn. »Wie geht es dir?« Weich, zentnerschwer, durchlässig, verhangen. »Mach dir keine Sorgen wegen des Festes. Jeder hat dafür Verständnis.« Die Zunge klebt am Gaumen. Er erinnert sich bruchstückhaft an das, was passiert ist, und ihm fällt nichts ein, wofür er sich rechtfertigen müßte. Dr. Darqawi sitzt am Tisch und füllt einen Zettel aus: »Sie hatten einen Zusammenbruch«, sagt er: »Ich habe Ihnen etwas zur Stabilisierung gespritzt. Sicherheitshalber werde ich Sie in die Klinik bringen lassen. Wenn Sie einverstanden sind. Ihre Frau sagt, Sie hätten in letzter Zeit über massive Magenprobleme geklagt. Sie sprach auch von häufigem Erbrechen. Das sollten wir abklären.« Cismar widerspricht nicht. Er war überzeugt gewesen, daß Ines kaum etwas davon bemerkt hat. Jetzt spielt es keine Rolle mehr. Solange er liegt, gibt es kein Vorher und kein Nachher. Er trägt die Verantwortung für nichts. »Wichtig ist jetzt nur deine Gesundheit, daß du wieder auf die Beine kommst.«

Wenn man aufgegeben hat, kann man nicht mehr verlieren. Ein helles, freundliches Zimmer, geschmackvoll eingerichtet. Der Patient soll sich wohl fühlen. Auf dem Nachttisch stehen Blumen, eine Flasche Wasser, daran lehnt ein Photo: Ines vor der Sphinx. Sie hat es trotz des Durcheinanders am Samstag eingepackt, damit er sie nicht vergißt. Draußen ist es bereits dunkel. Die Nachtschwester hat das Essenstablett mitgenommen und die Vorhänge zugezogen. Thermopenscheiben dämpfen den Lärm der Stadt. Er darf nicht rauchen. Den Tag über hatte er keine Zeit, es zu vermissen. Es ist sein zweiter Abend hier, doch erst jetzt fallen ihm die Bilder an den Wänden auf: lachende Beduinenfrauen, geschmückte Kamele, satte Ziegen, Zelte, Feuer. So blau wie dort leuchtet der Wüstenhimmel in Wirklichkeit nie. Offenbar ist man auch hier überzeugt, daß angenehme Träume den Heilungsprozeß fördern.

Das vorläufige Ergebnis der Spiegelung und anderer Diagnoseverfahren lautet: Er hat ein offenes Magengeschwür. Einige Blutwerte liegen leicht ober- oder unterhalb der Grenzwerte. Dafür kommen verschiedene Ursachen in Betracht. Momentan kann man nicht mit letzter Sicherheit ausschließen, daß sich hinter dem Geschwür ein Karzinom verbirgt. Es ist möglich, aber nicht wahrscheinlich. Die weiteren Untersuchungen wird er in Deutschland vornehmen lassen. Auch Ines hat darauf gedrängt. Krankheit erzeugt Argwohn, die Fremde wird feindlich. Da immer noch die Gefahr eines Durchbruchs besteht, würde man ihn lieber hierbehalten. Wenn der Durchbruch im Flugzeug erfolgt, kann eine lebensbedrohliche Situation eintreten. Er wird das Risiko auf sich nehmen, hält die Bedenken teilweise für vorgeschoben: Die hiesigen Ärzte wollen an einem prominenten Patienten aus Europa ihre Tüchtigkeit unter Beweis stellen und ihre Minderwertigkeitsgefühle gegenüber der westlichen Medizin abarbeiten. Das Phänomen kennt er auch aus anderen Bereichen, und nicht nur aus Ägypten.

Schwere Stiefel gehen den Gang auf und ab, nähern sich, entfernen sich wieder. So erhält die Zeit ein Gerüst. Manchmal setzt sie kurz aus. Vor der Tür wachen rund um die Uhr Militärpolizisten. Sie sind nicht eigens zu seinem Schutz abkommandiert. Normalerweise werden auf der Station Mitglieder des Staatsapparats und hohe Offiziere behandelt. Er weiß nicht, wer außer ihm hier liegt. Als deutschem Botschafter hat man sie ihm selbstverständlich zur Verfügung gestellt. Ein Anruf Dr. Friebes im Innenministerium genügte. Wahrscheinlich gibt es sogar eine Sonderanweisung des Ministeriums, alles zu seiner vollsten Zufriedenheit abzuwickeln. Die Schwestern erfüllen jeden Wunsch, wenn er mit seinem Zustand vereinbar ist. Er hat kaum Wünsche. Es reicht ihm, ungestört zu sein. Der verantwortliche Arzt, Professor Dr. Dr. Habib, behandelt ihn beinahe unterwürfig. Er hat in Stanford studiert, beschwört in jedem zweiten Satz seine Bewunderung für Amerika, beschimpft wortreich die Zurückgebliebenheit der ägyptischen Massen, in der Hoffnung, von Cismar für einen aufgeklärten Geist gehalten zu werden. Professor Habib nimmt nicht an, daß es Krebs ist, aber Gewißheit wird es erst geben, wenn der Ulkus abheilt. Auch aufgrund des ausführlichen Anamnese-Gesprächs hält er Streß für die Hauptursache der Erkrankung. Sollten die Medikamente wider Erwarten nicht anschlagen, könnte eine Operation notwendig werden. All das läßt sich im Moment nicht vorhersagen. Cismar versteht das internationale Fachvokabular. Soweit er es als Laie beurteilen kann, macht der Professor seine Arbeit sorgfältig. Alles andere interessiert ihn nicht.

Es ist halb neun. Vor elf wird er kaum schlafen können, wenn überhaupt. Ihm stehen ein Telephonanschluß und ein eigener Fernseher zur Verfügung, damit ihm nicht langweilig wird. Ines hat auch zwei Bücher eingepackt, doch ihm ist nicht nach Lesen zumute. Er sollte Angst haben, sich schämen, verzweifelt sein. Niemand hat das gesagt, aber viele denken es: in der Botschaft, im Ministerium, zu Hause. Nach Ines' Anruf wird sein Vater der Mutter zum tausendsten Mal von seiner Flucht vor den Russen mit durchschossener Schulter erzählt haben. Mutter hat gesagt: »Claus war immer sehr sensibel«, und: »Vielleicht können sie dann ja an Weihnachten hier sein.« Er ist gescheitert, hat sich blamiert. Vielleicht trägt er den Tod in sich. De facto fühlt er zum ersten Mal seit Wochen etwas wie Entspannung. Es hat keinen Sinn, sich über Situationen den Kopf zu zermartern, die möglicherweise nie eintreffen. Er muß jetzt nicht entscheiden, ab welchem Krankheitsstadium er die Behandlung verweigert. Vermutlich hätte er ohnehin nicht den Mut dazu. Zwar glaubt er nicht an die Allmacht der modernen Medizin, aber fest steht, daß nie eine bessere zur Verfügung stand. Er beneidet die Beduinen nicht, abgesehen davon, daß sie reine Erfindung sind. Im Ernstfall wird er sich hochqualifizierten Spezialisten anvertrauen, die alles Menschenmögliche versuchen. Françoise sagt, wenn man bei ihr eine tödliche Krankheit festgestellt hätte, würde sie in ein buddhistisches Kloster gehen und sich auf die andere Seite meditieren oder einen heiligen Sheikh finden, der ihr die richtigen Verse gäbe, und vierzig Tage in der Wüste beten und fasten. Er glaubt nicht an Wunder. Daran ändert auch die Tatsache wenig, daß er nicht für alles eine schlüssige Erklärung findet. Um der Genesung willen wird er sich auch darüber jetzt nicht den Kopf zerbrechen.

Die Medikamente scheinen zu wirken. Der Druck im Magen hat merklich nachgelassen. Für heute muß er keine weiteren Prozeduren über sich ergehen lassen. Er muß mit niemandem mehr sprechen, nicht einmal mit jemandem schweigen. Wenn er will, kann er einfach an die Decke starren, ohne einen Gedanken, ohne die Angst, etwas Wichtiges übergangen oder vergessen, das Falsche geäußert oder zurückgehalten zu haben, Mitarbeitern, Freunden, einer Frau nicht gerecht geworden zu sein. Er hat Ines um sieben nach Hause geschickt. Sie saß den ganzen Tag über hier als fleischgewordene Besorgnis, während er von Untersuchungszimmer zu Untersuchungszimmer gebracht wurde. In den Pausen wollte sie wissen, wer was wie durchgeführt hat, ob alles hygienisch einwandfrei war, wie er die technische Ausstattung beurteilt. Er hat keinen Unterschied zur Bonner Uniklinik feststellen können. Manches schien ihm sogar auf neuerem Stand. Wahrscheinlich telephoniert sie jetzt mit ihrer Schwester, und sie vermuten, folgern gemeinsam, welche Schlüsse sich aus dem Gehörten ziehen lassen, sind halbwegs beruhigt, haben Einwände, Befürchtungen.

Morgen früh wird noch einmal ein EKG gemacht. Wenn es keine Auffälligkeiten zeigt, kann Ines ihn am Nachmittag abholen. Er schaut auf das Telephon, überlegt. Françoise wird er nicht anrufen, obwohl selten soviel ungestörte Zeit gewesen wäre, obwohl er gern ihre Stimme hören würde. – Ihre Stimme, bevor sie die Karte gelesen hat. Mit Frau Samadi und Dr. Friebe hat er bereits telephoniert. Ein Besuch ihrerseits war unnötig, es stand nichts Vertrauliches an. Wichtig ist, daß Ines und er am Donnerstag Plätze in der Maschine nach Frankfurt haben und daß er am Mittwoch noch ein Gespräch mit Sawatzky führen kann, sein letztes. Alle haben versucht, ihn davon abzubringen, haben an seine Vernunft appelliert, waren der Ansicht, es sei überflüssig, sein Zustand nicht stabil genug, er müsse jede Anstrengung meiden, dürfe sich auf keinen Fall aufregen, doch er hat den Kopf geschüttelt, stur wie ein Esel, und darauf bestanden: »Ich würde mich aufregen, wenn ich einfach verschwinden würde, ohne ihm zu sagen, weshalb, ohne mich von ihm zu verabschieden. Und für den Notfall gibt es im Gefängnis auch einen Arzt.«

Er schaltet den Fernseher ein. Der populäre Sheikh Uthman al-Ma'arifa erläutert Gästen, die um ihn herum auf Teppichen sitzen, mit ruhiger, freundlicher Stimme, weshalb das Schweinefleischverbot keine überholte Hygienevorschrift, sondern Zeichen der ewigen Weisheit Gottes ist. Die Wissenschaft hat dessen schädliche Wirkungen auf den menschlichen Organismus untermauert und damit bestätigt, was seit Jahrhunderten im Koran steht. Die Zuhörer nicken ehrfürchtig. Der nächste Sender zeigt den uralten Mitschnitt eines Konzerts mit Oum Kalthoum, der größten Sängerin Ägyptens, schwarzweiß, in schrecklicher Qualität. Immer wieder überspringen Bild und Ton einen Takt, die Höhen kratzen, manchmal dröhnen die Bässe, als traktierte jemand ein Waschbrett. Oum Kalthoum steht auf einem flachen Podest, in silberdurchwirktem, bodenlangem Kleid, das dicke Haar zu einem Knoten gefaßt, hinter ihr im Halbrund das Orchester. Ihre Augen sind geschlossen, die Lippen dunkel geschminkt wie in einem expressionistischen Film. Mächtige Perlentrauben hängen von den Ohren. Es ist ein Wunder, daß die Läppchen nicht ausreißen. Laute Seufzer, Zurufe aus dem Publikum, mitten im Lied Applaus. Hin und wieder taucht ein weißer Faden auf und zuckt über den Bildschirm. Keine schöne Frau, der Kopf aus grob behauenem Stein, Kinn und Hals verschwimmen. Der massive Köper wirkt seltsam ungelenk. Ihre linke Hand unterstreicht mit sparsamen Gesten Motive, die rechte bleibt am Mikrophon. Cismar folgt der merkwürdig schmerzenden Stimme, Verlangen und Klage – zu rauh, zu sperrig für Opern –, den Rhythmen, die spiralförmig ins Endlose führen, in das Endlose hinter dem Endlosen. Für einen Moment spürt er wieder das Schweben, in das die Verse des sufischen Sängers, die Bewegungen der Flöte auf dem Moulid vor Wochen mündeten. Daß er diesmal allein ist, ändert nichts. Er war auch dort allein. Françoise hatte keine Wirklichkeit. Er wüßte gern, was sie denkt, welche Empfindungen sie jetzt für ihn hat. Abgeschnittene Streicherschwünge, unisono, klingen in einer vereinzelten Geige aus. Er versteht nur wenige Worte, aber immer wieder: ›Ich habe dich gesehen. Ich sehe dich.‹ Er könnte sich forttragen lassen. Er will sich nicht forttragen lassen. Er will bleiben, wo er ist. Das Lied zerrt. Er wehrt sich. Allmählich schleicht sich ein unangenehmes, schwer greifbares Gefühl ein, ein der Angst verwandtes, körperlich spürbar, obwohl es nicht der Krankheit entstammt. Es darf nicht die Oberhand gewinnen. Zu viele dunkle Töne, die er nicht braucht. Plötzlich ist Oum Kalthoum eine dicke, häßliche Frau, deren quäkende Stimme über der unstrukturierten Musik ihm auf die Nerven geht. Er schaltet sie weg, ein Knopfdruck: Farbfernsehen von heute. Amerikanische Serienmenschen mit arabischen Untertiteln. Sie sind in einer verzweifelten Lage, werden aber einen Ausweg finden, spätestens in der nächsten Folge. Werbung:

Autos, Cola, Kaffee. Es folgt eine grell geschminkte Nachrichtensprecherin. Sie berichtet von folgenden Ereignissen: Präsident Mohammed Husni Mubarak hat verwundete Polizisten in einem oberägyptischen Krankenhaus besucht und ihnen für ihre Tapferkeit gedankt. Die Vollversammlung der vereinten Nationen sprach sich in New York mit großer Mehrheit für die Aufhebung des Waffenembargos gegen die Muslime in Bosnien-Herzegowina aus. Bei Ausschreitungen in der Provinz Assyût starben seit gestern vierzehn Menschen. Zahlreiche Randalierer wurden in Haft genommen. Die Hinrichtungen, von denen Klüssen gesprochen hat, wurden heute morgen hier in Kairo vollstreckt. Das Wetter bleibt mild.

Obwohl die Ärzte es mißbilligen und Ines alles tut, ihn davon abzuhalten, läßt Cismar sich am Dienstag in die Botschaft fahren. Es gibt zu viel zu regeln, als daß er es von der Residenz aus abwickeln könnte. Außerdem möchte er sich persönlich verabschieden, seinen Stellvertreter und die Referenten auf das, was im Fall Sawatzky auf sie zukommt, einstimmen und sie noch einmal eindringlich bitten, sich trotz aller Vorbehalte bedingungslos für ihn stark zu machen – auch Bonn gegenüber. Er will speziell Dr. Friebe und Klüssen Erläuterungen zu dessen Persönlichkeit geben, damit sie bei ihren Besuchen wissen, welchen Ton sie anschlagen müssen. Da offen ist, ob und wann er zurückkehrt, will er einige Dinge – Notizen und Bücher vor allem – aus dem Büro mitnehmen beziehungsweise beseitigen, was dort niemanden etwas angeht und zu Hause schlecht aufgehoben wäre.

Sawatzky grinst, als er hereingeführt wird. Cismar spürt einen Anflug von Ärger. Ihm liegt ›Ihnen geht's wohl zu gut!‹ auf der Zunge, doch er sagt nichts. Sawatzky kommt ihm zuvor: »Sie sehen blaß aus. Sind Sie krank, oder liegt es am Licht?«

Sawatzky kann eigentlich nichts von seinem Zusammenbruch wissen. Warum sollte Taufiq die Gefängnisleitung über seinen Gesundheitszustand informieren? Dr. Bayyati hat Sawatzky vergangenen Donnerstag erstmals getroffen, seitdem nicht mehr. Auch wenn es letztlich keine Rolle spielt: Cismar will Sawatzky selbst sagen, daß es heute sein letzter Besuch ist.

Ohne eine Antwort abzuwarten, fährt Sawatzky fort: »Dieser Anwalt, den Sie mir geschickt haben, ist ein Idiot. Das Geld können Sie sich sparen.«

Cismar hatte sich einen anderen Einstieg zurechtgelegt, er wollte von sich sprechen: »Dr. Bayyati wurde vom Gericht bestimmt. Man hat uns leider keine Möglichkeit eingeräumt, auf die Entscheidung Einfluß zu nehmen.«

»Welchen Sinn hat ein Anwalt, der seinen Mandaten am liebsten hängen sehen würde?«

Im Grunde ist er nicht mehr zuständig, sein Kommen fast schon privater Natur: »Auch wenn das Gerangel im Vorfeld der Mandatsvergabe äußerst unschön gewesen ist, besteht meines Erachtens keinerlei Grund, an der Befähigung Dr. Bayyatis zu zweifeln. Ich habe vergangene Woche ausführlich mit ihm gesprochen. Er klang sehr entschlossen, ein Todesurteil zu verhindern, und äußerte sich sogar hinsichtlich einer späteren Überstellung nach Deutschland verhalten optimistisch.«

»Er steht hinter dem Kurs der Regierung. Er will unsere Bewegung ausgelöscht sehen. Das hat er wörtlich gesagt:

Aber natürlich hätten auch Leute wie ich in einem Rechtsstaat Anspruch auf ein ordentliches Verfahren. Daß ich
nicht lache.«

»Dr. Bayyati gilt als einer der besten Anwälte des Landes. Ich glaube, Sie können ihm vertrauen.«

»Er ist nicht einmal Muslim.«

»Natürlich ist er Muslim.«

»Er trägt Goldringe und Seidenkrawatten. Kein musli-
mischer Mann würde das tun. Ein neureicher Schnösel aus
der Mubarak-Clique, arrogant und dumm. Es interessiert
ihn einen Dreck, worum es uns eigentlich geht, welche Ziele
wir verfolgen. Wie will er jemanden verteidigen, ohne dessen Motive zu kennen?«

»Sie bestreiten die Tat nicht. Und selbst wenn, spräche
die Beweislage so eindeutig gegen Sie, daß sich nichts ändern würde. Es gibt keinerlei Anzeichen für Schuldun-
fähigkeit. In Deutschland würde man Sie wahrscheinlich
psychiatrisch begutachten lassen. Das ist hier weniger üblich. Aber wenn ich Sie richtig verstanden habe, würden Sie
auch nicht wollen, daß man Ihnen die Schuldfähigkeit ab-
spricht. Es kann also nur darum gehen, Gesetzeslücken zu
nutzen oder Verfahrensfehler aufzudecken. Inhalte sind
zweitrangig.«

»Diesen Blödsinn hat er mir auch erzählt. Und im nächsten Satz erklärt: Der Anti-Terrorkatalog, demzufolge ich
natürlich schuldig bin, sei notwendig zum Schutz des Landes. – Mein Anwalt nimmt es als gegeben hin, daß ein Aus-
nahmerecht angewandt wird, das an sich illegal ist und im
Widerspruch zur ägyptischen Verfassung steht. Darin heißt
es ausdrücklich, daß bei der Gesetzgebung die Sharia zu
berücksichtigen ist. Demnach gehört die Regierung vor
Gericht und nicht wir. Bevor über unseren Kampfeinsatz

verhandelt wird, muß geklärt werden, ob das Verfahren in dieser Form überhaupt zulässig ist. Ich stehe vor einem Militärgericht. Also will ich wie ein Kriegsgefangener behandelt werden, nicht wie ein Verbrecher, und zwar nachdem dargelegt wurde, daß der ägyptische Staat derzeit permanent gegen seine eigene Konstitution verstößt und deshalb von Grund auf neu geformt werden muß. Nur so kann die Strategie sein.«

Cismar könnte jetzt seine Verwunderung darüber zum Ausdruck bringen, daß Sawatzky entgegen seiner früheren Bekundungen plötzlich brennend daran interessiert zu sein scheint, mit dem Leben davonzukommen, doch er läßt es. »Ich bin überzeugt, daß Dr. Bayyati gerade in diesen Fragen außerordentlich geschickt operieren wird.«

»Verstehen Sie mich richtig: Es geht mir nicht um meine Person. Der einzige Sinn, den der ganze Affenzirkus für uns hat, ist, die Illegitimität und Gottlosigkeit des Regimes vor den Augen der islamischen Öffentlichkeit bloßzustellen. Wenn das gelingt, war unser Tod nicht umsonst.«

»Ich glaube kaum, daß man Ihnen dazu Gelegenheit geben wird. Und mir scheint, daß Dr. Bayyati im Hinblick auf das Urteil gut daran tut, Sie während des Verfahrens vor sich selbst zu schützen.«

»Lassen Sie das meine Sorge sein.«

Cismar sieht Sawatzky lange an. Sawatzky hält seinem Blick stand. Aus dem Ausdruck wird eine Frage, die Frage wird forschend, kippt in einen pubertären Machtkampf: Wer schaut zuerst weg oder fängt an zu lachen? Sawatzky zuckt mit den Achseln: »Sonst noch was? Wir vergeuden Zeit.«

»Ich habe gestern auf Vermittlung des Auswärtigen Amts mit Ihrer Mutter telephoniert«, sagt Cismar, »sie möchte

Sie besuchen. Wir könnten das – wie es nach Rücksprache mit den zuständigen Stellen aussieht – arrangieren.«

Die Mitteilung trifft einen wunden Punkt. Sawatzky verliert die fordernde Haltung, sinkt zusammen. Offenbar hat er diese Möglichkeit nie in Erwägung gezogen und deshalb auch keine Antwort parat. »Meine kleine, dicke Mutter…«, sagt er leise. Etwas wie Schmerz oder Trauer schwingt mit. »Ach Gott, ja…« Er schiebt es von sich: »Nein. Ich will das nicht.«

»Sie hat diese Reaktion erwartet und mich gebeten, Ihnen zu sagen, daß ihre Gefühle als Mutter für Sie dieselben bleiben, was auch immer Sie getan haben.«

Er atmet tief durch, schüttelt den Kopf: »Es bringt nichts. Ihr nicht und mir auch nicht…«

»Für Ihre Mutter stellt sich das offensichtlich…«

»Der, der hier sitzt, ist nicht ihr Sohn. Es gibt keine Verbindung. Sie soll den anderen in Erinnerung behalten. Den, der ihr immer Sorgen gemacht, der sie enttäuscht und ausgenutzt hat. Das ist besser für sie. Dessen Tod kann sie einordnen. Es ist, als wäre er an Drogen krepiert. Darauf war sie vorbereitet.«

»Soll ich ihr das so ausrichten?«

»Machen Sie es ihr nicht schwerer als nötig. Bitte. Sagen Sie, daß die Staatsanwaltschaft es nicht zuläßt oder daß die Ägypter sie in Sippenhaft nehmen, sobald sie aus dem Flugzeug steigt. – Arabern traut sie alles zu.«

»Sie meinen, ich soll für Sie lügen? Das ist ein bißchen viel verlangt.«

Sawatzky lächelt: »Sehen Sie's als Teil meines letzten Willens. Den müssen Sie respektieren, oder? Und wenn Sie es nicht für mich tun, tun Sie's für meine Mutter: Das ist eine arme Frau, die kein Glück gehabt hat. Mit sich nicht, mit ihren Männern nicht und auch nicht mit ihrem Sohn. Aus ihrer Sicht zumindest. Ich kann ihr dabei nicht helfen.«

›Er hat wirklich abgeschlossen‹, denkt Cismar, ›abgeschlossen, obwohl noch längst nicht alles verloren ist.‹ Er fragt sich, ob es einen Winkel gibt, in dem er ihn heimlich darum beneidet: Wissen, daß der Kampf verloren ist, sich nicht darum scheren, nehmen, was kommt, ohne aufzugeben. Er selbst wird morgen nach Deutschland fliegen, ängstlich in Wartezimmern, auf Klinikgängen sitzen, versuchen, sich mit Statistiken zu beruhigen, das Magengeschwür als fremde Macht ansehen, der er hilflos ausgeliefert war: Andere leben weitaus ungesünder als er. Er wird sich einreden, daß er weder in die Krankheit geflüchtet ist noch sich etwas vorzuwerfen hat, im Gegenteil: Sein Engagement ist weit über das Übliche hinausgegangen. Er wird sich bemitleiden, fragen, womit er das alles verdient hat, auf den Rhein schauen, mit dem Rauchen aufhören, gesund werden, seine Arbeit wiederaufnehmen, hier oder anderswo. Vielleicht wird er in einigen Monaten für ein letztes halbes Jahr nach Kairo zurückkehren, bilaterale Beziehungen pflegen, durch die Stadt wandern, mit Appetit Mezzes essen. Bis dahin wird Françoise' Zeit hier zu Ende gegangen sein und der Fall Sawatzky kaum noch Erwähnung finden, wie immer er ausgeht. Aber wahrscheinlicher ist, daß er aus gesundheitlichen Gründen ein Versetzungsgesuch einreicht und die nächsten drei Jahre in Bonn bleibt. Das ist Ines' erste Option. Er hat ihr nicht mehr viel entgegenzusetzen. Dann kann sie in Ruhe ihre Promotion fertigstellen. Mit etwas Glück findet sie Arbeit am Theater, oder sie schreibt wieder Zeitungskritiken. Sie werden sich als Paar neu finden, es zumindest versuchen. Das ist, allem

Anschein nach, die nähere Zukunft. Sie enthält Unwägbarkeiten: Krebs, Françoise' Rache. Aber die Zuversicht überwiegt. Natürlich belügt er sich. Alle, die er kennt, belügen sich und fahren gut damit. Es gibt keine Hoffnung auf das wahre Leben im falschen, aber außerhalb des falschen gibt es überhaupt keins, man lernt, das zu akzeptieren, und macht weiter.

»Was ist?«

»Wo waren wir stehengeblieben?«

»Bei meiner Mutter.«

Sein Magengeschwür geht Sawatzky nichts an: »Der eigentliche Anlaß für meinen heutigen Besuch ist: Ich muß Ihnen mitteilen, daß meine Zeit in Kairo morgen zu Ende geht. Ich werde abgezogen. Infolge der Erkrankung eines Kollegen wird in Bonn ein Sachbereich neu besetzt, und man hat mich für diese Aufgabe ausgewählt.«

Stille.

Cismar spürt, daß er diesmal überzeugend gelogen hat.

»Das tut mir leid«, sagt Sawatzky schließlich.

»Auch unter dieser Rücksicht ist es mir eine Beruhigung, daß Ihnen nun endlich anwaltliche Vertretung zugebilligt wurde. Wir haben lange genug dafür arbeiten müssen. Aber selbstverständlich wird die Botschaft Sie auch weiterhin betreuen. Bis ein Nachfolger entsandt wurde, kümmert sich mein Stellvertreter Dr. Friebe zusammen mit unserem Referenten für Rechtsfragen, Herrn Klüssen, um Sie.«

»Ich hatte mich fast an Sie gewöhnt.«

Cismar nickt: »Es fällt mir auch nicht leicht.« Das ist zumindest die halbe Wahrheit.

»Vielleicht können Sie es meiner Mutter persönlich sagen. Sie wohnt ja nicht weit von Bonn entfernt.«

»Ich werde sehen, was sich tun läßt.« Das heißt ›nein‹.

»Der Unterschied zwischen Ihnen und mir ist, daß ich weiß, was ich tun muß, und das dann auch tue«, sagt Sawatzky lächelnd.

Cismar schießen Entgegnungen durch den Kopf, schlagfertige, ruppige, distanzierende, doch er hat nach wie vor keine Lust auf ein Wortgefecht und reagiert gar nicht.

›Erstaunlicherweise ist es nicht peinlich, ihm schweigend gegenüberzusitzen‹, denkt er: ›Warum?‹ Wenn er Würfel oder Karten einstecken hätte, würde er jetzt vorschlagen, eine Runde zu spielen. Plötzlich hat er das verrückte Bedürfnis, ihm irgend etwas zu schenken, etwas, das Sawatzky an ihn erinnert, das ihm seine letzten Wochen erleichtert. Er ärgert sich, daß er nicht früher daran gedacht hat. Selbst wenn, wäre ihm vermutlich nichts Passendes eingefallen: ›Was schenkt man einem wie ihm in einer Lage wie dieser?‹ Trotzdem öffnet er seinen Aktenkoffer. In den zahlreichen Fächern, die er nie aufräumt, ist vielleicht irgendein kleiner, belangloser Gegenstand, den er vergessen hat und der sich hier und jetzt mit einer neuen Bedeutung auflädt. Sawatzky schaut interessiert zu, geht davon aus, daß Cismars Suche mit ihm in Zusammenhang steht – vielleicht zückt er ein neues Geheimdienstdokument. Cismar findet einen blauen Skarabäus und einen murmelgroßen Katzenkopf aus Ton, Kugelschreiber in verschiedensten Ausführungen, zahlreiche Feuerzeuge: »Das stammt aus Bogotá. Da bin ich auch mal gewesen.« Spanische und holländische Münzen, diverse Taschenkalender und Notizbücher, allesamt Werbematerial deutscher Unternehmen; Namensschildchen fürs Revers. Nichts, was sich als Abschiedsgeschenk eignet. Er überlegt, ob er wenigstens ein Gedicht, einen Satz auswendig weiß, den er Sawatzky hierlassen könnte. Ihn selbst haben oft Sätze aus Krisen gerettet, über dunkle Stunden hinweggetröstet. ›Das Wort, das ich brauche, kann ich mir nicht selber geben‹, sagte Françoise. Sie fand seins ebensowenig wie er ihres. Einer Eingebung folgend, greift er in seine Jackentasche und zieht den grünschwarzen Pelikan-Füller heraus, ein Geschenk von Ines aus ihrem ersten gemeinsamen Jahr, mit dem er seit Jahren schreibt, an dem er sehr hängt: »Schön, nicht?« Die Frage ist eine Feststellung und vollkommen unsinnig.

»Ja. Sehr schön«, sagt Sawatzky.

»Schreiben Sie auch manchmal Dinge auf, nur so für sich?«

»Manchmal. – Früher habe ich das gemacht.«

»Ich möchte Ihnen den Füller schenken.«

Sawatzky schaut verwundert, reibt sich die Nase, weiß nicht, was er davon halten soll.

»Nehmen Sie ihn. Es wäre mir eine Freude, ihn bei Ihnen zu wissen. Einfach so. Vielleicht wollen Sie ein paar Sachen notieren, Gedanken, was weiß ich. Er schreibt hervorragend. – Warten Sie, ich lasse Ihnen auch das Tintenfaß da. Brauchen Sie Papier, oder gibt man Ihnen welches? Ich kann mir nicht vorstellen, daß man Ihnen verbietet zu schreiben, oder?«

»Keine Ahnung.«

Sawatzky dreht den Füller hin und her und lacht: »Ich werde schreckliche Dinge damit schreiben. Schreckliche Dinge, die entsetzliche Folgen haben. Können Sie das verantworten?«

Cismar verspürt Ärger. Es ist ihm ernst damit gewesen. Er will nicht ausgelacht werden. Einen Moment lang schämt er sich, denkt: ›Ich Idiot.‹ Er hat die Konsequenzen außer acht gelassen, jetzt ist es zu spät. Er überlegt, ob es grundsätzlich möglich wäre, sich mit der Feder die Pulsadern aufzureißen, merkt sich, daß er nachher mit dem Direktor, notfalls auch mit Dr. Taufiq reden muß, damit sie ihm den Füller nicht gleich wieder abnehmen. Es kann zu einer äußerst peinlichen Situation kommen.

»Ein schönes Geschenk«, sagt Sawatzky.

Ines wird es verstehen. Oder sie wird es nicht verstehen und enttäuscht sein, ihm Lieblosigkeit vorwerfen. Bevor es ihr auffällt, kann er sich dasselbe Modell neu kaufen – in Bonn.

»Haben Sie einen Zettel für mich?« fragt Sawatzky.

»Natürlich.«

Sawatzky kritzelt eine Wellenlinie von rechts nach links, darunter zieht er einen waagerechten Strich – keine Wörter. »Läuft gut«, sagt er.

»Das freut mich. Es hätte auch sein können, daß die Feder bei Ihnen schabt. Sie ist auf meine Hand einge- schrieben. Normalerweise benutzt man so einen Füller sein Leben lang. Ein sehr persönlicher Gegenstand. Ich hätte ihn nie verliehen…«

Das gemeinsame Schweigen ist schwieriger geworden, zumindest empfindet Cismar es so. Derartige Gesten soll- ten alle Beteiligten anschließend sofort vergessen und zur Tagesordnung übergehen: »Haben Sie sonst noch einen Wunsch? Gibt es irgend etwas, das Sie brauchen? Ich kann meine Kollegen bitten, es Ihnen beim nächsten Mal mitzu- bringen.«

Sawatzky überlegt eine Weile: »Mir fällt nicht wirklich etwas ein«, sagt er und macht eine Pause. »Oder doch: ein Parfüm. Ein gutes Parfüm. Wenn das nicht zu teuer ist.«

»Kein Problem. Ich werde es veranlassen. Wir haben einen Etatposten eigens für solche Sachen… Darunter kann man es zumindest buchen.«

Sawatzky setzt eine Reihe von Kringeln auf das Blatt. Cismar denkt: ›Er soll einen Satz schreiben oder wenigstens ein Wort.‹ Ihn interessiert, was Sawatzky als erstes einfiele, selbst wenn es nur zum Test wäre: Es erlaubte einen flüchtigen Blick in sein Herz, den würde er gern werfen.

Im Grunde ist alles gesagt. Cismar könnte jetzt aufstehen, sich verabschieden, nach Hause fahren, Ines beim Packen helfen. Aber er zögert: »Da ist noch etwas, das ich Sie gern fragen würde ...«

»Seit wann so umständlich?«

»Verstehen Sie mich nicht falsch: Es interessiert mich einfach.«

»Fragen Sie.«

»Ich wüßte gern, wie Ihre Geschichte mit Arua geendet ist.«

»Wozu?«

»Sagen wir: aus persönlichen Gründen.«

»Wir als Paar – oder besser: als kein Paar – sind ohne Bedeutung.«

»Für mich nicht. Ganz und gar nicht. Ich kann Ihnen das schlecht erklären, es würde zu weit führen. Vielleicht ein anderes ... «

»Da ist nicht viel zu erzählen.«

»Ich meine: Ihr Verhältnis war sehr eng, mit Höhen und Tiefen, und auch irgendwie – wie soll ich es ausdrücken: besonders, keine ›normale‹ Beziehung. Das haben Sie selbst gesagt. Ich kenne ähnliche Situationen. Natürlich. Jeder hat sich schon einmal getrennt. Wenn man auseinandergeht, für immer, das ist doch mit viel – ich weiß nicht ... Emotion verbunden, so eine letzte Begegnung.«

»Es gab kein Drama, wenn Sie darauf hinauswollen. Wir haben uns getroffen wie sonst auch. Ein paar Tage bevor

ich geflogen bin. In einem Café. Wir fanden beide, ein neu-
traler Ort wäre besser. Arua wußte, daß ich weggehen
würde und warum. Irgendwann sieht man sich dann halt
zum letzten Mal. Manchmal weiß man es in dem Moment,
manchmal nicht. Wir wußten es beide. Es war ein ganz ge-
wöhnliches Café, nicht so voll, außer uns nur noch ein paar
Leute, die Zeit haben, Studenten, Freiberufler. Es lief or-
dentliche Musik, gerade so laut, daß man sich unterhalten
konnte, ohne daß der halbe Laden mitgehört hat. Nachmittags um drei. Ich war ein paar Minuten früher da und
saß schon, als Arua kam, an einem dieser Tische mit Eisen-
fuß und runder Marmorplatte, abseits von den anderen
Gästen. An die Kellnerin erinnere ich mich nicht. Vielleicht
war es auch ein Kellner. Arua hat Kaffee bestellt, ich Tee.
Ich habe mir noch ein Beutelchen Zucker zusätzlich bringen lassen. Komisch, daß ich nicht mehr weiß, ob eine Frau
oder ein Mann uns bedient hat. Wir haben jeder in seiner
Tasse gerührt, möglicherweise ein bißchen länger, ruhiger
als sonst. Kennen Sie das: Manchmal rührt man Tee oder
Kaffee um wie einen Gedanken? Es war nicht viel zu be-
reden. Eigentlich gar nichts. Die Diskussionen hatten vorher stattgefunden. Auch dabei ist es nie um die Frage gegangen, ob wir zusammensein wollten, heiraten, Kinder
haben, ob einer von uns bereit wäre, für den anderen alles
aufzugeben, den ganzen romantischen Mist. Diese Art
Liebe wollten wir nicht: Kitsch, in der Wirklichkeit nach-
gespielt, mit künstlich erzeugten Erwartungen überfrach-
tet, denen kein Mensch, kein gemeinsames Leben stand-
halten kann. Wenn Arua überzeugt gewesen wäre – wenn
ich oder Karim und ich sie hätten überzeugen können –,
daß tatsächlich die Zeit für den Dschihad gekommen ist,
wäre sie vielleicht, wahrscheinlich sogar mitgegangen. Es

gibt auch für Frauen eine Menge Möglichkeiten, den Kampf zu unterstützen. Wir haben uns monatelang darüber gestritten, zum Teil sehr heftig. Das war schmerzhaft, obwohl keiner den anderen verletzen wollte. Einfach, weil immer deutlicher wurde, worauf es hinauslief. Dabei ist es nicht einmal so gewesen, daß Arua die Lage grundsätzlich anders beurteilt hätte als wir: den amerikanischen Imperialismus, die widerrechtliche Besetzung Palästinas, die Unterdrückung der Muslime in Bosnien, an vielen Orten der Welt: Das sah sie genauso. Auch, daß die westliche Gesellschaft – Zivilisation kann man sie ja kaum noch nennen – von Grund auf krank ist, daß sie die Menschen von ihrem eigentlichen Lebensziel wegführt, sie abstumpft, zu Tode amüsiert, bis sie alle vergessen haben, wozu Gott sie erschaffen hat, und damit sie sich nie wieder daran erinnern. Arua hätte all das unterschrieben. Aber trotzdem war sie der Meinung, daß der bewaffnete Kampf kein Weg ist. ›Mit dem Gewehr in der Hand‹, hat sie gesagt, ›nützt ihr niemandem, am allerwenigsten der Sache des Islam. Früher oder später werden sie euch abknallen oder einsperren, ohne daß ihr etwas bewirkt habt. Am Ende macht ihr die, gegen die ihr kämpft, nur stärker: Sie rücken näher zusammen, denken sich neue Gesetze aus, perfektionieren die Überwachung, bis ihr euch nicht mal mehr die Nase putzen könnt, ohne daß ein Mikrophon es aufzeichnet.‹ Vielleicht hat sie damit recht. Wenn man es von außen betrachtet. Vielleicht erreichen wir nichts oder sogar das Gegenteil dessen, was wir wollen. Aber das ist letztlich egal. Wir kämpfen nicht, weil wir gewinnen werden, sondern weil uns der Kampf vorgeschrieben ist. Sieg und Niederlage liegen in Gottes Hand. Er weiß, was Er tut, wohin Er uns führt. Darauf vertrauen wir.«

»Ich meine: Wie war das konkret, als Sie da saßen?«

»Sie wollen wissen, ob einer in Tränen ausgebrochen ist, Geschirr zerschmissen hat? Oder ein letzter verzweifelter Kuß wie in ›Casablanca‹? All die schönen, großen, falschen Gefühle. Ich sag ja: Sie schauen zu viele Filme oder lesen die falschen Bücher. Gefühle werden hoffnungslos überbewertet. Hirnchemie, nicht wichtig. Der Tod wird auch überbewertet. Entscheidend ist, was dahinter liegt.«

»Aber irgendwie müssen Sie sich doch verabschiedet haben.«

»Wir haben uns angeschaut, oder aus dem Fenster oder ins Leere. Wir waren traurig. Natürlich kamen auch diese Überlegungen: Es hätte dies und das anders laufen können. Hätte eben nicht. Es ist sinnlos, sich über all das ›hätte‹ und ›wäre‹ den Kopf zu zerbrechen. Versäumte Gelegenheiten, verpaßte Chancen, Fehlentscheidungen: alles Quatsch. Da ist kein anderes Leben als das, das man hatte. Wenn man es mit Verstand betrachtet, sieht man, daß es tatsächlich das einzig Mögliche war und daß man es vom ersten Moment an gekannt hat. Wir waren einverstanden damit. Ich habe mich gefreut, als ›Solsbury hill‹ lief. Ein Lied, und dieser ganze, schon eine halbe Ewigkeit zurückliegende Versuch, mich zugrunde zu richten, in Drogen und Selbstmitleid zu versinken, stand wieder vor mir. Ich war froh, daß ich mit der Hilfe Gottes einen Weg aus der Dunkelheit gefunden hatte. Ich habe Arua noch einmal davon erzählt – wie sie damals auf ihre Pizza wartete und ich lauter komische Sachen gemacht habe, um sie kennenzulernen. Die Geschichten kannte sie alle schon. Arua hat auch welche erzählt. Die kannte ich schon: wie sie mich bei Karim zum ersten Mal gesehen hat und dachte, daß ich ein Spinner bin, ein Spinner, der sie interessiert. Wir mußten beide lachen. Insgesamt saßen wir da vielleicht anderthalb Stunden. Schließlich habe ich bezahlt, wir sind aufgestanden, haben unsere Mäntel angezogen. Es war kalt draußen. Kalt, nicht eisig. So ein Nicht-Wetter: bewölkt, aber kein Schnee oder Regen. Wir haben uns nie in der Öffentlichkeit umarmt, also auch jetzt nicht, und es wäre albern gewesen, wenn wir uns die Hand gegeben hätten. Wir standen noch einen Augenblick da. Ich weiß nicht, wer sich zuerst umgedreht hat, sie oder ich. Arua ist irgendwohin, und ich bin nach Hause gegangen. Es gab noch einiges zu erledigen: Ich mußte die Sachen loswerden, die ich nicht mitnehmen konnte. Das war alles.«

VS-Geheim – Amtlich geheimgehalten
Citissime nachts
Aus: Kairo
14. 3. 1994, 12.56 h Ortszeit
An: AA: 301
Auch für: ChBK, BMI

Gz: RK 716
Verfasser: Dr. Friebe

Betrifft: Hinrichtung des deutschen StAng Jochen Sawatzky
    hier: Vollstreckung des Todesurteils vom 24. 2. 1994 im
Gefängnis Al-Hurriya, Kairo; Feststellung des Todes des
deutschen StAng durch den Gefängnisarzt.

– Zur Unterrichtung –

roem. 1 – Zusammenfassung:

Der deutsche StAng Jochen »Abdallah« Sawatzky wurde
heute morgen im Hochsicherheitsgefängnis Al-Hurriya,
Kairo, durch den Strang hingerichtet. Die Hinrichtung

fand in meiner Anwesenheit statt. Anschließend stellte der Gefängnisarzt, Dr. Mohammed al-Malik, den Tod des deutschen StAng fest. Der persönliche Besitz des Toten wurde mir übergeben.

Zuvor waren bereits die Todesurteile gegen seine beiden Mittäter, Samir al-Masri und Salah Mahmudi, vollstreckt worden.

roem. 2 – Im einzelnen:

1. Der am 24. 2. 1994 durch den obersten Militärgerichtshof Kairo zum Tod durch den Strang verurteilte deutsche StAng Jochen »Abdallah« Sawatzky wurde heute, Montag, 14. 3. 1994, um 9 Uhr 37 Ortszeit im Hochsicherheitsgefängnis Al-Hurriya, Kairo, hingerichtet. Die Hinrichtung fand im Beisein von sechs Zeugen statt. Anwesende Zeugen waren außer mir der Direktor des Gefängnisses, Oberstleutnant Ibrahim al-Maghut; als Vertreter des Innenministeriums und Referatsleiter für Terrorismusbekämpfung, Dr. Achmed Taufiq; der diensthabende Gefängnisarzt, Dr. Mohammed al-Malik, sowie die beiden Vollstreckungsbeamten, Walid Husseini und Ayyub Muttawali.

2. Unmittelbar vor der Hinrichtung hatte ich Gelegenheit, einige Worte mit dem deutschen StAng zu wechseln. Nach meinem Eindruck, der sich nahtlos in die Reihe der Begegnungen mit ihm während der vergangen Monate fügt, nahm Sawatzky seinen bevorstehenden Tod ohne jede Gefühlsregung hin. Auch in dieser Situation zeigte er keinerlei Anzeichen von Bedauern oder Einsicht. Auf meine Frage, ob er noch

etwas sagen wolle, antwortete er lediglich: »Es ist gut, daß ich getötet werde. Zumindest für mich.«

3. Die Hinrichtung selbst verlief ohne Zwischenfälle. Soweit es durch die Scheibe zu erkennen war, änderte sich der Gemütszustand des deutschen StAng auch nicht, als ihm die Augen verbunden und ihm der Strick um den Hals gelegt wurde. Wie mir der Vollstreckungsbeamte, A. Muttawali, später mitteilte, hat Sawatzky bis zum Schluß gebetet, und zwar die letzte Sure des Koran, »An-Nas«.

4. Um 9 Uhr 51 Ortszeit stellte der Gefängnisarzt den Tod des Gehenkten durch Genickbruch fest.

5. Anschließend übergab mir der Gefängnisleiter, Oberstleutnant Ibrahim al-Maghut, die persönlichen Gegenstände des Toten. Hierbei handelt es sich um eine Unterhose, zwei Paar Socken, ein T-Shirt, eine Hose, ein Paar Dachstein-Bergstiefel, eine Armbanduhr der Marke Dugena, einen Flakon Eau de toilette (Trussardi uomo), einen Füllfederhalter der Marke Pelikan, ein Faß Pelikan-Tinte, königsblau, sowie einen Stapel beschriebener Blätter, auf denen nach Auskunft von Dr. Taufiq, der die Papiere vor der Übergabe gesichtet hat, die obengenannte Sure »An-Nas« von Sawatzky mehrere hundert Mal abgeschrieben worden ist. Die Gegenstände werden umgehend an das Auswärtige Amt übersandt.

6. Zuvor waren bereits die Todesurteile gegen die beiden anderen, am vereitelten Anschlag von Luxor vom

14. 11. 1993 beteiligten Häftlinge, Samir al-Masri und Salah Mahmudi, vollstreckt worden.

roem. 3 – Wertung:

Nach der Unterzeichnung aller drei Todesurteile vom 24. 2. 1994 durch ÄGY-Präsident Muhammed Hosni Mubarak am 9. 3. 1994 war die Hinrichtung Sawatzkys zu erwarten gewesen. Die Ablehnung aller deutschen Vorschläge und Angebote in den vergangenen Wochen sowie der nachdrückliche Hinweis von ÄGY-Innenminister Hassan al-Alfi in meinem Gespräch am 10. 3. 1994, daß weitere Eingaben mit dem Ziel, das Todesurteil gegen den deutschen StAng in eine lebenslängliche Haftstrafe umzuwandeln, keinerlei Aussicht auf Erfolg haben würden, legten nahe, daß die Vollstreckung zeitnah erfolgen würde.

Da es sich bei Jochen Sawatzky um einen – aus deutscher Sicht – singulären Täter handelt und nicht zu erwarten ist, daß er Nachahmer finden wird, lassen sich nach meiner Einschätzung aus seiner Hinrichtung kaum Schlüsse für die Zukunft ziehen.

Trotzdem sollte der Fall in seiner Gesamtheit intern noch einmal einer sorgfältigen Prüfung unterzogen werden. Meines Erachtens wurden – insbesondere während der Zeit vor Beginn des Prozesses – gravierende Fehler in Strategie und Gesprächsführung von seiten der Botschaft gemacht, die ein Entgegenkommen der ÄGY-Seite massiv erschwert, wenn nicht verunmöglicht haben. Mangelnde Transparenz in vielen Abläufen war für eine Bündelung aller Kräfte und Aktivitäten der Botschaft äußerst hinderlich, den Gesprächspartnern der ÄGY-Seite vermittelte sich der Eindruck fehlender Geschlossenheit bis hin zur Konzeptionslosigkeit. In diesem Zusammenhang sollte grundsätzlich die Frage, wie weit Alleingänge gehen dürfen, erörtert und des weiteren darüber nachgedacht werden, an welcher Stelle von einzelnen Verantwortlichen eingeschlagene Wege, die keinen Erfolg versprechen, durch das Auswärtige Amt korrigiert werden müssen, um gesteckte Ziele nicht zu gefährden bzw. tatsächlich zu erreichen. Verfahren wie das vorliegende, die große öffentliche Aufmerksamkeit auf sich ziehen und ein vielfaches Echo in den Medien finden, bergen andernfalls die Gefahr, daß infolge entsprechender Berichterstattung und Diskussionen der gesamte diplomatische Dienst in Mißkredit gerät.

Dr. Konrad Friebe (Geschäftsträger a. i.)